〔唐〕盧照鄰 著
祝尚書 箋注

盧照鄰集箋注

增訂本

上

上海古籍出版社

圖書在版編目(CIP)數據

盧照鄰集箋注 / (唐) 盧照鄰著;祝尚書箋注. —增訂本. —上海: 上海古籍出版社, 2022.10
(中國古典文學叢書)
ISBN 978-7-5732-0418-9

Ⅰ.①盧… Ⅱ.①盧… ②祝… Ⅲ.①古典文學—作品綜合集—中國—唐代 Ⅳ.①I214.22

中國版本圖書館 CIP 數據核字(2022)第 160067 號

中國古典文學叢書

盧照鄰集箋注

(增訂本)

(全二册)

〔唐〕盧照鄰 著

祝尚書 箋注

上海古籍出版社出版發行

(上海市閔行區號景路 159 弄 1-5 號 A 座 5F 郵政編碼 201101)

(1) 網址: www.guji.com.cn

(2) E-mail: guji1@guji.com.cn

(3) 易文網網址: www.ewen.co

上海展强印刷有限公司印刷

開本 850×1168 1/32 印張 21 插頁 12 字數 425,000

2022 年 10 月第 3 版 2022 年 10 月第 1 次印刷

印數: 1—1,500

ISBN 978-7-5732-0418-9

I·3644 平裝定價: 88.00 元

如有質量問題,請與承印公司聯繫

電話: 021-66366565

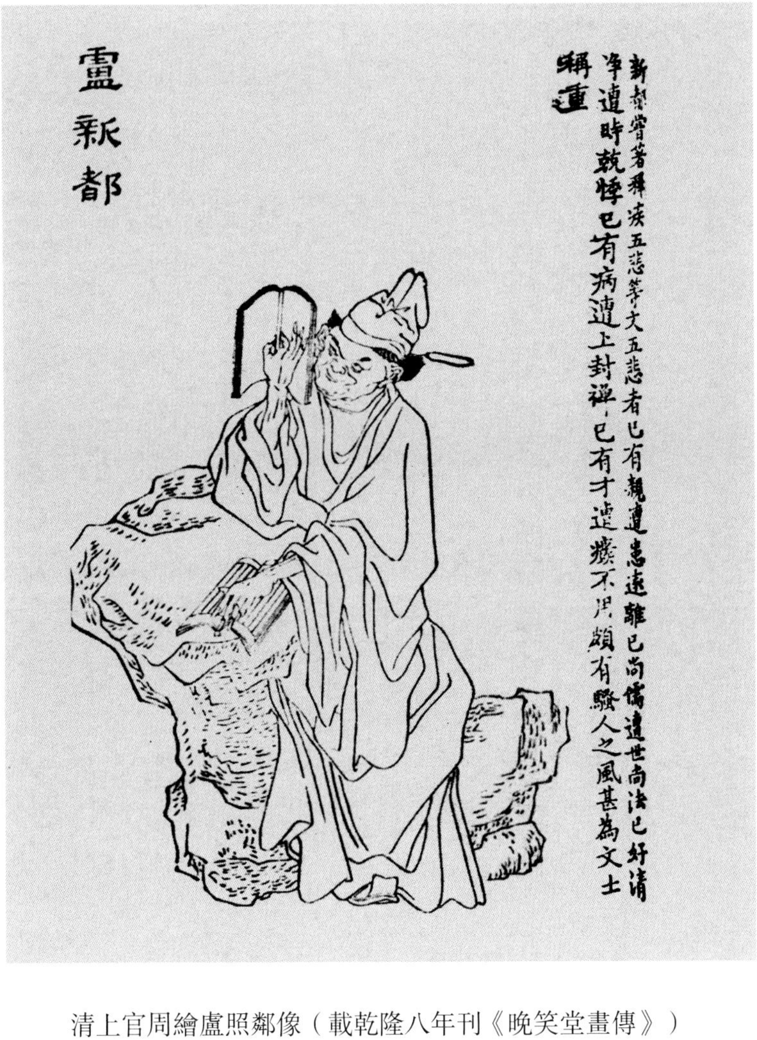

清上官周繪盧照鄰像（載乾隆八年刊《晚笑堂畫傳》）

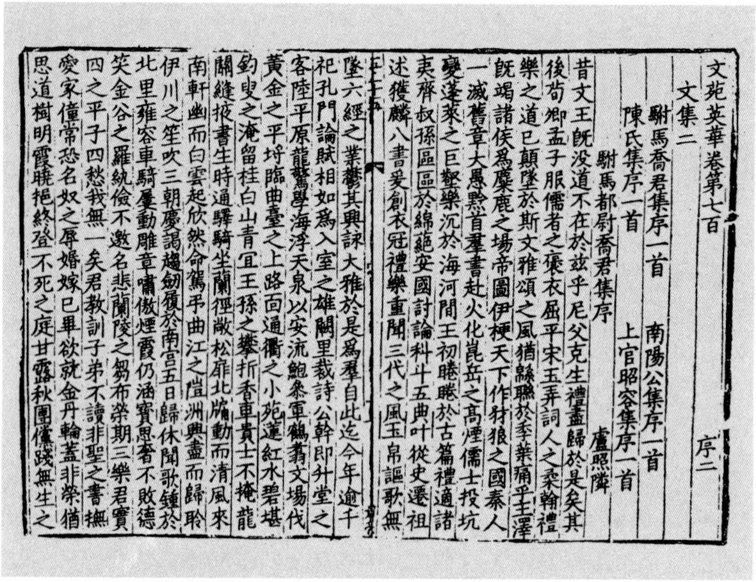
文苑英華卷第七百　　序二
文集二
駙馬喬君集序一首　南陽公集序一首
陳氏集序一首　上官昭容集序一首
駙馬都尉喬君集序　盧照鄰
昔文王既没道不在於兹乎尼父克生禮盡歸於是矣其
後荀卿孟子服儒者之褒衣屈平宋玉弄詞人之柔翰禮
樂之道已顛墜於斯文雅頌之風猶緜聯於季葉痛乎王澤
既竭諸侯爲麋鹿之場帝圖伊梗天下作豺狼之國秦人
一滅舊章大愚黔首羣書赴火化崑岳之高煙儒士投坑
變蓬萊之巨壑樂沉於海河間王初曉曉於古篇禮適諸
夷齊叔孫區區於綿蕝安國討論科斗五典叶從史遷祖
述獲麟八書爰創衣冠禮樂重聞三代之風玉帛謳歌無
墜六經之業鬱其興詠大雅於是爲羣自此迄今年逾千
祀孔門論賦相如爲入室之雄闕里裁詩公幹即升堂之
客陸平原龍驚學海浮天泉以安流鮑參軍鶴翥文場伐
黄金之平埒臨曲臺之上路面通衢之小苑蓮紅水碧堪
釣叟之淹留桂白山青宜王孫之攀折香車貴士不掩龍
關縫掖書生時通驛騎坐蘭徑敞松扉北牖動而清風來
南軒幽而白雲起欣然命駕乎曲江之隑洲興盡而歸聆
伊川之笙吹三朝慶謁趨翎履於南宫五日歸休聞歌鍾於
北里雍容車騎屢動雕章嘯傲煙霞仍涵寶思奢不敗德
笑金谷之羅紈儉不邀名悲蘭陵之芻布榮期三樂君實
四之平子四愁我無一矣君教訓子弟不讀非聖之書撫
愛家僮常恐名奴之辱婚嫁已畢欲就金丹輪蓋非榮猶
思道樹明霞曉挹終登不死之庭甘露秋團儻踐無生之

宋版《文苑英華》（藏中國國家圖書館）所收盧照鄰文

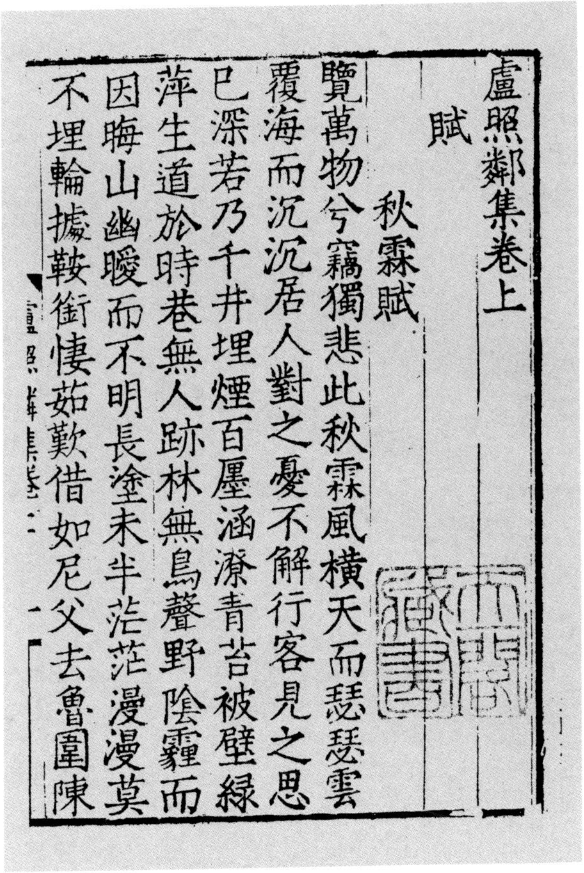
盧照鄰集卷上
賦
秋霖賦
覽萬物兮竊獨悲此秋霖風横天而瑟瑟雲覆海而沉沉居人對之憂不解行客見之思已深若乃千井埋煙百廛涵潦青苔被壁綠萍生道於時巷無人跡林無鳥聲野陰霾而因晦山幽曖而不明長塗未半茫茫漫漫莫不埋輪據鞍銜悽茹歎借如尼父去魯圍陳

天一閣藏明弘治至正德（1488—1521）間刊銅活字本《盧照鄰集》

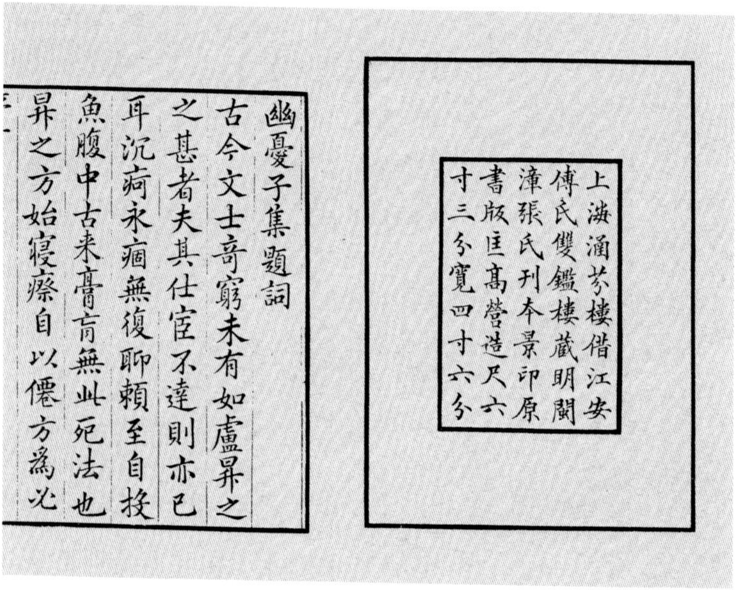

《四部叢刊》初編影印明崇禎張燮刊七卷本《幽憂子集》

前言

盧照鄰，字昇之，染疾後自號幽憂子，幽州范陽涿（今河北涿州市）人。生卒年不可確考，約生於唐太宗貞觀六年（六三二），而據新發現的佚文翼令張懷器去思碑，約於武后天册萬歲元年（六九五）或之後數年間去世，享年六十餘歲。盧照鄰是初唐著名作家，與王勃、楊炯、駱賓王以文章齊名天下，世稱「初唐四傑」，亦稱「盧、駱、王、楊四才子」（郗雲卿駱賓王文集序）。

一

盧照鄰身經太宗、高宗、武后三朝，主要活動於高宗時代。唐太宗勵精圖强，革新政治，發展經濟，出現了歷史上著名的「貞觀之治」。高宗雖較昏庸，但他上紹父業而守成之，社會經濟仍在繼續發展，基本上維持着「太平盛世」的大局面。然而由於高宗寵信武氏，統治集團内部的權力鬬爭逐漸加劇，潛伏着深刻的政治危機。這不能不影響到社會生活的各個方面，自然也影響着一代文人的生活、思想和創作。

盧照鄰出生於范陽盧氏，這是北方一個著名的舊士族。他自稱是「北祖」盧偃的九世孫。據近年出土其弟盧照己墓誌銘，知其曾祖名旦，北齊時爲本州大中正。祖子元，隋代曾任龍山、新寧二縣令。父仁勗，唐初歷江都尉、臨潁丞。盧照鄰少年時代生活大約比較優裕，故後來常以出身「衣冕之族」、少爲「玉樹金枝」而感到自豪。十餘歲時，他随父居江都（今江蘇揚州），受業於著名文字學家曹憲，後又就學於經史專家王義方，聰敏好學，尤善屬文。弱冠學成求仕，授鄧王府典籤，鄧王李元裕甚爲愛重，嘗以司馬相如相許。約高宗顯慶末，他離鄧王府到秘書省任職，後遭屏竄。約在此後不久，嘗因横事入獄，幸爲友人救護得免。盧照鄰在仕途上過早地遭到挫折，「侏儒何功兮短飽？曼倩何負兮長貧？」（雙槿樹賦）才華横溢的青年詩人感到委屈和不滿。

約龍朔初到咸亨中，盧照鄰曾多次入蜀，現可考者即有三次。第一次約在龍朔初，他「栖栖以赴蜀」，落魄失意。入仕之初，曾「自謂明主以令僕相待，朝廷以黄散爲輕」（釋疾文粤若）；現在，幻想破滅了，他嘆息道：「獨有南冠客，耿耿泣離羣。」（贈李榮道士）約於乾封初，盧照鄰又奉命出使益州大都督府。經過十多年的仕途坎坷，當年「刻鵠初成」時的熱情已經冷却，他逐漸看到了社會的陰暗面：「誰念復芻狗，山河獨偏喪。」（奉使益州至長安發鍾陽驛）總章二年（六六九）五月，盧照鄰爲新都尉，第三次入蜀。「鵬飛俱望昔，蠖曲共悲今。」（酬張少府柬之）他對前程近乎絶望了，於是與王勃等人在蜀中恣情山水。爲尉約兩年，即快快不樂而去官離蜀，赴長安參加典選，結束了前後十來年於長安、蜀中的奔波生活。

盧照鄰參選結果如何，今不得而知，據説與王、楊、駱同時遭到吏部侍郎裴行儉的譏評，蓋亦不得志。隨後他回到父母居住的太白山下，開始了更爲不幸的後半生。大約在此期間，他身染風疾（據五悲、釋疾文所述病狀，似即風痹，或麻瘋病），又遭父喪，病情日重。居喪期滿，他先後到長安、洛陽問醫養疴，遂卧疾東龍門山。後病轉篤，徙具茨山下，終以不堪其苦，自沉潁水而死。盧照鄰的後半生雖然過得很艱難，但在四傑中似乎唯有他「高壽」，活過了一箇甲子。

盧照鄰的思想是複雜的，儒、道、釋三家對他都有很深的影響。他在晚年所作的釋疾文粤若中説：「先朝（指高宗朝）好吏，予方學於孔墨（偏指「孔」，即儒）；今上（指武后）好法，予晚受乎老莊。」可見他早年熱心仕進，以儒家思想爲主。自入仕途，「常謂五府交辟，三台共推，朝紆會稽之綬，夕獻長楊之詞」（五悲悲窮通），對未來滿懷憧憬，態度是積極的，渴望在政治上一展宏圖。但現實却是冷酷的，他沉迹下僚前後達二十年，始終没有施展才能的機會。即使晚年病廢而枯卧空山，他也并没有忘却世事。我們讀他這時期所作的五悲、釋疾文等，感到詩人痛苦的心仍像一團火在燃燒，深以自己無時無命，未能如伊尹、姜太公、管仲等匡輔王業而追恨不已。

盧照鄰受道家思想和道教影響尤深。這既是他仕途坎坷、身染惡疾所致，也是時代風氣使然。李唐皇帝自稱老子爲其遠祖，推尊道教，世以習道爲尚，盧照鄰自莫能外。爲新都尉時，他在于時春也慨然有江湖之思寄此贈柳九隴詩中寫道：「倘遇鸞將鶴，誰論貂與蟬！」卧病後，更是「紫書常日閲，丹藥幾年成」（羈卧山中）。在其絶筆釋疾文命曰中，以太上老君作爲「訪訣」的最後歸宿。作者詩文中引老、莊之語比比皆是。慕仙求道，齊榮辱、等生死，成爲他仕途失意和荒山卧病後的思想逋逃藪，他試圖以此求得精神上的安慰和解脱。

盧照鄰奉佛，主要在卧病以後。作於東龍門山的五悲悲人生，以儒、道二客趨伏所謂「大聖」（即佛陀）作結，表明他這時佛家思想佔了上風。在寄裴舍人諸公遺衣藥直書中又自謂「晚更篤信佛法」，并在山間營建佛寺以祈福。實際上，盧照鄰奉佛與學道一樣，不過是在極度苦悶中尋求精神寄託，連他自己都覺得可笑：「本欲息貪寡欲，緣此（指營建佛寺）更使貪心萌生。」（同上）

但是，無論是儒，還是道、佛，都不可能給病體垂危的盧照鄰找到精神出路，他最後連天地都懷疑了：「天道何從？自古多邛。爲臧兮匪祐，匪仁兮覆庸。」「天且不能自固，地且不能自持，安得而有萬物？安得而運四時？彼山川與象緯，其孰爲之主司？生也既無其主，死也云其告誰？」（釋疾文命曰）他對傳統觀念産生了懷疑，所有的信仰都崩潰了，於是只好以沉痾難癒的病體去「泛滄浪兮不歸」，以自殺求得永遠的解脱。

二

盧照鄰的作品，流傳到宋、明已多散佚，現存只是原有的一小部分，以詩歌、騷賦成就較高。

我國傳統文學發展到初唐，出現了重要的轉機。一方面，齊、梁浮艷文風尚存，宮廷文學仍佔統治地位，高宗龍朔前後詩壇流行的「上官體」就是它的代表。「上官體」的特點是「好以綺錯婉媚爲本」（舊唐書上官儀傳）。另一方面，南北朝末年已經出現的南北文學合流的勢頭越來越强，庾信已經「啓唐之先鞭」（楊慎升菴詩話卷九），經隋而至唐初，剛勁明快的詩風不絶如縷。太宗時，魏徵等人修前代史，總結歷史的經驗教訓，亦提出了南北合流、取長補短的主張（參隋書文學傳序等）。「四傑」在前人的基礎上大大前進了一步，他們不僅在理論上與代表齊梁餘風的「上官體」作鬭爭，批評它「骨氣都盡，剛健不聞」（楊炯王勃集序），而且以自己風骨初備的創作，爲初、盛唐詩歌的徹底革新開闢着道路。「四傑」中，盧照鄰的貢獻是重要的，有的甚至是獨特的。

在詩歌理論上，盧照鄰最突出的成就，是批判模擬樂府詩的流習，提倡樂府「新題」。在樂府雜詩序中，他尖鋭地指出，擬作樂府詩的結果，使得「落梅芳樹，共體千篇；隴水巫山，殊名一意」。互相沿襲舊題，模擬古辭，實際上完全窒息了漢魏樂府詩的生機，將其變成形式主義的文字遊戲。模擬現象在六朝是嚴重的：「潘、陸、顏、謝，蹈迷津而不歸；任、沈、江、劉，來亂轍而彌遠。」那麼出路何在呢？盧照鄰主張「發揮新題」、「開鑿古人」、「自我作古」。具體説來，就是他所表彰的賈言忠所作的「樂府雜詩」。所謂「雜詩」，即不拘流例，遇物即言，興起當時的詩歌(見文選王粲雜詩李善注)。由於賈言忠的「樂府雜詩」早佚，現已無法知其詳；但既稱之爲「新題(一作「體」)」，或是以樂府舊題寫眼前事，使內容更新；或者徑如樂府雜詩序所舉到的蘇武詩、張衡四愁詩(文選皆歸於「雜詩」)那樣，直抒胸臆，不爲舊題所拘。總之，盧照鄰既稱創作這種「樂府雜詩」是「開鑿古人」，是「自我作古」，那顯然是與擬作樂府完全不同的一種創新。這個問題在初唐提出，有十分重要的意義，它實際上爲李白以樂府舊題寫時事，杜甫即事名篇、不復倚傍的新題樂府，初步打下了理論基礎，積累了創作經驗。

此外，盧照鄰還主張文章應隨時代而變化，不必「同條共貫」，反對「遞相毀譽」；并認爲創作須「妙諧鐘律，體會風騷」，「齊魯一變之道，唐虞百代之文，懸日月於胸懷，挫風雲於毫翰。含今古之制，扣宮徵之聲」，方能寫出有益於世的詩文(南陽公集序)。在文學形式上，他認爲應以「適意爲宗，雅愛清靈，不以繁詞爲貴」(駙馬都尉喬君集序)。并批評永明聲律論：「八病爰起，沈隱侯(即沈約)永作拘囚；四聲未分，梁武帝長爲聾俗。後生莫曉，更恨文律煩苛；知音者稀，常恐詞林交喪。」(南陽公集序)所有這些，在當時無疑都有震聾發聵的作用和糾偏補弊、甚至除舊佈新的意義。

楊炯王勃集序謂王勃批評「上官體」并「思革其弊」，當時參加這一鬬爭的「知音」、「知己」中，特別提到盧照鄰。那麼，前述盧照鄰的文學主張，當有着尖鋭的現實針對性，而不是泛泛之論。盧照鄰在初唐詩歌革新中的重要地位，亦更顯而易見了。

盧照鄰不僅提出了革新詩文的主張，而且以自己的創作，部分地實踐了他的理論，取得了一定的成就。

盧照鄰的詩歌，取材較廣泛，内容較扎實，思想性也較强。首先，他與王、楊、駱一樣，把詩歌的反映面由宫廷拓展到了邊塞大漠。詩人早年曾出使西北，親臨塞外，故其邊塞之作頗具剛健之風：「應須駐白日，爲待戰方酣。」（戰城南）「不辭横絶漠，流血幾時乾？」（紫騮馬）雖是樂府舊題，却寫得情真意切，表現了高亢的愛國熱情。詩人現存作品中没有單純的寫景詩，但在紀行、抒懷、贈答諸作中，常以絢麗多彩的詩筆描繪祖國河山，其中有「石逕縈疑斷，回流映似空」的隴阪秦川風光（入秦川界）；有「長虹掩釣浦，落鴈下星洲」的渭水景色（晚渡渭橋寄示京邑遊好）。尤其是蜀中的山山水水，更像畫卷展現在讀者面前：蜀道是「層冰横九折，積石凌七盤」（早度分水嶺）；蜀山是「飛泉如散玉，落日似懸金」（酬張少府柬之）；蜀水是「連沙飛白鷺，孤嶼嘯玄猿」（三月曲水宴）。那景象，那氣派，絶非宫廷臺閣的風花雪月可比。其次，盧照鄰在詩中歌頌了正直的品格和高尚的情操。在詠史四首中，他贊揚剛直不阿的季布和正氣凛然、視死如歸的朱雲，以爲「丈夫當如此，唯唯何足榮！」在長安古意中，他以清高自守的揚雄自況：

「寂寂寥寥揚子居，年年歲歲一床書。獨有南山桂花發，飛來飛去襲人裾。」他「不息惡木枝，不飲盜泉水」，而願做單棲梧桐的鳳凰（贈益府羣官）。他不樂奔競名利之途，而寧可「歸來事緑疇」（過東山谷口）。再次，詩人在許多詩作中，抒發了「才高位下」、鬱鬱不得志的感慨。中下層知識分子受壓抑，没有施展政治才能的機會，「四傑」都深引爲恨。這在封建社會中具有普遍性，因而反映這個主題的作品也具有普遍的社會意義。詩人在至望喜矚目言懷貽劍外知己中感慨道：「無繇召宣室，何以答吾君？」于時春也慨然有江湖之思寄此贈柳九隴更其憤激：「天子何時問？公卿本（亦）〔不〕憐。自哀還自樂，歸藪復歸田。」行路難看透了那種「一貴一賤」、「一生一死」的世態炎凉；首春貽京邑文士則表示「時來不假問，生死任交情」。這些作品都表現了深於涉世後的清醒認識，在深深的嘆惋中藴藏了那麼多的不平和憤懣。

在詩歌藝術上，盧照鄰作了多方面的探索，如詠史四首古樸無華，七言歌行音節鏗鏘流轉，絶句不假雕飾，在當時都很難能可貴。歷來爲人稱許的長安古意尤其傑出。在這首七言長歌中，作者運用宫體詩的傳統寫法，以穠麗的筆墨多側面地描繪了長安的畸形繁華：公主王侯的驕奢無比，妖童娼女的恣情冶遊，將相王公的相互傾軋。對這一切令人眼花繚亂的世態，詩人皆投以冷眼，最後筆鋒一轉，將寂寥的揚子宅、芬芳的終南桂花推到讀者面前，使「繁華」立刻顯得污濁而令人憎惡。於是，一種新詩的内在張力，粉碎了宫體詩的外殼；出污泥而不染的高尚人格，藴涵着歷久不衰的藝術魅力。

除詩歌外，盧照鄰還作有騷、賦和各類應用文。應用文中有三篇書信，基本上是散體，這在駢文佔統治地位的初唐十分罕見，是作者革新文章體制的初步嘗試。我們這裏對他的騷、賦略作探討。盧照鄰繼承六朝傳統，用短賦抒情，秋霖賦、雙槿樹賦、對蜀父老問等都寫得較好，能够體現出作者的個性。秋霖賦揭示了清貧與豪富、高尚與無恥的對立，與長安古意有相通之處。作者晚年用騷體寫的五悲、釋疾文，在當時影響較大，舊唐書本傳謂其「頗有騷人之風，甚爲文士所重」。盧照鄰在騷、賦中，集中抒發了鬱鬱失意和窮病潦倒的痛苦。作者晚年卧疾空谷，深爲病痛折磨，但他并不只是哀嘆個人的不幸，而是在廣闊的歷史背景下揭露了這種社會現象的不合理：才智之士備受壓抑和摧殘。他以左丘明、賈誼、司馬遷等許多歷史人物的悲慘遭遇爲例，同時也提到當代人王方、楊亨及自己的兄弟，皆「以方圓異用，遭遇殊時，故才高而位下，咸默默以遲遲」。究其根源所在，惟因權貴們「喔咿嚶嘶，口含天憲」，雖然平庸到不過是有竅的怪物，飽食終日的侏儒，但因執掌衡鏡典選大權，才士們便只能頓伏於閭巷，龍鍾於塵垢，終身不能得志（五悲悲才難）。早在爲新都尉時，作者在對蜀父老問中，就抒發了自己不得其用的痛苦。這種腐朽的社會現實，正如左思詠史詩所説「由來非一朝」，早已積重難返，作者痛恨之，鞭撻之，雖然還未能深入揭示造成這種社會現象的本質原因，更無力改變，但在今天無疑仍有一定的思想價值，使我們能從中看到封建社會「太平盛世」的陰暗面。

總之，盧照鄰的作品歌唱社會和人生，批判現實的不合理，走着與宫廷作家不同的創作道路。自詩經、楚辭以來，寫實和浪漫的優秀傳統，在他的創作中得到了一定程度的恢復和發揚。這爲革除齊梁以來的卑弱文風，批判地繼承南北朝文學的積極成果，創造出唐代風骨初備的新文學，作出了不可忽視的貢獻。盧照鄰與王勃等人一樣，完成了時代賦予他們的使命，楊炯稱他爲「人間才傑」（王勃集序）；杜甫更贊美包括盧照鄰在内的「四傑」的作品爲「不廢江河萬古流」（戲爲六絶句），都是歷史的公允評價。

當然，盧照鄰由於時代的限制，没有也不可能徹底擺脱齊梁文風的影響。他畢竟是初唐開始走向革新的作家，其成就總的説來還不甚高。劉熙載藝概卷二曰：「唐初四子沿陳隋之舊，故雖才力迥絶，不免致人異議。」不過，先驅者的功績、艱難和局限，千載之下，我們是能够理解的。盧照鄰作品的主要缺點，是反映的社會面仍較狹窄，主要還停留在個人仕途坎坷及不幸遭遇的詠嘆上，道家的消極思想又過於濃厚。其次是使事用典太多。在釋疾文等篇中，大量搬用老莊原句，實在有食古不化的毛病。此外，如中和樂九章等歌功頌德之作及張超亭觀妓等格調不高的篇什，都無甚可觀。至於佞佛崇道的碑、讚等，除史料價值外，内容也多不可取。

三

據盧照己墓誌銘，盧照鄰的作品在玄宗開元間由其弟盧照己編集進獻。在此之前，其篇什似曾經作者手編，故窮魚賦序稱以該賦「冠之篇首」。張鷟朝野僉載卷六謂盧照鄰「著幽憂子以釋憤焉，文集二十卷」（張鷟約卒於開元年間）。舊唐書經籍志、新唐書藝文志皆著録盧照鄰集二十卷，新唐書另有幽憂子三卷。二十卷當即盧照已撰進本。惜至北宋崇文總目卷五著録時，文集僅十卷，亦有幽憂子三卷。幽憂子當即朝野僉載所記之本，乃卧病後所著，其與文集的關係已不可考，疑各自爲書且單行。南宋以後，郡齋讀書志、直齋書録解題、文獻通考等都著録盧照鄰集十卷，與崇文總目同，而幽憂子三卷唯宋史藝文志登録。則是集宋代通行本爲十卷。十卷本爲二十卷本之殘，抑或爲二十卷本之合并重編，今莫可詳，殘缺的可能性較大。單行本幽憂子三卷，似亦佚於宋。不過，其書雖佚，但傳世之騷體文兩卷（五悲五篇、釋疾文三篇），疑即該書的内容。另，宋代猶有唐四傑詩集四卷，四人各一卷，清孫星衍曾藏有影宋寫本，見孫氏祠堂書目内編卷四，已久佚。

是集元代未見刊本著録。明胡震亨唐音癸籤卷三〇稱盧照鄰集二十卷，蓋據文獻記載，非當時傳本。莫友芝郘亭知見傳本書目卷一二、四庫簡明目録標注邵章續録皆稱有明刻十卷本。今唯見明陳第世善堂藏書目録卷下著録「幽憂子十卷」，不詳是否實有其書。自此之後，十卷本便不見蹤迹，當已失傳。明代通行的盧集爲二卷本。丁丙善本書室藏書志卷二四謂盧集「宋刻有二卷本，載賦、詩及五悲，惟無樂府九章與騷、序、對問、書、讚、碑十七篇」。約印行於明弘治至正德年間的銅活字本唐五十家詩集，收盧照鄰詩集二卷，篇目與丁氏所述宋刻二卷本同。丁丙善本書室藏書志以爲唐五十家詩集「當從宋本出」，其説似是。又，明活字本還有唐人詩集，收盧照鄰集二卷，編者及刊印年代不詳。嘉靖十九年（一五四〇），朱警輯唐百家詩刊行，收盧照鄰集二卷。嘉靖三十一年（一五五二），江都黄埻東壁圖書府刊張遜業輯唐十二家詩，收盧照鄰集二卷。萬曆十二年（一五八四），楊一統刊唐十二名家詩，收盧照鄰集一卷，據孫仲逸序，楊本乃是據江都黄氏本重校付梓。萬曆三十一年（一六〇三），許自昌輯校前唐十二家詩，收盧照鄰集二卷，全同黄埻刊本。除二卷本系統外，嘉靖二十七年（一五四八）張明刊唐四傑集四卷，四人各一卷。據前述孫星衍影宋本，此集亦當爲翻刻宋本。

明崇禎十三年（一六四〇），張燮輯初唐四子集刊於閩中漳州，收幽憂子集七卷，附録一卷。其首葉識曰：「盧照鄰本傳存二十卷，近代永嘉單行詩賦，僅二卷。今彙詩文共七卷。」此爲現存最早的盧照鄰詩文合集本。四庫全書所收盧昇之集即採此本，四庫提要謂該本「由後人掇拾而成，非其舊帙也」。觀前引張燮識語，此説當是。清乾隆四十一年（一七八一），項家達輯初唐四傑集，其中盧集亦同張本。商務印書館四部叢刊初編所收幽憂子集，即據張氏刊本影印，現爲通行善本。

這部盧照鄰集箋注，以四部叢刊初編本爲底本，將幽憂子集更名爲盧照鄰集。在版本校訂方面，由於兩卷本（以及一卷本）蓋出一源，彼此重要異文甚少，故只選校明銅活字本唐五十家詩集之盧照鄰詩集（上海古籍出版社影印天一閣藏本，簡稱五十家）及張遜業唐十二家詩本（黄埻刊本，簡稱十二家），而主要據選集、總集校勘，所據計有：搜玉小集、文苑英華（簡稱英華）、唐文粹、樂府詩集、唐詩紀事、萬首唐人絶句、唐詩品彙、全唐詩、全唐文等。四庫全書雖即收録張燮本，然館臣有所勘正，今亦用以參校（簡稱四庫本）。以上選集、總集，用通行善本或影印善本，四庫本用影印文淵閣本。底本訛脱衍倒，證據確鑿，即予改正，出校説明。疑是、兩通者一律仍舊，與其他重要異文一并列入校記。

由於盧照鄰現存詩文作年可確考者不多，本書仍依底本編次，分爲七卷。各篇寫作年代或大致時間區限，在注〔一〕中略爲考述，以資參考。各家所輯集外詩，按體次入編内該體之末。佚詩斷句，不詳原爲何體，今無論五、七言，以底本成書先後一并次於卷三「七言絶句」之後。佚文三國論，因底本原無「論」，今增立「論」類，并與另兩篇碑類佚文編爲第八卷。集外詩酬楊比部員外暮宿琴堂朝躋書閣率爾見贈之作，見於唐五十家詩集本及全唐詩，今初步考定爲僞作；然以其竄入二卷本盧集已久，故仍附存於編末，略爲考按，不予箋注。

本書因作者密於使事用典，又向無舊注（只有個別選本曾對所選詩文作注），年代久遠，今日閲讀殊覺艱難，故箋注時不得不將徵明事典出處作爲主要任務，必要時對文（詩）意作簡要的概括或提示，以便利讀者。校勘記一般置於注釋之後；若底本文字訛脱衍倒，則校、注合一，以爲辨正。

本書附録有四：一、傳記資料；二、著録題跋；三、諸家評論；四、拙編盧照鄰年譜。由於歷代單論盧氏者較少，而多見於「四傑」總評，故「諸家評論」僅擇要輯録。年譜與箋注互爲表裏，一般略注詳譜。由於史料匱乏，年譜仍較簡略，且許多問題尚待研究，不敢自是，姑附之，聊供參考。

筆者研讀「四傑」文集時，得到鄭臨川教授的悉心指導；箋注過程中，又得到其他師友的幫助和鼓勵，并參考吸取了當代學者的某些成果。上海古籍出版社曹光甫、趙昌平兩先生不憚其勞，爲之芟蕪省複，綴缺正譌，用力不少。徐永年（無聞）教授除曾指點外，還撥冗爲本書題簽。在此謹一并深致謝忱。

箋注盧集，是爲草創，困難重重，筆者敢不黽勉從事。但終因學殖淺薄，年過「不惑」而所惑甚多；讀書未遍，心似有餘而力嘆不足。疏失之處，懇祈專家、讀者不吝批評指正。

祝尚書

一九八五年十月於四川大學古籍整理研究所，一九九二年十二月改定。
二〇一九年九月修訂。

目録

盧照鄰集箋注卷二

七言古詩……七七

五言律詩……九九

盧照鄰集箋注卷三

五言排律

盧照鄰集箋注卷四

盧照鄰集箋注卷一

賦

秋霖賦〔一〕

覽萬物兮，竊獨悲此秋霖〔二〕。風横天而瑟瑟，雲覆海而沈沈。居人對之憂不解，行客見之思已深〔三〕。若乃千井埋煙〔四〕，百廛涵潦〔五〕。青苔被壁〔六〕，緑萍生道。於時巷無馬跡〔七〕，林無鳥聲。野陰霾而自晦〔八〕，山幽曖而不明。長塗未半，茫茫漫漫，莫不埋輪據鞍〔九〕，銜悽茹嘆。借如尼父去魯〔一〇〕，圍陳畏匡〔一一〕。將饑不爨，欲濟無梁〔一二〕。問長沮與桀溺〔一三〕，逢漢陰與楚狂〔一四〕。長櫛風而沐雨〔一五〕，永棲棲以遑遑〔一六〕。及夫屈平既放，登高一望，湛湛江水，悠悠千里〔一七〕。泣故國之長楸〔一八〕，見玄雲之四起。

嗟乎！子卿北海〔一九〕，伏波南川〔二〇〕。金河別鴈〔二一〕，銅柱辭鳶〔二二〕。關山夭骨〔二三〕，霜露凋年〔二四〕。眺窮陰兮斷地〔二五〕，看積水兮連天。別有東國儒生〔二六〕，西都才客〔二七〕。屋滿鉛槧〔二八〕，家虛儋石〔二九〕。茅棟淋淋，蓬門寂寂〔三〇〕。蕪碧草於園徑〔三一〕，聚綠塵於庖甓〔三二〕。玉爲粒兮桂爲薪〔三三〕，堂有琴兮室無人。抗高情以出俗〔三四〕，馳精義以入神〔三五〕。論有能鳴之鴈〔三六〕，書成已泣之麟〔三七〕：覩皇天之淫溢〔三八〕，孰不隅坐而含嚬〔三九〕！

已矣哉！若夫繡轂銀鞍，金杯玉盤，坐臥珠璧，左右羅紈〔四〇〕，流酒爲海，積肉爲巒〔四一〕：視襄陵與昏墊〔四二〕，曾不輟乎此歡。豈知乎堯舜之臞瘠，而孔墨之艱難〔四三〕！

〔一〕此賦蓋盧照鄰早年宦遊期間所作，故文中以「行人」自屬，確年無考。霖，左傳隱公九年：「凡雨，自三日以往爲霖。」楚辭宋玉九辯：「皇天淫溢而秋霖兮。」

〔二〕獨悲句　楚辭宋玉九辯：「竊獨悲此廩秋。」

〔三〕居人兩句　潘尼苦雨賦：「處者含瘁於窮巷，行人嘆息於長衢。」

〔四〕千井　謂地域廣大。説文：「八家一井。」

〔五〕百廛　與「千井」互文。説文：「廛，一畝半，一家之居。」段玉裁注謂應爲二畝半。又段注：

「詩伐檀毛傳曰：一夫之居曰廛。」

〔六〕青苔句　文選張協雜詩十首之一：「青苔依空牆。」

〔七〕馬　原作「人」。英華卷一四、全唐文卷一六六作「馬」，更切「行客」，據改。

〔八〕自　原作「因」。英華、全唐文作「自」，意勝，據改。

〔九〕埋輪　楚辭屈原九歌國殤：「埋兩輪兮縶四馬。」此指車輪陷於泥中而不可行。

〔一〇〕尼父　即孔子。去魯，史記孔子世家：「定公十四年（前四九六），孔子年五十六，由大司寇行攝相事。……（季）桓子卒受齊女樂；郊，又不致膰俎於大夫，孔子遂行。」

〔一一〕圍陳句　史記孔子世家：孔子去魯適衛，居十月，去衛，「將適陳，過匡」。匡人聞之，以爲魯之陽虎，拘焉五日。後孔子至陳，居陳三歲。孔子年六十一，去葉反於蔡。於蔡三歲，楚使人聘孔子，孔子將往拜禮。陳、蔡大夫懼，於是乃相與發徒役圍孔子於野，不得行，絶糧。

〔一二〕將饑兩句　爨，燒火做飯。不爨，指孔子在陳絶糧。又莊子讓王：「孔子窮於陳蔡之間，七日不火食，藜羹不糝，顔色甚憊。」無梁，謂不知津梁何在，即指問津。曹丕雜詩：「欲濟河無梁。」

〔一三〕問長沮句　論語微子：「長沮、桀溺耦而耕，孔子過之，使子路問津焉。」

〔一四〕漢陰　指漢陰丈人。莊子天地：子貢過漢陰，見一丈人抱甕盛水灌畦，於是勸其用機械提水，可用力寡而功多。丈人忿然作色而笑曰：「有機械者必有機事，有機事者必有機心。……吾非不知，羞而不爲也。」楚狂，指接輿。論語微子：「楚狂接輿歌而過孔子曰：『鳳兮鳳兮！何德之衰？往者不可諫，來者猶可追。已而，已而！今之從政者殆而！』孔子下，欲與之言。趨而辟之，不得與之言。」

〔一五〕長櫛風句　謂孔子不暖席而遍遊諸侯。莊子天下：「沐甚雨，櫛疾風。」成玄英疏：「賴驟雨而灑髮，假疾風而梳頭。」　而沐雨，英華校：「三字一作『以沐雨』。」

〔一六〕永棲棲句　論語憲問：「微生畝謂孔子曰：『丘何爲是栖栖者與？』」邢昺疏：「栖栖，猶皇皇也。」

〔一七〕及夫四句　史記屈原傳：「屈原者，名平，楚之同姓也。爲楚懷王左徒。」在懷王、頃襄王時，屈原曾兩次遭讒而被放逐。　楚辭宋玉招魂：「湛湛江水兮上有楓，目極千里兮傷春心。」

〔一八〕泣故國句　楚辭屈原九章哀郢：「望長楸而太息兮，涕淫淫其若霰。」楸，五十家作「秋」，誤。

〔一九〕子卿句　漢書蘇武傳：蘇武字子卿，武帝時使匈奴被拘，匈奴單于欲降蘇武不能，「乃徙武北海上無人處，使牧羝，羝乳乃得歸」。

〔二〇〕伏波　指馬援。後漢書馬援傳：「馬援字文淵，扶風茂陵人也。」光武帝時，馬援南擊交趾，「璽書拜援伏波將軍」。馬援破徵側後，又將樓船進擊九真等地。因其在南方水道進軍，故曰「南川」。

〔二一〕金河句　謂蘇武歸漢。金河，即金川，流經内蒙古中部。此借指李陵別蘇武處。文選李陵與蘇武詩有「攜手上河梁」句，故云。　別鴈，漢書蘇武傳：漢昭帝即位後，向匈奴索求蘇武，常惠教漢使者謂單于，「言天子射上林中，得鴈，足有係帛書，言武等在某澤中」，於是蘇武等得以歸。

〔二二〕銅柱　後漢書馬援傳李賢注引廣州記：「援到交趾，立銅柱，爲漢之極界也。」　辭鳶，後漢書馬援傳：援破徵側後，乃勞賞軍士，從容謂官屬曰：「吾從弟少游常哀吾慷慨多大志……當吾在浪泊、西里間，虜未滅之時，下潦上霧，毒氣重蒸，仰視飛鳶跕跕墮水中，卧念少游平生時語，何可得也！」李賢注：「鳶，鴟也。」

〔二三〕夭骨　言使人衰老。　漢書蘇武傳：「武留匈奴凡十九歲，始以强壯出，及還，鬚髮盡白。」

〔二四〕露　原作「木」。　英華、全唐文作「露」，是，今據改。

〔二五〕窮陰　文選鮑照舞鶴賦：「於是窮陰殺節，急景凋年。」李善注：「禮記曰：季冬三月，日窮於次。神農本草經曰：秋冬爲陰。」　斷地，指寒極地裂。　按以上皆寫「行客」，其愁苦并與水有關，因以言悲秋霖。

〔二六〕東國　文選劉孝標廣絶交論：「郭有道人倫東國。」李善注：「東國，洛陽也。」　儒生，指賈誼，誼爲洛陽人。

〔二七〕西都　即長安。　才客，指揚雄。　漢書揚雄傳：「揚雄字子雲，蜀郡成都人也。」成帝時，客有薦雄文似司馬相如者，「召雄待詔承明之庭」。

〔二八〕鉛槧　指書稿。鉛,書寫顔料;槧,未寫之素版。揚雄答劉歆書:「雄常把三寸弱翰筆,齎油素四尺,以問其異語,歸即以鉛摘次之於槧。」

〔二九〕儋石　史記淮陰侯列傳「守儋石之禄者」,集解引晉灼曰:「揚雄方言:海岱之間名罂爲儋。石,斗石也。」索隱:「石,斗也。」漢書揚雄傳:「家産不過十金,乏無儋石之儲,晏如也。」儋,英華、五十家作「甔」。按後漢書明帝紀李賢注:「方言作『甔』……字或作『儋』。」兩字義同。

〔三〇〕蓬門句　漢書揚雄傳:「家素貧,耆酒,人希至其門。」左思詠史:「寂寂揚子宅,門無卿相輿。」

〔三一〕蕪碧草句　謂揚雄居所庭徑荒蕪,亦指少有人至。陶淵明歸去來兮辭:「三徑就荒。」又謝莊懷園引:「青苔蕪石路。」

〔三二〕聚緑塵句　謂厨房滿是灰塵。文選劉鑠擬行行重行行:「堂上流塵生,庭中緑草滋。」

〔三三〕玉爲粒句　戰國策楚三:「楚國之食貴於玉,薪貴於桂,謁者難得見如鬼,王難得見如天帝。」

〔三四〕抗高情句　漢書揚雄傳:「雄三世(指成、哀、平三朝)不徙官。及(王)莽篡位……雄復不侯,以耆老久次轉爲大夫,恬於勢利乃如是。實好古而樂道,其意欲求文章成名於後世。」

〔三五〕馳精義句　揚雄解嘲:「顧而作太玄五千文,支葉扶疏,獨説數十餘萬言,深者入黄泉,高者出蒼天，大者含元氣，纖者入無倫。」又漢書揚雄傳引桓譚曰：「今揚子之書文義至深，而論不詭於聖人。」

〔三六〕能鳴之鴈　莊子山木：「夫子出於山，舍於故人之家。故人喜，命豎子殺鴈而亨之。豎子請曰：『其一能鳴，其一不能鳴，請奚殺？』主人曰：『殺不能鳴者。』」句謂揚雄之論（當指太玄），幽微高妙可比莊子。　有，英華作「甚」，校曰：「一作有。」

〔三七〕泣麟　春秋：「哀公十有四年春，西狩獲麟。」杜預注：「仲尼傷周道之不興，感嘉瑞之無應，故因魯春秋而脩中興之教，絶筆於獲麟之一句。」公羊傳哀十四年：「春，西狩獲麟……孔子曰：『孰爲來哉！孰爲來哉！』反袂拭面，涕沾袍。」此謂揚雄之書（當指法言）可上追論語。漢書揚雄傳：「（雄）以爲經莫大於易，故作太玄；傳莫大於論語，作法言。……皆斟酌其本，相與放依而馳騁云。」

〔三八〕覩皇天句　見注〔一〕。

〔三九〕隅坐而含嚬　何遜霖雨不晴詩：「向隅懷獨思。」　以上寫居人（揚雄）悲秋霖，乃作者借題發揮。

〔四〇〕羅紈　代指侍女。枚乘七發：「越女侍前，齊姬奉後。」又世説新語汰侈劉孝標注引續文章志：石崇「後房百數，皆曳紈綉，珥金翠」。

〔四一〕流酒兩句　史記殷本紀：「（紂）以酒爲池，懸肉爲林。」正義引太公六韜云：「紂爲酒池，回船艚丘而牛飲者三千餘人爲輩。」

〔四二〕視襄陵句　尚書益稷：「洪水滔天，浩浩懷山襄陵，下民昏墊。」孔疏引鄭玄云：「昏，没也；墊，陷也。」　此句「與」下原有「而」字。英華無「與」字，「而」下校：「一作與。」全唐文無「而」字。按「而與」并列當誤，蓋衍一字。初學記卷二引作「與」，無「而」字，今據删。

〔四三〕豈知兩句　淮南子脩務訓：「蓋聞傳書曰：神農憔悴，堯瘦臞，舜黴黑，禹胼胝。由此觀之，則聖人之憂勞百姓甚矣。」又曰：「孔子無黔突，墨子無煖席……非以貪禄慕位，欲事起天下利，而除萬民之害。」

馴鳶賦〔一〕

孕天然之靈質，稟大塊之奇工〔二〕。嘴距足以自衛〔三〕，毛羽足以凌風。懷九圍之遠志〔四〕，託萬里之長空〔五〕。陰雲低而含紫，陽景升而帶紅〔六〕。經過巫峽之下〔七〕，惆悵彭門之東〔八〕。

既而摧頹短翮，寥落長想〔九〕。忌蒙莊之見欺〔一〇〕，哀武溪之莫往〔一一〕。進謝扶摇之力〔一二〕，退慚歸昌之響〔一三〕。腐食多懼〔一四〕，層巢無像〔一五〕。屈猛性以自馴〔一六〕，抱愁容而就養〔一七〕。於是傍眺德門〔一八〕，言棲仁路〔一九〕，不踐高梁之屋，翔止吾人之樹。聽嗚鷄於月曉〔二〇〕，侶羣鵲於星暮〔二一〕。狎蘭砌之高低，翫荆扉之新故〔二二〕。循廣庭之一息，歷長簷而逕度。若乃風去雨還〔二三〕，河移月落〔二四〕。徘徊亂於雙燕，鳴舞均乎獨鶴〔二五〕。乍嘯聚於霞莊，時追飛於雲閣〔二六〕。荷大德之純粹〔二七〕，將輕姿之陋薄〔二八〕。思一報之無階，欣百齡之有託〔二九〕。

〔一〕此賦作年不可確考。按王勃亦有馴鳶賦，兩賦疑同時所作。賦中言及彭門，或在咸亨二年（六七一）春游九隴縣時。　鳶，即老鷹。

〔二〕大塊　莊子齊物論：「夫大塊噫氣，其名爲風。」成疏：「大塊者，造物之名，亦自然之稱也。」

〔三〕觜距　文選張華鷦鷯賦：「翰舉足以沖天，觜距足以自衛。」

〔四〕九圍　九州。詩經商頌長發：「帝命式於九圍。」孔疏：「謂九州爲九圍者，蓋以九分天下，各爲九處，規圍然，故謂之九圍也。」

〔五〕託萬里句　張華鷦鷯賦：「或凌赤霄之際，或託絶垠之外。」

〔六〕陽景　指太陽。景，全唐文卷一六六作「星」，似誤。

〔七〕巫峽　長江三峽之一。水經江水注：「江水又東逕巫峽，杜宇所鑿，以通江水也。……其間首尾百六十里，謂之巫峽。」

〔八〕彭門　山名。水經江水注：大江「東南下百餘里，至白馬嶺而歷天彭闕，亦謂之天彭谷也。」

秦昭王以李冰爲蜀守，冰見氏道縣有天彭山，兩山相對，其形如闕，謂之天彭門，亦曰天彭闕」。元和郡縣志卷三一彭州：「江出山處，兩山相對，古謂之天彭門。」按天彭門位置，載籍多異説，明曹學佺蜀中名勝記謂其在彭縣北三十里丹景山前。丹景山在今四川彭州市西北三十餘里處。

〔九〕長想　猶「長懷」。禰衡鸚鵡賦：「眷西路而長懷，望故鄉而延佇。」

〔一〇〕蒙莊　即莊子，蒙人。見欺，指爲人所執。莊子山木：「莊周遊於雕陵之樊，覩一異鵲自南方來者，翼廣七尺，目大運寸，感周之顙而集於栗林。莊周……蹇裳躩步，執彈而留之。」

〔一一〕哀武溪句　崔豹古今注卷中音樂引馬援武溪深：「滔滔武溪一何深，鳥飛不度，獸不敢臨。嗟哉武溪多毒淫。」水經注卷三七沅水：「水又逕沅陵縣西，有武溪，源出武山……有新息侯馬援征武溪蠻停軍處。」按武溪又稱盧水，在辰州盧溪縣（今湖南瀘溪縣）。

〔一二〕扶搖　旋風名。莊子逍遥遊：「鵬之徙於南冥也，水擊三千里，摶扶摇而上者九萬里。」司馬彪注：「上行風謂之扶摇。」成疏：「風氣相扶，摇動而上。」

〔一三〕歸昌　鳳鳴聲。劉向説苑辨物：鳳「飛鳴曰上翔，集鳴曰歸昌」。又宋書符瑞志謂鳳「晝鳴曰上翔，夕鳴曰歸昌」。

〔一四〕腐食　指腐鼠。莊子秋水：惠子恐莊子代其爲梁相，於是搜於國中三日三夜，莊子往見之曰：「鴟得腐鼠，鵷鶵過之，仰而視之曰：『嚇！』今子欲以子之梁國而嚇我邪？」

〔一五〕層巢　多層結構之巢，言其華麗。文選古詩十九首之五：「阿閣三重階。」李善注引尚書中候：「昔黄帝軒轅，鳳凰巢阿閣。」無像，謂鳳失其本來面目，指被馴化。初學記卷三〇鳳引論語摘衰聖曰：「鳳有六像、九苞。六像者，一曰頭像天，二曰目像日，三曰背像月，四曰翼像風，五曰足像地，六曰尾像緯。」像，英華作「豫」，失韻，誤。

〔一六〕屈猛性句　張華鷦鷯賦：「屈猛性以服養。」

〔一七〕抱愁句　鮑照舞鶴賦：「守馴養於千齡，結長悲於萬里。」

〔一八〕德門　循禮守教之家。陸機爲陸思遠婦作詩：「潔己入德門。」眺，英華作「跳」，形訛。

〔一九〕言　語辭，無義。

〔二〇〕聽鳴鷄句　何遜窮鳥賦：「聽翔羣於月曉……同鷄塒而共宿。」鳴，五十家作「羣」。

〔二一〕侶　英華校：「一作逵。」

〔二二〕翫荆扉句　文選沈約宿東園詩：「荆扉故且新。」李善注引鄭玄禮記注：「蓽門，荆竹編門也。」

〔二三〕若乃句　文選鮑照舞鶴賦「風去雨還」李善注：「風雨既除。」

〔二四〕河移句　鮑照舞鶴賦：「星翻漢回，曉月將落。」

〔二五〕鳴舞　文選鮑照舞鶴賦李善注引相鶴經，謂鶴「七年學舞，復七年應節，晝夜十二鳴」。謝朓敬亭山詩：「獨鶴方朝唳。」

〔二六〕雲閣　文選揚雄甘泉賦：「乘雲閣而上下兮。」李善注：「雲閣，言高連雲也。」
〔二七〕純粹　美好。楚辭屈原離騷：「昔三后之純粹兮。」王逸注：「至美曰純，齊同曰粹。」
〔二八〕輕姿句　謂軀體卑陋。禰衡鸚鵡賦：「託輕鄙之微命，委陋賤之薄軀。」
〔二九〕欣百齡句　百齡，指終身。有託，有依靠。陶潛讀山海經詩：「衆鳥欣有托，吾亦愛吾廬。」

窮魚賦　并序

余曾有橫事被拘〔一〕，爲羣小所使〔二〕，將致之深議，友人救護得免。竊感趙壹窮鳥之事〔三〕，遂作窮魚賦。常思報德，故冠之篇首云〔四〕。

有一巨鱗，東海波臣〔五〕，洗静月浦，涵丹錦津〔六〕。映紅蓮而得性〔七〕，戲碧波以全身。宕而失水〔八〕，屆於陽瀕〔九〕。漁者觀焉，乃具竿索，集朋黨。鼂趨雀躍，風馳電往。競下任公之釣〔一〇〕，爭陳豫且之網〔一一〕。螻蟻見而甘心〔一二〕，獱獺聞而抵掌〔一三〕。於是長舌利嘴，曳綸爭鈎。拖鬐挫鬣，撫背扼喉。動摇不可，騰躍無繇。有懷纖潤，寧望洪流〔一四〕！大鵬過而哀之，曰：昔余爲鯤也〔一五〕，與爾游乎〔一六〕；自余羽化之後，子其遺孤〔一七〕。俄撫翼而下，負之而趨。南浮七澤〔一八〕，東泛五湖〔一九〕。是魚也已相忘於江海〔三〇〕，而漁者猶悵望於泥塗〔三一〕。

〔一〕作者被拘始末不詳。據本集獄中學騷體，知在秋季；綜觀其生平，約在高宗顯慶末龍朔初。作此賦時，似出獄已久，年代無考。

〔二〕羣小 詩經邶風柏舟：「憂心悄悄，愠於羣小。」鄭箋：「羣小，衆小人在君側者。」此泛指小人。

〔三〕竊感句 後漢書趙壹傳：「趙壹，字元叔，漢陽西縣人也。……恃才倨傲，爲鄉黨所擯，乃作解擯。後屢抵罪，幾至死，友人救得免。壹乃貽書謝恩曰：『……余畏禁，不敢班班顯言，竊爲窮鳥賦一篇。』」

〔四〕常思兩句 四庫全書總目提要盧昇之集提要：「窮魚賦序稱『嘗思報德，故冠之篇首』，則照鄰自編之集，當以是篇爲第一；而此本（指四庫著録之兩江採進本，即張燮刊本幽憂子集）列秋霖、馴鳶二賦後……知由後人掇拾而成，非其舊帙也。」

〔五〕東海句 莊子外物：「周昨來，有中道而呼者，周顧視車轍中，有鮒魚焉。周問之曰：『鮒魚來！子何爲者邪？』對曰：『我，東海之波臣也。』」

〔六〕洗静兩句 静，全唐文卷一六六作「淨」，似是。月浦，舊題劉向列仙傳卷上江妃二女：「江妃二女者，不知何所人也，出遊於江漢之湄。逢鄭交甫見而悦之，不知其神人也。」鄭交甫與二女言：「願請子之佩。」二女「遂手解佩與交甫，交甫悦受而懷之中當心。趨去數十步視佩，空懷無佩，顧二女忽然不見」。文選張衡南都賦「游女弄珠於漢皋之曲」句，李善注引韓詩外傳：「鄭交甫將南適楚，遵波漢皋臺下，乃遇二女，佩兩珠，大如荆鷄之卵。」是二女所贈之佩遂爲珠。珠以明月珠（又稱隋侯珠）爲貴，故又傅會所贈爲明月珠，泛指瀕江之地爲明月浦，或月浦、珠浦。錦津，指成都錦江及兩岸。華陽國志卷三蜀志：「夷里橋南岸，「其道西城，故錦官也。錦工織錦，濯其中則鮮明，濯他江則不好，故名曰錦里也」。按：兩句皆泛指大魚出没之地，乃映帶用典。舊題崔融唐朝新定詩格十體之「映帶體」：「映帶體者，謂以事意相愜，復而用之者是。詩曰：『露花疑濯錦，泉月似沈珠。』此意花似錦，月似珠，自昔通規矣。然蜀有濯錦川，漢有明月浦，故特以爲映帶。」

〔七〕映紅蓮　樂府詩集卷二六相和曲江南古辭：「魚戲蓮葉間。」以上數句，謂魚雖大，但性情温順，以怡然自足爲樂，從不招惹是非。

〔八〕宕而句　莊子庚桑楚：「吞舟之魚，碭而失水，則蟻能苦之。」宕、碭，皆衝蕩意。

〔九〕届：到達。　陽瀕，穀梁傳僖二十八年：「水北爲陽。」漢書地理志上：「海瀕廣潟。」顔注：「瀕，水涯也。」張衡南都賦：「方軌齊軫，祓于陽瀕。」此泛指岸邊。

〔一〇〕任公之釣　莊子外物：「任公子爲大鈎巨緇，五十犗以爲餌，蹲乎會稽，投竿東海。……任公子得若魚，離而腊之，自制河以東，蒼梧以北，莫不厭若魚者。」成疏：「任，國名，任國之公子。」　釣，英華卷一三九、全唐文皆作「犗」，英華校：「一作釣。」

〔一二〕豫且　神話中漁者名。莊子外物：「宋元君夜半而夢人闚阿門，曰：『予自宰路之淵，予爲清江使河伯之所，漁者余且得予。』元君覺，使人占卜，曰：『此神龜也。』……仲尼曰：『神龜能見夢於元君，而不能避余且之網。』」余且，史記龜策列傳作「豫且」。

〔一三〕螻蟻句　見注〔九〕。又文選賈誼弔屈原文：「横江湖之鱣鯨兮，固將制於螻蟻。」

〔一四〕猵獺　漢書揚雄傳載羽獵賦「蹈猵獺」顔注：「獺，形如狗，在水中食魚。猵，小獺也。」

〔一五〕有懷兩句　莊子外物：「（鮒魚）對曰：『我，東海之波臣也。君豈有斗升之水而活我哉？』周曰：『諾。我且南遊吴越之王，激西江之水而迎子，可乎？』鮒魚忿然作色曰：『……吾得斗升之水然活耳，君乃言此，曾不如早索我於枯魚之肆！』」纖潤，些微之水。

〔一六〕大鵬兩句　莊子逍遥遊：「北冥有魚，其名爲鯤。鯤之大，不知其幾千里也。化而爲鳥，其名爲鵬。鵬之背，不知其幾千里也。」

〔一七〕爾　英華、全唐文作「是」。

〔一八〕自余兩句　英華、全唐文作「自余羽化，之子其孤」。於義似長。羽化，指由鯤化鵬。又「子」，五十家作「爾」。

〔一九〕七澤　古代楚地諸湖泊。司馬相如子虚賦：「臣聞楚有七澤，嘗見其一，未覩其餘也。」

〔二〇〕五湖　五湖　異説頗多，蓋指太湖及附近湖泊。周禮夏官職方氏：東南曰揚州，「其川三江，其浸五湖」。

〔二〇〕是魚句　莊子大宗師：「魚相忘乎江湖。」郭象注：「各自足而相忘者，天下莫不然也。至人常足，故常忘也。」又曰：「泉涸，魚相與處於陸，相呴以濕，相濡以沫，不如相忘於江湖。」成疏：「江湖浩翰，游泳自在，各足深水，無復往還，彼此相忘。」

〔二一〕泥塗　謂污濁之地。左傳襄三十年：「以晉國之多虞，不能由吾子，使吾子辱在泥塗久矣。」

雙槿樹賦　并序　同崔少監作〔一〕

日昨於著作局〔二〕，見諸著作競寫雙槿樹賦〔三〕。蓬萊山上〔四〕，即對神仙〔五〕；芸香閣前〔六〕，仍觀秘寶〔七〕。金懸秦市〔八〕，楊子見而無言〔九〕；紙貴洛城〔一〇〕，陸生聞而罷笑〔一一〕。故知柔條朽榦，吹噓變其死生〔一二〕；落葉凋花，翦拂成其光價〔一三〕。方且傳石渠之故事〔一四〕，得槿樹之新名，足以脂粉仙臺，丹青秘府者也〔一五〕。若布衣藜杖〔一六〕，巖栖藿食，居周室而非史〔一七〕，處漢代而無田〔一八〕，學涉蕪淺，文多瞽陋〔一九〕：宜其屏竄，用其靜默〔二〇〕。蓋窮而思達，人之情也；卑而應高，物之理也。故疾雷作而蟄蟲飛〔二一〕，浮雲興而石碣潤〔二二〕，不可廢也。雖云聖朝多士〔二三〕，而公實居之；草澤有人〔二四〕，亦國家之美事〔二五〕。故復獎刷芻鄙，作雙槿樹賦，詞義猥薄，退增慚靦〔二六〕。賦曰：

方丈蓬萊〔二七〕，邈矣悠哉。芸扃石室〔二八〕，圖天揆日〔二九〕。若乃羲和掌日〔三〇〕，太史觀星〔三一〕。銅渾玉策〔三二〕，寶笥金銘。地則圖書之府〔三三〕，人則神仙之靈。中有芳蕣，鬱鬱亭亭。徒觀其兩砌分植〔三四〕，雙階并耀；葉鏤五衢〔三五〕，榮回四照〔三六〕。紛廣庭之靃靡〔三七〕，隱重廊之窈窕。青陸至而鶯啼〔三八〕，朱陽升而花笑〔三九〕。紫蔕紅蕤，玉蕊蒼枝。露華的皪〔四〇〕，風色徘徊。采粲照灼〔四一〕，婀娜隈緌〔四二〕。迫而視之，鳴環動珮歌扇開〔四三〕；遠而望之，連珠合璧星漢回〔四四〕。狀仙人之羽蓋〔四五〕，疑佚女之瑶臺〔四六〕。寂寞攸利，栖閑此地，委命卷舒，隨時榮悴。外無嬰夭之禍，内有逍遥之致。朝朝暮暮落復開，歲歲年年紅以翠〔四七〕。若夫遊蜂戲蝶封其蕚，輕煙弱霧絡其條〔四八〕，去不謂之損，來不謂之饒〔四九〕。故能出君子之殊俗〔五〇〕，入詩人之舊謡〔五一〕。齊顯昧於兩曜〔五二〕，效生死於一朝。同喪我之非我〔五三〕，固雖凋而不凋。

則有亭伯儒門〔五四〕，令思詩友〔五五〕，翰苑擴其呑夢〔五六〕，文鋒高而照斗〔五七〕。詠蕪滋之朝夕，悲積薪之先後〔五八〕。縟繡起於緹紡〔五九〕，煙霞生於灌莽。豈與巖幽弱蓧〔六〇〕，澗底枯松〔六一〕，徒冒霜而停雪，空集鳳而吟龍〔六二〕，詎得奉仙闈之廣價〔六三〕，連筆匠之爲容？已矣哉！東方生聞而嘆曰〔六四〕：故年花落不留人，今年花發非故春〔六五〕；倏兮夕隕，忽兮朝新。侏儒何功兮短飽？曼倩何負兮長貧〔六六〕？聊寄詞於庭樹，倘有感於平津〔六七〕。

〔一〕槿　亦作「堇」,即木槿樹。又名蕣、日及等。説文:「蕣,木堇,朝華暮落者。」少監,官名。舊唐書職官志二:秘書省,少監二員。高宗龍朔二年(六六二)改爲蘭臺侍郎,咸亨元年(六七〇)十二月復舊稱。崔少監,當即崔行功。舊唐書崔行功傳:崔行功,恒州井陘人。高宗時累轉吏部郎中,坐事貶,尋徵爲司文郎中。朝廷大手筆,多是行功及蘭臺侍郎李懷儼之詞。「遷蘭臺侍郎。咸亨中,官名復舊,改爲秘書少監。上元四年(六七四)卒官」。據此知賦當作於咸亨元年以後,上元四年之前。疑是咸亨二年在長安參加典選時作。賦題,英華卷一四三、全唐文卷一六六作「同崔少監作雙槿樹賦并序」,五十家作「雙槿樹賦同崔少監作并序」。

〔二〕著作局　秘書省所屬機構。據舊唐書職官志二,著作局有著作郎二人,佐郎四人,校書郎二人。「著作郎、佐郎掌修撰碑志、祝文、祭文」。

〔三〕競寫　晉書左思傳:左思作三都賦,「司空張華見而嘆曰:『班(固)張(衡)之流也,使讀之者盡而有餘,久而更新。』於是豪貴之家,競相傳寫,洛陽爲之紙貴」。

〔四〕蓬萊山　指秘書省。後漢書竇章傳:「是時學者稱東觀爲老氏藏室,道家蓬萊山。」李賢注:「老子爲守藏史,後爲柱下史,四方所記文書皆歸柱下,事見史記。言東觀經籍多也。蓬萊,海中神山,爲仙府,幽經秘録并皆在焉。」唐秘書省掌圖籍,故以蓬萊爲喻。

〔五〕神仙　指諸著作郎。因蓬萊山爲神仙居地，故稱。

〔六〕芸香閣　亦指秘書省。初學記卷一二引魚豢典略：「芸臺香辟紙魚蠹，故藏書臺稱芸臺。」

〔七〕秘寶　即秘籍，謂其書極珍稀寶貴。後漢書班固傳引典引篇：「啓恭館之金縢，御東序之秘寶。」

〔八〕金懸句　史記吕不韋傳：「吕不韋乃使其客人人著所聞……號曰吕氏春秋，布咸陽市門，縣千金其上，延諸侯游士賓客有能增損一字者予千金。」

〔九〕楊子句　西京雜記卷三：「淮南王安，著鴻烈二十一篇。鴻，大也；烈，明也，言大明禮教，號爲淮南子，一曰劉安子。自云字中皆挾風霜。揚子雲（雄）以爲一出一入，字直千金。」楊子，即揚雄。宋以後多作「楊雄」，實乃誤書。今各隨其形。

〔一〇〕紙貴句　見注〔三〕。

〔一一〕陸生　指陸機。晉書左思傳：「初，陸機入洛，欲爲此賦（指三都賦），聞思作之，撫掌而笑，與弟雲書曰：『此間有傖父欲作三都賦，須其成，當以覆酒甕耳。』及思賦出，機絶嘆伏，以爲不能加也，遂輟筆焉。」

〔一二〕吹嘘句　後漢書鄭太傳：「清談高論，嘘枯吹生。」李賢注：「枯者嘘之使生，生者吹之使枯，言談論有所抑揚也。」

〔一三〕翦拂句　文選劉孝標廣絶交論：「至於顧盼增其倍價，剪拂使其長鳴。」李善注引戰國策（楚四汗明見春申君）：「今僕居鄙俗之日久矣，君獨無意湔拔僕也。」謂「湔拔、剪拂，音義同也」。鮑彪注：「湔，手浣也。祓，去惡也。」此猶言吹捧、誇奬。北史盧思道傳載孤鴻賦序：「通人楊令君（愔）、邢特進（卲）以下，皆分庭致敬，倒屣相接，翦拂吹嘘，長其光價。」

〔一四〕石渠　閣名，漢藏書處。三輔黄圖卷六：「石渠閣，蕭何造。其下礲石爲渠以導水，若今御溝，因爲閣名。所藏入關所得秦之圖籍。至於成帝，又於此藏秘書焉。」石渠之故事，指製作歌賦。班固兩都賦序：「至於武、宣之世，乃崇禮官，考文章，内設金馬、石渠之署，外興樂府協律之事。」故言語侍從之臣，朝夕論思，日夕獻納；而公卿大臣，時時間作。「或以抒下情而通諷諭，或以宣上德而盡忠孝」。

〔一五〕足以兩句　脂粉、丹青，本化粧及畫圖顔料，此皆用如動詞，謂潤色修飾。仙臺、秘府，皆指秘書省。

〔一六〕若　英華、五十家作「君」，似誤。

〔一七〕居周室句　史記老子傳：「老子，周守藏室之史也。」索隱：「藏室史，周藏書室之史也。」按「周室」代指秘書省，作者曾在秘書省任微職，故曰「非史」。此句英華、全唐文作「當堯時而非史」，似誤。

〔一八〕處漢代句　後漢書杜詩傳：杜詩，「字公君，河内汲人也。少有才能。……身雖在外，盡心朝廷，讜言善策，隨事獻納。……病卒，司隸校尉鮑永上書言詩貧困無田宅，喪無所歸。詔使治喪郡邸，賻絹千匹。」

〔一九〕陋　原作「漏」。英華、全唐文作「陋」。按本集對蜀父老問：「鄙夫瞽陋。」則作「陋」是，今據改。

〔二〇〕静默　管子宙合：「賢人之處亂世也……静默以侔免。」

〔二一〕故疾雷句　莊子天運：「蟄蟲始作，吾驚之以雷霆。」成疏：「仲春之月，蟄蟲始啓，自然之理，驚之雷霆，所謂動静順時，因物或作。」

〔二二〕浮雲句　淮南子説林訓：「山雲蒸，柱礎潤。」高誘注：「礎，柱下石，礩也。」「碣」與「礩」義同。以上兩句言彼此感應，明作賦之由。

〔二三〕多士　詩經大雅文王：「濟濟多士，文王以寧。」

〔二四〕草澤　左思詠史：「何世無奇才，遺之在草澤。」資治通鑑卷二九一後周廣順三年（九五三）：「唐草澤邵業上言。」胡三省注：「布衣未有朝命者，謂之草澤。」

〔二五〕英華、五十家、全唐文於句末有「也」字。

〔二六〕五十家、十二家於此句下有「謹啓」二字。

〔二七〕方丈、蓬萊　史記秦始皇本紀：「齊人徐市等上書，言海中有三神山，名曰蓬萊、方丈、瀛州，仙人居之。」

〔二八〕芸扃　即芸閣，指秘書省，見注〔六〕。扃，英華作「居」，五十家作「局」。作「居」誤。石室，史記太史公自序：「紬史記石室金匱之書。」索隱：「案石室金匱，皆國家藏書之處。」此亦代指秘書省。

〔二九〕圖天句　謂秘書省建置上法天象。爾雅釋天：「娵觜之口，營室、東壁也。」郭璞注：「營室、東壁星，四方似口，因名之。」晉書天文志上：二十八宿，「東壁二星，主文章，天下圖書之秘府也」。詩經鄘風定之方中：「揆之以日，作於楚室。」毛傳：「揆，度也。度日出日入以知東西，南視定北，準極以正南北。」

〔三〇〕羲和　尚書堯典：「乃命羲和，欽若昊天，曆象日月星辰，敬授人時。」僞孔傳：「羲氏和氏，世掌天地四時之官。」此指秘書省太史局。

〔三一〕太史　舊唐書職官志二，秘書省司天臺：「太史令掌觀察天文，稽定曆數。」

〔三二〕銅渾　古代測天儀器。尚書舜典：「在璿璣玉衡，以齊七政。」孔疏謂璣衡乃「王者正天文之器，漢世以來，謂之渾天儀」。因其爲銅製，故稱。按楊炯渾天賦序，謂唐初銅渾置於靈臺。舊唐書職官志二：秘書省司天臺有靈臺郎二人。　玉策，即玉牒，指天文秘籍。應劭風俗通二：「俗説岱宗上有金篋玉策，能知人年壽修短。」

〔三三〕圖書府　舊唐書職官志二：秘書省「秘書監之職，掌邦國經籍圖書之事。有二局：一曰著作，二曰太史」。

〔三四〕徒　英華、全唐文無此字。

〔三五〕葉鏤句　謂葉脉縱横交錯，如刻成之衢路。山海經中山經：少室之山有木，名曰帝休，「葉狀如楊，其枝五衢」。

〔三六〕榮　即花。爾雅釋草：「木謂之華（花），草謂之榮。」四照，謂花光閃耀。文選王簡棲頭陀寺碑文：「四照之花萬品。」李善注引山海經，謂鵲山有木，名迷穀，「其華四照」。又引郭璞注：「其光照下地。」

〔三七〕靃靡　楚辭淮南小山招隱士「薠草靃靡」王逸注：「隨風披敷。」

〔三八〕青陸　即青道，指春天。文選顔延年三月三日曲水詩序：「月軌青陸。」李善注引河圖帝覽嬉：「立春春分，月從東青道。」

〔三九〕朱陽　即太陽。因太陽又稱「朱明」（楚辭招魂「朱明承夜兮」）。此指夏日。禮記月令：「仲夏之月，木槿榮。」句謂仲夏日出而槿花盛開。傅咸舜花賦：「逮朱夏而誕英。」

〔四〇〕的皪　漢書司馬相如傳載上林賦：「明月珠子，的皪江靡。」顔注：「的皪，光貌也。」

〔四一〕采粲句　傅咸舜華賦：「朝陽照灼以舒暉，逸藻采粲而光明。」此句英華作「㩆㩆衰風」，五十家作「㩆㩆衰颯」。

〔四二〕妸娜隈綏　同「阿那腲腇」。文選王褒洞簫賦：「其奏歡娛，則莫不憚漫衍凱，阿那腲腇者也。」李善注：「阿那腲腇，舒遲貌。」

〔四三〕鳴環動珮　禮記經解：「行步則有環佩之聲。」劉孝綽遥見鄰舟主人投一物詩：「摇佩奮鳴環。」

〔四四〕連珠　指五星（歲星、熒惑、太白、辰星、鎮星）如珍珠綴連成串。　合璧，謂日月會聚。　漢書律曆志上：「日月如合璧，五星如連珠。」顔注引孟康曰：「七曜（按即日月五星）皆會聚斗。」

〔四五〕羽蓋　文選張衡東京賦：「羽蓋葳蕤。」薛綜注：「羽蓋，以翠羽覆車蓋也。」

〔四六〕佚女瑶臺　楚辭屈原離騷：「望瑶臺之偃蹇兮，見有娀之佚女。」王逸注：「石次玉曰瑶。」又曰：「有娀，國名。佚，美也。」

〔四七〕以　原作「似」，據五十家、四庫本、全唐文改。

〔四八〕絡　英華作「結」。

〔四九〕去不兩句　謂木槿不以蜂蝶煙霧之來去爲意。　揚雄解嘲：「譬若江湖之崖，渤澥之島，乘鴈集不爲之多，雙鳧飛不爲之少。」兩句英華作「來不謂之苟，去不謂之饒」，校：「一作去不謂之損，來不謂之饒。」

〔五〇〕故能句　謂雖外國異俗，亦尚槿花。　藝文類聚卷八九引外國圖：「君子之國，多木槿之華，人民食之。」

〔五一〕舊謡　指詩經舊篇。　按詩經鄭風有女同車：「有女同車，顔如舜華。」「有女同車，顔如舜英。」

〔五二〕顯昧　指花開花落。　兩曜，謂一晝夜。　初學記卷一引梁元帝纂要：「日月謂之兩曜。」

〔五三〕喪我、非我　謂物我兩忘。莊子齊物論：「今者吾喪我。」郭注：「吾喪我，我自忘矣。……故都忘内外，然後超然俱得。」成疏：「喪，猶忘也。」又莊子知北遊「吾身非吾有也」，亦所謂「非我」之意。

〔五四〕則　全唐文作「別」，似是。　亭伯，即崔駰。後漢書崔駰傳：「崔駰字亭伯，涿郡安平人也。」「年十三能通詩、易、春秋，博學有偉才，盡通古今訓詁百家之言，善屬文。」　儒門，謂崔少監乃崔駰之後。

〔五五〕令思詩友　指諸著作郎。晉書華譚傳：「華譚字令思，廣陵人也。好學不倦，博學多通。」「建武初，授秘書監，固讓不拜。太興初，拜前軍，以疾復轉秘書監。……時晉陵朱鳳、吴郡吴震并學行清修，老而未調，譚皆薦爲著作佐郎」。

〔五六〕吞夢　司馬相如子虚賦：「雲夢者，方九百里。」烏有先生誇齊東大海「吞若雲夢者八九，於其胸中曾不蔕芥」。元和郡縣志卷二七江南道安州安陸縣：「雲夢澤，在縣南五十里。」

〔五七〕斗　北斗。詩經大東：「維北有斗。」

〔五八〕悲積薪句　漢書汲黯傳：「始黯列九卿矣，而公孫弘、張湯爲小吏。……已而弘至丞相封侯，湯御史大夫，黯時丞史皆與同列，或尊用過之。黯褊心，不能無少望，見上，言曰：『陛下用羣臣如積薪耳，後來者居上。』」

〔五九〕縟繡　喻賦華美。文選陸機文賦：「炳若縟繡。」李善注：「説文曰：縟，繁彩色也。又繡，五色彩備也。」 緹紡，橘紅色織品。

〔六〇〕篠　英華、全唐文作「篠」。五十家作「條」。

〔六一〕澗底句　左思詠史詩：「鬱鬱澗底松。」

〔六二〕集鳳　莊子秋水謂鵷鶵（鳳類）「非梧桐不止」。　吟龍，易乾文言：「雲從龍。」孔疏：「龍吟則景雲生。」

〔六三〕仙闈　仙人居處，指秘書省。　五十家無「仙」字，似奪。

〔六四〕東方生　即東方朔，漢武帝時爲郎。　藝文類聚卷八九引東方朔與丞相公孫弘借車馬書：「木槿夕死朝榮，士亦不長貧也。」

〔六五〕故年兩句　發揮東方朔語意，謂時去事非。

〔六六〕侏儒兩句　漢書東方朔傳：朔對武帝曰：「朱儒長三尺餘，奉一囊粟，錢二百四十。臣朔長九尺餘，亦奉一囊粟，錢二百四十。朱儒飽欲死，臣朔饑欲死。」　侏儒，左傳襄公四年：「我君小子，侏儒是使。侏儒侏儒，使我敗于邾。」杜預注：「臧紇短小，故曰侏儒。」

〔六七〕平津　指公孫弘。　漢書公孫弘傳：弘於漢武帝元朔中代薛澤爲丞相，封平津侯，「於是起客館，開東閣以延賢人，與參謀議」。　此以點明主題終篇。

病梨樹賦　并序〔一〕

癸酉之歲，余卧病於長安光德坊之官舍〔二〕，父老云是鄱陽公主之邑司〔三〕。　昔公主未嫁而卒，故其邑廢。時有處士孫君思邈居之〔四〕。君道洽今古，學有數術〔五〕。高談正一〔六〕，則古之蒙莊子〔七〕；深入不二〔八〕，則今之維摩詰〔九〕。及其推步甲子〔一〇〕，度量乾坤，飛鍊石之奇〔一一〕，洗胃腸之妙〔一二〕，則其甘公〔一三〕、洛下閎〔一四〕、安期先生〔一五〕、扁鵲之儔也〔一六〕。自云開皇辛丑年生，今年九十二矣〔一七〕。詢之鄉里，咸云數百歲人矣。共語周、齊間事〔一八〕，歷歷眼見〔一九〕。以此參之，不啻百歲人也。然猶視聽不衰，神形甚茂，可謂聰明博達不死者矣。余年垂强仕〔二〇〕，則有幽憂之疾〔二一〕，椿菌之性〔二二〕，何其遼哉！於時天子避暑甘泉，邈亦徵詣行在〔二三〕，余獨病卧兹邑〔二四〕。闃寂無人，伏枕十旬，閉門三月。庭無衆木，唯有病梨樹一株〔二五〕，圍纔數握，高僅盈丈。花實憔悴，似不任乎歲寒〔二六〕；枝葉零丁，絶有意乎朝暮〔二七〕。嗟乎！同託根於膏壤，俱禀氣於太和〔二八〕，而脩短不均，榮枯殊貫〔二九〕。豈賦命之理，得之自然；將資生之化〔三〇〕，有所偏及？樹猶如此，人何以堪〔三一〕！有感於懷，賦之云耳。

天象平運〔三二〕，方祇廣植〔三三〕。挺芳桂於月輪〔三四〕，横扶桑於日域〔三五〕。建木聳靈丘之上〔三六〕，蟠桃生巨海之側〔三七〕。細葉枝連〔三八〕，洪柯條直。齊天地之一指〔三九〕，任烏兔之棲息〔四〇〕。或垂陰萬畝〔四一〕，或結子千年〔四二〕。何偏施之雨露〔四三〕，何獨厚之風煙！

愍兹珍木，離離幽獨。飛茂實於河陽〔四四〕，傳芳名於金谷〔四五〕。紫澗稱其殊旨〔四六〕，玄光表其仙族〔四七〕。爾生何爲，零丁若斯！無輪桷之可用，無棟梁之可施〔四八〕；進無違於斤斧〔四九〕，退無競於班倕〔五〇〕。無庭槐之生意〔五一〕，有巖桐之死枝〔五二〕。爾其高纔數仞，圍僅盈尺；脩榦罕雙，枯條每隻。葉病多紫，花凋少白。夕鳥怨其巢危，秋蟬悲其翳窄。怯衝飈之摇落〔五三〕，忌炎景之臨迫〔五四〕。既而地歇蒸霧，天收耀靈〔五五〕，西秦明月〔五六〕，東井流星〔五七〕。憔悴孤影，徘徊直形。狀金莖之的的〔五八〕，疑石柱之亭亭〔五九〕。

若夫西海夸父之林〔六〇〕，南海蚩尤之樹〔六一〕，莫不摩霄拂日，藏雲吐霧。别有橋邊朽柱〔六二〕，天上靈槎〔六三〕，年年歲歲，無葉無花。榮辱兩齊〔六四〕，吉凶同軌；寧守雌以外喪，不修襮而内否〔六五〕。亦猶縱酒高賢，佯狂君子，爲其吻合，置其憂喜〔六六〕。生非我生，物謂之生〔六七〕；死非我死，谷神不死〔六八〕。混彭殤於一觀〔六九〕，庶筌蹄於兹理〔七〇〕。

〔一〕盧照鄰約於咸亨二年（六七一）去新都尉，隨後丁父憂，居太白山下卧疾服喪，見與洛陽名流朝士乞藥直書及寄裴舍人諸公遺衣藥直書。「辛酉」爲咸亨四年（六七三）。賦中稱思邈「今年九十二矣」，知此賦作於本年。是時盧照鄰已除服寓居長安，向孫思邈問醫。劉肅大唐新語卷一〇曰：「時范陽盧照鄰，有盛名於朝，而染惡疾。……嘗問於思邈曰：『名醫愈疾，其道如何？』」唐會要卷八二記此事於顯慶三年（六五七），似誤。

〔二〕光德坊　徐松唐兩京城坊考卷四：朱雀門街西第三街，即皇城西之第一街，共十三坊。街西從北第一修德坊。南門之西懿德寺，次南光德坊。

〔三〕鄱陽公主　史無載，蓋爲高宗女。　邑司，唐爲公主所置。唐六典卷二九：「公主邑司，令一人，從七品下；丞一人，從八品下；録事一人，從九品下。」

〔四〕孫思邈　唐代著名醫學家。舊唐書孫思邈傳：「孫思邈，京兆華原人也。七歲就學，日誦千餘言。弱冠，善談莊、老及百家之説，兼好釋典。」「上元元年（六七四），辭疾請歸，特賜良馬，及鄱陽公主邑司以居焉。」參核本序，邑司蓋先居後賜，故是時仍稱「官舍」。

〔五〕數術　又稱「術數」，我國古代對天文、曆法、占卜等學問的總稱。漢書藝文志：「太史令尹咸校數術。」顏注：「數術，占卜之書。」

〔六〕正一　道教學説。東漢張道陵嘗創「正一道」。南齊書顧欣傳載夷夏論：「佛號正真，道稱正一。一歸無死，真會無生。在名則反，在實則合。」譚峭譚子化書道化正一：「命之則四（虚、神、氣、形），根之則一，守之不得，舍之不失，是謂正一。」

〔七〕蒙莊子　即莊子。史記老莊申韓列傳：「莊子者，蒙人也，名周。」故稱。

〔八〕不二　即不二法門，佛家指直接入道。維摩詰經入不二法門品：「入我意者，於一切法無言無説，無示無識，離諸問答，是爲入不二法門。」

〔九〕維摩詰　古印度佛教居士名，多病。與釋迦牟尼同時。也作毗摩羅詰、無垢、淨名，曾向佛弟子講説大乘教義。大唐西域記卷七吠舍釐國注謂維摩詰乃毗摩羅詰之「訛略」。

紀歲。

〔一〇〕推步　後漢書馮緄傳：緄弟允，「善推步之術」。李賢注：「推步，謂究日月五星之度，昏旦節氣之差。」　甲子，指曆法。甲爲天干之首，子爲地支之首，我國古代以天干地支相配以

〔一一〕飛　中藥炮製法，即以水漂去雜屑。政和證類本草五伏龍膽引雷公炮炙論：「取得後，細研，以滑石水飛過兩遍，令乾。」　煉，以火炮製。石，指礦物類藥物。庾信道士步虚詞十首之九：「鵠巢堪煉石，蜂房得煮金。」

〔一二〕洗胃句　三國志魏華佗傳：「病若在腸中，便斷腸湔洗，縫腹膏摩……一月之間，即平復矣。」

〔一三〕甘公　即甘德，戰國時齊人。史記天官書：昔之傳天數者，「在齊，甘公」。集解引徐廣曰：「或曰甘公名德也，本是魯人。」

〔一四〕洛下閎　又作落下閎，巴郡閬中人，漢武帝時天文家。文選班固公孫弘傳贊：「曆數則唐都、落下閎。」李善注引益部耆舊傳：「閎字長公，巴郡閬中人也。明曉天文地理，隱於落亭。武帝時，友人同縣譙隆薦閎，待詔太史，更作太初曆。拜侍中，辭不受。」風俗通曰：姓有落下，漢有落下閎。」

〔一五〕安期先生　即安期生。史記封禪書：李少君謂漢武帝曰：臣嘗遊海上，見安期生。「安期生，仙者，通蓬萊中，合則見人，不合則隱。」

〔一六〕扁鵲　史記扁鵲倉公列傳：「扁鵲者，勃海郡鄭人也，姓秦氏，名越人。……特以診脉爲名

耳。」正義引黄帝八十一難序曰：「秦越人與軒轅時扁鵲相類，仍號之爲扁鵲。」則扁鵲爲黄帝時醫者，後世醫家遂以爲通名。

〔一七〕自云兩句　「辛丑」，原作「辛酉」。按「辛酉」爲隋文帝仁壽元年（六〇一），非在開皇時。此謂「今年九十二」，玩前後文意，「今年」即「癸酉之歲」；以癸酉上推九十二年，則爲開皇辛丑，即隋文帝開皇元年（五八一）。又舊唐書本傳：孫思邈「弱冠，善談莊、老及百家之説……周宣帝時，思邈以王室多故，乃隱居太白山」。北周宣帝宇文贇在位之大成元年，爲公元五七九年。若是時思邈已逾弱冠，迄咸亨四年則近一百二十歲，似不太可能。孫思邈生年，當以開皇辛丑近是，餘皆傳聞之詞，不足信。如是，則各本「辛酉」當并是「辛丑」之誤，唯四庫本、全唐文作「辛丑」，是，今據改。

〔一八〕周、齊　指北周（五五七——五八一）、北齊（五五〇——五七七）。

〔一九〕英華卷一四三、全唐文卷一六六「歷歷」下有「如」字。

〔二〇〕强仕　禮記曲禮上：「四十曰强而仕。」孔疏：「强有二義：一則四十不惑，是智慮强；二則氣力强也。」按作者染疾約在咸亨二年（六七一），時年四十左右，故云。

〔二一〕幽憂之疾　指所患風疾。莊子讓王：「我適有幽憂之病。」成疏：「幽，深也；憂，勞也。」

〔二二〕椿菌　「菌」，原作「囷」，據英華、五十家、四庫本、全唐文改。莊子逍遥遊：「朝菌不知晦朔，蟪蛄不知春秋：此小年也。……上古有大椿者，以八千歲爲春，八千歲爲秋：此大年也。」

椿喻高壽,菌喻短年。按朝菌或以爲即木槿,潘尼朝菌賦序曰:「朝菌者,蓋朝華而暮落,世謂之木槿,或謂之日及,詩人以爲舜華,宣尼以爲朝菌。」

〔二三〕於時兩句　甘泉,漢宮名,一名雲陽宮,漢武帝常以避暑。此代指九成宮,座落於今陝西麟遊縣新城區天台山上。舊唐書孫思邈傳:「思邈嘗從幸九成宮,照鄰留在其宅。」資治通鑑卷二〇二:咸亨四年(六七三)夏四月丙子,「車駕幸九成宮」。冬十月乙巳,「車駕還京師」。

〔二四〕病臥　英華無「病」字,全唐文作「臥病」。

〔二五〕唯有句　舊唐書孫思邈傳:「思邈嘗從幸九成宮,照鄰留在其宅。時庭前有病梨樹,照鄰爲之賦。」此句英華、全唐文作「唯有病梨一樹」。

〔二六〕歲寒　論語子罕:「歲寒,然後知松柏之後彫也。」

〔二七〕絶　全唐文作「纔」。　朝暮,猶前注所引莊子逍遥遊「朝菌不知晦朔」之「晦朔」。有意朝暮,謂有旦夕危亡之感。

〔二八〕太和　陰陽會合之元氣。易乾卦:「保合大(同「太」)和。」又漢書叙傳:「沐浴玄德,稟卬太和。」

〔二九〕貫　全唐文作「質」,誤。

〔三〇〕將　吴昌瑩經詞衍釋卷八:「猶寧也,豈也。」資生之化,謂生存機遇。

〔三一〕樹猶兩句　世説新語言語:「桓公(温)北伐,經金城,見前爲琅邪時種柳皆已十圍,慨然曰：『木猶如此，人何以堪！』攀枝折條，泫然流淚。」庾信枯樹賦引桓温此語，作「樹猶如此，人何以堪」。

〔三二〕天象句　周易繫辭上：「在天成象，在地成形。」韓康伯注：「象，謂日月星辰。」

〔三三〕方祇　即大地。文選顔延年宋文皇帝元皇后哀册文：「圓精初鑠，方祇始凝。」李善注：「言天地始分也。吕氏春秋曰：天道圓，地道方。」

〔三四〕挺芳桂句　初學記卷一天部引晉虞喜安天論：「俗傳月中仙人桂樹，今視其初生，見仙人之足漸已成形，桂樹後生。」段成式酉陽雜俎前集卷一天咫：「舊言月中有桂，有蟾蜍，故異書言月桂高五百丈。」

〔三五〕扶桑　楚辭離騷：「總余轡兮扶桑。」王逸注：「扶桑，日所拂木也。淮南子（天文訓）曰：日出湯谷，浴乎咸池，拂於扶桑，是謂晨明。」又文選張衡思玄賦：「夕余宿乎扶桑。」李善注引十洲記：「扶桑，葉似桑樹，長數千丈，大二千圍，兩兩同根生，更相依倚，是以名之扶桑。」日域：日出處，指湯谷。揚雄長楊賦：「東震日域。」

〔三六〕建木　山海經海内經：南海之内，黑水青水之間，「有九丘，以水絡之：名曰陶唐之丘、有叔得之丘、孟盈之丘……有木，青葉紫莖，玄華黄實，名曰建木，百仞無枝，有九欘，下有九枸，其實如麻，其葉如芒，大皞爰過，黄帝所爲」。　靈丘，指九丘。

〔三七〕蟠桃句　王充論衡訂鬼：「山海經（按今本山海經無）又曰：滄海之中，有度朔之山，上有大桃木，其屈蟠三千里。」

〔三八〕細葉句　英華作「細枝葉連」。

〔三九〕齊天句　莊子齊物論：「天地一指也，萬物一馬也。」成疏：「天下雖大，一指可以蔽之。」此極言前述諸樹高大。

〔四〇〕烏兔棲息　指扶桑、月桂。　烏代指日。淮南子精神訓：「日中有踆烏。」高誘注：「謂三足烏。」　兔代指月。楚辭天問：「厥利維何，而顧菟在腹？」王逸注：「言月中有菟。……菟，一作兔。」

〔四一〕或垂陰句　左思吴都賦：「擢本千尋，垂陰萬畝。」太平御覽卷九五二引孫綽子：「鄧林有木，圍三萬尋，直上千里，旁蔭數國。」

〔四二〕或結子句　漢武帝内傳：王母又命侍女更索桃果，帝欲輒收其核，王母問帝，帝曰欲種之。母曰：「此桃三千年一生實，中夏地薄，種之不生。」

〔四三〕何偏施句　謂天地恩澤偏及上述諸樹，故如此高大茂密而長壽。文選曹植上責躬應詔詩表：「澤如時雨。」李善注引呂氏春秋：「甘露時雨，不私一物。」此反其意。

〔四四〕飛茂實句　謂梨樹曾爲潘岳所植。晉書潘岳傳：「既仕宦不達，乃作閒居賦曰：『……爰定我居，築室穿池。……張公大谷之梨……靡不畢植。』」河陽，縣名，即今河南孟縣。潘岳曾爲河陽令，故以代指。

〔四五〕傳芳名句　謂金谷多梨。文選潘岳金谷集作詩一首：「靈囿繁若榴，茂林列芳梨。」李善注引酈道元水經注：「金谷水，出河南太白原，東南流，歷金谷，謂之金谷水；東南流，經石崇故宅。」

〔四六〕紫澗　文選司馬相如上林賦「紫淵徑其北」李善注引文穎曰：「河南穀羅縣有紫澤，其水紫色。」藝文類聚卷八六引尹喜内傳：「老子西遊，省太真王母，共食碧桃紫梨。」又引洞冥記：「塗山之背，梨大如升，色紫。」此因梨色紫，故云出於紫澗。　殊旨，言味極佳。詩經小雅頍弁：「爾酒既旨，爾殽既嘉。」鄭箋：「旨、嘉，皆美也。」

〔四七〕玄光　仙梨名。藝文類聚卷八六引漢武内傳：「太上之果，有玄光梨。」

〔四八〕無楝梁句　莊子人間世：「南伯子綦遊乎商之丘，見大木焉，有異，……仰而視其細枝，則拳曲而不可以爲楝梁。」

〔四九〕進無違句　莊子逍遥遊：「今子有大樹……不夭斧斤，物無害者。」成疏：「擁腫不材，拳曲無取，匠人不顧，斤斧無加。」

〔五〇〕班倕　後漢書崔駰傳：「過班倕而裁之。」李賢注：「公輸班，魯人也。倕，舜時爲共工之官。皆巧人也。」此泛指木工。　句謂病梨樹不材，不爲木工選用。莊子山木：「莊子行於山中，見大木，枝葉盛茂，伐木者止其旁而不取也。問其故，曰：『無所可用。』」

〔五一〕無庭槐句　世説新語黜免：「桓玄敗後，殷仲文還爲大司馬咨議，意似二三，非復往日。大司馬府聽前，有一老槐，甚扶疎。殷因月朔，與衆在聽，視槐良久，嘆曰：『槐樹婆娑，無復生意！』」

〔五二〕有叢桐句　枚乘七發：「龍門之桐，高百尺而無枝。……其根半死半生。」

〔五三〕怯衝飈句　楚辭宋玉九辯：「蕭瑟兮草木搖落而變衰。」王逸注：「華葉隕零，肥潤去也。」衝，原作「衡」，據英華、全唐文改。張協七命：「衝飈發而回日。」

〔五四〕忌　五十家作「異」，誤。

〔五五〕耀靈　楚辭屈原天問：「角宿未旦，曜靈安藏？」王逸注：「曜靈，日也。」

〔五六〕秦　古國名，其地在西部，故稱「西秦」。長安在秦地，此即代指長安。

〔五七〕東井　史記天官書：「東井爲水事。」正義：「東井八星，鉞一星，輿鬼四星，一星爲質，爲鶉首，於辰在未，皆秦之分野。」又詩經小雅大東「維南有箕」孔疏：「鄭（玄）稱參傍有玉井，則井星在參東，故稱東井。」東井爲秦之分野，故亦代指長安。

〔五八〕金莖　文選班固西都賦：「擢雙立之金莖。」李善注：「金莖，銅柱也。」　的的，淮南子説林訓：「的的者獲。」高誘注：「的的，明也。」按此「的」字本作「旳」，後從俗體。説文：「旳，明也。從日，勺聲。」段注：「旳者，白之明也，故俗字作的。」

〔五九〕石柱　三輔黃圖卷一：渭橋南北「立石柱，柱南京兆主之，柱北馮翊（按輯本三輔舊事謂「以北屬右扶風」）主之」。文選曹丕雜詩：「亭亭如車蓋。」李善注：「亭亭，迥遠無依之貌。」

〔六〇〕夸父之林　指鄧林。山海經大荒北經：「大荒之中，有山，名曰成都載天。有人珥兩黄蛇，把兩黄蛇，名曰夸父。」同書海外北經：「夸父與日逐走，入日。渴欲得飲，飲於河渭；河渭不足，北飲大澤。未至，道渴而死。棄其杖，化爲鄧林。」按此謂「西海夸父」，當據張華博物志，該書卷七：「海水西，夸父與日逐走……渴而死，棄其策杖，化爲鄧林。」

〔六一〕南海句　山海經大荒南經：「有宋山者，有赤蛇，名曰育蛇。有木生山上，名曰楓木。楓木，蚩尤所棄其桎梏，是爲楓木。」郭璞注：「蚩尤爲黄帝所得，械而殺之，已摘棄其械，化而爲樹也。」

〔六二〕别有句　莊子盜跖：「尾生與女子期於梁下，女子不來，水至不去，抱梁柱而死。」橋邊，英華校：「一作星橋。」

〔六三〕靈槎　槎即木筏。張華博物志卷一〇：有人居海渚，年年八月見有浮槎去來，因「多齎糧，乘槎而去」，遂至天河。

〔六四〕榮辱句　莊子逍遥遊：「舉世譽之而不加勸，舉世非之而不加沮，定乎内外之分，辯乎榮辱之境，斯已矣。」成疏：「忘勸沮於非譽，混窮通於榮辱。」

〔六五〕守雌　老子：「知其雄，守其雌，爲天下谿。」河上公注：「雄以喻尊，雌以喻卑。人雖知自尊顯，當復守之以卑微，去之强梁，就雌之柔和。」守雌即治裏。　修襮，指治外。文選班固通幽賦：「單治裏而外凋，張修襮而内逼。」李善注引曹大家曰：「治裏，謂導氣也。襮，表也。」

單指單豹，張指張毅。外喪、內否，即用單豹、張毅事。莊子達生：「魯有單豹者，巖居而水飲，不與民共利，行年七十而猶有嬰兒之色；不幸遇餓虎，餓虎殺而食之。有張毅者，高門縣薄，無不走也，行年四十而有內熱之病以死。豹養其內而虎食其外，毅養其外而病攻其內。」

〔六六〕亦猶四句　指阮籍。晉書阮籍傳：「籍本有濟世志，屬魏、晉之際，天下多故……遂酣飲爲常。文帝初欲爲武帝求婚於籍，籍醉六十日，不得言而止。鍾會數以時事問之，欲因其可否而致之罪，皆以醉酣得免。」又，阮籍「傲然獨得，任性不羈，而喜怒不形於色。……時人多謂之癡」。　吻合，謂使身性相一，此就「守雌」而言。莊子齊物論：「旁日月，挾宇宙，爲其吻合。」

〔六七〕生非兩句　謂我身本非我所有，見雙槿樹賦注〔五三〕。又莊子至樂：「察其（莊子妻）始而本無生；非徒無生也，而本無形；非徒無形也，而本無氣。」所謂生，皆謂之而然。莊子齊物論：「道行之而成，物謂之而然。」

〔六八〕谷神句　老子：「谷神不死，是謂玄牝。」河上公注：「谷，養也，人能養神則不死也。神，謂五藏之神也。」

〔六九〕彭　指彭祖。干寶搜神記卷一：「彭祖者，殷時大夫也，姓錢，名鏗。帝顓頊之孫，陸終氏之中子，歷夏而至商末，號七百歲。」　殤，殤子，夭亡的嬰兒。莊子齊物論：「天下莫大於秋毫之末，而太山爲小；莫壽乎殤子，而彭祖爲夭。天地與我并生，而萬物與我爲一。」郭象注：「無小無大，無壽無夭。」

〔七〇〕庶筌蹄句　莊子外物：「筌者所以在魚，得魚而忘筌；蹄者所以在兔，得兔而忘蹄。」成疏：「筌，魚笱也，以竹爲之。……蹄，兔罝也，亦兔弶也，以繫係兔脚，故謂之蹄。」

五言古詩

詠史四首〔一〕

季生昔未達〔二〕，身辱功不成〔三〕。髡鉗爲臺隸〔四〕，灌園變姓名〔五〕。幸逢滕將軍〔六〕，兼遇曹丘生〔七〕。漢祖廣招納，一朝拜公卿〔八〕。百金孰云重，一諾良匪輕〔九〕。廷議斬樊噲，羣公寂無聲〔一〇〕。處身孤且直，遭時坦而平〔一一〕。丈夫當如此，唯唯何足榮。

〔一〕文鏡秘府論南卷論文意：「詠史者，讀史見古人成敗，感而作之。」此四詩分別詠漢代季布、郭泰、鄭泰、朱雲。作年皆不可考。宋葛立方韻語陽秋謂此詩第四首刺傅遊藝用事。今檢兩唐書本傳，傅遊藝用事（爲宰相）在武則天以周革唐之時。若葛立方所言有據，則第四首當作於天授初。唐文粹卷一八所載，與此次序稍異，此第一、二、三、四，分别爲唐文粹之二、三、四、一。

〔二〕季生　指季布。史記季布傳：「季布者，楚人也。爲氣任俠，有名於楚。」

〔三〕身辱句　史記季布傳：「項籍使（季布）將兵，數窘漢王（即劉邦）。及項羽滅，高祖購求布千金，敢有舍匿，罪及三族。」季布因削髮上枷藏匿民間，「身辱」指此。

〔四〕臺隸　古代奴隸的二個等級。左傳昭七年：「僕臣臺」、「輿臣隸」（僕、輿亦奴隸等級）。

〔五〕灌園　史記季布傳：漢高祖購求季布，「季布匿濮陽周氏。周氏曰：『漢購將軍急，迹且至臣家，將軍能聽臣，臣敢獻計；即不能，願先自剄。』季布許之。乃鉗髡季布，衣褐衣，置廣柳車中，并與其家僮數十人，之魯朱家所賣之。朱家心知是季布，迺買而置之田。誡其子曰：『田事聽此奴，必與同食。』」

〔六〕幸逢句　史記季布傳：「朱家乃乘軺車之洛陽，見汝陰侯滕公。……朱家曰：『臣各爲其主用，季布爲項籍用，職耳。項氏臣可盡誅邪？……君何不從容爲上言邪？』汝陰侯滕公心知朱家大俠，意季布匿其所，迺許曰：『諾。』待間，果言如朱家指。上迺赦季布。」滕公，漢書季布傳顔注：「夏侯嬰也，本爲滕令，遂號爲滕公。」

〔七〕兼遇句　史記季布傳：「楚人曹丘生，辯士。……與竇長君善。季布聞之，寄書諫竇長君曰：『吾聞曹丘生非長者，勿與通。』及曹丘生歸，欲得書請季布。竇長君曰：『季將軍不説足下，足下無往。』因請書，遂行……曹丘至，即揖季布曰：『楚人諺曰：「得黄金百斤，不如得季布一諾。」足下何以得此聲於梁楚間哉？且僕楚人，足下亦楚人也。僕游揚足下之名於天下，顧不重邪？』」季布乃大説。「季布名所以益聞者，曹丘揚之也」。

〔八〕漢祖兩句　史記季布傳：高祖因滕公請而赦季布，「季布召見，謝，上拜爲郎中」。

〔九〕百金兩句　見注〔七〕引曹丘生語。又史記季布傳：「布以諾著聞關中。」

〔一〇〕廷議兩句　史記季布傳：「孝惠時，爲中郎將。單于嘗爲書嫚吕后，不遜。吕氏大怒，召諸將議之。上將軍樊噲曰：『臣願得十萬衆，横行匈奴中。』諸將皆阿吕后意，曰：『然。』季布曰：『樊噲可斬也！夫高帝將兵四十餘萬衆，困於平城。今噲奈何以十萬衆横行匈奴中？面欺！且秦以事於胡，陳勝等起。于今創痍未瘳，噲又面諛，欲摇動天下。』是時殿上皆恐，太后罷朝，遂不復議擊匈奴事。」

〔一一〕處身二句　孤且直，謂獨立無援而又耿直不阿。鮑照擬行路難：「自古聖賢盡貧賤，何況我輩孤且直。」　遭時，指文帝召季布事。史記季布傳：「季布爲河東守，孝文時，人有言其賢者，孝文召，欲以爲御史大夫。復有言其勇，使酒難近。至，留邸一月，見罷。季布因進曰：『……陛下無故召臣，此人必有以臣欺陛下者；今臣至，無所受事，罷去，此人必有以毁臣者。夫陛下以一人之譽而召臣，一人之毀而去臣，臣恐天下有識聞之，有以闚陛下也。』上默然慚。」

大漢昔云季〔一〕，小人道遂振〔二〕。玉帛委奄尹〔三〕，斧鑕嬰縉紳〔四〕。邈哉郭先生〔五〕，卷舒得其真〔六〕。雍容謝朝廷〔七〕，談笑獎人倫〔八〕。在晦不絶俗，處亂不違親。諸侯不得友，天子不得臣〔九〕。沖情甄負甑〔一〇〕，重價折角巾〔一一〕。悠悠天下士，相送洛橋津。誰知仙舟上，寂寂無四鄰〔一二〕。

〔一〕季　文選陸機答賈長淵：「在漢之季，皇綱幅裂。」李善注引韋昭曰：「季，末也。」

〔二〕小人句　易否卦：「小人道長，君子道消也。」

〔三〕玉帛，原指禮器。論語陽貨：「禮云禮云，玉帛云乎哉！」此代指國家大權。奄尹，主管宮廷事務的宦官頭目，也作「閹尹」。禮記月令仲冬之月：「是月也，令奄尹，申宮令。」此指漢末宦官專權。後漢書黨錮列傳：「桓靈之間，主荒政繆，國命委于閹寺。」奄，唐詩紀事卷七作「閹」。

〔四〕斧鑕句　後漢書宦者列傳序：「其（宦官）徒有繁，敗國蠹政之事，不可單書。……雖忠良懷憤，時或奮發，而言出禍從，旋見孥戮。因復大考鉤黨，轉相污染，凡稱善士，莫不離被災毒。」

〔五〕郭先生　指郭泰。後漢書郭太傳：「郭太（范曄諱其父，改「泰」爲「太」。下篇「鄭太」同），字林宗，太原界休人也。家世貧賤，早孤。」

〔六〕卷舒　指出處。論語衛靈公：「邦有道，則仕；邦無道，則可卷而懷之。」

〔七〕雍容句　後漢書郭太傳：「司徒黄瓊辟，太常趙典舉有道。或勸林宗仕進者，對曰：『吾夜觀乾象，晝察人事，天之所廢，不可支也。』遂并不應。」

〔八〕談笑句　後漢書郭太傳：「性明知人，好獎訓士類。」「其獎拔士人，皆如所鑒。」又曰：「林宗雖善人倫，而不爲危言覈論，故宦者擅政而不能傷也。」李賢注：「禮記曰：『擬人必於其倫。』鄭玄注曰：『倫，猶類也。』」

〔九〕在晦四句　後漢書郭太傳：「或問汝南范滂曰：『郭林宗何如人？』滂曰：『隱不違親，貞不絶俗，天子不能臣，諸侯不得友，吾不知其它。』」莊子讓王：「曾子居衛，緼袍無表，顔色腫噲，手足胼胝。……曳縰而歌商頌，聲滿天地，若出金石。天子不得臣，諸侯不得友。」違親，原作「爲親」，各本同，據本傳改。

〔一〇〕沖情，謂以淡泊之情。　甄，廣韻：「察也。」負甑指孟敏事。後漢書郭太傳：「孟敏字叔達，鉅鹿楊氏人也。客居太原，荷甑墮地，不顧而去。林宗見而問其意。對曰：『甑以破矣，視之何益？』林宗以此異之，因勸令遊學。十年知名，三公俱辟，并不屈云。」

〔一一〕重價句　後漢書郭太傳：「嘗於陳梁間行，遇雨，巾一角墊，時人乃故折巾一角，以爲『林宗巾』。其見慕皆如此。」

〔三〕悠悠四句　後漢書郭太傳：郭太「就成皐屈伯彦學，三年業畢，博通墳籍。善談論，美音制。乃游於洛陽。始見河南尹李膺，膺大奇之，遂相友善，於是名震京師。後歸鄉里，衣冠諸儒送至河上，車數千兩。林宗唯與李膺同舟而濟，衆賓望之，以爲神仙焉」。

公業負奇志〔一〕，交結盡才雄〔二〕。良田四百頃，所食常不充〔三〕。一爲侍御史，慷慨説何公；何公何爲敗？吾謀適不同〔四〕。仲穎恣殘忍，廢興良在躬〔五〕。死人如亂麻〔六〕，天子如轉蓬〔七〕。干戈及黄屋〔八〕，荆棘生紫宫〔九〕。鄭生運其謀，將以清國戎。時來命不遂，脱身歸山東〔一〇〕。凜凜千載下，穆如懷清風〔一一〕。

〔一〕公業　即鄭太（泰）。後漢書鄭太傳：「鄭太字公業，河南開封人，司農衆之曾孫也。少有才略。」

〔二〕交結句　後漢書鄭太傳：「靈帝末，知天下將亂，陰交結豪桀。」

〔三〕良田兩句　後漢書鄭太傳：「家富於財，有田四百頃，而食常不足，名聞山東。」

〔四〕一爲四句　後漢書鄭太傳：「大將軍何進輔政，徵用名士，以公業爲尚書侍郎，遷侍御史。進將誅閹官，欲召并州牧董卓爲助。公業謂進曰：『董卓彊忍寡義，志欲無猒。若借朝政，授以大事，將恣凶欲，必危朝廷。明公以親德之重，據阿衡之權，秉意獨斷，誅除有罪，誠不宜假卓以爲資援也。且事留變生，殷鑒不遠。』又爲陳時務之所急數事。進不能用，乃棄官去。謂潁川人荀攸曰：『何公未易輔也。』進尋見害，卓果作亂。」侍御史，司馬彪後漢書百官志三：「侍御史十五人，六百石。本注曰：掌察舉非法，受公卿羣吏奏事，有違失舉劾之。」

〔五〕仲穎兩句　後漢書董卓傳：「董卓字仲穎，隴西臨洮人也。性粗猛有謀。」董卓應何進召，帶兵入洛陽，遂脅太后，策廢少帝，「乃立陳留王，是爲獻帝。又議太后蹙迫永樂太后……遷於永安宮，遂以弒崩」。興，唐文粹、品彙卷一、五十家作「誠」，似誤。

〔六〕死人句　史記天官書：「秦遂以兵滅六王，并中國，外攘四夷，死人如亂麻。」後漢書董卓傳：「盡徙洛陽人數百萬口於長安，步騎驅蹙，更相蹈藉，饑餓寇掠，積尸盈路。卓自屯留畢圭苑中，悉燒宮廟官府居家，二百里内無復孑遺。」

〔七〕天子句　三國志魏董卓傳：「卓以山東豪傑并起，恐懼不寧。初平元年（一九〇）二月，乃徙天子（獻帝）都長安。」天子被脅轉徙事尚多，詳參本書三國論注。

〔八〕黄屋　文選任昉齊竟陵文宣王行狀：「黄屋左纛。」李善注引李斐曰：「黄屋，天子車，以黄繒爲蓋裏。」句謂兵戈犯及皇帝。後漢書獻帝紀：興平二年（一九五）夏四月「丁酉，郭汜攻李傕，矢及御前」。李賢注引山陽公載記：「時弓弩并發，矢如雨下，及御所止高樓殿前幄簾也。」

〔九〕紫宮　指皇宮。後漢書霍諝傳：「呼嗟紫宮之門。」李賢注：「天有紫微宮，是上帝之所居也，王者之宮，象而爲之。」按三國志魏董卓傳裴注引續漢書：「董卓遷獻帝於長安，「卓部兵燒洛陽城外四百里。又自將兵燒南北宮及宗廟、府庫、民家，城内掃地殄盡」。

〔一〇〕鄭生四句　後漢書鄭太傳：「卓既遷都長安，天下饑亂，士大夫多不得其命。……（鄭太）乃與何顒、荀攸共謀殺卓。事洩，顒等被執，公業脱身自武關走，東歸袁術。」山東，華山之東，此指南陽。時袁術據南陽，故云。

〔一一〕如，原本作「然」。唐詩紀事作「如」。全唐詩作「然」，校：「一作如。」按詩大雅烝民：「吉甫作誦，穆如清風。」句當出此，則作「如」是，因改。

昔有平陵男，姓朱名阿游〔一〕，直髮上衝冠〔二〕，壯氣橫三秋〔三〕。願得斬馬劍，先斷佞臣頭。天子玉檻折，將軍丹血流。捐生不肯拜，視死其若休〔四〕。歸來教鄉里，童蒙遠相求。弟子數百人，散在十二州〔五〕。三公不敢吏〔六〕，五鹿何能酬〔七〕？名與日月懸〔八〕，義與天壤儔〔九〕。何必疲執戟〔一〇〕，區區在封侯！偉哉曠達士，知命固不憂〔一一〕。

〔一〕昔有兩句　漢書朱雲傳：「朱雲字游，魯人也，徙平陵。」漢書地理志上右扶風平陵：「昭帝置。」元和郡縣志卷一京兆府咸陽縣：「平陵，昭帝陵也，在縣西北二十里。」按漢平陵在今陝西興平市東北。

〔二〕直髮句　史記荆軻傳：「士皆瞋目，髮盡上指冠。」

〔三〕壯氣句　漢書朱雲傳：「少時通輕俠，借客報仇。長八尺餘，容貌甚壯，以勇力聞。」

〔四〕願得六句　得，唐詩紀事卷七作「請」。佞臣，指張禹。將軍，指辛慶忌。漢書朱雲傳：「至成帝時，丞相故安昌侯張禹以帝師位特進，甚尊重。雲上書求見，公卿在前。雲曰：『今朝廷大臣上不能匡主，下亡以益民，皆尸位素餐，孔子所謂「鄙夫不可與事君」、「苟患失之，亡所不至」者也。臣願賜尚方斬馬劍，斷佞臣一人以厲其餘。』上問：『誰也？』對曰：『安昌侯張禹。』上大怒，曰：『小臣居下訕上，廷辱師傅，罪死不赦！』御史將雲下，雲攀殿檻，檻折。雲呼曰：『臣得下從龍逄、比干遊於地下，足矣！未知聖朝何如耳！』御史遂將雲去。於是左將軍辛慶忌免冠解印綬，叩頭殿下曰：『此臣素著狂直於世。使其言是，不可誅；其言非，固當容之。臣敢以死爭。』慶忌叩頭流血。上意解，然後得已。及後當治檻，上曰：『勿易！因而輯之，以旌直臣。』」顔注：「尚方，少府之屬官也，作供御器物，故有斬馬劍，劍利可以斬馬也。」

〔五〕歸來四句　漢書朱雲傳：「雲自是（指上言斬張禹被逐）之後不復仕，常居鄠田，時出乘牛車從諸生，所過皆敬事焉。……其教授，擇諸生，然後爲弟子。九江嚴望及望兄子元，字仲，能傳雲學，皆爲博士。望至泰山太守。」死若休，莊子刻意：「其死若休。」成疏：「其死也若疲勞休息，曾無繫戀也。」十二州，漢武帝分置十三州，後漢無朔方，故爲十二州。此泛指全國。

〔六〕三公句　三公，西漢以大司馬、大司徒、大司空爲三公。此指丞相薛宣。漢書朱雲傳：「薛宣爲丞相，雲往見之。宣備賓主禮，因留雲宿，從容謂雲曰：『在田野亡事，且留我東閣，可以觀四方奇士。』雲曰：『小生乃欲相吏邪？』宣不敢復言。」

〔七〕五鹿句　漢書朱雲傳：「年四十，乃變節從博士白子友受易，又事前將軍蕭望之受論語，皆能傳其業。……（元帝時），少府五鹿充宗貴幸，爲梁丘易。自宣帝時善梁丘氏説，元帝好之，欲考其異同，令充宗與諸易家論。充宗乘貴辯口，諸儒莫能與抗，皆稱疾不敢會。有薦雲者，召入，攝齋登堂，抗首而請，音動左右。既論難，連拄五鹿君，故諸儒爲之語曰：『五鹿嶽嶽，朱雲折其角。』繇是爲博士。」

〔八〕日月懸　史記屈原傳：「雖與日月爭光可也。」

〔九〕義與句　戰國策齊六：「業與三王爭流，名與天壤相敝也。」又張協詠史詩：「名與天壤俱。」

〔一〇〕執戟　宮廷侍衛官。漢書東方朔傳：「朔陛戟殿下。」顔注：「持戟列陛側。」　疲，原作「披」，據唐文粹、唐詩紀事、五十家、十二家、四庫本、全唐詩改。

〔一一〕知命句　易繫辭上：「樂天知命，故不憂。」孔疏：「順天道之常數，知性命之始終，任自然之理，故不憂也。」

結客少年場行〔一〕

長安重遊俠，洛陽富才雄〔二〕。玉劍浮雲騎〔三〕，金鞭明月弓〔四〕。鬬鷄過渭北〔五〕，走馬向關東〔六〕。孫賓遥見待〔七〕，郭解暗相通〔八〕。不受千金爵，誰論萬里功〔九〕！將軍下天上〔一〇〕，虜騎入雲中〔一一〕。烽火夜似月，兵氣曉成虹〔一二〕。横行徇知己，負羽遠從戎。龍旌昏朔霧〔一三〕，鳥陣捲胡風〔一四〕。追奔瀚海咽〔一五〕，戰罷陰山空〔一六〕。歸來謝天子，何如馬上翁〔一七〕？

〔一〕結客少年塲行　郭茂倩樂府詩集卷六六雜曲歌辭六引樂府解題：「結客少年塲行，言輕生重義，慷慨以立功名也。」唐詩紀事卷七題作「結交少年塲」，「交」字誤。

〔二〕長安兩句　漢書地理志：「漢興，立都長安。……五方雜厝，風俗不純。富人則商賈爲利，豪桀則游俠通姦。」又文選張衡西京賦：「都邑遊俠，張趙之倫。齊志無忌，擬跡田文。輕死重氣，結黨連羣。實蕃有徒，其從如雲。」才雄，才，通「財」。全唐詩卷四一作「財」。財雄，指豪富之家。文選鮑照詠史詩：「五都矜財雄。」李善注引漢書：王莽時以雒陽、邯鄲、臨淄、宛、成都爲「五都」。

〔三〕浮雲　西京雜記卷二：「文帝自代還，有良馬九匹，皆天下之駿馬也：一名浮雲，一名赤雷……號爲九逸。」

〔四〕明月弓　綴珠之弓。明月即明月珠，又名夜光珠。李斯諫逐客書：「垂明月之珠，服太阿之劍。」　鞭，樂府詩集作「鞍」。全唐詩卷二四作「鞍」，校：「集作鞭。」卷四一作「鞭」，校：「一作鞍。」今按：當作「鞕」，作「鞍」義礙。

〔五〕鬭鷄　以鷄相鬭爲戲。戰國策齊一：「臨淄甚富而實，其民無不吹竽鼓瑟，擊筑彈琴，鬭鷄走犬。」　渭北，渭水之北，此泛指長安一帶。

〔六〕關東　潼關以東，指洛陽。

〔七〕孫賓　即孫賓石。後漢書趙岐傳：趙岐因貶議唐玹，「玹深毒恨。延熹元年，玹爲京兆尹，岐懼禍及……遂逃難四方，江、淮、海、岱，靡所不歷。自匿姓名，賣餅北海市中。時安丘孫嵩年二十餘，遊市見岐，察非常人，停車呼與共載。……密問岐曰：『我北海孫賓石，闔門百口，勢能相濟。』岐素聞嵩名，即以實告之，遂與俱歸」。

〔八〕郭解　漢武帝時游俠。史記游俠列傳：「郭解，軹人也，字翁伯。」「及解年長，更折節爲儉，以德報怨，厚施而薄望。然其自喜爲俠益甚。……解入關，關中賢豪知與不知，聞其聲，爭交驩解。」後因殺人被誅。

〔九〕萬里功　後漢書班超傳：班超不安爲官傭書，行詣相者，曰：「祭酒，布衣諸生耳，而當封侯萬里之外。」超問其狀。相者指曰：「生燕頷虎頸，飛而食肉，此萬里侯相也。」

〔一〇〕將軍句　漢書周亞夫傳：「孝景帝三年，吴楚反。亞夫以中尉爲太尉，東擊吴楚。」「至灞上，趙涉遮道説亞夫曰：『……將軍何不從此右去，走藍田，出武關，抵雒陽，間不過差一二日，直入武庫，擊鳴鼓，諸侯聞之，以爲將軍從天而下也。』」庾信同盧記室從軍詩：「地中鳴鼓角，天上下將軍。」

〔一一〕雲中　秦漢郡名，轄今山西西北、内蒙古西南一帶。元和郡縣志卷四關内道四勝州：「始皇時分三十六郡，爲雲中郡。漢因之不改。按漢雲中在今州理東北四十里榆林縣界，雲中故城是也。」

〔一二〕兵氣句　藝文類聚卷二引黄帝占軍訣：「攻城，有虹從外南方入飲城中者，從虹攻之，勝。白虹繞城不匝，從虹所在乃擊。」又引釋名：「虹，陽氣之動。虹，攻也，純陽攻陰氣也。」

〔一三〕龍旌　即龍旂。詩經商頌玄鳥：「龍旂十乘。」鄭箋：「交龍爲旂。」又曰：「乃有諸侯建龍旂者十乘。」龍旌乃王侯儀衛，此指主帥旗幟。

〔一四〕鳥陣　又名鳥翔陣，古代兵陣之一，見太公六韜。梁簡文帝七勵：「回雲鳥之密陣。」胡，唐文粹、樂府詩集、唐詩紀事、全唐詩卷二四并作「寒」。

〔一五〕瀚海　史記匈奴傳：「驃騎（指霍去病）封於狼居胥山，禪姑衍，臨翰海而還。」集解引如淳曰：「『翰海，北海名。』」正義：「翰海自一大海名，羣鳥解羽伏乳於此，因名也。」按「瀚海」同「翰海」，即今内蒙古之呼倫、貝爾湖。

〔一六〕陰山　今河套以北、大漠以南諸山之總稱。

〔一七〕馬上翁　指馬援。後漢書馬援傳：「武威將軍劉尚擊武陵五溪蠻夷，深入，軍没。援因復請行。時年六十二，帝愍其老，未許之。援自請曰：『臣尚能披甲上馬。』帝令試之。援據鞍顧昞，以示可用。帝笑曰：『矍鑠哉，是翁也！』」遂遣援征五溪。

贈李榮道士〔一〕

錦節銜天使〔二〕，瓊仙駕羽君〔三〕。投金翠山曲〔四〕，奠璧清江濆〔五〕。圓洞開丹鼎〔六〕，方壇聚絳雲〔七〕。寶貺幽難識〔八〕，空歌迥易分〔九〕。風搖十洲影〔一〇〕，日亂九江文〔一一〕。敷誠歸上帝〔一二〕，應詔佐明君〔一三〕。獨有南冠客〔一四〕，耿耿泣離羣。遙看八會所〔一五〕，真氣曉氤氳〔一六〕。

〔一〕李榮　唐初名道士，蜀梓州人。著有老子道德經注，現存殘卷五，藏巴黎博物館（據王重民敦煌古籍叙録）。按作者在詩中自稱「南冠客」，當作於因横事被拘或獲免不久，時約在高宗龍朔初。　英華卷二二七於題下注：「有序不録。」按原序今佚。

〔二〕錦節　仙人、道士佩節之美稱。藝文類聚卷七八靈異部上引真人周君傳：「入蒙山，遇羨門子，乘白鹿，執羽蓋，佩青毛之節。」　銜天使，謂李榮奉朝廷之命外出祭祀。禮記檀弓上：「銜君命而使。」

〔三〕駕羽君　古傳神人能飛翔，後道教稱修道成功則飛昇仙去。楚辭屈原遠遊：「仍羽人於丹丘兮。」王逸注：「羽人，人得道，身生羽毛也。」搜神記卷一：淮南王劉安好道術，援琴而弦歌曰：「公將與我，生羽毛兮。升騰青雲，蹈梁甫兮。」駕羽又指乘鶴。初學記卷三〇引相鶴經曰：鶴「行必依洲嶼，止不集林木，蓋羽族之宗長，仙人之騏驥也」。

〔四〕投金　即「埋金」，指祭山林。周禮春官大宗伯：「以貍沈祭山林川澤。」鄭玄注：「祭山林曰埋，川澤曰沈，順其性之含藏。」

〔五〕奠璧句　奠，將祭品置於神前。史記河渠書：「漢武帝沉白馬、玉璧於河。」又初學記卷九引皇甫謐帝王世紀：「堯率諸侯羣臣沉璧於洛河，受圖書，今尚書中候握河紀之篇是也。」按作者益州至真觀主黎君碑稱「薦璧投金，歲時於岳瀆」，既云「歲時」，則皆指祭祀。

〔六〕丹鼎　文選江淹別賦：「鍊金鼎而方堅。」李善注：「鍊金爲丹之鼎也。……抱朴子曰：九轉丹内（納）神鼎中。」

〔七〕絳雲　仙人居所又稱絳府，故雲稱絳雲。庾信步虚詞：「南宫生絳雲。」

〔八〕寶貺　天所賜寶，指道書。幽難識，隋書經籍志四謂道書「文章詭怪，世所不識」。寶，底本校：「一作資。」品彙、五十家作「資」。按「資貺」義礙，當誤。

〔九〕空歌　又稱「碧落空歌」。靈寶無量度人上品妙經卷二〇碧落空歌品（見正統道藏洞真部本文類）：「道言：昔於始青天中，碧落空歌大浮黎土，受元始度人空洞靈章自然之音。碧落纏虚，天霞流曼，神氣鼓激，萬音合響。浮沉清濁，抑揚宛轉，錯而成歌，其聲洞徹，交唱諸天。」又稱「元始天尊説經中所言，并是碧落空歌，天霞四飛，神風潛唱，擊搏生音」云云。此泛指道士所唱之歌，言其奇特，故謂「迴易分」。

〔一〇〕十洲　舊題東方朔十洲記：漢武帝聞王母説，「八方巨海之中，有祖洲、瀛洲、玄洲、炎洲、長洲、元洲、流洲、生洲、鳳麟洲、聚窟洲」。

〔一一〕九江　指長江水系的九條江，其名各家異説。尚書禹貢：「九江孔殷。」此與「十洲」對應，指李榮居地之江。

〔一二〕上帝　指道家尊奉的玉皇大帝。雲笈七籤二四日月星辰部「北斗九星」所引玉皇名目，有天之太尉第一玉皇君、天之上宰第二玉皇君等，非只一神。

〔一三〕應詔句　即首句所謂「銜天使」，奉命出祭。據法苑珠林、集古今佛道論衡丁、隆興佛教編年通論一三、佛祖統記三九等記載，李榮於顯慶四年（六五九）、五年及龍朔初曾多次被詔入宫與沙門高僧辯論，奉使則未詳。　明君，指唐高宗李治。　佐，品彙、五十家、全唐詩作「在」。

〔一四〕南冠　國語周中：「陳靈公與孔寧儀行父南冠以如夏氏。」韋昭注：「南冠，楚冠也。」左傳成九年：「晉侯觀於軍府，見鍾儀，問之曰：『南冠而縶者誰也？』有司對曰：『鄭人所獻楚囚也。』」後以「南冠」代指遠使或罪囚。此疑指囚犯。

〔一五〕八會所　指李榮居所，謂其處藏有珍秘道籍。八會，述道家最高教義之書。漢武帝内傳：「上元夫人語帝曰：『阿母今以瓊笈妙韞，發紫臺之文，賜汝八會之書，五嶽真形，可謂至真且貴，上帝之玄觀矣。』」又陶弘景真誥運象：「八會之書，是書之至真，建文章之祖也。」詳參雲笈七籤卷七。

〔一六〕氤　品彙、五十家作「氛」。

早度分水嶺〔一〕

丁年遊蜀道〔二〕，斑鬢向長安〔三〕。徒費周王粟〔四〕，空彈漢吏冠〔五〕。馬蹄穿欲盡，貂裘敝轉寒〔六〕。層冰横九折〔七〕，積石凌七盤〔八〕。重谿既下漱，峻峯亦上干。隴頭聞戍鼓〔九〕，嶺外咽飛湍〔一〇〕。瑟瑟松風急，蒼蒼山月圓〔一一〕。傳語後來者，斯路誠獨難〔一二〕。

〔一〕分水嶺　元和郡縣志卷三九載：秦州清水縣有「小隴山，一名隴坻，又名分水嶺」。按清水縣今屬甘肅天水市。清畢沅關中勝蹟圖志卷二〇引漢中記，謂「嶓冢（山）以東水皆東流，嶓冢以西水皆西流，故俗以嶓冢爲分水嶺」，下引盧照鄰此詩。所述當指今陝西寧强北部漢水所出之嶓冢山，古代爲出入巴蜀門户，似更符合詩人返還長安之實際。據詩前四句，知作者其時已屆中年（所謂「斑鬢」），且在蜀中爲官（所謂「周王粟」、「漢吏冠」），詩似作於咸亨二年（六七一）初離新都尉返京途中。

〔二〕丁　英華卷二八九、十二家作「千」，英華校：「集作丁。」全唐詩卷四一作「丁」，校：「一作千。」品彙作「十」，五十家作「年」。按：英華等下句爲「萬里」，故此作「千年」以相偶對。然「千年」於義甚礙，故下句似當依集作「斑鬢」，此則以作「丁年」爲是。文選李陵答蘇武書：「丁年奉使，皓首而歸。」李善注：「丁年，謂丁壯之年也。」作者約三十歲時曾首次赴蜀，與詩所述正合。若定將「丁年」落實爲某一年，則拘矣。

〔三〕斑鬢　英華、品彙、五十家、十二家并作「萬里」，英華校：「集作斑鬢。」全唐詩作「斑鬢」，校：「一作萬里。」

〔四〕周王粟　代指官俸。史記伯夷列傳：「武王已平殷亂，天下宗周，而伯夷、齊叔恥之，義不食周粟，隱於首陽山，采薇而食之。」

〔五〕漢吏冠　漢書王吉傳：「吉與貢禹爲友，世稱『王陽（王吉字子陽）在位，貢公彈冠』，言其趣舍同也。」顔注：「彈冠者，且入仕也。」

〔六〕貂裘句　戰國策秦一：蘇秦説秦惠王，書十上而説不行，「黑貂之裘弊，黄金百斤盡，資用乏絶，去秦而歸。」　敝，底本校：「一作故。」英華、品彙作「故」。

〔七〕九折　九折坂。元和郡縣志卷三二劍南道雅州榮經縣：「九折坂，在縣西八十里。」水經江水注謂九折坂「夏則凝冰，冬則毒寒」。然由蜀返長安不經榮經縣（今屬四川雅安）。此當爲泛指，言蜀道盤亘曲折之甚。樂府詩集卷四〇陰鏗蜀道難：「輪摧九折路。」

〔八〕七盤　即七盤嶺。清一統志保寧府一：「七盤嶺在廣元縣北百七十里，一名五盤嶺，與陝西寧羌州（即今寧强縣）接界，自昔爲秦蜀分界處。石磴七盤而上，因名。」此亦當爲泛指。

〔九〕聞戍鼓　劉孝綽夕逗繁昌浦詩：「隔山聞戍鼓。」

〔一〇〕嶺　英華校：「集作雲。」全唐詩校：「一作雲。」按上句作「隴」，此當作「嶺」相對應，作「雲」似誤。

〔一一〕圓　英華、品彙、五十家、十二家、全唐詩并作「團」。

〔一二〕斯路　指蜀道。樂府有蜀道難，吴兢樂府古題要解卷下：蜀道難，「備言銅梁玉壘之險」。陰鏗蜀道難：「蜀道難如此，功名詎可要！」

三月曲水宴得樽字〔一〕

風煙彭澤里〔二〕，山水仲長園〔三〕。繇來棄銅墨〔四〕，本自重琴樽〔五〕。高情邈不嗣，雅道今復存。有美光時彦〔六〕，養德坐山樊〔七〕。門開芳杜逕〔八〕，室距桃花源〔九〕。公子黄金勒〔一〇〕，仙人紫氣軒〔一一〕。長懷去城市，高詠狎蘭蓀。連沙飛白鷺，孤嶼嘯玄猿。日影巖前落，雲花江上翻。興闌車馬散，林塘夕鳥喧。

〔一〕曲水宴　爲古代民間風俗。藝文類聚卷四引韓詩：「三月桃花水之時，鄭國之俗，三月上巳，於溱洧兩水之上，執蘭招魂續魄，拂除不祥。」又引續漢書禮儀志：「三月上巳，官民皆潔於東流水上，自洗濯，祓除宿垢，爲太潔。」後則於水濱宴飲流杯，并神其事（參續齊諧記）。此俗古爲上巳，「而自魏以後，但用三日，不以上巳也」（晉書禮志下）。晉永和九年（三五三）三月三日會稽内史王羲之於山陰蘭亭與名士謝安、孫綽等四十二人宴集，曲水流觴，賦詩盡歡，傳爲佳話。後代文人多艷羨倣效，相沿成習。底本附王勃和詩得煙字，今録於次：「彭澤官初去，河陽賦始傳。田園歸舊國，詩酒間長筵。列室窺丹洞，分樓瞰紫煙。縈回亘津渡，出没控郊鄽。鳳琴調上客，龍轡儼羣仙。松石偏宜古，藤蘿不記年。重簷交密樹，複磴擁危泉。抗石晞南嶺，乘沙渺北川。傅巖來築處，磻溪入釣前。日斜真趣遠，幽思夢涼蟬。」兩詩所述景物，當在蜀中，約作於咸亨元年（六七〇）或二年（六七一）春。　詩題，品彙、五十家無「得樽字」三字。英華卷二一四作「得舒」，注：「疑。詩中却押園字。」

〔二〕彭澤里　即陶淵明故里。陶曾任彭澤令，故稱。按陶淵明歸園田居五首之一，謂其所居曰：「方宅十餘畝，草屋八九間。榆柳蔭後簷，桃李羅堂前。曖曖遠人村，依依墟里煙。」

〔三〕仲長園　後漢書仲長統傳：仲長統字公理，山陽高平人也。「欲卜居清曠，以樂其志，論之曰：『使居有良田廣宅，背山臨流，溝池環帀，竹木周布，場圃築前，果園樹後。……如是，則可以陵霄漢、出宇宙之外矣。豈羨夫入帝王之門哉！』」

〔四〕棄銅墨　謂棄官。漢書百官公卿表：凡吏，「秩比六百石以上，皆銅印墨綬」。

〔五〕本自句　宋書陶潛傳：「潛不解音聲，而畜素琴一張，無弦，每有酒適，輒撫弄以寄其志。」以上四句，謂宴會主人里宅優雅，鄙夷仕宦，情操高尚。

〔六〕有美　指宴會主人。詩經鄭風野有蔓草：「有美一人，清揚婉兮。」

〔七〕山樊　莊子則陽：「夏則休乎山樊。」成疏：「樊，傍也，亦茂林也。」德，英華作「得」。

〔八〕芳杜　即杜若，香草名。楚辭屈原九歌湘君：「采芳洲兮杜若。」杜，五十家作「社」，誤。

〔九〕距　英華作「拒」。全唐詩卷四一作「距」，校：「一作拒。」按當作「距」。文選謝朓和王著作八公山詩：「西距孟諸陸。」李善注引孔安國尚書傳：「距，至也。」桃花源，陶淵明有桃花源記并詩，所述世外樂園在武陵郡。此喻主人住地寧静優美。

〔一〇〕黄金勒　以黄金鑲製之馬絡頭，有嚼子的叫勒。樂府詩集卷六三雜曲歌辭王僧孺白馬篇：「玉鞘黄金勒。」

〔一一〕紫氣軒　史記老子傳索隱引列仙傳：「老子西遊，關令尹喜望見其有紫氣浮關，而老子果乘青牛而過。」軒，車也，此以老子所乘青牛相擬。以上兩句，言主人家富貴有德。

奉使益州至長安發鍾陽驛〔一〕

躋險方未夷〔二〕，乘春聊騁望。落花赴丹谷，奔流下青嶂。葳蕤曉樹滋〔三〕，滉瀁春江漲〔四〕。平川看釣侶，狹逕聞樵唱。蝶戲緑苔前〔五〕，鶯歌白雲上。耳目多異賞，風煙有奇狀。峻阻埒長城，高標吞巨防〔六〕。聯翩事覊靮〔七〕，辛苦勞疲恙。夕濟幾潺湲，晨登每惆悵。誰念復芻狗〔八〕，山河獨偏喪〔九〕！

〔一〕益州　元和郡縣志卷三一劍南道上益州：「武德元年（六一八）改（隋蜀郡）爲益州總管府，三年（六二〇）置西行臺。龍朔三年（六六三），復爲大都督府。」鍾陽驛，元豐九域志卷七綿州巴西縣五鎮，鍾陽乃其一。其地爲古代入成都的重要驛站，今稱皂角鎮，在綿陽市西三十里。盧照鄰使蜀約在乾封元年（六六六）七月前，參見相樂夫人檀龕讚。此詩乃由蜀返長安途中作。

〔二〕英華卷二九六、全唐詩卷四一於「躋」下校：「一作踰。」

〔三〕曉　英華作「離」。全唐詩作「曉」，校：「一作離。」

〔四〕滉瀁　漢書司馬相如傳載子虛賦作「潢漾」，連綿字。注引郭璞曰：「水無涯際貌。」

〔五〕蝶　英華作「魚」。

〔六〕峻阻兩句　埒，原作「將」；防，原作「舫」。按文選左思蜀都賦：「峻岨塍埒長城，豁險吞若巨防。」劉逵注：「云峻岨之嚴，視長城若塍埒也。豁，深貌也。戰國策（燕一）曰：齊有長城、巨防，足以爲塞也。」據此，則底本（各本同）「將」、「舫」當是「埒」、「防」之形訛，今據改。

因鍾陽驛在蜀，故詩中化用蜀都賦文句。舫，全唐詩卷四一注：「一作防。」則别本原不誤。

〔七〕事羈靮　指騎馬。羈，無嚼子之馬絡頭；靮，馬繮也。

〔八〕復　指免除賦税。　芻狗，指百姓。老子第五章：「天地不仁，以萬物爲芻狗；聖人不仁，以百姓爲芻狗。」王弼注：「天地任自然，無爲無造，故不仁也。……地不爲獸生芻，而獸食芻；不爲人生狗，而人食狗。無爲於萬物，而萬物各適其所用，則莫不贍矣。」又曰：「聖人與天地合其德，以百姓比芻狗也。」句謂無人爲税賦沉重的百姓着想。

〔九〕山河句　謂蜀地尚多鰥寡窮苦之民。　偏喪，詩經小雅鴻鴈：「鴻鴈于飛，肅肅其羽。之子于征，劬勞于野。爰及矜人，哀此鰥寡。」毛傳：「老無妻曰鰥，偏喪曰寡。」按詩小序稱鴻鴈乃美宣王能勞來安集百姓，故鄭箋曰：「是時民既離散，邦國有壞滅者，侯伯久不述職，王使廢於存省，諸侯於是始復之，故美焉。」是時作者正爲「王使」，且以存省益州百姓畢事，故化用鴻鴈詩意以致感慨。

和王奭秋夜有所思〔一〕

寂寂南軒夜〔二〕，悠然懷所知。長河落鴈苑〔三〕，明月下鯨池〔四〕。鳳臺有清曲〔五〕，此曲何人吹？丹脣間玉齒〔六〕，妙響入雲涯〔七〕。窮巷秋風葉〔八〕，空庭寒露枝。

勞歌欲有和〔九〕，星鬢已將垂。

〔一〕有所思　樂府詩集卷一六鼓吹曲辭一有所思：「樂府解題曰：古辭言『有所思，乃在大海南……』也。按古今樂録漢太樂食舉第七曲亦用之，不知與此同否。若齊王融『如何有所思』，梁劉繪『别離安可再』，但言離思而已。」此篇樂府詩集未録。詩中多用關中典故，當作於長安。　王奭，事跡未詳。

〔二〕寂寂　品彙、五十家、十二家作「秋寂」。

〔三〕鴈苑　指上林苑。漢書蘇武傳：常惠「教使者謂單于，言天子射上林（苑）中，得鴈」，故稱。此泛指林苑。

〔四〕鯨池　指昆明池。西京雜記卷一：「昆明池刻玉石爲鯨魚，每至雷雨，鯨魚常鳴吼，鬐尾皆動。」此泛指池塘。

〔五〕鳳臺　文選鮑照升天行：「鳳臺無還駕，簫管有遺聲。」李善注引列仙傳：「蕭史者，秦繆公時人也。善吹簫。繆公有女號弄玉，好之，公遂以妻之，遂教弄玉作鳳鳴。居數十年，吹似鳳聲，鳳皇來止其屋，爲作鳳臺，夫婦止其上，不下數年。一旦皆隨鳳皇飛去。」

〔六〕丹脣句　曹植洛神賦：「丹脣外朗，皓齒内鮮。」

〔七〕妙響句　列子湯問：秦青「撫節悲歌，聲振林木，響遏行雲」。

〔八〕窮巷句　文選宋玉風賦：「庶人之風，塕然起於窮巷之間。」

〔九〕勞歌　初學記卷一五引梁元帝纂要，謂歌有「勞歌」；又引韓詩：「饑者歌食，勞者歌事。」一說「勞歌」爲送别之歌。古時送客勞勞亭而歌以爲别，故稱。駱賓王送吴七遊蜀詩：「勞歌徒欲奏，贈别竟無言。」

望宅中樹有所思

我家有庭樹，秋葉正離離〔一〕。上舞雙棲鳥〔二〕，中秀合歡枝〔三〕。勞思復勞望，相見不相知。何當共攀折，歌笑此堂垂〔四〕。

〔一〕離離　詩小雅湛露：「其桐其椅，其實離離。」毛傳：「離離，垂也。」

〔二〕雙棲鳥　太平御覽卷三五〇引魏明帝曹叡猛虎行：「雙桐生空井，枝葉自相加。……上有雙棲鳥，交頸鳴相和。」

〔三〕合歡枝　合歡乃植物名，至夜其葉乃合。此謂庭樹枝葉相擁，有如合歡。

〔四〕此　十二家作「北」。全唐詩卷四一作「此」，校：「一作北。」按：似當作「北」。北堂乃古代婦女盥洗之所。儀禮士昏禮：「婦洗在北堂。」垂，通「陲」。廣韻：「陲，邊也。」鮑照詠雙燕詩：「出入南閨裏，經過北堂陲。」

宿晉安寺〔一〕

聞有弦歌地〔二〕，穿鑿本多奇〔三〕。遊人試一覽，臨翫果忘疲。窗横暮捲葉〔四〕，簷卧古生枝。舊石開紅蘚，新荷覆緑池。孤猿稍斷絶〔五〕，宿鳥復參差〔六〕。泛灧月華曉〔七〕，徘徊星鬢垂。今日删書客〔八〕，悽惶君詎知〔九〕。

〔一〕晉安寺　英華卷三一五、五十家、全唐詩卷四一作「晉安亭」。英華將此詩編入居處亭類。按詩中所述景致且未言及佛事，似當作「亭」。古代亭傳，即今之旅館。繆荃孫校輯元和郡縣志闕卷逸文卷一山南道閬州晉安縣：「梁於此置金遷戍，後周置晉安縣，隋并入晉城縣，武德中復爲晉安縣。」（據方輿紀勝閬州）清一統志卷二九八保寧府二：「晉安廢縣，在南部縣西北。」引寰宇記：「晉安縣，在閬州西七十里，本閬中縣，晉於此置晉安縣。」又引（元豐）九域志（卷八）：「（宋）熙寧三年（一〇七〇），省晉安縣爲鎮。」按：晉安縣在今四川南部縣晉安壩，晉安亭當在晉安縣縣署内。

〔二〕弦歌地　論語雍也：「子游爲武城宰。」又陽貨：「子之武城，聞弦歌之聲。」後因以「弦歌地」代指縣署。

〔三〕穿鑿句　謂縣署之地穿山鑿壁，景致奇特。

〔四〕捲　底本校：「一作落。」五十家、十二家作「落」。

〔五〕稍　張相詩詞曲語辭匯釋卷二：「猶纔也。」

〔六〕宿　底本校：「一作百。」十二家作「百」。五十家缺字。

〔七〕泛灩句　泛灩，連綿字，又作「汜豔」。文選潘岳笙賦：「汎淫汜豔，霅曄岌岌。」李善注：「汜豔，自放縱貌。」此指漫延、擴散。江淹雜體詩休上人：「露彩方泛灩，月華始徘徊。」

〔八〕删書客　指孔子，此以自喻。史記孔子世家：「孔子之時，周室微而禮樂廢，詩書缺。追迹三代之禮，序書傳，上紀唐虞之際，下至秦繆，編次其事。」「古者詩三千餘篇，及至孔子，去其重，取可施於禮義」者，得三百五篇。

〔九〕悽惶　同「栖皇」，忙碌不安貌。論語憲問：「微生畝謂孔子曰：『丘何爲是栖栖者與？無乃爲佞乎？』」

于時春也慨然有江湖之思寄此贈柳九隴〔一〕

提琴一萬里，負書三十年〔二〕。晨攀偃蹇樹，暮宿清泠泉〔三〕。翔禽鳴我側，旅獸過我前。無人且無事，獨酌還獨眠。遥聞彭澤宰〔四〕，高弄武城弦〔五〕。形骸寄文墨，意氣託神仙。我有壺中要，題爲物外篇〔六〕。將以貽好道，道遠莫致旃〔七〕。相思勞日夜，相望阻風煙。坐惜春華晚〔八〕，徒令客思懸。水去東南地，氣凝西北天〔九〕。關山悲蜀道，花鳥憶秦川〔一〇〕。天子何時問〔一一〕？公卿本不憐〔一二〕。自哀還自樂，歸藪復歸田。海屋銀爲棟〔一三〕，雲車電作鞭〔一四〕。倘遇鸞將鶴〔一五〕，誰論貂與蟬〔一六〕！萊洲頻度淺〔一七〕，桃實幾成圓〔一八〕。寄言飛鳧舄〔一九〕，歲晏共聯翩〔二〇〕。

〔一〕柳九隴　即九隴縣令柳明。元和郡縣志卷三一：「九隴縣，本漢繁縣地，舊曰小郫。……梁於此置東益州，後魏改爲九隴郡，取九隴山爲名也。開皇三年（五八三），罷郡爲九隴縣，屬益州。皇朝（唐）因之，後改爲彭州。」清一統志卷二九二成都府：「九隴故城，今彭縣治。」地在今四川彭州北九隴鎮。柳明，字太易，河東人，高宗總章、咸亨中爲彭州九隴縣令，見王勃春思賦序。按詩既謂「有江湖之思」，知尚在官所；又曰「關山悲蜀道，花鳥憶秦川」，知其時仍在蜀，蓋作於咸亨二年（六七一）春作者爲新都尉時。

〔二〕負書句　戰國策秦一：蘇秦説秦王書十上而説不行，於是去秦而歸，「羸縢履蹻，負書擔橐，形容枯槁」。按此「負書」兼指求學入仕。作者是時年已四十，十餘歲時外出遊學求官，已近三十年，故有倦意。

〔三〕晨攀兩句　楚辭淮南小山招隱士：「桂樹叢生兮山之幽，偃蹇連蜷兮枝相繚……攀援桂枝兮聊淹留。」王逸注：「所持美木，喻美行也。」「偃蹇樹」既指美木，則「清泠泉」謂佳水，兩句自言高潔。

〔四〕彭澤宰　指陶淵明。宋書陶潛傳：「（潛）謂親朋曰：『聊欲弦歌，以爲三徑之資可乎？』執事者聞之，以爲彭澤令。」此代指柳明，因柳亦爲縣令。

〔五〕武城弦　即武城宰之弦歌，見宿晉安寺詩注〔二〕。此謂柳明治縣頗有餘裕。

〔六〕我有兩句　壺中，後漢書方術列傳：「費長房者，汝南人也。曾爲市掾。市中有老翁賣藥，懸一壺於市頭，及市罷，輒跳入壺中。市人莫之見，唯長房於樓上覩之。……長房且日復詣翁，翁乃與俱入壺中。唯見玉堂嚴麗，旨酒甘肴盈衍其中，共飲畢而出。」後長房即隨翁學仙。　要，指道家精要。　物外篇，莊子有外物篇，釋文引王叔之曰：「夫忘懷於我者，固無對於天下，然後外物無所用必焉。」按物外指塵世以外。晉書單道開傳：「後至南海，入羅浮山，獨處茅茨，蕭然物外。」

〔七〕將以兩句　好道，此指柳明。旃，「之焉」合音。文選楊惲與孫會宗書：「願勉旃。」李周翰注：「旃，之也。」

〔八〕坐　詩詞曲語辭匯釋卷四：「坐，猶徒也；空也；枉也。」　春華，文選蘇武古詩四首：「努力愛春華，莫忘歡樂時。」李善注：「春華，喻少時也。」

〔九〕水去兩句　列子湯問：「共工氏與顓頊爭爲帝，怒而觸不周之山，折天柱，絶地維。故天傾西北，日月星辰就焉；地不滿東南，故百川水潦歸焉。」

〔一〇〕秦川　指秦嶺以北的渭河平原。

〔一一〕天子句　化用漢文帝徵見賈誼於宣室而問鬼神事，詳下篇注〔一一〕。

〔一二〕公卿句　不，原作「亦」。全唐詩卷四一作「亦」，校：「一作不。」按詩意當作「不」，因改。公卿不憐，亦用賈誼事。史記賈生傳：「天子議以爲賈生任公卿之位。絳、灌、東陽侯、馮敬之屬盡害之。……於是天子後亦疏之，不用其議。」駱賓王夏日遊德州贈高四詩：「天子不見知，羣公詎相識？」

〔一三〕海屋句　史記封禪書：「自威、宣、燕昭使人入海求蓬萊、方丈、瀛洲。此三神山者，其傳在渤海中。……其物禽獸盡白，而黃金銀爲宫闕。」此泛指神仙居處。

〔一四〕雲車　博物志卷八：漢武帝好仙道，「七月七日夜漏七刻，王母乘紫雲車而至於殿西」。電作鞭，淮南子覽冥訓：「電以爲鞭，策雷以爲車輪。」

〔一五〕鸞將鶴　代指仙人。將，猶與也。文選江淹別賦：「駕鶴上漢，騎鸞騰天。」李善注：「列仙傳曰：『王子晉吹笙作鳳鳴，游伊洛之間，道士浮丘公接上嵩高。三十餘年後，上見恒良曰：「告我家，七月七日，待我緱氏山頭。」果乘白鶴住山，下望之不能得到。』雷次宗豫章記曰：『洪井西，鸞岡鶴嶺。舊說：洪崖先生與（王）子晉乘鸞鶴憩於此。』」

〔一六〕貂與蟬　冠上飾物，代指高位顯爵。漢書谷永傳：「戴金貂之飾。」司馬彪後漢書志輿服下：武冠，「侍中、中常侍加黃金璫，附蟬爲文，貂尾爲飾，謂之『趙惠文冠』」。劉昭注引應劭漢官儀：「説者以金取堅剛，百鍊不耗。蟬居高飲絜，口在腋下。貂内勁捍而外温潤。」

〔一七〕萊洲　指蓬萊仙山。　頻度淺，葛洪神仙傳：「王遠，字方平，東海人也。過吴，住胥門蔡經家，因遣人招麻姑。……麻姑自説云：『接侍以來，已見東海三爲桑田。向到蓬萊，水又淺於往日會時略半耳，豈將復爲陵陸乎？』遠嘆曰：『聖人皆言海中將復揚塵也。』」

〔一八〕桃實句　藝文類聚卷八六引漢武故事：「東郡獻短人，呼東方朔，朔至，短人因指朔謂上曰：『西王母種桃，三千歲一爲子。此兒不良也，已三過偷之矣。』後西王母下，出桃七枚，母因噉二，以五枚與帝。帝留核著前，母問曰：『用此何？』上曰：『此桃美，欲種之。』母笑曰：『此桃三千年一著子，非下土所植也。』」

〔一九〕飛鳧舄　後漢書方術傳上：「王喬者，河東人也。顯宗世，爲葉令。喬有神術，每月朔望，常自縣詣臺朝。帝怪其來數，而不見車騎，密令太史伺望之。言其臨至，輒有雙鳧從東南飛來。於是候鳧至，舉羅張之，但得一隻舄焉。乃詔尚方診視，則四年中所賜尚書官屬履也。」此喻指九隴縣令柳明。

〔二〇〕共聯翩　一齊飛翔。共，英華、五十家、十二家作「同」。

至望喜矚目言懷貽劍外知己〔一〕

聖圖夷九折〔二〕，神化掩三分〔三〕，緘愁赴蜀道，題拙奉虞薰〔四〕。隱鱗度深谷〔五〕，遥裔上高雲〔六〕。碧流遞縈注，青山互糾紛〔七〕。澗松咽風緒〔八〕，巖花濯露文〔九〕。思北常依馭，圖南每喪羣〔一〇〕。無繇召宣室〔一一〕，何以答吾君？

〔一〕望喜　古驛名。嘉慶四川通志卷八八：「望喜驛即廣元縣沙河廢驛，在望雲鋪北十五里。」劍外，指劍門以南，即蜀中。觀「無繇召宣室」句，時作者似被外任，當作於總章二年（六六九）五月赴新都尉途中。

〔二〕聖圖　國家輿地之圖。　夷，説文：「平也。」　九折，即九折坂，蜀山名，見早度分水嶺詩注〔七〕。句謂到達望喜驛，即將進入蜀中平衍之地。

〔三〕神化　朝廷德化。　掩，彌合，涵蓋。　三分，指魏、蜀、吴三國割據。諸葛亮前出師表：「今天下三分，益州疲弊。」句謂唐王朝已實現國家大一統。按唐高祖武德三年（六二〇），秦王（太宗）不以軍事征討即平定蜀地，至此約五十年，全蜀安寧無事，故云。

〔四〕題拙　謙言作詩。　虞薰，指舜所歌之詩。史記樂書：「昔者舜作五弦之琴，以歌南風。」集解引王肅曰：「南風，養育民之詩也。其辭曰：『南風之薰兮，可以解吾民之愠兮。』」句言到蜀出任公職。

〔五〕隱轔　文選司馬相如上林賦：「隱轔鬱𡺐，登降施靡。」郭璞注：「隱轔鬱壘，堆壟不平貌。」

〔六〕裔　原作「㐆」，據英華卷二四九改。　文選謝靈運擬魏太子鄴中集詩八首魏太子：「遥裔起長津。」張銑注：「遥裔，遠也。」

〔七〕糾紛　文選司馬相如子虛賦：其山則「交錯糾紛，上干青雲」。郭璞注：「言相摎結而峻絶也。」

〔八〕風緒　即緒風。楚辭屈原九章涉江：「欸秋冬之緒風。」王逸注：「緒，餘也。」

〔九〕露文　露珠之光彩。江淹別賦：「露下地而騰文。」

〔一〇〕圖南　指南行入蜀。莊子逍遥遊：「而後乃今將圖南。」底本此句下注：「世本無以上四句」。全唐詩校：「一本無澗松四句。」五十家即無此四句。

〔一一〕宣室　漢書賈誼傳：「文帝思誼，徵之。至，入見，上方受釐，坐宣室。上因感鬼神事，而問鬼神之本。誼具道所以然之故。至夜半，文帝前席。既罷，曰：『吾久不見賈生，自以爲過之，今不及也。』乃拜誼爲梁懷王太傅。」注引蘇林曰：「宣室，未央前正室也。」此代指朝廷。

赤谷安禪師塔〔一〕

獨坐巖之曲，悠然無俗氛〔二〕。酌酒呈丹桂，思詩贈白雲。煙霞朝晚聚〔三〕，猿鳥歲時聞〔四〕。水華競秋色〔五〕，山翠含夕曛。高談十二部〔六〕，細覈五千文〔七〕。如如數冥昧〔八〕，生生理氤氳〔九〕。古人有糟粕，輪扁情未分〔一〇〕。且當事芝朮〔一一〕，從吾所好云〔一二〕。

〔一〕赤谷　水經渭水注：「漢靈帝五年，别爲南安郡，赤亭水出東山赤谷，西流逕城北，南入渭水。」又清一統志卷二二七西安府：「赤谷，在盩厔縣東南。」　安禪師，事跡未詳。

〔二〕氛　英華卷二三三、品彙、五十家、全唐詩卷四一作「紛」，似是。

〔三〕晚　英華校：「一作暝。」

〔四〕歲　英華校：「集作四。」

〔五〕競　英華作「鏡」。

〔六〕十二部　指十二部經，佛家語。佛家將一切經分爲十二類：一、修多羅，此譯契經；二、祇夜，此譯應頌或重頌；三、伽陀，此譯孤起頌；四、尼陀那，此譯因緣；五、伊帝目多伽，此譯本事；六、闍多伽，此譯本生；七、阿浮達磨，此譯未曾有；八、阿波陀那，此譯譬喻；九、優婆提舍，此譯論議；十、優陀那，此譯自説；十一、毘佛略，此譯方廣；十二、和伽羅，此譯授記。詳見智度論卷三三。此泛指佛經。

〔七〕五千文　又稱「五千言」，指老子道德經。史記老子傳：「老子乃著書上下篇，言道德之意五千餘言而去。」

〔八〕如如　佛家指真如常在、圓融而不凝滯的境界。大乘義章三：「如義非一，彼此皆如，故曰如如。如非虛妄，故經中亦名真如。」　數冥昧，謂真如之理有數存焉，然幽深莫測。

〔九〕生生　謂流轉輪回，孳息不絶。楞嚴經三：「生死，死生，生生死死如旋火輪，未有休息。」理氤氳，謂佛家輪回之説浩如元氣，充塞天地。氤，英華、品彙、五十家、十二家并作「氛」。

〔一〇〕古人兩句　莊子天道：齊桓公讀書於堂上，輪扁斲輪於堂下，輪扁謂「君之所讀者，古人之糟粕已夫」！桓公問其故，輪扁以斲輪爲喻，謂斲輪之技「得之於手而應於心，口不能言，有數存焉於其間，臣不能以喻臣之子」。「古之人與其不可傳也死矣，然則君之所讀者，古人之糟粕已夫！」

〔一一〕事芝朮　謂服藥求仙。抱朴子内篇卷一一仙藥：「有石芝，有木芝，有草芝，有肉芝，有菌芝，各有百許種也。」謂服石象芝一斤「則得千歲，十斤則萬歲」，服玉脂芝一升「得一千歲」，云云。又藝文類聚卷八一引本草經曰：「朮，一名山筋，久服不饑，輕身延年。」又引異術曰：「朮草者，山之精也，結陰陽之精氣，服之令人長生絶穀致神仙。」

〔一二〕從吾句　論語述而：「子曰：『富而可求也，雖執鞭之士，吾亦爲也。如不可求，從吾所好。』」以上兩句，謂自己所好乃道教之長生術，而不在佛禪。

贈益府裴録事〔一〕

忽忽歲云暮〔二〕，相望限風煙〔三〕。長歌欲對酒〔四〕，危坐遂停弦。停弦變霜露〔五〕，對酒懷朋故。朝看桂蟾晚〔六〕，夜聞鴻鴈度。鴻度何時還？桂晚不同攀。浮雲映丹壑，明月滿青山。青山雲路深，丹壑月華臨。耿耿離憂積，空令星鬢侵〔七〕。

〔一〕益府　即益州大都督府，駐成都。裴録事，名未詳。新唐書百官志四：「大都督府：録事參軍事一人，正七品上；録事二人，從九品上。」

〔二〕歲云暮　詩經唐風蟋蟀：「歲聿其莫。」孔疏：「歲遂其將欲晚矣。」又古詩十九首：「凛凛歲云暮。」

〔三〕風煙　王勃送杜少府之任蜀川詩：「風煙望五津。」

〔四〕長歌句　樂府歌辭有長歌行、短歌行，樂府解題謂其「歌聲有長短」。曹操短歌行：「對酒當歌，人生幾何。」

〔五〕霜露　喻寂然無聲，氣氛凄涼。楚辭宋玉九辯：「霜露慘悽而交下兮，心尚冞其弗濟。」

〔六〕桂蟾　指月。古謂月中有桂及蟾蜍。初學記卷一引虞喜安天論：「俗傳月中仙人桂樹，今視其初生，見仙人之足，漸已成形，桂樹後生。」藝文類聚卷一引五經通義：「月中有兔與蟾蜍何？月，陰也；蟾蜍，陽也，而與兔并明，陰係陽也。」

〔七〕鬢　英華卷二四九、全唐詩卷四一校：「一作髮。」

贈益府羣官〔一〕

一鳥自北燕〔二〕，飛來向西蜀。單棲劍門上〔三〕，獨舞岷山足〔四〕。昂藏多古貌〔五〕，哀怨有新曲。羣鳳從之遊，問之何所欲？答言寒鄉子，飄颻萬餘里〔六〕。不息惡木枝，不飲盜泉水〔七〕。常思稻粱遇〔八〕，願棲梧桐樹〔九〕。智者不我邀，愚夫余不顧。所以成獨立〔一〇〕，耿耿歲云暮。日夕苦風霜，思歸赴洛陽。羽翮毛衣短，關山道路長。明月流客思，白雲迷故鄉。誰能借風便？一舉凌蒼蒼〔一一〕。

〔一〕本詩與前詩皆稱「歲云暮」，或作於同時。前詩言「星鬢侵」，此詩稱「日夕苦風霜」，時作者已届中年，且滯蜀已久，北歸之情頗切。疑在咸亨元年（六七〇）末，作者蓋已有離新都尉之意。

〔二〕北燕　指范陽。即今河北涿州市。據舊唐書本傳，盧照鄰爲幽州范陽人，范陽古屬燕地。

〔三〕劍門　大劍山關隘名。元和郡縣志卷三三劍州普安縣：「大劍山，亦曰梁山，在縣北四十九里。」祝穆方輿勝覽卷六七謂諸葛亮立劍門，「唐置劍門縣，劍門始置關」。此泛指蜀山。

〔四〕獨舞　山海經海外西經：「諸夭之野，鸞鳥自歌，鳳皇自舞。」　岷，底本作「崑」，校：「一作岷。」英華卷二四九、品彙卷一、全唐詩卷四一作「岷」。按作「岷」是，今據改。岷山，今四川西北部諸山之總稱。

〔五〕昂藏　連綿字，氣概軒昂、高朗貌。陸機晉平西將軍孝侯周處碑：「汪洋廷闕之傍，昂藏寮宷之上。」杜甫四松：「幽色幸秀發，疏柯亦昂藏。」

〔六〕飄颻　飛動貌。颻，五十家亦作「飄」。

〔七〕不息兩句　息，原作「識」，據英華、品彙、五十家、全唐詩、四庫本改。文選陸機猛虎行：「渴不飲盜泉水，熱不息惡木陰。」李善注：「尸子曰：『孔子至於勝母，暮矣而不宿；過於盜泉，渴矣而不飲，惡其名也。』江邃文釋云：『管子曰：夫士懷耿介之心，不蔭惡木之枝。惡木尚能恥之，況與惡人同處？』」盜泉，在今山東泗水縣。

〔八〕稻粱遇　謂恩遇。文選劉峻廣絶交論：「分鴈鶩之稻粱。」李善注引魯連子：「君鴈鶩有餘粟。」又引韓詩外傳：「田饒謂魯哀公曰：『黄鵠止君園池，啄君稻粱。』」

〔九〕願棲句　莊子秋水：「南方有鳥，其名爲鵷鶵（引者按：鳳類）。……夫鵷鶵發於南海，而飛於北海，非梧桐不止。」句謂處身高潔。

〔一〇〕立　英華、品彙、五十家作「坐」，似誤。

〔一一〕一舉句　史記留侯世家：「鴻鵠高飛，一舉千里。」

盧照鄰集箋注卷二

七言古詩

失羣鴈 并序〔一〕

温縣明府以鴈詩垂示〔二〕。余以爲古之郎官，出宰百里〔三〕，今之墨綬〔四〕，入應千官，事止鴈行〔五〕，未宜傷嘆。至如羸卧空巖者〔六〕，乃可爲失羣慟耳！聊因伏枕多暇〔七〕，以斯文應之。

三秋北地雪皚皚，萬里南翔渡海來〔八〕。欲隨石燕沈湘水〔九〕，試逐銅烏繞帝臺〔一〇〕。帝臺銀闕距金塘〔一一〕，中間鴛鷺已成行〔一二〕。先過上苑傳書信〔一三〕，暫下中洲戲稻粱〔一四〕。虞人負繳來相及〔一五〕，齊客虚弓忽見傷〔一六〕。毛翎頻頓飛無力〔一七〕，羽翮摧頹君不識。唯有莊周解愛鳴〔一八〕，復有郊歌重奇色〔一九〕。惆悵驚思悲未已，徘徊自憐中罔極。傳聞有鳥集朝陽〔二〇〕，詎勝仙鳧邇帝鄉〔二一〕？雲間海上應鳴舞〔二二〕，遠得鷗弦猶獨撫〔二三〕。金龜全寫中牟印〔二四〕，玉鵠當變萊蕪釜〔二五〕。願君弄影鳳皇池〔二六〕，時憶籠中摧折羽。

〔一〕本詩序謂「羸卧空巖」、「伏枕」，知作者時已卧病；又温縣鄰近東龍門山，則此詩蓋作於儀鳳三年（六七八）前後數年卧病東龍門山時。

〔二〕温縣　元和郡縣志卷五河南府温縣：「本周畿内……漢以爲縣，屬河内郡。隋大業十三年（六一七），自故温縣移於今所。皇朝（唐）建都，割屬河南府。」按地即今河南省温縣。　明府，即縣令。洪邁容齋隨筆卷一：「唐人呼縣令爲明府。」温縣明府，其人未詳。

〔三〕余以爲兩句　後漢書明帝紀：「館陶公主爲子求郎，不許，而賜錢千萬。謂羣臣曰：『郎官上應列宿，出宰百里，有非其人，則民受其殃。』」

〔四〕墨綬　漢書百官公卿表上：凡吏，「秩比六百石以上，皆銅印黑綬」。按舊唐書輿服志，唐「五品黑綬」。此代指縣令。

〔五〕鴈行　喻官員依次遷轉。文選丘遲與陳伯之書：「今功臣名將，鴈行有序。」李善注引應劭漢官儀：「典職楊喬糾羊柔曰：『柔知丞郎鴈行，威儀有序。』」

〔六〕羸卧空巖　謂病卧荒山（當指東龍門山）。作者釋疾文序：「余羸卧不起，行已十年。」又五悲悲昔遊：「因嵌巖以爲室。」

〔七〕伏枕　指卧病。作者病梨樹賦序：「余獨病卧兹邑……伏枕十旬，閉門三月。」

〔八〕萬里句　詩經小雅鴻鴈：「鴻鴈于飛。」孔疏：「鴻、鴈俱是水鳥……春則避陽暑而北，秋則避陰寒而南。」　渡海，指漢書蘇武傳所載有鴈由北海至上林傳書事，參見秋霖賦注〔一九〕、〔二一〕。

〔九〕欲隨句　水經卷三八湘水注：「湘水又東北得汜口，水出永昌縣北羅山，東南流，逕石鷰山東。其山有石，紺而狀鷰，因以名山。其石或大或小，若母子焉，及其雷風相薄，則石鷰羣分，頡頏如真鷰矣。」又初學記卷二引湘州記：「零陵山有石燕，遇風雨即飛，止還爲石。」

〔一〇〕銅烏　三輔黄圖卷五臺榭：「郭延生述征記曰：長安宫南有靈臺……又有相風銅烏，遇風乃動。一曰：長安靈臺上有相風銅烏鳥，千里風至，此鳥乃動。」

〔一一〕銀闕　史記封禪書：蓬萊、方丈、瀛洲三神山皆「黄金銀爲宫闕」。　金塘，文選劉楨公讌詩：「菡萏距金塘。」李善注：「金塘，猶金堤也。」又文選張衡西京賦：「周以金堤，樹以柳杞。」薛綜注：「金堤，謂以石爲邊隒。」李善補注：「金堤，言堅也。」此皆喻指宫苑。

〔一二〕鵷鷺成行　喻朝官班次，言其多也。　隋書音樂志：「懷黄綰白，鵷鷺成行。」

〔一三〕上苑　即上林苑，秦建，漢武帝擴建，供天子春秋畋獵之用。地在今陝西長安、周至（舊作「盩厔」）、户縣（舊作「鄠縣」）界。

〔一四〕稻粱　見贈益府羣官詩注〔八〕。

〔一五〕虞人　古代掌山澤苑囿及田獵之官。周禮地官山虞：「山虞掌山林之政令。……若大田獵，則萊山田之野及弊田，植虞旗於中，致禽而珥焉。」繳，即弋，繫繩之箭。

〔一六〕齊客句　齊客，指更羸。戰國策楚四：「更羸與魏王處京臺之下，仰見飛鳥。更羸謂魏王曰：『臣爲王引弓虚發而下鳥。』……有間，鴈從東方來，更羸以虚發而下之。魏王曰：『然則射可至此乎？』……對曰：『其飛徐而鳴悲。飛徐者，故瘡痛也；鳴悲者，久失羣也。……聞弦音引而高飛，故瘡裂而隕也。』」

〔一七〕頻頓　底本校：「一作⿰魚頁顂。」英華卷三三八作「⿰魚頁顂」。

〔一八〕莊周解愛鳴　見秋霖賦注〔三六〕。

〔一九〕郊歌　指漢樂府郊祀歌。漢書禮樂志載郊祀歌十九章，第十八章爲象載瑜，曰：「（武帝）太始三年（前九四）行幸東海，獲赤鴈，作。」又漢書武帝紀：太始三年二月，「行幸東海，獲赤鴈，作朱鴈之歌。」按朱鴈之歌即象載瑜，其辭有「赤鴈集，六紛員，殊翁雜，五彩文」等句，故云「重奇色」。此代指温縣明府所作鴈詩。

〔二〇〕傳聞句　詩經大雅卷阿：「鳳凰鳴矣，于彼高岡；梧桐生矣，于彼朝陽。」毛傳：「山東曰朝陽。」句中「有鳥」，喻温縣明府。

〔二一〕仙鳧　用王喬事，見于時春也慨然有江湖之思寄此贈柳九隴詩注〔一九〕。

〔二二〕雲間句　文選鮑照舞鶴賦：「指蓬壺而翻翰，望崑閬而揚音。」李善注引相鶴經：鶴「一舉千里，不崇朝而遍四方者也」。舞鶴賦又曰：「唳清響於丹墀，舞飛容於金閣。」李善注引相鶴經：「七年飛薄雲漢，復七年學舞，又七年舞應節。」

〔二三〕鵾弦　用鵾鷄筋作弦。文選左思吴都賦：「鳥則鵾鷄鸀鳿。」劉淵林注：「鵾鷄，鳥也，好鳴。」又文選嵇康琴賦：「鵾鷄遊弦。」李善注：「古相和歌者有鵾鷄曲，遊弦未詳。」按酉陽雜俎卷六樂：「古琵琶弦用鵾鷄筋。」此泛指弦樂器。

〔二四〕金龜　金印龜紐。文選曹植王仲宣誄：「金龜紫綬，以彰勳則。」李善注引漢舊儀：「列侯黄金龜紐。」此泛指印信。　中牟印，代指中牟縣令。藝文類聚卷五〇引説苑：「晉平公問趙武曰：『中牟，三國之股肱，邯鄲之肩髀也，寡人欲其良令也。其令空，誰使而可？』趙武曰：『邢子可。』」按晉中牟，在今河南湯陰縣西。此以中牟喻温縣，言其職美任重。

〔二五〕玉鵠　鵠即鶴。莊子庚桑楚：「越鷄不能伏鵠卵。」釋文：「鵠，本亦作鶴，同。」按玉鵠指鶴書。文選孔稚珪北山移文：「及其鳴騶入谷，鶴書赴隴。」李善注引蕭子良古今篆隸文體：「鶴頭書與偃波書，俱詔板所用，在漢則謂之尺一簡。髣髴鵠頭，故有其稱。」後因以「玉鵠」代指詔書。　萊蕪釜，後漢書范冉傳：「桓帝時，以冉爲萊蕪長，遭母憂，不到官。……所止單陋，有時糧盡，窮居自若，言貌無改，閭里歌之曰：『甑中生塵范史雲（按范冉字史雲），釜中生魚范萊蕪。』」句謂温縣明府即將應詔還昇入朝，不再作縣令如范冉般困頓。

〔二六〕鳳皇池　指中書省。文選謝朓直中書省詩：「兹言翔鳳池，鳴珮多清響。」李善注引晉中興書：「荀勗徙中書監爲尚書令，人賀之，乃發恚曰：『奪我鳳皇池，卿諸人何賀我邪？』」事詳晉書荀勗傳。

行路難〔一〕

君不見長安城北渭橋邊〔二〕，枯木横槎卧古田。昔日含紅復含紫，常時留霧亦留煙。春景春風花似雪〔三〕，香車玉轝恒闐咽〔四〕，若箇遊人不競攀，若箇娼家不來折〔五〕。娼家寶袜蛟龍帔〔六〕，公子銀鞍千萬騎。黄鶯一一向花嬌，青鳥雙雙將子戲〔七〕。千尺長條百尺枝，月桂星榆相蔽虧〔八〕。珊瑚葉上鴛鴦鳥〔九〕，鳳凰巢裏雛鵷兒〔一〇〕。巢傾枝折鳳歸去〔一一〕，條枯葉落任風吹〔一二〕。一朝憔悴無人問〔一三〕，萬古摧殘君詎知！人生貴賤無終始，倏忽須臾難久恃。誰家能駐西山日〔一四〕？誰家能堰東流水？漢家陵樹滿秦川〔一五〕，行來行去盡哀憐。自昔公卿二千石〔一六〕，咸擬榮華一萬年〔一七〕。不見朱脣將玉貌〔一八〕，唯聞青棘與黄泉〔一九〕。金貂有時須換酒〔二〇〕，玉麈恒摇莫計錢〔二一〕。寄言坐客神仙署〔二二〕，一生一死交情處〔二三〕。蒼龍闕下君不留〔二四〕，白鶴山頭我應去〔二五〕。雲間海上邈難期〔二六〕，赤心會合在何時？但願堯年一百萬〔二七〕，長作巢由也不辭〔二八〕。

〔一〕行路難　樂府詩集卷七〇雜曲歌辭一〇行路難：「樂府解題曰：『行路難，備言世路艱難及離別悲傷之意，多以「君不見」爲首。』按陳武別傳曰：『武常牧羊，諸家牧豎有知歌謡者，武遂學行路難。』則所起亦遠矣。」　本詩當作於長安。

〔二〕渭橋　史記文帝紀「（宋）昌至渭橋」集解：「在長安北三里。」索隱引三輔故事：「咸陽宮在渭北，興樂宮在渭南，秦昭王通兩宮之間，作渭橋，長三百八十步。」三輔黄圖卷六：「渭橋，秦始皇造。」原注：「渭橋在長安北三里，跨渭水爲橋。」又漢書武帝紀：建元三年（前一三八），「初作便門橋」。　顔注引蘇林曰：「去長安四十里。」按雍録卷六三渭橋曰：「秦、漢、唐架渭者凡三橋：在咸陽西十里者名便橋，漢武帝造；在咸陽東南二十二里者爲中渭橋，秦始皇造；在萬年縣東四十里者爲東渭橋。東渭橋也者，不知始於何世矣。」

〔三〕花似雪　指柳絮。藝文類聚卷八九引晉伍輯之柳花賦：「揚零華而雪飛。」

〔四〕轝　集韻：「舁車也。」或作「輿」。　闐咽，謂車聲盛。

〔五〕若箇二句　若箇，猶言哪個。兩句之攀、折，指贈別。三輔黄圖卷六橋：「霸橋在長安東，跨水作橋，漢人送客至此橋，折柳贈別。」此以渭橋代指灞橋。　人，底本校：「一作童。」英華卷二〇〇作「童」，校：「一作人。」

〔六〕寶袜　楊慎升菴詩話卷一四寶袜腰綵：「袜，女人脇衣也。隋煬帝詩『錦袖淮南舞，寶袜楚宮腰』，盧照鄰詩『倡家寶袜蛟龍被』是也。……崔豹古今註謂之腰綵，注引左傳『衵服』，謂日日近身衣也。」蛟龍帔，繪有蛟形圖案的裙。方言四：「帬，陳魏之間謂之帔。」又急就篇二：「袍襦表裏曲領帬。」顔師古注：「帬即裳也，一名帔。」

〔七〕青鳥　文選張衡西京賦：「況青鳥與黃雀。」薛綜注：「青鳥、黃雀，皆小鳥。……左氏傳曰青鳥氏，司啓者也。杜預曰：青鳥，鶬鴳也。」將，携帶。青鳥雙雙，樂府詩集、全唐詩卷二五作「兩兩三三」。全唐詩卷二五校：「集作青鳥雙雙。」按「兩兩」與前句「黃鶯」不對，作「兩兩三三」似誤。

〔八〕月桂　見贈益府裴録事注〔五〕。星榆，謂天星密布，如榆樹林立。玉臺新詠一隴西行：「天上何所有？歷歷種白榆。」此泛指樹。月桂星榆，英華、樂府詩集、全唐詩卷二五作「丹桂青榆」。

〔九〕珊瑚葉　樹葉之美稱。以珊瑚喻樹。史記司馬相如傳上林賦：「珊瑚叢生。」正義引郭璞云：「珊瑚生水底石邊，大者樹高三尺餘，枝格交錯，無有葉。」

〔一〇〕鳳凰巢　泛指鳥巢。雛鵷兒，泛指幼鳥。莊子秋水：「南方有鳥，其名爲鵷鶵。」成疏：「鵷鶵，鸞鳳之屬，亦言鳳子也。」按：以上兩句之鴛鴦、鵷鶵，皆指娼家。

〔一一〕傾　品彙卷三、五十家作「空」。鳳歸，英華、品彙、五十家作「飛鳳」，英華校：「一作鳳歸。」全唐詩卷四一於句下校：「一作巢傾折，鳳歸去。」

〔一二〕任　英華、全唐詩卷四一校：「一作狂。」全唐詩卷二五作「狂」，校：「集作任。」

〔一三〕憔悴　樂府詩集、全唐詩卷二五、卷四一作「零落」。英華作「憔悴」，校：「一作零落。」

〔一四〕「誰家」句　駐日，淮南子覽冥訓：「魯陽公與韓構難，戰酣，日暮，援戈而撝之，日爲之反三舍。」宋之問宴安樂公主宅：「短歌能駐日，艷舞欲嬌風。」此反其義。

〔一五〕漢家句　西漢帝王陵墓分布在長安至咸陽一帶（詳見三輔黃圖卷六），故云。

〔一六〕二千石　指俸禄。漢代内自九卿郎將，外至郡守尉之俸禄皆二千石，又分中二千石、二千石、比二千石三等。

〔一七〕咸擬句　謂公侯欲永保其地位。漢書高惠高后文功臣表：漢高祖封侯者百四十有三人，「封爵之誓曰：『使黃河如帶，泰山若厲，國以永存，爰及苗裔。』於是申以丹書之信，重以白馬之盟」。注引應劭曰：「封爵之誓，國家欲使功臣傳祚無窮也。」

〔一八〕將　詩詞曲語辭匯釋卷三：「猶與也。」　玉，底本作「白」，校：「一作玉。」英華、品彙、五十家、十二家皆作「玉」。

〔一九〕青棘、黃泉　皆代指墳墓。棘，酸棗，泛指雜樹。文選張載七哀李善注引桓譚新論：「雍門周以琴見孟嘗君曰：『竊悲千秋萬歲後，墳墓生荆棘，狐兔穴其中。』」文選繆襲挽歌詩：「暮宿黃泉下。」李善注引服虔左氏傳注曰：「天玄地黃，泉在地中，故言黃泉也。」按「黃泉」語出左傳隱元年。　青，英華校：「一作素。」全唐詩卷二五、卷四一作「素」，校：「一作青。」

〔二〇〕金貂、換酒　晉書阮孚傳：「遷黄門侍郎、散騎常侍。嘗以金貂換酒，復爲所司彈劾，帝宥之。」

〔二一〕玉麈　裝有玉柄的麈尾。古以麈（即駝鹿，俗稱四不象）尾爲拂麈，六朝時名士、僧道多執之。世説新語容止：「王夷甫（衍）容貌整麗，妙於談玄，恒捉白玉柄麈尾。」　恒，英華、樂府詩集、全唐詩作「但」。

〔二二〕神仙署　初學記卷一一引司馬彪續漢官志：「尚書省在神仙門内。」後稱尚書省諸曹郎曰粉署，亦稱仙署（見白孔六帖卷七二）。又，藏書處亦比之爲蓬萊山（見後漢書竇章傳），故唐秘書省亦稱仙室。此泛指朝廷各省。

〔二三〕一生句　漢書鄭當時傳：「當時始與汲黯列爲九卿，内行修。兩人中廢，賓客亦落。……先是，下邽翟公爲廷尉，賓客亦填門，及廢，門外可設爵羅。後復爲廷尉，客欲往，翟公大署其門曰：『一死一生，乃知交情；一貧一富，乃知交態；一貴一賤，交情乃見。』」

〔二四〕蒼龍闕　文選陸倕石闕銘：「蒼龍玄武之制。」李善注引三輔舊事：「未央宮東有蒼龍闕。」又三輔黄圖卷三：「蒼龍、白虎、朱雀、玄武，天之四靈，以正四方，王者制宮闕殿閣取法焉。」此代指朝廷。　留，英華校：「一作來。」樂府詩集、全唐詩作「來」。

〔二五〕白鶴句　用王子晉、浮丘公事，見于時春也慨然有江湖之思寄此贈柳九隴詩注〔一五〕。

頭，英華校：「一作前。」樂府詩集、全唐詩作「前」。應去，指遁跡隱居。

〔二六〕雲間海上　昇天、入海，謂成仙。入海言去渤海三神山，見前于時春也詩注〔一三〕。邈難期，難以實現。

〔二七〕堯年　史記五帝本紀載堯壽逾百歲，後因以「堯年」稱頌帝王長壽。張正見神仙篇：「億舜日，萬堯年。」此乃頌聖語，以堯代指唐王朝及皇帝。

〔二八〕巢由　巢父、許由。高士傳：「巢父，堯時隱人，年老，以樹爲巢而寢其上，故人號爲巢父。」「許由，字武仲，堯舜皆師之。與齧缺論堯而去，隱乎沛澤之中。堯舜乃致天下而讓焉。……由乃退而遯耕於中岳潁水之陽，箕山之下。」

長安古意〔一〕

長安大道連狹斜〔二〕，青牛白馬七香車〔三〕。玉輦縱横過主第〔四〕，金鞭絡繹向侯家〔五〕。龍銜寶蓋承朝日，鳳吐流蘇帶晚霞〔六〕。百丈遊絲爭繞樹〔七〕，一羣嬌鳥共啼花。啼花戲蝶千門側〔八〕，碧樹銀臺萬種色〔九〕。複道交窗作合歡〔一〇〕，雙闕連甍垂鳳翼〔一一〕。梁家畫閣天中起〔一二〕，漢帝金莖雲外直〔一三〕。樓前相望不相知，陌上相逢詎相識？借問吹簫向紫煙〔一四〕，曾經學舞度芳年。得成比目何辭死〔一五〕，願作鴛鴦不羨仙。

比目鴛鴦真可羨，雙去雙來君不見。生憎帳額繡孤鸞〔一六〕，好取門簾帖雙燕。雙燕雙飛繞畫梁，羅幃翠被郁金香〔一七〕。片片行雲着蟬鬢〔一八〕，纖纖初月上鴉黄〔一九〕。鴉黄粉白車中出，含嬌含態情非一。妖童寶馬鐵連錢〔二〇〕，娼婦盤龍金屈膝〔二一〕。御史府中烏夜啼〔二二〕，廷尉門前雀欲棲〔二三〕。隱隱朱城臨玉道，遥遥翠幰没金堤。挾彈飛鷹杜陵北〔二四〕，探丸借客渭橋西〔二五〕。俱邀俠客芙蓉劍〔二六〕，共宿娼家桃李蹊〔二七〕。娼家日暮紫羅裙，清歌一囀口氛氳。北堂夜夜人如月，南陌朝朝騎似雲〔二八〕。南陌北堂連北里〔二九〕，五劇三條控三市〔三〇〕。弱柳輕槐拂地垂，佳氣紅塵暗天起〔三一〕。漢代金吾千騎來〔三二〕，翡翠屠蘇鸚鵡杯〔三三〕。羅襦寶帶爲君解〔三四〕，燕歌趙舞爲君開。别有豪華稱將相，轉日回天不相讓〔三五〕。意氣繇來排灌夫〔三六〕，專權判不容蕭相〔三七〕。專權意氣本豪雄，青虬紫燕坐春風〔三八〕。自言歌舞長千載，自謂驕奢凌五公〔三九〕。節物風光不相待，桑田碧海須臾改〔四〇〕。昔時金階白玉堂〔四一〕，即今惟見青松在〔四二〕。寂寂寞寞揚子居〔四三〕，年年歲歲一床書〔四四〕。獨有南山桂花發〔四五〕，飛來飛去襲人裾。

〔一〕古意　詩之一體。文鏡秘府論南卷論文意：「古意者，非若其（王利器疑當作「若非具」，見文鏡秘府論校注）古意，當何有今意；言其效古人意，斯蓋未當擬古。」

〔二〕狹斜　亦作「斜邪」，小街巷。古樂府長安有狹斜行：「長安有狹斜，狹斜不容車。」

〔三〕青牛　古代駕車，牛馬并用。漢書朱雲傳：「時出乘牛車從諸生。」七香車，以多種香料塗飾之車。太平御覽卷七七五引曹操與楊彪書：「今贈足下四望通幰七香車二乘，青牸牛二頭。」又蕭綱烏棲曲：「青牛丹轂七香車。」

〔四〕玉輦　本帝王乘輿。文選潘岳藉田賦：「天子乃御玉輦，蔭華蓋。」李善注：「玉輦，大輦也。」此泛指達貴所乘車。　主第，公主宅第。

〔五〕侯家　王侯之家。侯爲古代五等爵之一。禮記王制：「王者之製禄爵，公、侯、伯、子、男，凡五等。」

〔六〕龍銜二句　寶蓋，車蓋之美稱。流蘇，下垂之彩色絲縷。文選張衡東京賦：「飛流蘇之騷殺。」李善注：「流蘇，五彩毛雜之，以爲馬飾而垂之。摯虞決疑要注曰：『凡下垂爲蘇。』」龍、鳳，車馬飾物之造型，以表華貴。

〔七〕遊絲　蟲類所吐絲縷，常飄遊空中。庾信燕歌行：「洛陽遊絲百丈連。」

〔八〕千門　史記孝武紀：「於是作建章宫，度爲千門萬户。」　啼花，十二家作「遊蜂」。

〔九〕碧樹銀臺　仙人居地之樹木樓臺，此指長安宫殿。淮南子墬形訓：「掘崑崙墟以下地，中有增城九重……碧樹瑶樹在其北。」

〔一〇〕複道　史記叔孫通傳：「孝惠帝爲東朝長樂宫，及閒往，數蹕煩人，乃作複道。」集解引韋昭曰：「閣道也。」樓閣間架空的通道。

〔一一〕雙闕句　漢書郊祀志下：建章宫「其東則鳳闕，高二十餘丈」。文選陸倕石闕銘：「銅雀鐵鳳之工。」李善注引魏文帝歌：「長安城西有雙圓闕，上有一雙銅爵。」又引薛綜西京賦注：「圓闕上作鐵鳳凰，令張兩翼，舉頭敷尾。」

〔一二〕梁家句　指梁冀府第。後漢書梁冀傳：冀爲大將軍，乃大起第舍，「堂寢皆有陰陽奥室，連房洞户。柱壁雕鏤，加以銅漆；窗牖皆有綺疏青瑣，圖以雲氣仙靈」。按全詩唯此句事涉洛陽。蓋洛陽自東漢後即爲東都，故言京城連類而及。

〔一三〕漢帝　指漢武帝。金莖，即銅柱。漢書郊祀志上：「其後又作柏梁、銅柱、承露仙人之屬矣。」文選張衡西京賦：「立修莖之仙掌，承雲表之清露。」李善注引三輔故事：「武帝作銅露盤，承天露和玉屑飲之，欲以求仙。」

〔一四〕吹簫　用蕭史事，見和王奭秋夜有所思注〔五〕。

〔一五〕比目　爾雅釋地：「東方有比目魚焉，不比不行。」此喻夫婦。

〔一六〕生憎　詩詞曲語辭匯釋卷二：「生，甚辭，猶偏也，最也。……生憎，猶云偏憎或最憎。」孤鸞，范泰鸞鳥詩序：「昔罽賓王結罝峻祁之山，獲一鸞鳥。……三年不鳴。其夫人曰：『嘗聞鳥見其類而後鳴，何不懸鏡以映之？』王從其意。鸞睹形悲鳴，哀響中霄，一奮而絶。」

〔一七〕郁金香　唐釋慧琳一切經音義卷三九不空羂索陀羅尼經：「郁金，香草名也。」又同書卷七

○阿毗達磨俱舍論卷一三：「郁金，此是樹名，出罽賓國。其花黄色，取花安置一處，待爛壓取汁，以物合之爲香。花粕猶有香氣，亦用爲香也。」

〔一八〕蟬鬢　崔豹古今注卷下：「魏文帝宫人絶所愛者，有莫瓊樹……瓊樹乃製蟬鬢。縹緲如蟬，故曰蟬鬢。」

〔一九〕初月、鵶黄　指女子所描月形黄色額飾。鵶黄，嫩黄。蕭綱美女篇：「約黄能效月。」又虞世南應詔嘲司花女詩：「學畫鵶黄半未成。」

〔二〇〕鐵連錢　有圓斑的青色馬。梁元帝紫騮馬詩：「長安美少年，金絡鐵連錢。」

〔二一〕金屈膝　連接龍形屏風的金鉸鏈。鄴中記：「石季倫（崇）作金鈿屈膝屏風。」

〔二二〕御史府句　漢書朱博傳：「（御史）府中列柏樹，常有野烏數千棲宿其上，晨去暮來，號曰『朝夕烏』。」後以烏喻嫖客，以烏棲指宿娼。梁簡文帝烏棲曲四首之三：「娼家高樹烏欲棲，羅帷翠帳向君低。」庾信烏夜啼：「御史府中何處宿，洛陽城頭那得棲。」

〔二三〕廷尉句　用漢翟公事，見行路難注〔二二〕。以上兩句，沈德潛唐詩别裁集卷五以爲「言執法之官不過而問，任遊俠之人往來娼家也」。

〔二四〕挾彈飛鷹　後漢書袁術傳：「少以俠氣聞，數與諸公子飛鷹走狗。」晉書潘岳傳：「少時常挾彈出洛陽道。」　杜陵，元和郡縣志卷一京兆府萬年縣：「杜陵，在縣東南二十里，漢宣帝陵也。」

〔二五〕探丸　漢書尹賞傳：「長安中姦猾浸多，閭里少年羣輩殺吏，受賕報仇，相與探丸爲彈，得赤丸者斫武吏，得黑丸者斫文吏。」　借客，漢書朱雲傳：「少時通輕俠，借客報仇。」顏注：「借，助也。」

〔二六〕芙蓉劍　春秋時越王寶劍之一。越絶書卷一一：越王允常聘歐冶子鑄寶劍五，其一名純鈎。秦客薛燭善相劍，越王以純鈎示之，薛燭贊曰：「光乎如屈陽之華，沈沈如芙蓉始生於湘……此純鈎者也！」此泛指寶劍。

〔二七〕桃李蹊　史記李將軍列傳：「桃李不言，下自成蹊。」此指娼妓居處。

〔二八〕南陌　指冶遊地。梁簡文帝烏棲曲四首之二：「浮雲似帳月如鈎，那能夜夜南陌頭。」

〔二九〕北里　即長安平康里，又稱平康坊。北里志海論三曲中事：「平康里入北門，東回三曲，即諸妓所居之聚也。」據徐松唐兩京城坊考卷三，長安朱雀門街東第三街，即皇城東第一街，共十五坊，從北第七坊爲平康坊。

〔三〇〕五劇　數條街道交錯。爾雅釋宫郭璞注：「今南陽冠軍樂鄉，數道交錯，俗呼之五劇鄉。」　三條，文選班固西都賦：「披三條之廣路。」張銑注：「三條，三達之路也。」　控，貫通。　三市，文選左思魏都賦：「廓三市而開廛。」張載注引周禮曰：「大市，日昃而市；朝市，朝時而市；夕市，日夕而市：此三市之謂也。」　句謂北里與繁華街市相通。

〔三一〕紅塵暗天　無名氏擬蘇李詩二首之二：「紅塵蔽天地，白日何冥冥。」

〔三二〕金吾　即執金吾，掌京師治安之官。漢書百官公卿表上：「中尉，秦官，掌徼循京師。有兩丞、候、千人。武帝太初元年（前一〇四）更名執金吾。」注引應劭曰：「吾者，禦也，掌執金革以禦非常。」崔豹古今注卷上：「漢朝執金吾，金吾亦棒也，以銅爲之，黄金塗兩末，謂爲金吾。御史大夫、司隸校尉亦得執焉。」唐置左、右金吾衛。

〔三三〕屠蘇　酒名。宗懍荆楚歲時記謂風俗於正月初一飲屠蘇酒。舊題韓諤歲時紀麗一元日「進屠蘇」注曰：「俗説屠蘇乃草菴之名。昔有人居草菴之中，每歲除夜遺閭里一藥貼，令囊浸井中，至元日取水，置於酒樽，合家飲之，不病瘟疫。今人得其方而不知其人姓名，但曰屠蘇而已。」　鸚鵡杯，用鸚鵡螺製成的酒杯。太平御覽卷九四一引南州異物志：「鸚螺狀如覆杯，頭如鳥頭，向其腹視似鸚鵡，故以爲名。」

〔三四〕羅襦句　史記滑稽列傳淳于髡諫齊威王長夜飲云：「日暮酒闌，合尊促坐，男女同席，履舄交錯。杯盤狼藉，堂上燭滅。……羅襦襟解，微聞薌澤。」

〔三五〕轉日回天　極言將相權勢之大。後漢書單超傳：左悺封上蔡侯，時謂之「左回天」。日、天喻皇帝，故「轉日回天」指能左右天子。

〔三六〕排灌夫　史記魏其武安侯列傳：「灌夫爲人剛直使酒，不好面諛」，與魏其侯竇嬰交結，同丞相武安侯田蚡不協。田蚡陷害之，終被族誅。

〔三七〕蕭相　指蕭望之。漢書蕭望之傳：「蕭望之字長倩，東海蘭陵人也。」宣帝時爲御史大夫、太子太傅。元帝時爲前將軍，被中書令宦者石顯等陷害，奏其「專權擅朝」。不願下獄受辱，遂飲鴆自殺。宣帝曾謂望之「材任宰相」，望之自殺時亦自嘆「吾嘗備位將相」，故稱「蕭相」。

〔三八〕青虬　楚辭屈原九章涉江：「駕青虬兮驂白螭。」王逸注：「虬、螭，神獸，宜於駕乘。」此代指馬。紫燕，駿馬名。西京雜記卷二：「文帝自代還，有良馬九匹，皆天下之駿馬也……一名紫燕騮。」坐春風，在春風中馳騁。言其得意。春，底本校：「一作生。」英華、品彙、十二家作「生」。

〔三九〕五公　文選班固西都賦：「冠蓋如雲，七相五公。」李善注引漢書曰：「張湯爲御史大夫，徙杜陵；杜周爲御史大夫，徙茂陵；蕭望之爲前將軍，徙杜陵；馮奉世爲右將軍，徙杜陵；史丹爲大將軍，徙杜陵。」

〔四〇〕桑田句　見于時春也慨然有江湖之思寄此贈柳九隴詩注〔一七〕。

〔四一〕金階白玉堂　漢樂府相逢行：「黄金爲君門，白玉爲君堂。」

〔四二〕今　原誤「金」，據英華、品彙、五十家、十二家、全唐詩卷四一、四庫本改。

〔四三〕揚子居　揚雄居宅。參見秋霖賦注〔三〇〕。

〔四四〕一床書　庾信寒園即目詩：「隱士一床書。」床，放置物品之木架，句謂揚雄唯以著述爲意。揚雄解嘲：「顧默而作太玄五千文，枝葉扶疏，獨説數十餘萬言。……然而位不過侍郎，擢纔給事黄門。」

〔四五〕南山　終南山。史記夏本紀正義引括地志：「終南山，一名中南山，一名太乙山，一名南山。……在雍州萬年縣南五十里。」　桂花發，桂花，象徵美好事物，此用楚辭淮南小山招隱士「攀援桂枝兮聊淹留」意。

明月引〔一〕

洞庭波起兮鴻鴈翔〔二〕，風瑟瑟兮野蒼蒼〔三〕。浮雲捲靄〔四〕，明月流光〔五〕。荆南兮趙北〔六〕。碣石兮瀟湘〔七〕。澄清規於萬里〔八〕，照離思於千行〔九〕。横桂枝於西第〔一〇〕，繞菱花於北堂〔一一〕。高樓思婦〔一二〕，飛蓋君王〔一三〕。文姬絶域〔一四〕，侍子他鄉〔一五〕。見胡鞍之似練，知漢劍之如霜〔一六〕。試登高而騁目〔一七〕，莫不變而回腸〔一八〕。

〔一〕本詩作年不詳。觀詩言「洞庭」，又以「荆南」、「瀟湘」與「趙北」、「碣石」對應，似作於江南，或在早年遊學時。　引，白居易樂府古題序曰：「在音聲者……又别其在琴、瑟者，爲操、引。」據此，則「引」爲瑟曲名。

〔二〕洞庭　洞庭湖，在湖南。楚辭九歌湘夫人：「嫋嫋兮秋風，洞庭波兮木葉下。」　鴻鴈翔，禮記月令：孟秋之月，「鴻鴈來」。

〔三〕瑟瑟　風聲。劉楨别從弟其二：「瑟瑟谷中風。」

〔四〕捲靄　謂雲靄消散。

〔五〕明月句　曹植七哀詩：「明月照高樓，流光正徘徊。」

〔六〕荆　楚之古稱。國語晉六：「晉伐鄭，荆救之。」韋昭注：「荆，楚也。」趙，戰國時國名，在今河北西南及山西北部一帶。句以荆、趙代指南北，謂其懸隔。徐陵答族人梁東海太守長孺書：「燕南趙北，地角天涯。」

〔七〕碣石　山名，即漢書地理志下右北平郡驪成縣（今河北樂亭縣）西南之大碣石山。此山後沉入海中。瀟湘，即湘水。水經湘水注：「大舜之陟方也，二妃從征，溺於湘江，神遊洞庭之淵，出入瀟湘之浦。瀟者，水清深也。」按句亦就南北言。

〔八〕清規　指月。月圓如規而明澈，故稱。

〔九〕千行　言離人相思淚多。

〔一〇〕横桂枝　謂月光將西第桂樹之影投於地上。西第，梁冀有西第，馬融嘗爲之作頌，見後漢書馬融傳。此乃泛指，以與後句「北堂」對文。

〔一一〕菱花　窗户裝飾。邢邵新宫賦：「布菱花之與蓮蔕。」此代指窗。北堂，指婦女居室。儀禮士昏禮：「婦洗於北堂。」鄭玄注：「北堂，房中半以北。」文選陸機擬明月何皎皎詩：「安寢北堂上，明月入我牖。」

〔一二〕高樓句　曹植七哀詩：「明月照高樓，流光正徘徊。上有愁思婦，悲嘆有餘哀。」又沈約應王中丞思遠詠月詩：「高樓切思婦。」又徐陵關山月詩：「思婦高樓上，當窗應未眠。」

〔一三〕飛蓋句　謂曹丕、曹植曾設宴西園賞月。曹植公讌詩：「清夜遊西園，飛蓋相追隨。明月澄清景，列宿正參差。」

〔一四〕文姬　即蔡琰。後漢書董祀妻傳：蔡琰字文姬，「興平中，天下喪亂，文姬爲胡騎所獲，没於南匈奴左賢王，在胡十二年，生二子」。

〔一五〕侍子　古代諸侯或屬國國王遣子入侍皇帝，稱侍子，實爲人質。後漢書光武帝紀下：建武二十一年（四五），「鄯善王、車師王等十六國皆遣子入侍奉獻，願請都護。帝以中國初定，未遑外事，乃還其侍子，厚加賞賜」。

〔一六〕見胡鞍兩句　上句言文姬，下句言侍子，而二句又互文，謂月光映照胡鞍、漢劍，如練似霜，勾起對故國無限思念之情。

〔一七〕騁　底本原校：「一作極。」五十家、十二家、全唐詩卷二三皆作「極」，全唐詩校：「集作騁。」

〔一八〕回腸　謂文姬、侍子莫不對月而愁思輾轉不解。司馬遷報任安書：「腸一日而九回。」

懷仙引〔一〕

若有人兮山之曲〔二〕，駕青虬兮乘白鹿〔三〕，往從之遊願心足。披澗户，訪巖軒，石瀨潺湲橫石徑，松蘿冪䍥掩松門〔四〕。下空濛而無鳥，上巉巗而有猿。懷飛閣，度飛梁，休余馬於幽谷，掛余冠於夕陽〔五〕。曲復曲兮煙莊邃〔六〕，行復行兮天路長。修途杳其未半，飛雨忽以茫茫。山坱軋，磴連褰〔七〕，攀石壁而無據，泝泥谿而不前。何無情之白日〔八〕，竊有恨於皇天〔九〕。回行遵故道，通川遍流潦。回首望羣峯，白雲正溶溶〔一〇〕。珠爲闕兮玉爲樓〔一一〕，青雲蓋兮紫霜裘。天長地久時相憶，千齡萬代一來遊。

〔一〕英華卷二二五題下注：「雜言。」

〔二〕若有人句　楚辭屈原九歌山鬼：「若有人兮山之阿。」王逸注：「阿，曲隅也。」

〔三〕青虬　見長安古意注〔三八〕。　白鹿，傳説爲仙人所乘。樂府詩集卷二九王子喬：「王子喬，參駕白鹿雲中遨。」

〔四〕松蘿　蘿即女蘿。楚辭屈原九歌山鬼：「被薜荔兮帶女蘿。」王逸注：「女蘿，兔絲也。」因其附生於松，故稱松蘿。詩經小雅頍弁：「蔦與女蘿，施於松柏。」　冪䍥，同「冪䍦」，古代婦女障面之巾。北史隋宗室諸王傳：「爲妃作七寶冪䍦。」此言松蘿掩映，有如冪䍥。

〔五〕掛余冠　後漢書逢萌傳：「解冠掛東都城門，歸將家屬浮海。」後稱辭官爲掛冠。此泛指脱帽。

〔六〕煙莊　煙霧瀰漫之路。爾雅釋宫：「六達謂之莊。」

〔七〕坱軋　又作坱圠。文選左思吳都賦：「地勢坱圠。」劉淵林注：「坱圠，莽沕也，高低不平貌。」　磴，英華作「嶝」，校：「一作澄。」全唐詩卷四一作「磴」，校：「一作嶝。」今按：作「磴」是，磴即用條石修築之山路。　連蹇，「蹇」似當作「蹇」。易蹇：「往蹇來連。」王弼注：「往來皆難。」此言石磴路難行。

〔八〕何　原作「向」。英華、品彙、五十家、十二家作「何」，意勝，據改。「向」蓋形訛。

〔九〕皇天　許慎五經異義引尚書說：「天有五號，尊而君之，則曰皇天。」

〔一〇〕白雲　指神仙居所，即帝鄉。莊子天地：「千歲厭世，去而上仙；乘彼白雲，至於帝鄉。」雲，底本校：「一作雪。」十二家作「雪」。

〔一一〕珠闕、玉樓　指仙人居所。王融法樂詞：「翠羽文珠闕。」舊題東方朔十洲記，稱崑崙山有「玉樓十二所」。

五言律詩

劉　生〔一〕

劉生氣不平，抱劍欲專征。報恩爲豪俠，死難在横行。翠羽裝劍鞘〔二〕，黄金鏤馬纓〔三〕。但令一顧重〔四〕，不悋百身輕〔五〕。

〔一〕劉生　樂府詩集卷二四横吹曲辭四劉生引樂府解題：「劉生不知何代人，齊梁以來爲劉生辭者，皆稱其任俠豪放，周遊五陵三秦之地。或云抱劍專征，爲符節官，所未詳也。」按古今樂録曰：「梁鼓角横吹曲，有東平劉生歌，疑即此劉生也。」

〔二〕鞘　底本校：「一作刀。」全唐詩卷四二作「刀」。

〔三〕鏤　底本校：「一作飾。」英華卷一九六、樂府詩集卷二四、全唐詩卷一八作「飾」。全唐詩卷四二作「飾」，校：「一作纓。」　纓，英華、全唐詩卷四二作「鈴」，全唐詩校：「一作纓。」

〔四〕一顧重　戰國策燕二：「人有賣駿馬者，比三旦立市，人莫之知。往見伯樂曰：『臣有駿馬，欲賣之，比三旦立於市，人莫與言，願子還而視之，去而顧之，臣請獻一朝之費。』伯樂乃還而視之，去而顧之，一旦而馬價十倍。」謝朓和王主簿季哲怨情詩：「平生一顧重，宿昔千金賤。」

〔五〕百身輕　謂自己百死猶不足報「一顧」之恩。詩經秦風黄鳥：「如可贖兮，人百其身。」鄭箋：「謂一身百死猶爲之惜。」　悋，同「吝」。

隴頭水〔一〕

隴阪高無極〔二〕，征人一望鄉〔三〕。關河別去水，沙塞斷歸腸。馬繫千年樹，旌懸九月霜〔四〕。從來共嗚咽〔五〕，皆是爲勤王〔六〕。

〔一〕隴頭水　樂府詩集卷二一横吹曲辭一隴頭：「一曰隴頭水。通典曰：『天水郡有大阪，名曰隴坻，亦曰隴山，即漢隴關也。』三秦記曰：『其坂九回，上者七日乃越。上有清水四注下，所謂隴頭水也。』」按作者嘗出使西北（見西使兼送孟學士南遊詩），此雖樂府舊題，或爲西使途中有感而作，故有「勤王」之語。

〔二〕隴阪　漢書地理志下隴西郡顔注：「隴坻謂隴阪，即今之隴山也。」元和郡縣志隴右道上秦州清水縣：「小隴山，一名隴坻，又名分水嶺。……隴坂九回，不知高幾里。」坂即斜坡。按山在今甘肅清水縣。

〔三〕征人句　太平御覽卷五六地部二一引辛氏三秦記：「（隴西關）去長安千里，望秦川如帶。又關中人上隴者，還望故鄉，悲思而歌，則有絶死者。」梁元帝隴頭水詩：「故鄉迷遠近，征人分去留。」　一望，英華卷一九八作「望故」，校：「一作一望。」全唐詩卷四二作「一望」，校：「一作望故。」

〔四〕旌　英華作「旗」。

〔五〕從來句　秦川記：隴西郡隴山，「其上懸巖吐溜，於中嶺泉停，因名萬石泉。泉溢，漫散而下，溝澮皆注，故北人升此而歌：『……隴頭流水，鳴聲嗚咽。遥望秦川，心肝斷絶。』」江總隴頭水：「人將蓬共轉，水與啼俱咽。」　共，英華作「苦」，校：「一作共。」

〔六〕勤王　盡力於王事。語出左傳僖公二十五年。後漢書袁紹傳：「專自樹黨，不聞勤王之師。」

巫山高〔一〕

巫山望不極〔二〕，望望下朝氛〔三〕。莫辨啼猿樹〔四〕，徒看神女雲〔五〕。驚濤亂水脉，驟雨暗峯文。霑裳即此地〔六〕，況復遠思君！

〔一〕巫山高　漢鐃歌曲名。樂府詩集卷一六鼓吹曲辭一巫山高引樂府解題：「古詞言江淮水深，無梁可度，臨水遠望，思歸而已。若齊王融『想像巫山高』，梁范雲『巫山高不極』，雜以陽臺神女之事，無復遠望思歸之意也。」據江中望月(見後)等，作者似嘗經三峽出蜀，故此詩雖用樂府舊題，頗富實感，蓋爲紀行之作。

〔二〕巫山　在今重慶巫山縣東，巴山山脉於此特起，有十二峯。

〔三〕朝氛　玉篇：「氛，氣也。」朝氛指朝雲。文選宋玉高唐賦序：「昔者楚襄王與宋玉遊於雲夢之臺，望高唐之觀，其上獨有雲氣。崪兮直上，忽兮改容，須臾之間，變化無窮。王問玉曰：『此何氣也？』玉對曰：『所謂朝雲者也。』」　氛，全唐詩卷一七作「雰」，校：「集作氛。」卷四二作「氛」，校：「一作雰。」

〔四〕啼猿樹　水經江水注：巫峽「每至晴初霜旦，林寒澗肅，常有高猿長嘯，屬引淒異，空谷傳響，哀轉久絶」。

〔五〕神女雲　文選宋玉高唐賦序：「昔者先王嘗遊高唐，怠而晝寢，夢見一婦人，曰：『妾巫山之女也，爲高唐之客。……妾在巫山之陽，高丘之阻；旦爲朝雲，暮爲行雨。朝朝暮暮，陽臺之下。』旦朝視之，如言，故爲立廟，號曰朝雲。」

〔六〕霑裳　水經江水注：巫峽常有猿長嘯，故漁者歌曰：「巴東三峽巫峽長，猿鳴三聲淚沾裳。」裳，全唐詩卷四二校：「一作衣。」

芳樹〔一〕

芳樹本多奇，年華復在斯。結翠成新幄，開紅滿故枝〔二〕。風歸花歷亂〔三〕，日度影參差。容色朝朝落〔四〕，思君君不知。

〔一〕芳樹　樂府詩集卷一六横吹曲辭一芳樹引樂府解題：「古詞中有云『妬人之子愁殺人，君有他心，樂不可禁』。若齊王融『相思早春日』，謝朓『早玩華池陰』，但言時暮，衆芳歇絶而已。」

〔二〕故　英華卷二〇八、全唐詩卷一七作「舊」，後者校：「集作故。」全唐詩卷四二作「故」，校：「一作舊。」樂府詩集卷一七作「舊」。

〔三〕風歸句　梁簡文帝采桑詩：「新花歷亂開。」　花，全唐詩校：「一作聲。」

〔四〕容色句　陸機放歌行：「容華夙夜零，無故自消歇。」

雨雪曲〔一〕

虜騎三秋入〔二〕，關雲萬里平。雪似胡沙暗，冰如漢月明〔三〕。高闕銀爲闕〔四〕，長城玉作城。節旄零落盡〔五〕，天子不知名。

〔一〕雨雪曲　樂府詩集卷二四橫吹曲辭四雨雪：「采薇詩曰：『昔我往矣，楊柳依依。今我來思，雨雪霏霏。』穆天子傳曰：『天子遊於黄屋之曲，竝獵苹澤，天子乃休。日中大寒，北風雨雪，有凍人，天子作詩三章以哀之，曰「我徂黄竹」是也。』雨雪曲蓋取諸此。」

〔二〕三秋　文選王融永明十一年策秀才文：「三秋式稔。」李善注：「秋有三月，故曰三秋。」

〔三〕漢月　秦漢時築長城防邊，故後世常稱長城之月爲「漢月」或「秦月」。此言冰反照月光。

〔四〕高闕　水經河水注三：「長城之際，連山刺天，其山中斷，兩岸雙闕……故有高闕之名也。」「銀爲闕」，與下句「玉作城」，皆言積滿白雪。

〔五〕節旄句　漢書蘇武傳：「仗漢節牧羊，卧起操持，節旄盡落。」

昭君怨〔一〕

合殿恩中絶〔二〕，交河使漸稀〔三〕。肝腸隨玉輦〔四〕，形影向金微〔五〕。漢宫草應緑〔六〕，胡庭沙正飛。願逐三秋鴈，年年一度歸。

〔一〕昭君怨　琴曲名。蔡邕琴操：「昭君在外，恨帝始不見遇，乃作怨思之歌，後人名爲昭君怨。」事蓋出於僞託。詩題，搜玉小集、樂府詩集卷二七、全唐詩卷一九作「王昭君」。

〔二〕合殿　即合歡殿，漢宫殿名。文選班固西都賦：「合歡增城，安處常寧。」三輔黄圖卷三：「武帝時，後宫八區，有昭陽、飛翔、增城、合歡……等殿。」此代指漢元帝。恩中絶，指遣昭君遠嫁。西京雜記卷二：「元帝後宫既多，不得常見，乃使畫工圖形，案圖召幸之。諸宫人皆賂畫工……獨王嬙（昭君）不肯，遂不得見。後匈奴入朝，求美人爲閼氏，於是上按圖，以昭君行。」

〔三〕交河　元和郡縣志卷四〇隴右道下西州交河縣：「本漢車師前王庭也。……貞觀十四年（六四〇）於此置交河縣，與州同置。交河出縣北天山，水分流於城下，因以爲名。」按地在今新疆吐魯番縣西，昭君墓在今内蒙古呼和浩特附近，此「交河」代指匈奴王庭。

〔四〕隨　英華卷二〇四校：「一作辭。」樂府詩集、全唐詩卷一九、卷四二作「辭」。

〔五〕形影　謂隻身孤獨。李密陳情事表：「煢煢獨立，形影相弔。」金微，山名。後漢書耿夔傳：「將精騎八百……於金微山斬閼氏、名王以下五千餘級。」山即今新疆北部及蒙古境内之阿爾泰山，唐稱金山，并置有金微都護府。此代指匈奴。　微，搜玉小集、唐文粹卷一二作「徽」。全唐詩卷四二作「徵」，校：「一作徽。」作「徽」誤。

〔六〕宮　底本作「地」，校：「一作宮。」搜玉小集、英華、樂府詩集作「宮」。「漢宮」與「胡庭」對文，是，因改。

折楊柳〔一〕

倡樓啓曙扉，楊柳正依依〔二〕。鶯啼知歲隔〔三〕，條變識春歸〔四〕。露葉凝秋黛〔五〕，風花亂舞衣〔六〕。攀折將安寄〔七〕，軍中音信稀〔八〕。

〔一〕折楊柳　樂府詩集卷二二横吹曲辭二折楊柳：「唐書樂志曰：『梁樂府有胡吹歌云：「上馬不捉鞭，反拗楊柳枝。下馬吹横笛，愁殺行客兒。」此歌辭原出北國，即鼓角横吹曲折楊柳枝是也。』宋書五行志曰：『晉太康末，京洛爲折楊柳之歌，其曲有兵革苦辛之辭。』」

〔二〕楊柳句　詩經采薇：「昔我往矣，楊柳依依。」依依，隨風飄拂貌。楊，英華卷二〇八、樂府詩集卷二二、全唐詩卷一八作「園」。全唐詩卷四二作「楊」，校：「一作園。」

〔三〕鶯啼　英華作「鶯鳴」，并於「鶯」下校：「一作鳥。」樂府詩集、全唐詩卷一八作「鳥鳴」。

〔四〕條變句　條變，謂樹木枝條變緑。庾信詠春近餘雪應詔詩：「絲條變柳色。」

〔五〕秋黛　英華、品彙、五十家作「愁黛」，英華校：「一作疑啼臉。」樂府詩集、全唐詩卷一八作「疑啼臉」。全唐詩卷四二作「愁黛」，校：「一作啼臉。」「愁黛」指愁眉，意較勝。

〔六〕亂　底本校：「一作落。」全唐詩卷四二校同。品彙、五十家、十二家并作「落」。

〔七〕攀折句　三輔黄圖卷六橋：「霸橋在長安東，跨水作橋，漢人送客至此橋，折柳贈別。」將安，英華校：「一作聊將。」樂府詩集、全唐詩卷一八、卷四二作「聊將」，後者校：「一作將安。」

〔八〕音　英華校：「一作書。」樂府詩集、全唐詩卷一八作「書」。全唐詩卷四二作「音」，校：「一作書。」

梅花落〔一〕

梅院花初發〔二〕，天山雪未開〔三〕。雪處疑花滿〔四〕，花邊似雪回〔五〕。因風入舞袖〔六〕，雜粉向粧臺〔七〕。匈奴幾萬里，春至不知來。

〔一〕梅花落　樂府詩集卷二四横吹曲辭四漢横吹曲梅花落：「本笛中曲也。按唐大角曲亦有大單于、小單于、大梅花、小梅花等曲，今其聲猶有存者。」

〔二〕院　底本校：「一作嶺。」英華卷二〇八校同。樂府詩集卷二四、品彙唐詩拾遺卷五、五十家、十二家、全唐詩卷一八、卷四一皆作「嶺」。

〔三〕天山　即祁連山，見史記匈奴傳。唐人稱西州以北山脉爲天山。元和郡縣志隴右道西州前庭縣：「天山，夷名折羅曼山，在縣北三十里。」

〔四〕雪處句　謂雪如梅花。范雲别詩：「昔去雪如花，今來花似雪。」又蕭綱詠雪：「看花言可折，定自非春梅。」雪，英華、樂府詩集作「處」。按「處處」與下句「花邊」不對，當誤。

〔五〕花邊句　謂梅花似雪。蘇子卿梅花落：「祇言花是雪，不悟有香來。」江總梅花落：「乍似雪花開。」

〔六〕因風句　世説新語言語：謝安寒雪日内集論文義，天驟雪。安曰：「白雪紛紛何所似？」姪女謝道藴曰：「未若柳絮因風起。」初學記卷一五引張衡舞賦：「裾似飛燕，袖似回雪。」又梁王訓應令詠舞詩：「袖輕風易入。」

〔七〕雜粉句　徐陵梅花落：「風吹上鏡臺。」按太平御覽卷九七〇引宋書，謂宋武帝女壽陽公主人日卧於含章殿簷下，梅花落額上，成五出之花，拂之不去，自後有梅花粧，故云「粧臺」。

關山月〔一〕

塞垣通碣石〔二〕，虜障抵祁連〔三〕。相思在萬里，明月正孤懸〔四〕。影移金岫北〔五〕，光斷玉門前〔六〕。寄言閨中婦〔七〕，時看鴻鴈天〔八〕。

〔一〕關山月　漢樂府橫吹曲名。樂府詩集卷二三引樂府解題：「關山月，傷離別也。」

〔二〕塞垣　塞，原作「寒」，據英華卷一九八、樂府詩集卷二三、品彙卷二、五十家、全唐詩卷一八、卷四一、四庫本改。塞垣指漢長城。文選鮑照東武吟：「追虜窮塞垣。」李善注引蔡邕上疏：「秦築長城，漢起塞垣，所以別内外、異殊俗。」碣石，山名，見明月引注〔七〕。寰宇記河東道雲州雲中縣：紫塞長城，冀州圖云：「大同以西，紫河以東，横亘而東至碣石以來，綿亘千里。」

〔三〕祁連　祁，原作「祈」，據前注所引各本（五十家作「祈」，除外）改。祁連，漢稱天山。漢書武帝紀：天漢二年（前九九）夏五月，「貳師將軍三萬騎出酒泉，與右賢王戰於天山」。顔注：「即祁連山也。匈奴謂天爲祁連，今鮮卑語尚然。」元和郡縣志卷四〇隴右道甘州張掖縣：「祁連山，在縣西南二百里。」　障，全唐詩卷四一校：「一作陣。」五十家作「陣」。

〔四〕正孤　英華作「不長」，校：「一作正孤。」品彙、五十家、十二家作「不長」。

〔五〕金岫　當指金山。元和郡縣志卷四〇隴右道肅州玉門縣：「金山，在縣東六十里。」按即今阿爾泰山。

〔六〕光斷　詩詞曲語辭匯釋卷三：「斷，猶盡也。」　玉門，元和郡縣志卷四〇隴右道沙州（燉煌）壽昌縣：「玉門故關，在縣西北一百一十七里。……（班超上疏曰）『臣不敢望酒泉郡，但願生入玉門關』，即此是也。」又同卷瓜州晉昌縣：「玉門關，在縣東二十步（里）。」

〔七〕言　原作「信」。英華、品彙、五十家、十二家、全唐詩并作「言」。樂府詩集此句作「寄書謝中婦」。英華「言閨」下校：「一作書謝。」按英華「一作」句，同樂府詩集句。全唐詩卷一八作「書謝」，「書」下校：「集作言。」今按：作「言」意勝，據英華等改。

〔八〕時看句　古謂鴻鴈能傳書，故云。時，底本校：「一作愁。」英華、品彙、五十家、十二家作「愁」，英華校：「一作時。」

上之回〔一〕

回中道路險〔二〕，蕭關烽堠多〔三〕。五營屯北地〔四〕，萬乘出西河〔五〕。單于拜玉璽，天子按雕戈〔六〕。振旅汾川曲，秋風橫大歌〔七〕。

〔一〕上之回　漢鼓吹曲辭鐃歌名。吴兢樂府古題要解卷上：上之回，「漢武帝元封初因至雍，遂通回中道，後數出遊幸焉。其歌稱帝『遊石關，望諸國，月支臣，匈奴服』，皆美當時事也」。

〔二〕回中　地名。史記秦始皇本紀：二十七年（前二二〇），「始皇巡隴西、北地，出鷄頭山，過回中」。集解引應劭曰：「回中在安定高平。」又引孟康曰：「回中在北地。」又後漢書來歙傳：「從番須回中徑至略陽。」李賢注：「回中在汧。汧，今隴州汧源縣也。」又漢書武帝紀注引應劭曰：回中「有險阻，蕭關在其北」。按：回中在今陝西隴縣西北。

〔三〕蕭關　元和郡縣志關内道三原州平高縣：「本漢高平縣。……蕭關故城，在縣東南三十里。漢書文帝十四年（前一六六），匈奴入蕭關，殺北地都尉，是也。」其地在今寧夏固原縣東南。漢書武帝紀：元封四年（前一〇七）冬十月，「行幸雍，祠五畤。通回中道，遂北出蕭關」。

〔四〕五營　皇帝儀衛。文選顔延之赭白馬賦：「勒五營使按部。」李善注引應劭漢官儀：「大駕鹵簿，五營校尉在前，名曰填衛。」　北地，史記秦始皇本紀二十七年（前二二〇）正義曰：「北地，今寧州也。」元和郡縣志卷三關内道三寧州：古西戎地也。「始皇分三十六郡，此爲北地郡，即義渠舊地也。漢氏因之。……武德元年（六一八）復爲寧州，貞觀元年（六二七）改爲都督府，四年（六三〇）又廢府爲州」。即今甘肅寧縣。　北，底本校：「一作右。」英華卷二〇一、品彙卷一、五十家、十二家皆作「右」。英華校：「一作北。」全唐詩卷四一作「北」，校：「一作右。」按作「右」誤。回中近北地。

〔五〕西河　郡名。漢書地理志下：「西河郡，武帝元朔四年（前一二五）置。」地在今陝西北部黄河南北流向一帶。漢書武帝紀：元封元年（前一一〇）冬十月，「行自雲陽，北歷上郡、西河、五原，出長城」。

〔六〕單于兩句　雕戈，鑲有珠玉之戈。國語晉三：「穆公衡雕戈出見使者。」　拜玉璽，謂單于臣服。「按雕戈」，事指漢武罷兵。漢書武帝紀：元封元年冬十月，「出長城，北登單于臺，至朔方,臨北河。勒兵十八萬騎,旌旗徑千餘里,威震匈奴。遣使者告單于曰:『……單于能戰,天子自將待邊;不能,亟來臣服。』」

〔七〕振旅兩句　尚書大禹謨:「班師振旅。」僞孔傳:「兵入曰振旅,言整衆。」汾川,即汾水,指汾陰。漢書武帝紀:元鼎四年(前一一三)冬十月,行幸雍,祠五時。「行至夏陽,東幸汾陰。十一月甲子,立后土祠於汾陰脽上」。顔注:「汾陰屬河東。」引如淳曰:「脽者,河之東岸特堆掘,長四五里,廣二里餘,高十餘丈。汾陰縣治脽之上。后土祠在縣西。汾在脽之北,西流與河合。」又水經汾水注:「汾水又西逕耿鄉城北,故殷都也。……漢武帝行幸河東,濟汾河,作秋風辭於斯水之上。」漢武帝故事:「上行幸河東,祠后土,顧視帝京,欣然中流,與羣臣飲燕。上歡甚,乃自作秋風辭曰:『秋風起兮白雲飛,草木黄落兮鴈南歸。……歡樂極兮哀情多,少壯幾時兮奈老何!』」

紫騮馬〔一〕

騮馬照金鞍〔二〕,轉戰入臯蘭〔三〕。塞門風稍急〔四〕,長城水正寒〔五〕。雪暗鳴珂重,山長噴玉難〔六〕。不辭横絶漠〔七〕,流血幾時乾!

〔一〕紫騮馬　樂府詩集卷二四横吹曲辭四紫騮馬引古今樂録:「紫騮馬古辭云:『十五從軍征,

八十始得歸。道逢鄉里人，家中有阿誰？』又梁曲曰：『獨柯不成樹，獨樹不成林。念郎錦裲襠，恒長不忘心。』蓋從軍久戍，懷歸而作也。」詩題，品彙卷一作「君馬黄」。按樂府詩集卷一六有君馬黄，爲鼓吹曲辭。此詩首句即言「騮馬」，題似當作「紫騮馬」。

〔二〕騮馬　即紫騮馬，又名紫燕騮，駿馬名，見長安古意注〔三八〕。

〔三〕皋蘭　漢書武帝紀：元狩二年（前一二一），「遣驃騎將軍霍去病出隴西，至皋蘭」。顏注：「皋蘭，山名也。霍去病傳云『過焉支山千有餘里，合短兵鏖皋蘭下』，即此山也。」山在今甘肅蘭州市北部。

〔四〕塞門　長城關塞。文選顏延之赭白馬賦：「簡偉塞門。」李善注：「塞，紫塞也，有關，故曰門。」

〔五〕長城句　陳琳飲馬長城窟行：「飲馬長城窟，水寒傷馬骨。」

〔六〕雪暗兩句　珂，馬勒飾物，馬行摇動發聲，故稱鳴珂。噴玉，指馬長行口噴涎沫。穆天子傳卷五：「使宫樂謡曰：黄之池，其馬噴沙，皇人威儀；黄之澤，其馬噴玉。」長，原作「頭」，按英華卷二〇九、樂府詩集卷二四、品彙卷一、五十家、十二家、全唐詩卷一八、卷四一、四庫本皆作「長」，是，與上句「暗」對文，因據改。

〔七〕横絶漠　横度沙漠。史記匈奴傳：「大將軍（衛青）出定襄，驃騎將軍（霍去病）出代，咸約絶幕擊匈奴。」史記霍去病傳索隱：「幕即沙漠。」

戰城南〔一〕

將軍出紫塞〔二〕，冒頓在烏貪〔三〕。笳喧鴈門北〔四〕，陣翼龍城南〔五〕。琱弓夜宛轉〔六〕，鐵騎曉驂驔〔七〕。應須駐白日，爲待戰方酣〔八〕。

〔一〕戰城南　漢鐃歌曲名，叙戰陣之事。

〔二〕紫塞　即長城。崔豹古今注：「秦築長城，土色皆紫，漢塞亦然，故稱紫塞焉。」鮑照蕪城賦：「北走紫塞鴈門。」

〔三〕冒頓　秦末漢初匈奴單于名。原爲頭曼太子，後以鳴鏑射殺頭曼，自立單于，見史記匈奴傳。此泛指西北少數民族首領。烏貪，烏貪訾離國之省稱。漢書西域傳下：「烏貪訾離國，王治于婁谷。……東與單桓、南與且彌、西與烏孫接。」其地在今新疆綏來縣。此代指塞外之地。

〔四〕笳　軍樂器。鴈門，山名，即句注山。山海經海内西經：「鴈門山，鴈出其間。在高柳北。」山有鴈門關，自古爲戍守重地。鴈門山在今山西代縣西北。

〔五〕陣翼　謂設翼陣。史記廉頗藺相如傳：「李牧多爲奇陣，張左右翼擊之。」後有虎翼陣、八翼陣之類。太平御覽卷三〇一引太白陰經：「虎翼陣，居中張翼而進。」龍城，史記匈奴傳：

「歲正月，諸長小會單于庭，祠。五月，大會龍城，祭其先、天地、鬼神。」索隱：「漢書作龍城，亦䶮字。崔浩曰：西方胡皆事龍神，故名大會處爲龍城。」其地在今蒙古鄂爾渾河境。

〔六〕琱弓句　琱，同「雕」。宛轉，纏弓之繩。爾雅釋器：「有緣者謂之弓。」郭璞注：「緣者繳纏之，即今宛轉也。」郝懿行義疏：「宛轉，繩也。」繳纏之弓，稱宛轉弓。太平御覽卷三四七引淮南子：「宛轉弓，今之弭弓是也。」又編珠卷二引鄴中記：「石虎女騎，皆手握雌黄宛轉弓。」此用如動詞，謂夜裏整治兵器以備戰。

〔七〕驂驔　英華卷一九六、樂府詩集卷一六、全唐詩卷一七作「參潭」。乃連綿字，字形又作「參譚」、「趻趠」。文選嵇康琴賦：「或參譚繁促。」李善注：「參譚，相隨貌。」又左思吴都賦：「趻趠竝𨅩。」李善注：「相隨驅逐衆多貌。」句謂拂曉騎兵出戰。

〔八〕應須兩句　見行路難注〔一四〕引淮南子覽冥訓。

十五夜觀燈〔一〕

錦里開芳宴〔二〕，蘭缸豔早年〔三〕。縟綵遥分地，繁光遠綴天。接漢疑星落，依樓似月懸。別有千金笑〔四〕，來映九枝前〔五〕。

〔一〕十五夜　此指正月十五夜，上元節。其夜又稱元夜、元宵，有觀燈之俗（見白帖四）。藝文類聚卷四引史記曰：「漢家以望日祀太一，從昏時到明。今夜遊觀燈，是其遺迹。」本詩作於蜀，據詩中「錦里開芳宴」語，似作於高宗乾封初出使益州時。

〔二〕錦里　即成都錦江及兩岸，見窮魚賦注〔六〕引常璩華陽國志卷三蜀志。

〔三〕蘭釭　以蘭膏燃點之燈。蘭膏，澤蘭（草本植物名，又名虎蘭、龍來）所煉之油。楚辭宋玉招魂：「蘭膏明燭，華容備些。」早年，指年初。

〔四〕千金笑　崔駰七依：「回顧百萬，一笑千金。」王僧孺詠寵妓：「再顧連城易，一笑千金買。」

〔五〕九枝　一幹九枝的花燈。西京雜記卷一記趙飛燕女弟所送物品，有「七枝燈」。漢武帝内傳：「乃修除宫掖，燃九光之燈。」沈約傷美人賦：「陳九枝之華燭。」

入秦川界〔一〕

隴阪長無極〔二〕，蒼山望不窮。石逕縈疑斷，回流映似空〔三〕。花開緑野霧，鶯囀紫巖風。春芳勿遽盡，留賞故人同。

〔一〕秦川　大散關北達岐雍，夾渭水南北岸，爲秦之故國，故稱。水經渭水注：「秦水出東北大隴山秦谷，二源雙導，歷三泉合成一水，而歷秦川。川有育故亭，秦仲所封也。秦之爲號，始自是矣。」

〔二〕隴阪　見隴頭水注〔二〕。

〔三〕映似空　言水極清徹。沈約八詠詩：「水潔望如空。」

文翁講堂〔一〕

錦里淹中館〔二〕，岷山稷下亭〔三〕。空梁無燕雀〔四〕，古壁有丹青〔五〕。槐落猶疑市〔六〕，苔深不辨銘〔七〕。良哉二千石〔八〕，江漢表遺靈〔九〕。

〔一〕文翁　漢書循吏傳：「文翁，廬江舒人也。……景帝末，爲蜀郡守，仁愛好教化。見蜀地辟陋有蠻夷風，文翁欲誘進之，乃選郡縣小吏開敏有材者張叔等十餘人親自飭厲，遣詣京師，受業博士，或學律令。……又修起學官於成都市中，招下縣子弟以爲學官弟子。……繇是大化，蜀地學於京師者比齊魯焉。」顏注：「文翁學堂於今猶在益州城內。」按華陽國志卷三蜀志：「始，文翁立文學精舍、講堂，作石室，一曰玉室，在城南。永初後，堂遇火，太守陳留高眹更修立，又增造二石室。州奪郡文學爲州學，郡更於夷里橋南岸道東邊起文學，有女牆。」

〔二〕淹中　漢書藝文志：「禮古經者，出於魯淹中。」注引蘇林曰：「淹中，里名也。」在曲阜。句謂文翁在蜀郡文教之盛，有如魯之淹中。

〔三〕岷山　水經江水一：「岷山，在蜀郡氐道縣，大江所出。」酈道元注：「岷山，即瀆山也，水曰瀆水矣。又謂之汶阜山，在徼外，江水所導也。」按岷山乃今四川、甘肅邊界綿延山脉之總稱，此代指蜀郡。　稷下，史記田敬仲完世家：「（齊）宣王喜文學，是以齊稷下學士復盛，且數百千人。」集解引劉向別録：「齊有稷門，城門也，談説之士，期會於稷下也。」索隱引齊地記：「齊城西門側系水左右，有講堂址存焉。」按稷下在今山東臨淄縣北，齊古城西。句謂文翁在蜀郡文教之盛，又似齊之稷下。

〔四〕空梁句　謂講堂今已荒廢。薛道衡昔昔鹽：「暗牖懸蛛網，空梁落燕泥。」

〔五〕丹青　即丹砂、青雘，作畫顔料。此代指畫。元和郡縣志卷三一成都府成都縣引李膺益州記，謂文翁石室「壁上悉圖古之聖賢」。

〔六〕槐落句　以長安槐市喻文翁講堂。三輔黄圖（孫星衍校一卷本。畢沅校六卷本在補遺）：長安常滿倉之北爲槐市，「列槐樹數百行爲隊，無牆屋。諸生朔望會此市，各持其郡所出貨物及經傳書記、笙磬樂器，相與買賣，雍容揖讓，或議論槐下」。（按見藝文類聚卷三八學校引）

〔七〕苔深句　謂講堂碑銘已不可識。岑參文公講堂詩：「豐碑文字滅，冥寞不知年。」可參讀。

〔八〕二千石　代指文翁。漢代郡守尉俸禄爲二千石（見西漢會要三七職官七秩禄），故稱。

〔九〕江漢　指長江、漢水，古謂同源於岷山（漢水源於嶓冢山）。水經江水注引益州記曰：「故其

（指岷山）精則井絡纏曜，江漢昞靈。」句謂文翁英靈如江、漢永存。

相如琴臺〔一〕

聞有雍容地〔二〕，千年無四鄰。園院風煙古，池臺松檟春。雲疑作賦客，月似聽琴人〔三〕。寂寂啼鶯處〔四〕，空傷遊子神。

〔一〕琴臺　在成都司馬相如故宅。清一統志卷三八五成都府二引益部耆舊傳：「宅在少城中笮橋下百步許，琴臺在焉，今爲金花寺。」按今成都有撫琴臺，乃後人誤以五代前蜀主王建墓（永陵）爲相如琴臺，琴臺遺跡久已不存。

〔二〕雍容地　指相如宅。雍容，高雅大氣。史記司馬相如列傳：「相如之臨邛，從車騎，雍容閒雅甚都。」

〔三〕雲疑兩句　史記司馬相如列傳：司馬相如，蜀郡成都人，字長卿。嘗赴臨邛富人卓王孫宴，相如善鼓琴，「酒酣，臨邛令（王吉）前奏琴曰：『竊聞長卿好之，願以自娛。』相如辭謝，爲鼓一再行。是時卓王孫有女文君新寡，好音，故相如繆與令相重，而以琴心挑之。……文君夜亡奔相如，相如乃與馳歸成都。」按相如以賦名世，故稱「作賦客」。全唐詩卷四二於「月似」下校：「一作花影。」按「花影」與上句「雲疑」不對，誤。

〔四〕鶯　英華卷三一三作「烏」。全唐詩作「鶯」，校：「一作烏。」

石鏡寺〔一〕

古墓芙蓉塔〔二〕，神銘松柏煙〔三〕。鸞沉仙鏡底〔四〕，花没梵輪前〔五〕。鉢衣千古佛〔六〕，寶月兩重懸〔七〕。隱隱香臺夜，鐘聲徹九天〔八〕。

〔一〕石鏡寺　華陽國志卷三蜀志：「武都有一丈夫化爲女子，美而豔，蓋山精也。蜀王納爲妃，不習水土，欲去。王必留之，乃爲東平之歌以樂之。無幾，物故。蜀王哀念之。乃遣五丁之武都，擔土爲妃作冢，蓋地數畝，高七丈，上有石鏡。今成都北角武擔是也。」按初學記卷五引揚雄蜀本紀，謂蜀王妃「槨中葬之以石鏡一枚，徑二尺，高五尺」，與蜀志説異。本詩謂「寶月兩重懸」，乃從前説。武擔在今成都北較場。武擔山唐時有寺，王勃有晚秋遊武擔山寺序，「武擔山寺當即石鏡寺。明曹學佺蜀中名勝記卷二九射洪縣引志云，石鏡寺「在縣北二里金華山之側」，下引盧照鄰此詩。按射洪石鏡，來歷未詳；成都石鏡，唐詩人多有吟詠。據詩中「鸞沉」等句意，當指武擔石鏡，曹氏恐誤。

〔二〕芙蓉塔　又稱蓮花塔，即塔作蓮花形，喻指不染人間煩惱。庾信奉和法筵應詔詩：「千柱蓮花塔，由旬紫紺園。」

〔三〕神銘　全唐詩卷四二校：「一作神明。」按「神銘」指碑銘，與上句「古墓」對應，作「神明」誤。

〔四〕鸞沉句　鸞鏡事見長安古意注〔一六〕。此以鸞鏡喻石鏡，言蜀王妃死。仙，英華卷二二三校：「集作山。」形訛。

〔五〕梵輪　佛家語，謂佛轉梵輪，普度衆生。梵輪即法輪，大智度論二五：「説梵輪、法輪無異。」此以梵輪代指佛寺，謂蜀王妃葬於此地。

〔六〕鉢衣　鉢爲飯器，衣即袈裟，乃佛家師徒相傳之具。鉢，英華、品彙、五十家、十二家、全唐詩俱作「鉢」。

〔七〕寶月句　指石鏡與月同懸。杜甫石鏡詩：「獨有傷心石，埋輪月宇間。」懸，前校所引各本皆作「圓」。

〔八〕隱隱兩句　江總明慶寺詩：「夜梵聞三界，朝香徹九天。」

辛司法宅觀妓〔一〕

南國佳人至〔二〕，北堂羅薦開〔三〕。長裙隨鳳管〔四〕，促柱送鸞杯〔五〕。雲光身後落，雪態掌中回〔六〕。到愁金谷晚〔七〕，不怪玉山頽〔八〕。

〔一〕辛司法　名未詳。「司法」原作「法司」，據英華卷二一三、五十家乙。「法司」乃官署名，非可屬之一人,當爲「司法」之倒。「司法」即司法參軍。通典卷三五職官一五:「司法參軍……大唐掌律令,定罪盜贓贖之事。」按是篇英華作王勣詩。五十家作盧照鄰詩。全唐詩卷三七作王績詩,校:「一作王勣詩。」全唐詩卷四二作盧照鄰詩。作王績詩當誤,中華書局影印本文苑英華新編目録已據别本正爲盧詩,詳參後益州城西張超亭觀妓詩注〔一〕。

〔二〕南國句　文選曹植雜詩六首:「南國有佳人,容華若桃李。」李善注:南國,「謂江南也」。

〔三〕北堂　婦女居所,見明月引注〔一一〕。　羅薦,綾羅製作的舞墊。謝偃觀舞賦:「羅薦周設。」

〔四〕長裙　指舞衣。文選傅毅舞賦:「羅衣從風,長袖交横。」李善注引韓子(五蠹篇):「長袖善舞。」　鳳管,伴奏的管樂器。風俗通卷六聲音引禮樂記:管,「漆竹,長一尺,六孔,十二月之音也。……古以玉爲管,後乃易之以竹耳。夫以玉作音,故神人和,鳳皇儀也」。

〔五〕促柱　謂急弦。古詩十九首:「絃急知柱促。」文選謝靈運魏太子詩:「急弦動飛聽。」李善注引侯瑾箏賦:「急絃促柱,變調改曲。」

〔六〕雪態　張衡舞賦:「袖如回雪。」曹植洛神賦:「飄飖兮若流風之回雪。」　掌中回,趙飛燕外傳:「成帝獲飛燕,身輕欲不勝風。恐其飄翥,帝爲造水晶盤,令宫人掌之而歌舞。」又南史羊侃傳:「舞人張淨琬腰圍一尺六寸,時人咸推能掌上舞。」

〔七〕金谷　晉石崇在洛陽金谷澗築園,與賓客宴樂,世稱金谷園。此代指辛司法宅。

〔八〕玉山頹　世説新語容止：「嵇叔夜（康）之爲人也，巖巖若孤松之獨立；其醉也，傀俄若玉山之將頹。」

春晚山莊率題二首

顧步三春晚〔一〕，田園四望通。遊絲橫惹樹〔二〕，戲蝶亂依叢。竹懶偏宜水，花狂不待風。唯餘詩酒意，當了一生中。

〔一〕顧步　文選陸機日出東南隅行：「顧步咸可懽。」李善注：「蒼頡篇曰：顧，視也。」王逸楚辭注：步，徐行也。」

〔二〕遊絲　見長安古意注〔七〕。

田家無四鄰，獨坐一園春。鶯啼非選樹〔一〕，魚戲不驚綸〔二〕。山水彈琴盡〔三〕，風花酌酒頻。年華已可樂〔四〕，高興復留人〔五〕。

〔一〕非選樹　左傳哀十一年：「鳥則擇木，木豈能擇鳥？」此反用其意。

〔二〕魚戲　漢樂府歌辭：「江南可采蓮，蓮葉何田田，魚戲蓮葉間。」綸，此指釣絲。不驚綸，謂魚與釣者各自無爲而相忘。

〔三〕彈琴　韓詩外傳卷九:「伯牙鼓琴,鍾子期聽之。方鼓琴,志在山,鍾子期曰:『善哉鼓琴!巍巍乎如太山。』志在流水,鍾子期曰:『善哉鼓琴,洋洋乎若江河。』」

〔四〕可樂　晉夏侯湛春可樂賦:「春可樂兮,樂東作之良時。嘉新田之啓萊,悦中疇之發菑。……春可樂兮,樂崇陸之可娱。登夷岡以回眺,超矯駕乎山隅。」

〔五〕高興　高情雅興。殷仲文南州桓公九井作詩:「獨有清秋日,能使高興盡。」

江中望月

江水向涔陽〔一〕,澄澄寫月光〔二〕。鏡圓珠溜澈〔三〕,弦滿箭波長〔四〕。沈鉤摇兔影〔五〕,浮桂動丹芳〔六〕。延照相思夕,千里共霑裳〔七〕。

〔一〕涔陽　楚辭屈原九歌湘君:「望涔陽兮極浦。」王逸注:「涔陽,江碕名,近附郢。」元豐九域志卷六江陵府公安縣有涔陽鎮,正鄰近郢(江陵),當即其地。詩疑爲作者經三峽出蜀紀行之作。

〔二〕寫　説文解字段玉裁注:「謂去此注彼也。」此通「瀉」。陶弘景水仙賦:「中天起浪,分地寫波。」

〔三〕珠溜　謂月圓轉明澈如珠。楚辭屈原九章涉江:「被明月兮珮寶璐。」五臣注:「明月,珠名。」即明月珠，又稱隋侯珠，見窮魚賦注〔六〕。

〔四〕弦　劉熙釋名釋天：「弦，月半之名也。其形一旁曲，一旁直，若張弓施弦也。」弦滿指月圓。

〔五〕沈鈎　蕭綱水月詩：「的的似沈鈎。」鈎，畫圓工具，代指月。莊子馬蹄：「我善治木，曲者中鈎，直者中繩。」兔影，見下注。

〔六〕浮桂　指水中月。蕭綱水月詩：「非關顧兔没，豈是桂枝浮。」古謂月中有兔，有桂樹，見贈益府裴録事詩注〔六〕。

〔七〕延照二句　從謝莊月賦「美人邁兮音塵闕，隔千里兮共明月」翻出。

元日述懷〔一〕

筮仕無中秩〔二〕，歸耕有外臣〔三〕。人歌小歲酒〔四〕，花舞大唐春。草色迷三徑〔五〕，風光動四鄰〔六〕。願得長如此，年年物候新。

〔一〕元日　初學記卷四引玉燭寶典：「正月爲端月，其一日爲元日，亦云上日，亦云正朝，亦云三元，亦云三朔。庭前爆竹，進椒柏酒，服桃湯，進敷于散，造五辛盤。造桃板著户，謂之仙木。」詩題英華卷一五二、五十家作「明月引」，全唐詩卷四二校：「一作明月引。」按此非「引」體，作「明月引」誤。

〔二〕筮仕　古人出仕前先占吉凶，謂筮仕。左傳閔元年：「畢萬筮仕於晉。」後泛指作官。秩，官吏俸禄、品級。中秩，中等職級。

〔三〕外臣　方外之臣，即隱居不仕者。南齊書明僧紹傳：「卿兄高尚其事，亦堯之外臣。」

〔四〕小歲　太平御覽卷三三引崔寔四民月令：「臘明日謂小歲，敬酒尊長，修刺賀君師。」明謝肇淛五雜俎天：「臘之次日謂小歲，今俗以冬至夜爲小歲。然盧照鄰元日詩云『人歌小歲酒，花舞大唐春』，則元日亦可謂之小歲矣。」

〔五〕三徑　文選陶淵明歸去來兮辭：「三逕就荒，松菊猶存。」李善注引三輔決録：「蔣翊，字元卿，舍中三逕，唯羊仲、求仲從之遊，皆挫廉逃名不出。」迷，唐詩紀事卷七作「薰」，當誤。

〔六〕風光　文選謝朓和徐都曹詩：「風光草際浮。」李周翰注：「風本無光，草上有光色，風吹動之，如風之有光也。」

益州城西張超亭觀妓〔一〕

落日明歌席，行雲逐舞人。江前飛暮雨〔二〕，梁上下輕塵〔三〕。冶服看疑畫，妝樓望似春〔四〕。高車勿遽返〔五〕，長袖欲相親〔六〕。

〔一〕張超亭，未詳。考後漢書文苑傳張超傳載：張超字子並，「河間鄚人也，留侯良之後。靈帝時從車騎將軍朱儁征黃巾，爲別部司馬」，然其人似與蜀無關。本詩英華卷二一三作王勣詩。五十家作盧照鄰詩。全唐詩卷三七收爲王績詩，注：「一作盧照鄰詩，一作王勣詩。」全唐詩卷四二收爲盧照鄰詩。胡震亨唐音癸籤卷二九謂王勣乃王績之誤。考王績平生未嘗入蜀，作王績詩當誤。中華書局影印本文苑英華此部分乃明刻，蓋誤署「前人」（王勣），其新編目録已據別本正爲盧詩。

〔二〕江前句　謂妓女色美。文選宋玉高唐賦謂巫山神女「旦爲朝雲，暮爲行雨」。李善注：「朝雲、行雨，神女之美也。」

〔三〕梁上句　藝文類聚卷四三引劉向別録：「漢興以來，善雅歌者，魯人虞公，發聲清哀，蓋動梁塵。」

〔四〕樓　英華、全唐詩卷三七作「臺」。

〔五〕高車　即高蓋車，可立乘。史記孫叔敖傳：「王必欲高車，臣請教閭里使高其梱。」此指官車。

〔六〕長袖句　韓非子五蠹：「長袖善舞。」徐陵詠舞詩：「當由好留客，故作舞衣長。」

還京贈別

風月清江夜，山水白雲朝。萬里同爲客，三秋契不凋〔一〕。戲鳧分斷岸，歸騎別高標。一去仙橋道〔二〕，還望錦城遥〔三〕。

〔一〕三秋　此指三年，泛言長久。詩經采葛：「一日不見，如三秋兮。」

〔二〕仙橋　指昇仙橋。華陽國志卷三蜀志：成都「城北十里有昇仙橋，有送客觀」。蜀中名勝記卷三引成都記：「城北有昇仙山，昇仙水出焉。相傳三月三日張伯子道成，得上帝詔，駕赤文於菟（即虎）於此上昇也。」昇仙橋故址，即今成都駟馬橋。

〔三〕錦城　即成都，因成都舊有錦官，有錦里，故稱。

至陳倉曉晴望京邑〔一〕

拂曙驅飛傳〔二〕，初晴帶曉涼。霧斂長安樹，雲歸仙帝鄉〔三〕。澗流飄素沫，巖景靄朱光。今朝好風色，延瞰極天莊〔四〕。

〔一〕陳倉　元和郡縣志卷二鳳翔府寶鷄縣：「本秦陳倉縣，秦文公所築，因山以爲名。……陳倉故城，在今縣東二十里。」在今陝西寶鷄市東。

〔二〕拂曙　猶言拂曉，天剛亮時。　傳，驛站車馬。左傳成五年：「晉侯以傳召宗伯。」杜預注：「傳，驛。」

〔三〕雲歸句　莊子天地：「乘彼白雲，至於帝鄉。」

〔四〕天莊　通向長安的大道。爾雅釋宮：「六達謂之莊。」

晚渡滹沱敬贈魏大〔一〕

津谷朝行遠，冰川夕望曛〔二〕。霞明深淺浪，風卷去來雲。澄波泛月影，激浪聚沙文〔三〕。誰忍仙舟上〔四〕，攜手獨思君。

〔一〕滹沱　水名，出今山西繁峙縣東之泰戲山，於河北獻縣與滏陽河匯合爲子牙河。魏大，名未詳。陳子昂有送魏大從軍詩，未知是否一人。滹沱，英華卷二八九、五十家作「浮沱」，同。

〔二〕冰川　指滹沱河。後漢書光武紀：「至呼沱河，無船，適遇冰合，得過，未畢數車而陷。」元和郡縣志卷一八深澤縣：「滹沱河，縣南二十五里。」亦述光武事，謂冰合處時名「危渡口」。曛，昏暗。

〔三〕沙文　沙因水浪積聚衝刷而成的波紋形灘塗。

〔四〕仙舟　用郭泰、李膺事，見詠史四首之二注〔一二〕。

和吴侍御被使燕然〔一〕

春歸龍塞北〔二〕，騎指鴈門垂〔三〕。胡笳折楊柳〔四〕，漢使採燕支〔五〕。戍城聊一望，花雪幾参差。關山有新曲〔六〕，應向笛中吹。

〔一〕吴侍御　名未詳。侍御，即侍御史。舊唐書職官志三御史臺：「侍御史四員，從六品下。掌糾舉百僚，推鞫獄訟。」另有殿中侍御史六人，從七品下。　燕然，山名，此當指燕然都護府。據元和郡縣志卷四，唐太宗貞觀二十一年（六四七），於古單于臺置燕然都護府。　資治通鑑卷二〇〇胡三省注：「燕然都護府在黄河北，北至陰山七十里。……龍朔三年（六六三）改曰瀚海都護府，總章二年（六六九）改爲安北大都護府。」

〔二〕龍塞　即龍城，見戰城南注〔五〕。此泛指邊塞。

〔三〕鴈門垂　指燕然。鴈門，見戰城南注〔四〕。垂，同「陲」，廣韻：「邊也。」

〔四〕折楊柳　樂府横吹曲名，見折楊柳注〔一〕。

〔五〕漢使句　漢書西域傳上：大宛國，「宛王蟬封與漢約，歲獻天馬二匹。漢使采蒲陶、目宿種歸。」此化用其事。　燕支，字亦作「胭脂」，草名。古今注卷下草木：「燕支，葉似薊，花似蒲公，出西方，土人以染，名爲燕支。中國人謂之紅藍，以染粉爲面色，謂之燕支粉。」句謂吴侍御使燕然。燕，英華卷二四一注：「集作條。」全唐詩卷四二校：「一作條。」按「條支」乃漢西域國名，與上句「楊柳」不相對，當誤。

〔六〕關山　指關山月，漢樂府橫吹曲名，見關山月注〔一〕。

七夕泛舟二首〔一〕

河葭肅徂暑〔二〕，江樹起初涼。水疑通織室〔三〕，舟似泛仙潢〔四〕。連橈渡急響，鳴棹下浮光。日晚菱歌唱〔五〕，風煙滿夕陽。

〔一〕七夕　文選曹植洛神賦李善注引曹植九詠注：「牽牛爲夫，織女爲婦。織女牽牛之星，各處河之旁，七月七日乃得一會。」宋蒲積中編古今歲時雜詠卷二六引此兩詩，前有序文，即本集卷六之七日綿州泛舟詩序。按序乃同時諸作之總序，原不止序此兩首。文苑英華卷七一五祇載序，唐詩紀事卷七祇載詩，然事則一，可參讀。

〔二〕河葭　詩經秦風蒹葭：「蒹葭蒼蒼。」毛傳：「葭，蘆也。」徂暑，詩經小雅四月：「四月維夏，六月徂暑。」鄭箋：「徂猶始也。四月立夏矣，至六月乃始盛暑。」後稱盛夏爲徂暑。河，唐詩紀事卷七、全唐詩卷四二作「汀」，全唐詩校：「一作河。」

〔三〕水疑句　張華博物志卷一〇：「舊説云天河與海通。近世有人居海渚者，年年八月，有浮槎去來，不失期。人有奇志，立飛閣於槎上，多齎糧，乘槎而去。……奄至一處，有城廓狀，屋舍甚嚴，遥望宫中多織婦，見一丈夫牽牛渚次飲之。」

〔四〕仙潢　即天潢，指銀河。史紀天官書：王良，「旁有八星，絶漢，曰天潢」。索隱引宋均曰：「天潢，天津也。」

〔五〕菱歌　古代楚地歌名。楚辭宋玉招魂：「涉江、采菱，發揚荷些。」王逸注：「皆楚歌名。」爾雅翼釋草：「吴、楚之風俗，當菱熟時，士女子相與採之，故有采菱之歌以相和，爲繁華流蕩之極。」

鳳杼秋期至〔一〕，鳧舟野望開〔二〕。微吟翠塘側，延想白雲隈。石似支機罷〔三〕，槎疑犯宿來〔四〕。天潢殊漫漫，日暮獨悠哉。

〔一〕鳳杼　鳳，原作「風」。唐詩紀事、古今歲時雜詠、全唐詩、四庫本作「鳳」。按「鳳」與下句「鳧」對文，是，據改。杼，説文：「機之持緯者。」鳳杼，織女所用機杼，此指代織女。文選古詩十九首迢迢牽牛星：「迢迢牽牛星，皎皎河漢女。纖纖擢素手，札札弄機杼。」

〔二〕鳧舟　文選張協七命：「乘鳧舟兮爲水嬉。」李善注：「穆天子傳曰：『天子乘鳧舟。』郭璞曰：『舟爲鳧形制，今吴之青雀舫，此其遺象也。』」

〔三〕石似句　宗懔荆楚歲時記：「張騫使大夏，尋河源，經月而至一處，見城郭如州府，室内有一女織。又見一丈夫牽牛飲河。織女取支機石與騫而還。」又太平御覽卷八引集林：「昔有一人尋河源，見婦人浣紗，以問之，曰：此天河也。乃與一石而歸。問嚴君平，云：此織女支機石也。」

〔四〕槎疑句　張華博物志卷一〇：有人乘槎至天河，見牽牛人，「牽牛人乃驚問曰：『何由至此？』此人具説來意，并問此是何處，答曰：『君還，至蜀郡訪嚴君平，則知之。』竟不上岸，因還如期。後至蜀，問君平，曰：『某年月日有客星犯牽牛宿。』計年月，正是此人到天河時也」。

送梓州高參軍還京〔一〕

京洛風塵遠〔二〕。褒斜煙霧深〔三〕。北遊君似智〔四〕，南飛我異禽〔五〕。別路琴聲斷，秋山猿鳥吟。一乖青巖酌，空佇白雲心〔六〕。

〔一〕梓州　元和郡縣志卷三三劍南道下梓州：秦爲蜀郡，漢爲廣漢郡，宋爲新城郡，梁置新州。「隋開皇末改爲梓州，因梓潼水爲名也」。唐時爲上州，即今四川三臺縣。高參軍，名未詳。參軍，州刺史屬官。據唐六典卷三〇，上州置録事參軍事一人，七品上；又有司功、司倉、司户、司兵、司法、司事參軍事一人或二人，皆七品下。按本集卷三有宴梓州南亭得池字詩，卷六有宴梓州南亭詩序，與是詩當作於同時，約在高宗總章二年（六六九）或咸亨元年（六七〇）秋。參見宴梓州南亭得池字詩注〔一〕。

〔二〕京洛　洛，原作「落」，據五十家、四庫本改。京洛即洛陽，唐置東都。因東周、東漢曾建都於此，故稱「京洛」。陸機爲顧彦先贈婦詩：「京洛多風塵。」

〔三〕褒斜　谷名，唐代蜀至長安的主要通道。文選班固西都賦：「右界褒斜。」李善注引梁州記曰：「萬石城，泝漢上七里，有褒谷，南口曰褒，北口曰斜，長四百七十里。」元和郡縣志卷二二山南道興元府褒城縣：「褒斜道，一名石牛道。」按褒斜爲褒、斜二水所形成的河谷，在今陜西勉縣褒城鎮至郿縣西南三十里處。　霧，全唐詩卷四一作「露」，校：「一作霧。」

〔四〕北遊句　莊子知北遊：「知北遊於玄水之上，登隱弅之丘，而適遭无爲謂焉。」釋文：「知，音智，又如字。」成疏：「此章并假立姓名，寓言明理。北是幽冥之域。」句以智之北遊喻高參軍還京。

〔五〕南飛句　莊子逍遥遊：「窮髮之北有冥海者，天池也。……有鳥焉，其名爲鵬，背若太山，翼若垂天之雲，搏扶摇羊角而上者九萬里，絶雲氣，負青天，然後圖南，且適南冥也。」此以鵬南飛自喻滯蜀，然沉於下位，無鵬飛之望，故云「異禽」。

〔六〕白雲心　退隱成仙之心。莊子天地：「千歲厭世，去而上僊，乘彼白雲，至於帝鄉。」此以初心未遂爲悔。

大劍送别劉右史〔一〕

金碧禺山遠〔二〕，關梁蜀道難。相逢屬晚歲，相送動征鞍。地咽綿川冷〔三〕，雲凝劍閣寒〔四〕。倘遇忠孝所〔五〕，爲道憶長安。

〔一〕大劍　即大劍鎮。元和郡縣志卷三三剑南道劍州普安縣：「大劍鎮，在縣東四十八里。」地在今四川劍閣縣劍門場。劉右史，名未詳。按右史即起居舍人。通典卷二一門下省：「大唐貞觀二年（六二八）省起居舍人，移其職於門下，置起居郎二人。顯慶中復於中書省置起居舍人，遂與起居郎分掌左右。龍朔三年（六六三）改爲左右史，郎爲左史，舍人爲右史。咸亨元年（六七〇）復舊。」新唐書百官志二：中書省「起居舍人二人，從六品上。掌修紀言之史，録制誥德音，如記事之制，季終以授國史」。此既稱「右史」，似當作於龍朔三年至咸亨元年間。

〔二〕金碧句　漢書郊祀志下：宣帝時，「或言益州有金馬碧鷄之神」。注引如淳曰：「金形似馬，碧形似鷄。」據兩漢書地理志、西南夷傳及華陽國志卷四，其神在青蛉縣禺同山。元史地理志大理路姚州：「青蛉，夷名大姚堡。」即今雲南大姚縣。此以「金碧禺山」代指蜀。

〔三〕綿川　泛指綿州（今綿陽市）山川。此句英華卷二六七作「地險綿川咽」。

〔四〕劍閣　指劍閣道。元和郡縣志卷三三劍州普安縣：「劍閣道，自利州益昌縣界西南十里，至大劍鎮古今驛道。秦惠王使張儀、司馬錯從石牛道伐蜀，即此也。後諸葛亮相蜀，又鑿石架空爲飛梁閣道，以通行路。」此就劉右史所行言。

〔五〕忠孝所　君王、父母所居之地，此指長安。爲臣盡忠，爲子盡孝，故云。

淩晨〔一〕

日掩鴻都夕〔二〕，河低亂箭移〔三〕。蟲飛明月户〔四〕，鵲繞落花枝〔五〕。蘭襟帳北壑〔六〕，玉匣鼓文漪〔七〕。聞有啼鶯處，暗幄曉雲披。

〔一〕此詩底本無，據宋趙孟奎編分門類纂唐歌詩天地山川類補。又見全唐詩卷八八二。

〔二〕鴻都　猶言大都會，具體所指不詳。

〔三〕河低　謂河漢西落，天將曉。　亂箭，指月光。

〔四〕蟲飛　詩經齊風鷄鳴：「蟲飛薨薨。」鄭箋：「蟲飛薨薨，東方且明之時。」

〔五〕鵲繞句　曹操短歌行：「月明星稀，烏鵲南飛。繞樹三匝，無枝可依。」此亦謂天將曉。

〔六〕蘭襟句　蘭襟，衣襟之美稱。此蓋指雲朵，詩人想像其爲月中姮娥的衣襟，似大帳籠罩着北部山壑。

〔七〕玉匣句　玉匣，鏡匣之美稱，代指鏡；鏡似月，故又以代指月。庾信詠鏡詩：「玉匣聊開鏡，輕灰暫拭塵。……月生無有桂，花開不逐春。」句謂月如姮娥的寶鏡，月光如水，鼓起層層漣漪。

營新龕窟室戲學王梵志〔一〕

試宿泉臺下〔二〕，佯學死人眠〔三〕。鬼火寒無焰，泥人喚不前〔四〕。浪取蒲爲馬〔五〕，徒勞紙作錢。

〔一〕此詩底本無，據四庫全書存目叢書影印西安文管會藏清鈔本宋晏殊類要卷三〇咎徵補。據詩意及詩體結構，原詩當爲五律，蓋未引尾聯二句。龕窟室，用窟穴所作屋子，即窯洞。玄奘、辨機大唐西域記卷八：「菩提樹東有精舍……左右各有龕室，左則觀自在菩薩像，右則慈氏菩薩像。」　王梵志，衛州黎陽（今河南浚縣）人，隋末唐初通俗詩人，現存王梵志詩集。按新唐書本傳稱盧照鄰疾甚後「復豫爲墓，偃卧其中」云云，疑即依據此詩，後世多所引用。然詩中明言所營乃「龕窟」，即五悲悲昔遊所謂「田嵌巖以爲室」，且是「試宿」、「佯學」、「浪取」，並非絶望求死之舉，新傳恐是誤解。

〔二〕泉臺　即墳墓。此言以新造龕窟模擬墓室，假扮死人睡在其中，以體驗墓中感受。

〔三〕眠　原誤「服」，據詩意改。

〔四〕泥人　泥塑人形俑。按：此所謂泥人，以及下文蒲草所製之馬、紙作之錢等冥物，皆指所擬墓中供品，言其並無靈驗。

〔五〕蒲　原誤作「浦」，據詩意改。

盧照鄰集箋注卷三

五言排律

同臨津紀明府孤鴈〔一〕

三秋違北地〔二〕，萬里向南翔。河洲花稍白〔三〕，關塞葉初黄〔四〕。避繳風霜勁〔五〕，懷書道路長〔六〕。水流疑箭動，月照似弓傷〔七〕。横天無有陣〔八〕，度海不成行〔九〕。會刷能鳴羽〔一〇〕，還赴上林鄉〔一一〕。

〔一〕臨津　古縣名。元和郡縣志卷三三劍州臨津縣：「本漢梓潼縣地，南齊於此置胡原縣，隋開皇七年（五八七）改爲臨津縣。」明曹學佺蜀中廣記卷二六劍州：「南八十里有義津，即古臨津縣地。碑目（按指宋王象之輿地碑記目卷四）：『唐盧照鄰悟本寺記，在故臨津縣悟本寺内。』」清一統志卷二九八保寧府二：臨津廢縣，「在劍州東南」。「宋熙寧五年（一〇七二），省爲鎮，入普安」。普安即今四川劍閣縣。是詩當作於蜀。紀明府，名未詳。

〔二〕地　英華卷三二八、五十家、十二家作「鴈」，英華校：「一作地。」全唐詩卷四一作「地」，校：「一作雁。」

〔三〕河洲　洲，原作「州」，據英華、五十家、全唐詩改。詩經關雎：「關關雎鳩，在河之洲。」稍，詩詞曲語辭匯釋卷二：「稍，猶才也，方也，正也。」

〔四〕葉初黄　禮記月令：季秋之月，「草木黄落。」

〔五〕避繳　繳，繫於箭上的生絲繩。淮南子説山：「好弋者先具繳與矰。」此代指短箭。又淮南子修務訓：「夫鴈……含蘆而翔，以避矰弋。」

〔六〕懷書　指傳帶書信，用漢昭帝射上林苑得鴈事，見秋霖賦注〔二一〕。

〔七〕月照句　見失羣鴈注〔一六〕。

〔八〕陣　鴈羣飛次第儼然如兵陣，故稱。易林二復之豐：「九鴈列陣，雌獨不羣。」王勃滕王閣序：「鴈陣驚寒，聲斷衡陽之浦。」

〔九〕度海　指鴈由北而南，見失羣鴈詩注〔八〕。不成行，文選沈約詠湖中鴈：「亂起未成行。」李善注引白虎通：「鴈飛則成行。」

〔一〇〕會　詩詞曲語辭匯釋卷一：「猶當也，應也。」刷羽，振翅。説文：「刷，刮也。」沈約詠湖中鴈：「刷羽同摇漾。」能鳴，見《秋霖賦》注〔三六〕。

〔一二〕上林鄉　即上林苑，見失羣鴈注〔一三〕。

西使兼送孟學士南遊〔一〕

地道巴陵北〔二〕，天山弱水東〔三〕。相看萬餘里，共依一征蓬〔四〕。零雨悲王粲〔五〕，清樽别孔融〔六〕。徘徊聞夜鶴〔七〕，悵望待秋鴻〔八〕。骨肉胡秦外，風塵關塞中。唯餘劍鋒在，耿耿氣成虹〔九〕。

〔一〕作者西使時間不詳，當在龍朔二年（六六二）以後。孟學士，或即孟利貞。舊唐書文苑傳上：孟利貞，華州華陰人。嘗受詔與許敬宗等撰瑶山玉彩五百卷，龍朔二年奏上之，高宗稱善。累轉著作郎，加弘文館學士。垂拱初卒。

〔二〕地道句　文選郭璞江賦：「爰有包山洞庭，巴陵地道。」李善注引郭璞山海經注：「洞庭地穴在長沙巴陵。吴縣南太湖中有苞山，山下有洞庭穴道，潛行水底，云無所不通，號爲地脉。」巴陵，據元和郡縣志卷二七岳州，本巴丘地，吴於此置巴陵縣，隋開皇九年（五八九）改岳州，大業三年（六〇七）爲羅州，唐武德六年（六二三）復爲岳州。地即今湖南岳陽市。

〔三〕天山　見梅花落注〔三〕。弱水，尚書禹貢：「導弱水，至於合黎，餘波入於流沙。」按水出於甘肅山丹縣，西北流入居延海（據胡渭禹貢錐指）。　以上兩句，唐詩別裁集卷一七謂分別指「學士南遊，自己西使」。

〔四〕征蓬　喻行人飄泊，猶言「飛蓬」。詩經衛風伯兮：「自伯之東，首如飛蓬。」朱熹集傳：「蓬，草名，其華如柳絮聚飛，如亂髮也。」商君書禁使：「飛蓬遇飄風而行千里。」

〔五〕零雨句　王粲贈蘇子篤詩：「風流雲散，一別如雨。」

〔六〕清樽句　後漢書孔融傳：「性寬容少忌，好士，喜誘益後進。及退閑職，賓客日盈其門。嘗嘆曰：『坐上客恒滿，尊中酒不空，吾無憂矣。』」蓋作者嘗爲孟學士座上客，故以孔融擬之。

〔七〕徘徊句　文選蘇武詩四首：「黄鵠（同「鶴」）一遠別，千里顧徘徊。」

〔八〕待秋鴻　等待書信，見同臨津紀明府孤鴈詩注〔六〕。

〔九〕唯餘兩句　喻指兩人英氣凜然。裴景聲文身劍銘：「良劍耿介，體文經武。……九功斯象，七德是輔。」晉書張華傳謂寶劍之精上徹於天，「牛斗之間常有紫氣」。又曹毗魏都賦：「劍則流彩之珍，素質之寶，乍虹蔚波映，或龜文龍藻。」

送鄭司倉入蜀〔一〕

離人丹水北〔二〕，遊客錦城東。別意還無已〔三〕，離憂自不窮。隴雲朝結陣〔四〕，江月夜臨空。關塞疲征馬，霜氛落早鴻。潘年三十外〔五〕，蜀道五千中。送君秋水曲，酌酒對秋風。

〔一〕鄭司倉　名未詳。據舊唐書職官志三，唐代州置司倉參軍，京縣、畿縣置司倉。

〔二〕丹水　發源於陝西商縣，東入河南境，與淅水會合後入漢水。漢書司馬相如傳上林賦：「丹水更其南。」注引應劭曰：「丹水出上洛冢領山，東南至析縣入沟水。」

〔三〕別意還　英華卷二六七作「客恨良」。

〔四〕結陣　言雲集結如兵陣。徐陵出自薊北門行：「天雲如地陣。」

〔五〕潘年　文選潘岳秋興賦序：「晉十有四年，余春秋三十有二，始見二毛。」李善注：「左氏傳宋襄公曰：『不禽二毛。』杜預注：『二毛，頭白有二色也。』」

綿州官池贈別同賦灣字〔一〕

輶軒遵上國〔二〕，仙珮下靈關〔三〕。樽酒方無地〔四〕，聯綣喜暫攀。離言欲贈策〔五〕，高辯正連環〔六〕。野逕浮雲斷〔七〕，荒池春草斑〔八〕。殘花落古樹，度鳥入澄灣。欲叙他鄉别，幽谷有綿蠻〔九〕。

〔一〕綿州　元和郡縣志卷三三劍南道下綿州：「本漢廣漢郡之涪縣，後魏廢帝二年（五五三）徙梓潼郡理（治）梓潼舊城，於此別置潼州。隋開皇五年（五八五），改潼州爲綿州，因綿水而名也。大業三年（六〇七）改爲金山郡，武德元年（六一八）復爲綿州。」即今四川綿陽市。贈，英華卷二六七作「餞」。品彙、五十家無「同賦灣字」四字。

〔二〕輶軒　使臣所乘輕車，此指使者。揚雄答劉歆書：「常聞先代輶軒之使。」文選任昉爲范始興求立太宰碑表：「輶軒不知所適。」劉良注：「輶軒，使車也。」　上國，中原之地，此指長安。

〔三〕仙珮　此代指衆官員。靈關，文選左思蜀都賦：「廓靈關以爲門。」劉淵林注：「靈關，山名，在成都西南漢壽界。」考漢壽在昭化縣南（昭化縣於一九五九年并入廣元縣，今爲市），則靈關應在成都東北，距綿州不遠。　珮，底本校：「一作氣。」英華、品彙作「氣」。　靈，英華、全唐詩卷四二校：「一作雲。」作「雲」誤。

〔四〕方　英華、品彙、五十家作「妨」，英華校：「集作方。」

〔五〕離言　離別贈語。荀子非相：「贈人以言，重於金石珠玉。」　贈策，左傳文十三年：「（士會）將行，繞朝贈之以策。」杜預注：「策，馬檛。臨別授之馬檛并示己所策以展情。」

〔六〕連環　戰國策齊六：「秦始皇（當作昭王）嘗使使者遺君王后玉連環，曰：『齊多知，而解此環不？』君王后以示羣臣，羣臣不知解。君王后引椎椎破之，謝秦使者曰：『謹以解矣。』」此言辯論尚無勝負。

〔七〕浮雲斷　文選蘇武詩四首之四：「仰視浮雲翔。」李善注謂浮雲「以喻良友各在一方，播遷而無所託。楚辭曰：『仰浮雲而永嘆。』」　浮，英華、品彙、五十家作「遊」，英華校：「集作浮。」

〔八〕荒池句　謝靈運登池上樓詩：「池塘生春草。」

〔九〕幽谷句　詩經伐木：「出自幽谷，遷於喬木。」　緜蠻，詩經小雅緜蠻：「緜蠻黄鳥，止於丘阿。」孔疏：「緜蠻文連黄鳥，黄鳥，小鳥，故知緜蠻小貌。」朱熹集傳：「緜蠻，鳥聲。」

還赴蜀中貽示京邑遊好〔一〕

籞宿花初滿〔二〕，章臺柳尚飛〔三〕。如何正此日，還望昔多違〔四〕？悵别風期阻，將乖雲會稀〔五〕。斂袵辭丹闕，懸旗陟翠微〔六〕。野禽喧戍鼓，春草變征衣〔七〕。回顧長安道，關山起夕霏。

〔一〕還赴　猶言「再赴」。作者曾多次入蜀，故未能確定「還赴」爲何時。

〔二〕籞宿　長安苑名。三輔黄圖卷四：「御宿苑，在長安城南御宿川中。漢武帝爲離宫别館，禁禦人不得入，往來遊觀止宿其中，故曰御宿。」今陝西西安市南三十餘里有御宿川，當即其地。

〔三〕章臺　史記藺相如傳謂秦王坐章臺見相如，即此臺。漢書張敞傳有「走馬章臺街」語。程大昌演繁露卷七謂「漢章臺即秦章臺也，地在渭南（咸陽渭水之南）」。尚，底本作「向」，校：「一作尚。」品彙卷七一、五十家作「尚」。「尚」與上句「初」對文，是，因改。

〔四〕望　英華卷二八六校：「集作喜。」全唐詩卷四二校：「一作喜。」

〔五〕雲會　史記陳涉世家：「天下雲會響應。」雲會稀，言會面難。

〔六〕懸旗　旗，四庫本作「旌」。全唐詩作「旗」，校：「一作津。」作「津」誤，旗、旌義同。懸旗，喻心神飄忽不定。戰國策楚策一：「寡人心摇摇如懸旌。」鮑照紹古辭之二：「離心壯爲劇，飛念如懸旗。」　翠微，指山。爾雅釋山：「未及上，翠微。」邢昺疏：「謂未及頂上，在旁陂陀之處，名翠微。一説山氣青縹色，故曰翠微也。」

〔七〕變征衣　陸機爲顧彦先贈婦詩：「京洛多風塵，素衣化爲緇。」此謂在途日久，衣服已變色。

和夏日幽莊〔一〕

聞有高蹤客，耿介坐幽莊。林壑人事少，風烟鳥路長〔二〕。瀑水含秋氣，垂藤引夏涼。苗深全覆隴，荷上半侵塘。釣渚青鳧没，村田白鷺翔。知君振奇藻，還嗣海隅芳〔三〕。

〔一〕和　原作「初」。英華卷三一九、品彙卷七一、五十家作「和」。玩詩意，是篇蓋酬答「高蹤客」之「奇藻」，當作「和」，因改。　幽莊，指田舍，與後詩「山莊」、「田家」同義。

〔二〕鳥路句　謝朓暫使下都夜發新林至京邑贈西府同僚詩：「風雲有鳥路。」

〔三〕知君兩句　文選卷四二曹植與楊德祖書：「公幹（劉楨字）振藻於海隅。」李善注：「公幹，東平寧陽人也。寧陽邊齊，故云海隅。」奇藻，指詩文詞彩奇妙。疑所謂「高蹤客」乃劉楨後裔，故有「嗣芳」之語。

山莊休沐〔一〕

蘭署乘閒日〔二〕，蓬扉狎遯棲〔三〕。龍柯疏玉井，鳳葉下金堤〔四〕。川光摇水箭，山氣上雲梯。亭幽聞唳鶴〔五〕，窗曉聽鳴鷄。玉軫臨風奏，瓊漿映月攜〔六〕。田家自有樂，誰肯謝青谿？

〔一〕休沐　初學記卷二〇：「休假亦曰休沐。漢律：吏五日得一下沐，言休息以洗沐也。」據唐會要卷八二休假，唐十日一休沐，稱旬休。　是詩首句言「蘭署乘閒」，當作於任職秘書省期間。作者入秘書省，約在高宗顯慶之末。　詩題，英華卷三一九、全唐詩卷四二校：「一作和夏日山莊。」

〔二〕蘭署　即蘭臺。初學記卷一二：「初，漢御史中丞在殿中掌蘭臺秘書圖籍。唐以秘書省爲蘭臺，即因斯義也。」唐六典卷一〇秘書省：「龍朔二年（六六二）改爲蘭臺。……咸亨元年（六七〇）復舊。」

〔三〕遯棲　文選郭璞遊仙詩：「山林隱遯棲。」李善注引郭璞山海經注：「山居爲棲。」又曰：「遯者，退也。」

〔四〕金堤　此指石堤，參見失羣鴈注〔一一〕。

〔五〕唳　英華、品彙作「淚」，當以音同形近而訛。唳，鶴鳴也。

〔六〕瓊漿　指酒。文選宋玉招魂：「華酌既陳，有瓊漿些。」　按唐音癸籤卷二七：唐朝廷「待臣下法禁頗寬，恩禮從厚。凡曹司休假，例得尋勝讌樂，謂之旬假，每月有之」。

山林休日田家

歸休乘暇日，饁稼返秋場〔一〕。徑草疏王篲〔二〕，巖枝落帝桑〔三〕。耕田虞訟寢〔四〕，鑿井漢機忘〔五〕。戎葵朝委露〔六〕，齊棗夜含霜〔七〕。南澗泉初洌，東籬菊正芳〔八〕。還思北窗下，高卧偃羲皇〔九〕。

〔一〕饁稼　給收割者送食。詩經豳風七月：「同我婦子，饁彼南畝。」毛傳：「饁，饋也。」　場，同上七月：「九月築場圃。」孔疏：「蹂踐禾稼則謂之場。」

〔二〕王篲　爾雅釋草：「葥，王篲。」郭璞注：「王帚也。似藜，其樹可以爲埽帚，江東呼之曰落帚。」句謂秋已深，路上葥草稀疏。

〔三〕帝桑　山海經卷五中山經：「（宣山）上有桑焉，大五十尺，其枝四衢，其葉大尺餘，赤理黄華青柎，名曰帝女之桑。」此泛指桑。

〔四〕耕田句　史記周本紀：「西伯（即周文王）陰行善，諸侯皆來決平。於是虞、芮之人有獄不能決，乃如周。入界，耕者皆讓畔，民俗皆讓長。虞、芮之人未見西伯，皆慚。……遂還，俱讓而去。」

〔五〕鑿井　藝文類聚卷一一引帝王世紀：堯時「天下大和，百姓無事。有五十老人擊壤於道，觀者嘆曰：『大哉！帝之德也。』老人曰：『吾日出而作，日入而息，鑿井而飲，耕田而食，帝何力於我哉！』」　漢機，指漢陰丈人所謂「機心」，見秋霖賦注〔一四〕。以上兩句，謂民風淳樸。

〔六〕戎葵　爾雅釋草：「菺，戎葵。」郭璞注：「今蜀葵也。似葵，華（花）如木槿華。」

〔七〕齊棗　爾雅釋木：「楊徹，齊棗。」郝懿行爾雅義疏引瞿氏補郭云：「齊地所産之棗，其方俗謂之楊徹。」英華卷三一九作「薺草」，校：「一作齊棗。」

〔八〕東籬句　陶淵明飲酒詩：「採菊東籬下，悠然見南山。」

〔九〕還思兩句　陶淵明與子儼等疏：「常言：五六月中，北窗下卧，遇涼風暫起，自謂是羲皇上人。」羲皇，傳説中古帝王名。藝文類聚卷一一引帝王世紀：「太昊帝庖羲氏，風姓也。蛇身人首，有聖德，都陳。」偃，伏，使之低。

宴梓州南亭得池字〔一〕

二條開勝跡〔二〕，大隱叶沖規〔三〕。亭閣分危岫〔四〕，樓臺遶曲池。長薄秋煙起〔五〕，飛梁古蔓垂。水鳥翻荷葉，山蟲咬桂枝。遊人惜將晚，公子愛忘疲〔六〕。願得回三舍〔七〕，琴樽長若斯。

〔一〕梓州，唐蜀中州名，見送梓州高參軍還京詩注〔一〕。按蜀中名勝記卷二九引此詩，前有序，即本集卷六宴梓州南亭詩序節文。略曰：「梓州城池亭（引者按：當即即南亭）者，長史張公聽訟之别所也。」玄武縣距梓州甚近，蓋作者偕王勃等遊玄武前後，有梓州之行，時當在總章二年（六六九）秋或咸亨元年（六七〇）秋。參見九月九日登玄武山旅眺注〔一〕。

〔二〕二條　指道路。藝文類聚卷三梁簡文帝（蕭綱）臨秋賦：「遵二條之廣路，背九仞之高城。」

〔三〕大隱　王康琚反招隱詩：「小隱隱林藪，大隱隱朝市。」叶，同「協」，合也。沖規，淡泊虛静之道。玉篇：「沖，虛也。」老子：「道沖而用之。」又：「大盈若沖。」

〔四〕亭　英華卷二一四作「齋」。全唐詩卷四二作「亭」，校：「一作齋。」句謂亭閣高聳，勢如峰巒。

〔五〕長薄　文選陸機挽歌詩三首：「按轡遵長薄。」李周翰注：「草木叢生曰薄。」

〔六〕公子　當指梓州長史張公（名未詳）。應瑒侍五官中郎將建章臺集詩：「公子敬愛客，樂飲不知疲。」

〔七〕回三舍　見戰城南注〔八〕。

山行寄劉李二參軍〔一〕

萬里烟塵客，三春桃李時。事去紛無限，愁來不自持。狂歌欲嘆鳳〔二〕，失路反占龜〔三〕。草礙人行緩，花繁鳥度遲。彼美參卿事〔四〕，留連求友詩〔五〕。安知倦遊子，兩鬢漸如絲。

〔一〕劉、李二參軍　名字事迹未詳。　參軍，見送梓州高參軍還京詩注〔一〕。

〔二〕狂歌句　論語微子：「楚狂接輿歌而過孔子，曰：『鳳兮鳳兮，何德之衰！往者不可諫，來者猶可追。』」何晏集解引孔安國曰：「自今已來可追自止，避亂隱居。」又論語子罕：「子曰：『鳳鳥不至，河不出圖，吾已矣乎！』」　嘆，英華卷二四九作「道」，校：「一作嘆。」

〔三〕占龜　占卜吉凶。楚辭屈原卜居：屈原既放三年，「心煩慮亂，不知所從。往見太卜鄭詹尹曰：『余有所疑，願因先生決之。』詹尹乃端策拂龜，曰：『君將何以教之？』」以上兩句，詩人抒發仕途失意之情。

〔四〕彼美　指劉、李二參軍。詩經簡兮：「彼美人兮，西方之人兮。」　參卿事，晉書孫楚傳：「孫楚，字子荆，太原中都人也。……遷佐著作郎，復參石苞驃騎軍事。楚既負其材，氣頗侮易於苞。初至，長揖曰：『天子命我參卿軍事。』因此而嫌隙遂構。」

〔五〕求友詩　詩經小雅伐木：「相彼鳥矣，猶求友生；矧伊人矣，不求友生？」

首春貽京邑文士〔一〕

寂寂罷將迎〔二〕，門無車馬聲〔三〕。横琴答山水〔四〕，披卷閲公卿〔五〕。忽聞歲云晏，倚杖出簾楹。寒辭楊柳陌，春滿鳳皇城〔六〕。梅花扶院吐，蘭葉繞階生。覽鏡改容色〔七〕，藏書留姓名〔八〕。時來不假問，生死任交情〔九〕。

〔一〕首春　農曆正月。初學記卷三引梁元帝纂要：「正月孟春，亦曰孟陽、孟陬、上春、初春、開春、發春、獻春、首春。」本詩作於長安，似在中年。

〔二〕罷將迎　不再送往迎來。莊子知北遊：「無有所將，無有所迎。」又謝靈運初去郡詩：「負心二十載，於今廢將迎。」

〔三〕門無句　陶淵明飲酒詩：「結廬在人境，而無車馬喧。」

〔四〕橫琴句　呂氏春秋本味：「伯牙鼓琴，鍾子期聽之。方鼓琴而志在太山，鍾子期曰：『善哉乎鼓琴，巍巍乎若太山。』少選之間，而志在流水，鍾子期又曰：『善哉乎鼓琴，湯湯乎若流水。』鍾子期死，伯牙破琴絶弦，終身不復鼓琴，以爲世無足復爲鼓琴者。」

〔五〕披卷　開卷，指讀史書。閲公卿，謂閲覽書上所載歷代公卿行事。

〔六〕鳳皇城　蕭史、弄玉吹簫作鳳鳴，鳳皇止於京城，見和王奭秋夜有所思注〔五〕。後因稱京城爲鳳皇城，此指長安。

〔七〕覽鏡句　宋之問寄司馬道士詩：「卧來生白髮，覽鏡忽成絲。」可參見。

〔八〕藏書句　司馬遷報任少卿書：「僕誠已著此書，藏之名山，傳之其人。」曹丕典論論文：「年壽有時而盡，未若文章之無窮，「是以古之作者，寄身於翰墨，見意於篇籍……而聲名自傳於後。」

〔九〕生死句　反用翟公事，見行路難注〔一二〕。

贈許左丞從駕萬年宮〔一〕

聞道上之回〔二〕，詔蹕下蓬萊〔三〕。中樞移北斗〔四〕，左轄去南臺〔五〕。黄山聞鳳笛〔六〕，清蹕侍龍媒〔七〕。曳日朱旗捲，參雲金障開〔八〕。朝驂五城柳〔九〕，夕宴柏梁杯〔一〇〕。漢時光如月〔一一〕，秦祠聽似雷〔一二〕。寂寂芸香閣〔一三〕，離思獨悠哉。

〔一〕許左丞　當即許圉師。圉師安陸（今屬湖北）人，兩唐書許紹傳有附傳。據舊唐書高宗紀，圉師於顯慶四年（六五九）拜同中書門下三品，龍朔二年（六六二）爲左相，因事下獄。上元二年（六七五），以「左丞許圉師爲户部尚書」。則其爲左丞，當在咸亨至上元初。按舊唐書職官志二，尚書都省（龍朔二年改爲中臺），「左右丞各一員（左丞，正四品上。龍朔改爲左右肅機，咸亨復）。左丞掌管轄諸司，糾正省内，勾吏部、户部、禮部十二司，通判都省事」。萬年宫，即九成宫。舊唐書高宗紀上：永徽二年（六五一）九月，改九成宫爲萬年宫。乾封二年（六六七）二月，改萬年宫依舊名九成宫。元和郡縣志卷二鳳翔府麟遊縣：「九成宫，在縣西一里（新唐書地理志作「五里」）。」按遺址在今陝西麟遊縣新城區天台山上。則許圉師爲左丞期間，萬年宫已復九成宫舊名，此當沿用前稱。又，考盧照鄰生平，其嘗於咸亨四年（癸酉，六七三）卧病長安光德坊，作病梨樹賦，時孫思邈徵詣九成宫行在所，是詩當爲同時之作。參見病梨樹賦注〔二三〕。

〔二〕上之回　上，指唐高宗。回，即回中，見上之回詩注〔二〕。回有回中宫。史記秦始皇本紀正義引括地志：「回中宫在岐州雍縣西四十里。」此以回中宫代指萬年宫。回，英華卷三一一作「回」，誤。

〔三〕下蓬萊　漢書郊祀志：太初元年（前一〇四）十二月甲午朔，「上（漢武帝）親禪高里，祠后土。臨勃海，將以望祀蓬萊之屬，幾至殊庭焉」。傳説蓬萊仙山有宫闕，此亦代指萬年宫。

〔四〕中樞句　中樞即中央。史記天官書：「斗爲帝車，運於中央，臨制四鄉。」司馬貞索隱引宋均曰：「言是大帝乘車巡狩，故無所不紀也。」句謂高宗啓駕。

〔五〕左轄句　晉書天文志上：二十八宿，南方有軫四星，「轄星傅軫兩旁，主王侯，左轄爲王者同姓，右轄爲異姓」。此以左轄代指左丞。周書韋瑱傳：轉行臺左丞，出爲南郢州刺史，復入爲行臺左丞，「再居左轄，時論榮之」。初學記卷一一引傅咸答辛曠詩序：「尚書左丞彈八座以下，居萬機之會，斯乃皇朝之司直，天臺之管轄。」因轄星在南方，故稱「南臺」，即南天臺也。此指尚書臺。句謂許左丞侍駕。

〔六〕黄山　宫名。漢書地理志上：「右扶風槐里：有黄山宫，孝惠二年（前一九三）起。」三輔黄圖卷三：「黄山宫在興平縣西三十里。」此代指萬年宫。鳳笛，笛，英華卷三一一作「吹」，似是。鳳吹，用蕭史教弄玉吹簫作鳳鳴、秦繆公爲建鳳臺事，見和王奭秋夜有所思注〔五〕。按鳳臺在雍（今陝西寶鷄市東南），與麟遊縣毗鄰，故云。

〔七〕侍龍媒　漢書武帝紀：太初四年春，「貳師將軍（李）廣利斬大宛王首，獲汗血馬來。作西極天馬之歌」。按漢書禮樂志郊祀歌十九章之十天馬：「天馬徠，龍之媒。」注引應劭曰：「言天馬者乃神龍之類，今天馬已來，此龍必至之效也。」句以漢武帝喻唐高宗。

〔八〕曳日兩句　寫高宗巡行儀仗。新唐書儀衛志：「天子居曰衙，行曰駕，皆有衛有嚴，羽葆華蓋，旌旗罕畢，車馬之衆盛矣，皆安徐而不譁。其人君舉動必以扇。」金障，即障扇，緝雉羽爲之，以障翳風塵，見崔豹古今注。

〔九〕五城　傳説爲神仙居所。史記封禪書：「方士有言『黄帝時爲五城十二樓，以候神人於執期，命曰迎年』。」此代指萬年宫。

〔一〇〕柏梁　漢臺名。漢書武帝紀：元鼎二年（前一一五）春，「起柏梁臺」。三輔舊事：「以香柏爲梁也。帝嘗置酒其上，詔羣臣和詩，能七言詩者乃得上。」

〔一一〕漢畤句　漢畤，指泰畤。漢書武帝紀第六：元鼎五年（前一一二）十一月，「立泰畤於甘泉」。又郊祀志五上：該年「十一月辛巳朔旦冬至，昒爽，天子始郊拜泰一。……其祠列火滿壇，壇旁亨炊具，有司云『祠上有光』。公卿言『皇帝始郊見泰一雲陽……是夜有美光，及晝黄氣上屬天』。太史令（司馬）談、祠官寬舒等曰：『神靈之休，祐福兆祥，宜因此地光域立泰畤壇以明應。』」雍録卷七泰畤謂武帝初立此壇以祠泰一，後因晝夜皆有神光，遂「就此壇以爲泰畤，非更築也」。

〔一二〕秦祠句　秦祠，指陳寶祠。史記封禪書：「作鄜畤後九年，文公獲若石云，於陳倉北坂城祠之。其神或歲不至，或歲數來。來也常以夜，光輝若流星，從東南來集於祠城，則若雄鷄，其聲殷云，野鷄夜雊。以一牢祠，命曰陳寶。」裴駰集解引臣瓚曰：「陳倉縣有寶夫人祠，或一歲二歲與葉君合。葉君神來時，天爲之殷殷雷鳴。」陳倉縣，地在今陝西寶鷄市東。

〔一三〕芸香閣　代指秘書省，見雙槿樹賦注〔六〕。閣，英華作「署」。五十家作「樹」，誤。

晚渡渭橋寄示京邑遊好〔一〕

我行背城闕〔二〕，驅馬獨悠悠。寥落百年事〔三〕，徘徊萬里憂。途遥日向夕，時晚鬢將秋。滔滔俯東逝〔四〕，耿耿泣西浮〔五〕。長虹掩釣浦，落鴈下星洲。草變黄山曲〔六〕，花飛清渭流〔七〕。迸水驚愁鷺，騰沙起狎鷗。一赴清泥道〔八〕，空思玄灞遊〔九〕。

〔一〕渭橋　當指便橋，即西渭橋，見行路難注〔二〕。按詩謂赴清泥道，清泥道（「清」又作「青」）古爲入蜀之路，疑作者此行乃赴蜀。又稱「時晚鬢將秋」，當已入中年，是詩蓋爲總章二年（六六九）初夏赴新都尉時作。

〔二〕城闕　指長安。王勃送杜少府之任蜀川：「城闕輔三秦。」

〔三〕百年　指一生。古詩十九首：「生年不滿百，常懷千歲憂。」

〔四〕東逝　言渭水東流。論語子罕：「子在川上，曰：『逝者如斯夫！不舍晝夜。』」

〔五〕西浮　以老子西行自喻。史記老子傳索隱引列仙傳：「老子西遊，關令尹喜望見其有紫氣浮關，而老子果乘青牛而過。」老子過函谷關後，有到成都青羊宫之説，見曹學佺蜀中廣記引蜀本紀，故以代指入蜀。

〔六〕黄山　亦名黄麓山，在今陝西興平縣北。文選張衡西京賦：「繞黄山而款牛首。」

〔七〕清渭　詩經邶風谷風：「涇以渭濁。」毛傳：「涇渭相入而清濁異。」釋文：「涇，濁水也；渭，清水也。」

〔八〕清泥道　元和郡縣志卷二二山南道興州長舉縣：「青泥嶺，在縣西北五十三里接溪山東，即今通路也。懸崖萬仞，山多雲雨，行者屢逢泥淖，故號青泥嶺。」清一統志卷二一〇甘肅秦州：「青泥嶺，在徽縣南……爲入蜀之路。」按嶺在今甘肅徽縣南，陝西略陽縣西北。

〔九〕玄灞　文選潘岳西征賦：「南有玄灞素滻。」李善注：「玄、素，水色也；灞、滻，二水名也。」因灞水在長安附近，此即代指長安。

羈卧山中〔一〕

卧壑迷時代，行歌任死生〔二〕。紅顔意氣盡，白璧故交輕〔三〕。澗户無人跡，山窗聽鳥聲。春色緣巖上〔四〕，寒光入溜平。雪盡松帷暗，雲開石路明。夜伴饑鼯宿，朝隨馴雉行。度谿猶憶處，尋洞不知名。紫書常日閲〔五〕，丹藥幾年成〔六〕。扣鐘鳴天鼓〔七〕，燒香厭地精〔八〕。倘遇浮丘鶴〔九〕，飄飖凌太清〔一〇〕。

〔一〕玩詩意，本篇與五悲所述情景相似，蓋晚年卧病東龍門山時作。

〔二〕行歌　且行且歌。列子天瑞：林類拾遺穗於故畦，並歌並進。「（子貢）面之而嘆曰：『先生曾不悔乎，而行歌拾穗？』林類行不留，歌不輟。」又漢書朱買臣傳：「買臣獨行歌道中。」

〔三〕白璧　史記虞卿傳：「虞卿者，游説之士也。躡蹻擔簦，説趙孝成王，一見，賜黃金百鎰，白璧一雙。」句謂卧病後朋友交疏。五悲悲今日：「平生連袂，宿昔銜杯……今皆慶弔都斷，存亡永闊。」

〔四〕色　英華卷一六〇作「蘚」。按下句爲「光」，此當作「色」以爲對文。

〔五〕紫書　即道書。漢武帝内傳：「地真素訣，長生紫書。」作者與洛陽名流朝士乞藥直書：「幽憂子學道於東龍門山精舍。」　日，英華作「自」，注：「集作日。」

〔六〕丹藥　道家所煉丹砂之類，傳可治病。與洛陽名流朝士乞藥直書：「客有過而哀之者，青囊中出金花子丹方相遺之，服之病愈。……意者欲以開歲五月穀子熟時，試合此藥。」

〔七〕扣鐘句　雲笈七籤卷三一引高尚寶神明科經：「扣齒之法，左左相扣，名曰叩天鐘；右右相扣，名曰槌天磬；中央上下相對相扣，名曰鳴天鼓。若卒遇凶惡不祥，當扣天鐘三十過；若經山辟邪，威神大祝，當搥天磬；若存思念道，致真招靈，當鳴天鼓。」　扣，英華作「撞」。全唐詩卷四二作「扣」，注：「一作撞。」作「撞」誤。

〔八〕地精　即竈神。酉陽雜俎前集卷一四：「竈神名隗，狀如美女。……常以月晦日上天白人罪狀，大者奪紀，紀三百日；小者奪算，算一百日。故爲天地督使，下爲地精。」

〔九〕浮丘鶴　浮丘，即浮丘公，傳説爲黄帝時仙人。謝靈運登臨海嶠與從弟惠連詩：「儻遇浮丘公，長絶子徽音。」參見于時春也慨然有江湖之思寄此贈柳九隴詩注〔一五〕。遇，英華作「過」，校：「集作遇。」全唐詩校：「一作過。」

〔一〇〕太清　指天。楚辭劉向九嘆遠遊：「譬若王僑之乘雲兮，載赤霄而凌太清。」王逸注：「上凌太清，遊天庭也。」天中記卷一引靈寶本元經：「四人天外曰三清境：玉清、太清、上清，亦名三天。」　飄，英華、五十家作「飄」。

酬張少府柬之〔一〕

昔余與夫子，相遇漢川陰〔二〕。珠浦龍猶卧〔三〕，檀溪馬正沈〔四〕。價重瑶山曲〔五〕，詞驚丹鳳林〔六〕。十年暌賞慰〔七〕，萬里隔招尋。亳翰風期阻〔八〕，荆衡雲路深〔九〕。鵬飛俱望昔〔一〇〕，蠖曲共悲今〔一一〕。誰謂青衣道〔一二〕，還嘆白頭吟〔一三〕？地接神仙磵〔一四〕，江連雲雨岑〔一五〕。飛泉如散玉，落日似懸金。重以瑶華贈〔一六〕，空懷舞詠心〔一七〕。

〔一〕張柬之　初唐著名政治家，曾於武則天末年發動宫廷政變，擁唐中宗李顯復位。兩唐書有傳。　少府，即縣尉。洪邁容齋四筆卷一五：「唐人好以它名標榜官稱……尉曰少府、少公、少仙。」據詩中「青衣道」等語，知作者與張柬之時在蜀中。張柬之入蜀爲縣尉，諸史未載。舊唐書本傳：「張柬之字孟將，襄州襄陽人也。……進士擢第，累補青城丞。」按本詩乃寫青神（詳後注），則其爲尉在青神縣。是「青城丞」爲「青神尉」之誤，或是丞青城後又改尉青神？今不可考。詩中言「十年暌賞慰」，作者與張柬之結交當在顯慶鄧王元裕爲襄州刺史期間，下推十年，則此詩當作於尉新都時。　詩題，五十家作「酬長少府柬」，蓋活字訛脱。

〔二〕漢川陰　即漢水南岸，代指襄陽。莊子天地：「子貢南遊於楚，反於晉，過漢陰。」成疏：「水南曰陰。……子貢南遊荆楚之地，塗經漢水之陰。」按元和郡縣志卷二一襄州襄陽縣：「漢水，在縣東九里。」就大方位言，襄陽在漢水之南，故稱。按作者與柬之在襄陽遊從，當在顯慶三年（六五八）或以後數年間。據唐大詔令集卷三七，鄧王元裕爲使持節襄州諸軍事、襄州刺史，在顯慶三年正月，作者蓋以王府典籤隨府居襄。

〔三〕珠浦　即明月珠之浦，亦指襄陽。文選張衡南都賦：「游女弄珠於漢皋之曲。」李善注引韓詩外傳：「鄭交甫將南適楚，遵波漢皋臺下，乃遇二女，佩兩珠，大如荆鷄之卵。」元和郡縣志襄州襄陽縣：「萬山，一名漢皋山，在縣西十一里。」　龍卧，指諸葛亮。據三國志蜀書裴松之注引漢晉春秋，諸葛亮家居南陽鄧縣，「在襄陽城西二十里，號曰隆中。」三國志蜀諸葛亮傳：「徐庶見先主（劉備），先主器之，謂先主曰：『諸葛孔明者，卧龍也，將軍豈願見之乎？』」此喻張柬之，蓋柬之時尚未仕，故云。

〔四〕檀溪　元和郡縣志襄州襄陽縣：「檀溪，在縣西南。」馬沈，指劉備。三國志蜀先主傳裴注引世語：「備屯樊城，劉表禮焉，憚其爲人，不甚信用。曾請備宴會，蒯越、蔡瑁欲因會取備，備覺之，僞如廁，潛遁出。所乘馬名的盧，騎的盧走，墮襄陽城西檀溪水中，溺不得出。備急曰：『的盧，今日厄矣，可努力！』的盧乃一踴三丈，遂得過。」

〔五〕瑶山　指崑崙羣玉之山，傳説爲藏典籍之所。穆天子傳：「天子升於崑崙之丘……至於羣玉之山，先王之所謂册府。」此代指朝廷典文之署。

〔六〕丹鳳林　丹鳳，喻指傑出文士。古人常以龍、鳳喻人傑，如三國志蜀書諸葛亮傳裴松之注引襄陽記，謂諸葛亮爲「伏龍」、龐統爲「鳳雛」。又晉書陸機傳附陸雲傳，稱機、雲兄弟「若非龍駒，當是鳳雛」，等等皆是。古人又常以龍鳳喻文。文選韋弘嗣博弈論：「儒雅之徒，則處龍鳳之署。」李善注：「龍鳳五彩，故以喻文。」又引李陵答蘇武書曰：「其於學人，皆如鳳如龍。」

〔七〕睽，分離。賞慰，推賞、藉慰。江總夏日還山庭詩：「停樽無賞慰。」

〔八〕毫翰　指羽翅。左思吴都賦：「理翮振翰。」風期，風雲期會，指見面。

〔九〕荆衡　指古荆州，包括襄陽一帶。尚書禹貢：「荆及衡陽惟荆州。」僞孔傳：「北據荆山，南及衡山之陽。」

〔一〇〕鵬飛　莊子逍遥遊：「鵬之徙於南冥也，水擊三千里，摶扶摇而上者九萬里。」

〔一一〕蠖曲　易繫辭下：「尺蠖之屈，以求信（伸）也。」清郝懿行爾雅義疏釋蟲：「其行先屈後申，如人布手知尺之狀，故名尺蠖。」

〔一二〕青衣　水名，又傳説有青衣神，遂以名縣。元和郡縣志卷三二眉州青神縣：「青衣水，一名平羌水，經縣南一里。」又曰：「青神祠，即青衣神，在今嘉州界。」宋羅泌路史前紀一蜀山氏：「其妻曰妃，俱葬之。」羅苹注：「（南朝齊武帝）永明二年（四八四），蕭鑑刺蜀，治園江南，鑿石冢有槨無棺……有篆云『蠶叢氏之墓』。鑑責功曹何佇墳之，一無所犯，於上立神，衣青衣，即今成都青衣神也。」此「青衣道」代指青神縣，縣在隋、唐屬眉州，今屬四川眉山市。

〔一三〕白頭吟　樂府楚調曲名。西京雜記卷三：「司馬相如將聘茂陵人女爲妾，卓文君作白頭吟以自絶，相如乃止。」其辭云：「皚如山上雪，皎若雲間月。……願得一心人，白頭不相離。」此指頭白尚奔波仕途，沉迹下僚。

〔一四〕神仙磵　指綏山。列仙傳卷上：「葛由者，羌人也。周成王時，好刻木羊賣之，一旦乘羊而入西蜀，蜀中王侯貴人追之上綏山。綏山多桃（二字據搜神記卷一增），在峨嵋山西南，高無極也。隨之者不復還，皆得仙道。故里諺曰：『得綏山一桃，雖不能仙，亦足以豪。』山下立祠數十處云。」山在今樂山，與青神縣毗鄰。作者益州至真觀主黎君碑所謂「澗吐夭桃，積神仙之粹氣」，即指其地。

〔一五〕雲雨岑　指巫山，用巫山雲雨事，見巫山高注〔五〕。江，即岷江，經青神縣境，古以之爲長江，故云與巫山相連。

〔一六〕瑶華句　楚辭九歌大司命：「折疏麻兮瑶華，將以遺兮離居。」王逸注：「瑶華，玉華也。」洪興祖補注：「説者云：瑶華，麻花（按疏麻爲神麻）也。其色白，故比於瑶。此花香，服食可致長壽，故以爲美，將以贈遠。」此喻指張柬之所贈詩。

〔一七〕舞詠心　論語先進：「莫春者，春服既成，冠者五六人，童子六七人，浴乎沂，風乎舞雩，詠而歸。」

過東山谷口〔一〕

不知名利險，辛苦滯皇州〔二〕。始覺飛塵倦〔三〕，歸來事緑疇〔四〕。桃源迷處所〔五〕，桂樹可淹留〔六〕。跡異人間俗，禽同海上鷗〔七〕。古苔依井被，新乳傍崖流。野老堪成鶴〔八〕，山神或化鳩〔九〕。泉鳴碧澗底〔一〇〕，花落紫巖幽。日暮餐龜殼〔一一〕，天寒御鹿裘〔一二〕。不辨秦將漢〔一三〕，寧知春與秋〔一四〕。多謝青谿客〔一五〕，去去赤松遊〔一六〕。

〔一〕東山谷口　東山，指九嵕山。谷口，元和郡縣志卷一京兆府醴泉縣：「本漢谷口縣地，在九嵕山東仲山西，當涇水出山之處，故謂之谷口。」今屬陝西咸陽市。詩以過谷口追懷高士鄭子真，抒發不得志及隱逸之情。晉皇甫謐高士傳卷中鄭樸：「鄭樸，字子真，谷口人也。修道静默，世服其清高。成帝時，元舅大將軍王鳳以禮聘之，遂不屈。揚雄盛稱其德曰：『谷口鄭子真，耕於巖石之下，名振京師。』馮翊人刻石祠之，至今不絶。」

〔二〕皇州　指京城。鮑照結客少年場詩：「表裏望皇州。」此句乃詩人自悔自嘆。

〔三〕飛塵　指仕途。陶淵明歸園田居：「誤落塵網中，一去三十（當作「十三」）年。」飛，英華卷一六〇作「風」。

〔四〕歸來句　陶淵明歸去來兮辭：「歸去來兮，田園將蕪胡不歸！」文選謝朓和徐都曹：「言歸望緑疇。」李善注引賈逵國語注曰：「一井爲疇。」緑疇，泛指田園。

〔五〕桃源句　陶淵明桃花源記，謂晉太元中，武陵漁人入桃花源，既出，處處誌之，并説與太守。「太守即遣人隨其往，尋向所誌，遂迷，不復得路」。

〔六〕桂樹句　楚辭淮南小山招隱士：「攀援桂枝兮聊淹留。」

〔七〕禽同句　列子黄帝：「海上之人有好漚鳥者，每旦之海上，從漚鳥遊，漚鳥之至者，百住而不止。」

〔八〕成鶴　言壽高。淮南子説林訓：「鶴壽千歲，以極其游。」

〔九〕山神化鳩　藝文類聚卷九二引搜神記：「沛國戴文諶，居陽城山，有神降焉。其妻疑是妖魅。神已知之，便去，化作一五色鳥，白鳩數十隻後，有雲覆之，遂不見。」按見干寶搜神記卷四，此乃略文。

〔一〇〕鳴　英華作「明」，似誤，當與下句「落」對應爲動詞。

〔一一〕餐龜殼　葛洪抱朴子内篇卷一一仙藥：「千歲靈龜，五色具焉。其雄額上兩骨起，似角，以羊血浴之，乃剔取其甲，火炙，擣服，方寸匕日三盡一具，壽千歲。」

〔一二〕御鹿裘　晏子春秋外篇：「晏子相景公，布衣鹿裘以朝。」又史記太史公自序謂墨者「冬日鹿裘」。鹿裘，粗劣的裘衣。

〔一三〕不辨句　陶淵明桃花源記：晉太元中，武陵漁人入桃花源，其中居民「自云先世避秦時亂，率妻子邑人來此絶境，不復出焉，遂與外人間隔。問今是何世，乃不知有漢，無論魏晉」。

〔一四〕寧知句　陶淵明桃花源詩：「雖無紀曆誌，四時自成歲。」

〔一五〕谿　英華作「浦」。青谿，此泛指山野。

〔一六〕赤松　仙人名。列仙傳：「赤松子者，神農時雨師也。服水玉以教神農，能入火自（或作「不」）燒。往往至崑崙山上，常止西王母石室中，隨風雨上下。」史記留侯世家：「願棄人間事，欲從赤松子遊耳。」

送幽州陳參軍赴任寄呈鄉曲父老〔一〕

薊北三千里〔二〕，關西二十年〔三〕。馮唐猶在漢〔四〕，樂毅不歸燕〔五〕。人同黄鶴遠〔六〕，鄉共白雲連〔七〕。郭隗池臺處〔八〕，昭王樽酒前〔九〕。故人當已老，舊壑幾成田〔一〇〕。紅顏如昨日，衰鬢似秋天〔一一〕。西蜀橋應毁〔一二〕，東周石尚全〔一三〕。灞池水猶緑〔一四〕，榆關月早圓〔一五〕。塞雲初上鴈，庭樹欲銷蟬。送君之舊國，揮淚獨潸然。

〔一〕幽州　據舊唐書地理志二，唐高祖武德元年（六一八），改隋涿郡爲幽州總管府；武德九年（六二六）改爲都督府，轄有幽州。治所在今河北薊縣。陳參軍，名未詳。此篇當作於長安。作者弱冠拜鄧王府典籤，約在高宗永徽二年（六五一）；此謂「關西二十年」，若以永徽二年推之，則當在咸亨初。作者約咸亨二年（六七一）由蜀返長安，則詩當作於是時或此後數年間。　父，英華卷二六七作「故」，校：「集作父。」

〔二〕薊北　即薊縣。舊唐書地理志二：幽州薊縣，「州所治……自晉至隋，幽州刺史皆以薊爲治所。」按初唐亦然。其地「在京師東北二千五百二十里」。此言「三千里」，乃舉成數。

〔三〕關西　函谷關以西，指長安一帶。按作者并非常住長安，二十年間曾多次遊宦外出，此言其大略。

〔四〕馮唐句　史記馮唐傳：「馮唐者，其大父趙人。父徙代。漢興，徙安陵。唐以孝著，爲中郎署長，事文帝。」「景帝立，以唐爲楚相，免。武帝立，求賢良，舉馮唐。唐時年九十餘，不能復爲官。」文選左思詠史詩：「馮公豈不偉，白首不見招。」李善注引荀悦漢紀：「馮唐白首，屈於郎署。」

〔五〕樂毅句　史記樂毅傳：「樂毅賢，好兵，趙人舉之。及武靈王有沙丘之亂，乃去趙適魏。聞燕昭王以子之之亂而齊大敗燕，燕昭王怨齊，未嘗一日而忘報齊也。……於是屈身下士，先禮郭隗以招賢者。樂毅於是爲魏昭王使於燕，燕王以客禮待之。樂毅辭讓，遂委質爲臣，燕昭王以爲亞卿。」後爲燕上將軍，破齊。以上二句，言老未還鄉。

〔六〕人同句　文選蘇武詩四首之二：「黄鵠（通「鶴」）一遠别，千里顧徘徊。」李善注引韓詩外傳：「田饒謂魯哀公曰：『夫黄鵠一舉千里。』」

〔七〕鄉共句　言故鄉極遥遠。作者五悲悲昔遊：「舊鄉舊國白雲邊。」

〔八〕郭隗句　史記燕召公世家：「燕昭王於破燕之後即位，卑身厚幣以招賢者。……郭隗曰：『王必欲致士，先從隗始。况賢於隗者，豈遠千里哉！』於是昭王爲隗改築宮而師事之。」池臺，指黄金臺。文選鮑照代放歌行：「豈伊白璧賜，將起黄金臺。」李善注引上谷郡圖經：「黄金臺在易水東南十八里。燕昭王置千金於臺上，以延天下之士。」

〔九〕昭王　即燕昭王。史記燕召公世家：「燕子之亡二年，而燕人共立太子平，是爲燕昭王。」

〔一〇〕舊壑句　壑，指大海。莊子天地：「夫大壑之爲物也。」郭象注：「大壑，東海也。」此當指渤海。幾成田，極言變遷之巨。太平廣記卷六〇麻姑引神仙傳：「麻姑自説云：接侍以來，已見東海三爲桑田。向到蓬萊，水又淺於往昔會時略半也，豈將復還爲陵陸乎？」

〔一一〕衰鬢句　王世貞藝苑巵言卷四稱此句「絶似老杜（杜甫）」。

〔一二〕西蜀橋　當指成都昇仙橋，見還京贈别注〔一一〕。橋應毁，極言經過人數之多。

〔一三〕東周　代指洛陽，東周曾建都於此。東周石，未審何謂。元和郡縣志卷五河南府河南縣：「天津橋，在縣北四里。隋煬帝大業元年（六〇五）初造此橋，以架洛水，用大纜維舟，皆以鐵鎖鉤連之。……貞觀十四年（六四〇），更令石工累方石爲脚。」疑即指此橋，與上句對應。

〔一四〕灞池　灞，亦作「霸」。文選謝朓休沐重還道中詩：「霸池不可别。」李善注引潘岳關中記：「霸陵，文帝陵也。上有池，有四出道以寫水。」

〔一五〕榆關　亦作渝關、臨渝關。隋書高祖紀：「開皇三年（五八三），城渝關」。即其地。後稱山海關，爲長城東部終點。此代指幽燕邊關。

哭金部韋郎中〔一〕

金曹初授拜〔二〕，玉地始含香〔三〕。翻同五日尹〔四〕，遽見一星亡〔五〕。賀客猶扶路，哀人遂上堂。歌筵長寂寂，哭位自蒼蒼〔六〕。歲時賓徑斷〔七〕，朝暮雀羅張〔八〕。書留魏主閣〔九〕，魂掩漢家床〔一〇〕。徒令永平帝，千年罷撞郎〔一一〕。

〔一〕金部　屬尚書省。舊唐書職官志二：「金部郎中一員（原注：從五品上。龍朔爲司珍大夫，咸亨復),員外郎一員。……郎中、員外郎之職,掌判天下租賦多少之數,物産豐約之宜,水陸道途之利。」韋郎中,名未詳。

〔二〕金曹　即金部,「曹」爲分科辦事之官署。曹,五十家作「霄」,誤。

〔三〕玉地　指朝廷。含香,代指爲郎。初學記卷一一引應劭漢官儀:「尚書郎含鷄舌香,伏奏事,黄門郎對揖跪受。故稱尚書郎懷香握蘭,趨走丹墀。」又通典卷二二:漢「尚書郎口含鷄舌香,以其奏事答對,欲使氣息芬芳也」。

〔四〕五日尹　漢書張敞傳:張敞任京兆尹,因與楊惲罪案有牽連,被人彈劾,其部下賊捕掾絮舜拒絶執行張敞之命,稱:「今五日京兆耳,安能復案事?」張敞即將其逮捕入獄,謂之曰:「五日京兆竟何如?」遂將絮舜處死。此指韋任金部郎中不久。

〔五〕一星　指韋郎中。後漢書明帝紀:「郎官上應列宿。」李賢注引史記:「太微宫後二十五星(按史記天官書作「二十五星」),郎位也。」

〔六〕哭位　禮記喪服:「奔兄弟之喪,先之墓而後之家,爲位而哭;所知之喪,則哭於宫,而後之墓。」自,英華卷三〇二作「日」,校:「集作自。」

〔七〕賓徑　指平原君來賓之徑。史記平原君傳:「平原君趙勝者,趙之諸公子也。諸子中勝最賢,賓客蓋至者數千人。」故古有「平原徑」之語(見下注)。此云「賓徑斷」,謂人亡客散。

〔八〕雀羅張　借用漢翟公事,極言門庭冷落,見行路難注〔二二〕。何遜車中見新林分别甚盛詩：「還入平原徑，窮巷可張羅。」

〔九〕書留句　三國志魏王衛二劉傅傳：「光禄大夫京兆韋誕……等亦著文賦，頗傳於世。」裴注引文章叙録：「誕字仲將，太僕端之子。有文才，善屬辭章。」又引衛恒四體書勢：「太和（魏明帝年號）中，誕爲武都太守，以能書留補侍中，魏氏寶器銘題皆誕書云。」又世説新語巧藝劉注引衛恒四體書勢：「誕善楷書，魏宫觀多誕所題。明帝立陵霄觀，誤先釘榜，乃籠盛誕，轆轤長絙引上，使就題之。去地二十五丈，誕甚危懼。乃戒子孫，絶此楷法，著之家令。」所謂「魏主閣」，當即指陵霄觀。此句稱引韋氏先世，或韋郎中亦善書法，故云。　閣，全唐詩卷四二作「闕」。

〔一〇〕魂掩句　後漢書韋彪傳：彪字孟達，扶風平陵人。建武末舉孝廉，除郎中，三遷魏郡太守，拜大鴻臚。永元元年（八九）卒，詔尚書：「故大鴻臚韋彪，在位無愆，方欲録用，奄忽而卒。……」　床，停尸之榻。禮記喪大記：「始死，遷尸於床。」鄭玄注：「床，謂所設床第當牖者也。」

〔一一〕徒令兩句　永平，漢明帝劉莊年號。後漢書鍾離意傳：「（漢明帝）嘗以事怒郎藥崧，以杖撞之。崧走入床下，帝怒甚，疾言曰：『郎出！郎出！』崧曰：『天子穆穆，諸侯煌煌。未聞人君，自起撞郎。』帝赦之。」此喻韋郎中耿直。

哭明堂裴簿〔一〕

締歡三十載,通家數百年〔二〕。潘楊稱代穆〔三〕,秦晉忝姻連〔四〕。風雲洛陽道,花月茂陵田〔五〕。相悲共相樂〔六〕,交騎復交筵〔七〕。始謂調金鼎〔八〕,如何掩玉泉〔九〕?·黄公酒壚處〔一〇〕,青眼竹林前〔一一〕。故琴無復雪〔一二〕,新樹但生烟。遽痛蘭襟斷〔一三〕,徒令寶劍懸〔一四〕。客散同秋葉〔一五〕,人亡似夜川。送君一長慟,松臺路幾千〔一六〕!

〔一〕明堂,縣名。元和郡縣志卷一京兆府萬年縣:「乾封元年(六六六),分置明堂縣,理永樂坊,長安三年(七〇三)廢。」裴簿,英華卷三〇二、全唐詩卷四二作「裴主簿」。舊唐書職官志三:「長安、萬年、河南、洛陽、太原、晉陽六縣,謂之京縣。……主簿二人,從八品上。」明堂縣治所在京,當同此制。裴主簿,名未詳。按盧照鄰之妻,疑爲冀城縣裴氏,説詳年譜,裴主簿當爲其姻親。置明堂縣在乾封元年,是此詩作年上限;詩稱「締歡三十載」,或指與裴氏結婚時間;若以二十餘歲推之,則此詩當作於武后垂拱前後。

〔二〕通家　世交之家,也指姻親。宋書顔延之傳:「妹適東莞劉憲之,穆之子也。穆之既與延之通家,又聞其美,將仕之。」按裴、盧皆北方舊士族,故歷代世交,或相互通婚。

〔三〕潘楊句　文選潘岳楊仲武誄:「既藉三葉世親之恩,而子之姑,余之伉儷焉。……潘楊之穆，有自來矣。」後因稱姻親爲「潘楊」。按「穆」、「睦」通。代穆，世代交好。潘楊，英華作「播揚」，形訛。

〔四〕秦晉句　春秋時秦晉二國世爲婚姻，後因稱兩姓聯姻爲「秦晉之好」。左傳僖二十三年：「（懷嬴）怒曰：『秦晉匹也，何以卑我？』」世説新語言語劉孝標注引衛玠别傳：衛玠娶樂廣女，裴叔道曰：「妻父有冰清之姿，壻有璧潤之望，所謂秦晉之匹也。」

〔五〕茂陵　漢書司馬相如傳：「相如既病免，家居茂陵。」元和郡縣志卷二京兆下興平縣：「漢茂陵，在縣東北十七里，武帝陵也。」

〔六〕共　英華作「復」。全唐詩作「共」，校：「一作復。」

〔七〕復　英華作「共」，全唐詩作「復」，校：「一作共。」

〔八〕調金鼎　謂輔佐皇帝治理天下，如調鼎中之羹。史記殷本紀：「伊尹名阿衡（按索隱謂阿衡爲官號）。阿衡欲奸湯而無由，乃爲有莘氏媵臣，負鼎俎，以滋味説湯，致於王道。」説文：「鼎，三足兩耳，和五味之寶器也。」

〔九〕玉泉　黄泉之美稱。文選繆襲挽歌詩：「暮宿黄泉下。」李善注引服虔左氏傳注：「天地玄黄，泉在地中，故言黄泉也。」

〔一〇〕黄公句　世説新語傷逝：「王濬沖爲尚書令，著公服，乘軺車，經黄公酒壚下過，顧謂後車客：『吾昔與嵇叔夜、阮嗣宗共酣飲於此壚，竹林之遊，亦預其末。自嵇生夭、阮公亡以來，便爲時所羈紲。今日視此雖近，邈若山河。』」劉孝標注：「壚，酒肆也。以土爲墮，四邊高似壚也。」

〔一一〕青眼　晉書阮籍傳：「籍又能爲青白眼，見禮俗之士，以白眼對之。……（嵇康）齎酒挾琴造焉，籍大悦，乃見青眼。」竹林，世説新語任誕：「陳留阮籍、譙國嵇康、河内山濤，三人年皆相比，康年少亞之。預此契者：沛國劉伶、陳留阮咸、河内向秀、琅邪王戎。七人常集於竹林之下，肆意酣暢，故世稱『竹林七賢』。」

〔一二〕雪　指宋玉對楚王問所謂陽春白雪，高雅之曲。文選鮑照玩月城西門解中：「蜀琴抽白雪。」李善注引宋玉笛賦：「師曠將爲白雪之曲也。」按世説新語傷逝：「王子猷（徽之）、子敬（獻之）俱病篤，而子敬先亡。……（子猷）便索輿來奔喪，都不哭。子敬素好琴，便徑入坐靈床上，取子敬琴彈，弦既不調，擲地云：『子敬！子敬！人琴俱亡。』因慟絶良久，月餘亦卒。」

〔一三〕蘭襟　衣襟之美稱。周易繫辭上：「同心之言，其臭如蘭。」古人弔喪舉襟而哭，因極哀痛，故言「斷」。説苑復恩：「鮑叔死，管仲舉上衽而哭之，泣下如雨。」又顔延之辭難潮溝詩：「徘徊眷郊甸，俛仰引單襟。」

〔一四〕徒令句　史記吴太伯世家：「季札之初使，北過徐君。徐君好季札劍，口弗敢言。季札心知之，爲使上國，未獻。還至徐，徐君已死，於是乃解其寶劍，繫之徐君冢樹而去。」

〔一五〕客散　郭璞遊仙詩十四首其十三：「在世無千月，命如秋葉蔕。」

〔一六〕松臺　指墳墓。文選古詩十九首：「松柏夾廣路。」李善注引仲長統昌言：「古之葬者，松柏梧桐，以識其墳也。」蓋靈柩將運回故里，故云「路幾千」。

同崔録事哭鄭員外〔一〕

文學秋天遠〔二〕，郎官星位尊〔三〕。伊人表時彦〔四〕，飛譽滿司存。楚席光文雅〔五〕，瑶山侍討論〔六〕。鳳詞凌漢閣〔七〕，龜辯罩周園〔八〕。已陪東嶽駕〔九〕，將逝北溟鯤〔一〇〕。如何萬化盡〔一一〕，空嘆九飛魂〔一二〕。白馬西京驛〔一三〕，青松北海門〔一四〕。夜臺無曉箭〔一五〕，朝奠有虚尊。一代儒風没，千年隴霧昏。梁山送夫子〔一六〕，湘水吊王孫〔一七〕。僕本多悲淚，沾裳不待猿〔一八〕。聞君絶弦曲〔一九〕，吞恨更無言〔二〇〕。

〔一〕録事　録事參軍之省稱，掌總録文簿。唐京府、州縣皆置之。崔録事，名未詳。員外，官名，即員外郎。唐各部皆有之，位在郎中之次。鄭員外，名亦未詳。此詩作年，據「已陪東嶽駕」句，知在乾封元年（六六六）高宗東封泰山後不久。詩當作於長安，故不應晚於總章二年（六六九）五月作者入蜀。

〔二〕文學句　文學，官名，漢州郡及王國皆置之。秋天遠，謂議論高卓。鹽鐵論相刺：「文學言治高於唐虞，言義高於秋天。」蕭懿秋日詩：「秋天擬文學。」按舊唐書職官志三，唐代親王府置文學二人，從六品上，鄭員外當歷其職。

〔三〕郎官句　史記天官書：「（太微宫）後聚一十五星，蔚然，曰郎位。」正義：「郎位十五星，在太微中帝座東北。周之元士，漢之光禄、中散、諫議，此三署郎中，是今（指唐）之尚書郎。」因郎官上應列宿（見失羣鴈注〔三〕），故稱「位尊」。句言鄭員外榮任員外郎。

〔四〕伊人　詩經蒹葭：「所謂伊人，在水一方。」鄭箋：「伊當作緊，緊猶是也。」　時彦，詩經羔裘：「彼其之子，邦之彦兮。」鄭箋：「彦，士之美稱。」世説新語文學：「張憑舉孝廉出都，負其才氣，謂必參時彦。」

〔五〕楚席　不詳，疑指楚王府教席，以承上「文學」句。按舊唐書卷六四楚王智雲傳：唐高祖萬貴妃授楚國太妃，其子（李）智雲爲隋將陰世師所害，無子，追封爲楚王。貞觀二年（六二八），以濟南公（李）世都子靈龜嗣焉。唐六典卷二九親王府：「文學二人，從六品上。」鄭員外或曾爲楚王府文學，然未見諸文獻，姑説以待考。

〔六〕瑶山　英華卷三〇二原注：「謂瑶山玉彩。」按舊唐書卷八六孝敬皇帝（李）弘傳：「龍朔元年（六六一），命中書令、太子賓客許敬宗，侍中兼太子右庶子許圉師，中書侍郎上官儀，太子中舍人楊思儉等於文思殿博採古今文集，摘其英詞麗句，以類相從，勒成五百卷，名曰瑶山玉彩，表上之。制賜物三萬段，敬宗已下加級，賜帛有差。」鄭員外當嘗備員瑶山玉彩編纂班子，故云。

〔七〕鳳詞　指揚雄所著太玄。西京雜記：「揚雄著太玄經，夢吐白鳳。」此喻指鄭員外善著述。

漢閣，三輔黄圖卷六引漢宫殿疏：「天禄、麒麟閣，蕭何造，以藏秘書，處賢才也。」據漢書揚雄傳，雄嘗校書天禄閣。「凌漢閣」，謂鄭員外學問之高，超越揚雄。

〔八〕龜辯　莊子秋水：「莊子釣於濮水，楚王使大夫二人往先焉，曰：『願以境内累矣。』莊子持竿不顧，曰：『吾聞楚有神龜，死已三千歲矣，王巾笥而藏之廟堂之上。此龜者，寧其死爲留骨而貴乎？寧其生而曳尾於塗中乎？』二大夫曰：『寧生而曳尾塗中。』莊子曰：『往矣，吾將曳尾於塗中。』」周園，指周之漆園。史記老子列傳：「莊子者，蒙人也，名周。周嘗爲蒙漆園吏。」正義引括地志：「漆園故城在曹州冤句縣北十七里。」此以漆園代指莊子。「罩周園」，謂鄭員外善辯勝過莊子。

〔九〕東嶽　泰山，見爾雅釋山。陪駕，指扈從高宗東封泰山。陪，英華作「暗」，誤。

〔一〇〕北溟鯤　莊子逍遥遊：北冥有魚，其名爲鯤，化而爲鳥，其名爲鵬。「鵬之徙於南冥也，水擊三千里，摶扶摇而上者九萬里」。句謂鄭員外即將昇遷，前程不可限量。

〔一一〕萬化　此指人生各種事變。莊子田子方：「且萬化而未始有極也，夫孰足以患心！」萬化盡，謂其已死。任昉出郡傳舍哭范僕射詩：「一朝萬化盡。」

〔一二〕九飛　謂魂魄已遠逝。王僧孺贈顧倉曹詩：「誰復三承睫，獨念九飛魂。」又陳子昂別冀侍御崔司議序：「思魏闕魂已九飛。」

〔一三〕白馬　代指喪車。史記秦始皇本紀：「子嬰即係頸以組，白馬素車，奉天子璽符，降軹道旁。」集解引應劭曰：「素車白馬，喪人之服也。」 西京驛，長安驛站。

〔一四〕北海門 指鄭玄通德門。後漢書鄭玄傳：鄭玄字康成，北海高密人。學於馬融，著書義據通深，北海國相孔融深敬之，告高密縣特爲立一鄉，曰：「今鄭君鄉宜曰『鄭公鄉』……可廣開門衢，令容高車，號爲『通德門』。」蓋鄭員外爲鄭玄族裔，故云。句謂其歸葬高密祖塋。

〔一五〕夜臺 指墳墓。文選陸機輓歌：「送子長夜臺。」李周翰注：「墳墓一閉，無復見明。」無曉箭，謂墓中永無光明。周禮夏官挈壺氏「以分日夜」鄭玄注：「以分日夜者，異晝夜漏也。漏之箭，晝夜共百刻。」箭，古代計時器内標記時刻之物。詳見隋書天文志上漏刻。曉，英華作「晚」，校：「集作曉。」作「晚」似誤。

〔一六〕梁山 即梁父，泰山下小山名。梁父治鬼，其説自漢初已盛。水經卷二四汶水注引開山圖：「太山在左，亢父在右；亢父知生，梁甫主死。」又初學記卷五引張華博物志：「泰山，天帝孫也，主召人魂。」

〔一七〕湘水句 賈誼弔屈原賦：「造託湘流兮，敬弔先生。」 王孫，指屈原。屈原爲楚之同姓，故稱。此代指鄭員外。

〔一八〕沾裳句 見巫山高注〔六〕。

〔一九〕絶弦曲 晉書嵇康傳：康將刑東市，索琴彈之曰：「廣陵散於今絶矣。」

〔二〇〕吞恨句 江淹恨賦：「自古皆有死，莫不飲恨而吞聲。」

七日登樂遊故墓〔一〕

四序周緹籥〔二〕，三正紀璿曜〔三〕。緑野變初黄，暘山開曉眺。中天擢露掌〔四〕，匝地分星徼〔五〕。漢寢晞遺靈〔六〕，秦江想餘弔〔七〕。蟻泛青田酌〔八〕，鶯歌紫芝調〔九〕。柳色摇歲華，冰文蕩春照。遠迹謝羣動〔一〇〕，高情符衆妙〔一一〕。蘭遊澹未歸〔一二〕，傾光下巖窈〔一三〕。

〔一〕是詩底本無，據古今歲時雜詠卷五補。　七日，即正月初七。荆楚歲時記：「正月七日爲人日。」是日古有郊遊登高之俗。李充登安仁峯銘：「正月七日，厥日惟人；策我良駟，陟彼安仁。」又隋陽休之有人日登高侍宴詩。　樂遊，即樂遊苑。漢書宣帝紀：「神爵三年（前五九）春起樂遊苑。」顔注引三輔黄圖：「在杜陵西北。」又關中記：「宣帝少依許氏，長於杜縣，樂之，後葬於南原，立廟於曲池之北，亭曰樂遊原。」

〔二〕四序句　謂四季氣已周遍。　緹籥，即緹縵、籥管（代指十二律），用以候氣。後漢書律曆志上：「候氣之法，爲室三重，户閉，塗釁必周，密布緹縵。室中以木爲案，每律各一，内庳外高，從其方位，加律其上，以葭莩灰抑其内端，案曆而候之。氣至者灰動。其爲氣所動者其灰散，人及風所動者其灰聚。」

〔三〕三正　正朔，即歲首。尚書甘誓陸德明釋文引馬融曰：「建子、建丑、建寅，三正也。」夏正建寅，殷正建丑，周正建子。詳見禮記檀弓上。　璿曜，尚書舜典：「在璿璣玉衡，以齊七政。」僞孔傳：「璿，美玉。璣、衡者，正天文之器，可運轉者。七政，日月五星各異政。」孔疏謂璣衡即漢以來之渾天儀，俱以玉飾。按「曜」即日月及五星，乃七政之天象。文選王儉褚淵碑文：「天鑑璿曜。」劉良注：「尚書云：在璿璣玉衡，以齊七政。七政，七曜也。」

〔四〕露掌　指仙人承露掌。文選班固西都賦：「抗仙掌以承露，擢雙立之金莖。」李善注：「言承露之高也。漢書曰：孝武又作柏梁、銅柱承露仙人掌之屬矣。方言曰：擢，抽也。」

〔五〕匝地　周圍之地。此指長安一帶，古爲秦地。　分星徼：徼，邊界，謂星之分野。史記天官書：「東井爲水事。其西曲星曰鉞。」正義：「東井八星，鉞一星，輿鬼四星，一星爲質，爲鶉首，於辰在未，皆秦之分野。」

〔六〕漢寢　漢代帝王陵墓之正殿（即寢殿，爲祭祀之所）。　遺靈，當指宣帝陵，見注〔一〕。

〔七〕秦江　秦地之江，此指曲江。據雍録卷六，黄渠水自城外南來，隋世遂包之入城爲芙蓉池，即曲江池。樂遊苑即在附近。　想餘弔，想像故墓當年祭弔景況。

〔八〕蟻泛　指酒糟浮起。文選張衡南都賦：「浮蟻若萍。」李善注：「酒有泛齊，浮蟻在上，泛泛然如萍之多者。」　青田酌，青田酒。崔豹古今注卷下：「烏孫國有青田核，莫測其樹實之形，至中國者，但得其核耳。得清水則有酒味出，如醇美好酒。核大如六升瓠，空之以盛水，俄而成酒……名曰青田酒。」此泛指酒。

〔九〕紫芝調　即紫芝曲，又稱採芝操、四皓歌。相傳爲四皓（東園公、綺里季、夏黄公、角里先生）秦末隱居商山時作，其辭有「曄曄紫芝，可以療饑」句，故名之。

〔一〇〕羣動　各種活動。陶淵明飲酒詩之七：「日入羣動息。」句謂此地僻遠，可避人事紛擾。

〔一一〕衆妙　指萬物的玄理。老子：「玄之又玄，衆妙之門。」此謂自然之理。隋書徐則傳：「道德衆妙，法體自然，包涵二儀，混成萬物。」

〔一二〕蘭遊　秉蘭而遊，此指郊遊。詩經鄭風溱洧：「士與女，方秉蕑兮。」毛傳：「蕑，蘭也。」澹，通「憺」。楚辭九歌東君：「觀者憺兮忘歸。」王逸注：「憺，安也。……人觀見之，莫不娱樂，憺然意安而忘歸也。」

〔一三〕傾光　夕輝。任昉苦熱詩：「傾光望轉蕙，斜日照西垣。」

五言絶句

登玉清〔一〕

絶頂横臨日，孤峯半倚天〔二〕。徘徊拜真老〔三〕，萬里見風煙。

〔一〕玉清　道觀名。雍正山西通志卷一七〇沁水縣：「玉清宫，在郎壁村。」下録此詩。同書卷二二五又録之，題作登王屋山。同治陽城縣志卷一六録此詩，題作登王屋山玉清宫。按元和郡縣志卷五河南府王屋縣：「王屋山，在縣北十五里。周回一百三十里，高三十里。」山在今山西省陽城、垣曲兩縣間。沁水與陽城相鄰。所登玉清究在何地，方志所載有無根據，尚待考。

〔二〕孤峯　同治陽城縣志作「吟肩」。

〔三〕真老　即真人，指道觀所奉仙師。

曲池荷〔一〕

浮香繞曲岸，圓影覆華池。常恐秋風早〔二〕，飄零君不知。

〔一〕曲池荷　洪邁萬首唐人絶句五言卷八題作「曲江池」。按「曲池」當即曲江池，在長安；觀全詩言荷，似題曲池荷爲宜。雍録卷六：唐曲江，本秦隑州，隋宇文愷營京城，鑿之以爲池，包黄渠水爲芙蓉池，且爲芙蓉園，「三月三日，九月九日，京都士女咸即此祓禊」。

〔二〕常恐句　漢樂府長歌行：「常恐秋節至，焜黄華葉落。」唐詩别裁集卷一九謂「常恐」兩句「言外有抱才不遇、早年零落之感」。

浴浪鳥

獨舞依盤石，羣飛動輕浪〔一〕。奮迅碧沙前，長懷白雲上。

〔一〕羣飛句　沈約詠湖中鴈詩：「羣浮動輕浪。」

臨堦竹

封霜連錦砌，防露拂瑶堦。聊將儀鳳質〔一〕，暫與俗人諧。

〔一〕儀鳳質　尚書益稷：「簫韶九成，鳳皇來儀。」僞孔傳：「備樂九奏而致鳳皇。」來儀，來有容儀。傳説鳳凰食竹實，故云。莊子秋水：「夫鵷鶵，發於南海而飛於北海，非梧桐不止，非練食不食，非醴泉不飲。」成疏：「練食，竹實也。」又韓詩外傳卷八：「鳳乃止帝東園，集帝梧桐，食帝竹實。」

含風蟬

高情臨爽月〔一〕，急響送秋風〔二〕。獨有危冠意〔三〕，還將衰鬢同〔四〕。

〔一〕高情　曹植蟬賦述蟬之情操道：「内含和而弗食，與衆物而無求；栖高枝而仰首，漱朝露之清流。」

〔二〕急響句　禮記月令孟秋之月：「涼風至，白露降，寒蟬鳴。」張正見賦得秋蟬唱柳應衡陽王教詩：「風高知響急。」

〔三〕危冠　高冠。莊子盜跖：「使子路去其危冠。」此指武冠。武冠附蟬爲文，取其清高，見于時春也慨然有江湖之思寄此贈柳九隴注〔一六〕。

〔四〕鬢　指蟬鬢，見長安古意注〔一八〕。衰鬢，由蟬鬢聯想而及。駱賓王在獄詠蟬詩：「那堪玄鬢影，來對白頭吟。」

葭川獨泛〔一〕

倚棹春江上，横舟石岸前〔二〕。山暝行人斷〔三〕，迢迢獨泛仙〔四〕。

〔一〕葭川　有蘆葦蕩之江河。説文：「葭，葦之未秀者。」

〔二〕横舟句　李百藥和許侍郎遊昆明湖詩：「稅馬金堤外，横舟石岸前。」

〔三〕暝　原作「瞑」，萬首唐人絶句五言卷八同。全唐詩卷四二作「暝」。按詩意，作「暝」是，今據改。

〔四〕獨泛仙　自喻如獨泛銀河的仙人，見七夕泛舟二首之一注〔三〕。

送二兄入蜀〔一〕

關山客子路，花柳帝王城。此中一分手，相顧憐無聲。

〔一〕二兄　據盧照己墓誌銘，盧照鄰有兄照乘。「二兄」未詳。又四庫全書本萬首唐人絶句五言卷八，「二兄」作「元兄」。作者五悲悲才難：「余之昆兮曰杲之。」舊唐書本傳稱盧照鄰有兄名光乘。不知光乘是否字杲之，亦不知是否即照乘之誤。據次句詩意，本詩當作於長安。

宿玄武二首〔一〕

方池開曉色〔二〕，圓月下秋陰。已乘千里興〔三〕，還撫一弦琴〔四〕。

〔一〕玄武　即玄武山。元和郡縣志卷三三梓州玄武縣：「玄武山，在縣東二里，山出龍骨。」又名三嵎山，「其山六屈三起」（太平寰宇記卷八二）。按山在今四川中江縣。作者宿玄武，當在與王勃等人同遊之時，詳後九月九日登玄武山旅眺詩注〔一〕。

〔二〕方池　當是玄武山聖泉所積水池之一。王勃王子安集卷三聖泉宴詩序：「玄武山有聖泉焉，浸淫歷數百千年。垂巖泌湧，接磴分流……碧波千頃。」

〔三〕乘興　憑借興致。世説新語任誕：王徽之「居山陰，夜大雪，眠覺……忽憶戴安道（逵），時戴在剡，即便夜乘小船就之。經宿方至，造門不前而返。人問其故，王曰：『吾本乘興而行，興盡而返，何必見戴？』」

〔四〕一弦琴　古琴之一種。晉書孫登傳：「好讀易，撫一弦琴。」

庭摇北風柳，院繞南溟禽〔一〕。累宿恩方重，窮秋嘆不深。

〔一〕溟　萬首唐人絶句五言卷八作「飛」，似是。南飛禽，此指鴈。

九隴津集〔一〕

落落樹陰紫〔二〕，澄澄水華碧。復有翻飛禽，徘徊疑曳舄〔三〕。

〔一〕九隴　九隴縣，今爲四川彭州，見于時春也慨然有江湖之思寄此贈柳九隴詩注〔一〕。九隴津，當指廣濟江渡口。元豐九域志卷七彭州九隴縣：「有九隴山，廣濟江。」本詩與下篇遊昌化山精舍，疑皆作於咸亨二年（六七一）春遊九隴等縣時，參見馴鳶賦注〔一〕。

〔二〕落落　樹木高大貌。藝文類聚七引漢杜篤首陽山賦：「長松落落，卉木蒙蒙。」

〔三〕曳舄　謂如飛鳧舄，用仙人王喬事，見于時春也慨然有江湖之思寄此贈柳九隴詩注〔一九〕。

遊昌化山精舍〔一〕

寶地乘峯出，香臺接漢高。稍覺真途近〔二〕，方知人事勞。

〔一〕昌化山　元和郡縣志卷三一彭州唐昌縣：「本郫縣、導江、九隴三縣之地，儀鳳二年（六七七）於此分置唐昌縣。昌化山，在縣北九里；九隴山，在縣北十三里。」今唐昌爲鎮名，屬成都市郫都區，昌化山屬彭州慶興鎮，今名塔子山。　精舍，僧人講讀之所。翻譯名義集七引藝文類：「非由其舍精妙，良由精練行者所居也。」後泛指僧人或道士居舍。按詩中稱「真途」，則此當指道士宮觀。

〔二〕真途　道家以本原、本性爲真。真途即存養本性以爲得道成仙之途徑。

喜秋風至〔一〕

形骸歲枯槁，生理日摧殘〔二〕。還思不動行，賴此百憂寬。

〔一〕此詩底本無。宋郭知達九家集注杜詩卷一一引水：「人生留滯生理難，斗水何直百憂寬。」引趙彦材注：盧照隣喜秋風至詩（即上四句，略）。疑非完璧，姑補之。又宋黄鶴補注杜詩卷一一引趙注，取上「還思」二句。

〔二〕「生理」句　生理，此指生生之理，即生存條件。文選張華鷦鷯賦序：「鷦鷯，小鳥也，生于蒿萊之間，長於藩籬之下，翔集尋常之内，而生生之理足矣。」李善注引老子曰：「人之輕死，以其生生之厚。」劉良注：「生，養也。言翔集於此，養生之理足也。」

七言絶句

登封大酺歌四首〔一〕

明君封禪日重光〔二〕，天子垂衣曆數長〔三〕。九州四海常無事〔四〕，萬歲千秋樂未央〔五〕。

〔一〕登封　指唐高宗封禪泰山。文選張衡東京賦：「登岱勒封。」薛綜注：「登，上也。」史記封禪書正義：「此泰山上築土爲壇以祭天，報天之功，故曰封。此泰山下小山上除地，報地之功，故曰禪。言禪者，神之也。」封禪爲古代朝廷大禮。白虎通封禪篇：「王者易姓而起，必升封泰山何？報告之義也。始受命之日，改制應天；天下太平，功成封禪，以告太平也。」大酺，史記秦始皇本紀：始皇二十五年（前二二二）五月，「天下大酺」。正義：「天下歡樂大飲酒也。」又漢書文帝紀：「朕初即位，其赦天下……酺五日。」顔師古注：「酺之爲言布也，王德布於天下而合聚飲食爲酺。」按舊唐書高宗紀下：「麟德三年（六六六）春正月戊辰朔，車駕至泰山頓。是日親祀昊天上帝於封祀壇。……己巳，帝升山行封禪之禮。庚午，禪於社首，祭皇地祇。」據知此組詩當作於麟德三年（時改爲乾封元年）正月。

〔二〕重光　尚書顧命：「昔君文王武王，宣重光，奠麗陳教則肄。」陸德明經典釋文：「重光，馬（融）云：日月星也。太極上元十一月朔旦冬至，日月如疊璧，五星如連珠，故曰重光。」按古以日比皇帝，此謂天上之日與皇帝齊輝，故曰重光。

〔三〕垂衣　易繫辭下：「黄帝堯舜，垂衣裳而天下治。」孔穎達疏：「垂衣裳者，以前衣皮，其制短小；今衣絲麻布帛，所作衣裳，其制長大，故云垂衣裳也。」按王充論衡自然：「垂衣裳者，垂拱無爲也。」曆數，尚書大禹謨：「天之歷數在汝躬。」孔疏：「歷數謂天歷運之數。帝王易姓而興，故言歷數，謂天道。」

〔四〕九州　其名説法各異。尚書禹貢以冀、豫、雍、揚、兖、徐、梁、青、荆爲九州。此泛指全國。四海，古謂中國四周皆海，故云。尚書大禹謨：「文命敷於四海。」孔疏：「四海，舉其遠地。」

〔五〕樂未央　詩經小雅庭燎：「夜如何其？夜未央。」毛傳：「央，旦也。」音釋引王逸注楚辭：「央，盡也。」鮑照白紵辭歌：「夜長酒多樂未央。」

日觀仙雲隨鳳輦〔一〕，天門瑞雪照龍衣〔二〕。繁弦綺席方終夜，妙舞清歌歡未歸〔三〕。

〔一〕日觀　水經卷二四汶水注引應劭漢官儀：「太山東南山頂，名曰日觀者，鷄一鳴時，見日始欲出，長三丈許，故以名焉。」

〔二〕天門　初學記卷五引漢官儀：「泰山東上七十里至天門。」又引泰山記：「盤道屈曲而上，凡五十餘盤，經小天門、大天門。仰視天門，如從穴中視天窗矣。」

〔三〕妙舞清歌　葛洪抱朴子外篇卷四知止：「輕體柔聲，清歌妙舞。」

翠鳳逶迤登介丘〔一〕，仙鶴徘徊天上遊〔二〕。借問乾封何所樂〔三〕？人皆壽命得千秋〔四〕。

〔一〕翠鳳　即翠鳳之輦。漢書揚雄傳載河東賦：「乃撫翠鳳之駕。」顏注：「天子所乘車，爲鳳形而飾以翠羽也。」　介丘，泰山山巖名。漢書司馬相如傳封禪書：「微乎斯之爲符也，以登介丘，不亦恧乎？」注引服虔曰：「介，大也。丘，山也。」又初學記卷五引漢官儀及泰山記：泰山「東巖爲介丘」。

〔二〕仙鶴句　道家謂仙人常騎鶴，又謂泰山爲神仙居所，故云。初學記卷五引茅君内傳：「仙家凡有三十六洞，在岱宗之洞，周回三千里，名曰三宫空洞之天。」

〔三〕乾封　高宗年號。舊唐書高宗紀下：麟德三年（六六六）春正月壬申，高宗在泰山「御朝覲壇受朝賀。改麟德三年爲乾封元年」。

〔四〕人皆句　應劭風俗通卷二：「俗説岱宗上有金篋玉策，能知人年壽修短。武帝探策得十八，因讀曰『八十』，其後果用耆長。」

千年聖主應昌期〔一〕，萬國淳風王化基〔二〕。請比上古無爲代〔三〕，何如今日太平時！

〔一〕昌期　昌明盛大之期。句謂高宗臻於太平盛世，又舉千年失修之禮。舊唐書禮儀志三：「封禪之禮，自漢光武之後，曠世不修。」

〔二〕萬國　猶言萬邦，指全國各地及友邦近鄰。資治通鑑卷二〇一：麟德二年（六六五）十月丙寅，高宗封禪，發自東都，「東自高麗，西至波斯、烏長諸國朝會者，各帥其屬扈從，穹廬毳幕，牛羊駝馬，填咽道路。」　王化基，毛詩序：「周南、召南，正始之道，王化之基。」孔穎達正義：「化南土以成王業，是王化之基也。」

〔三〕上古　易繫辭下：「上古結繩而治。」　無爲，論語衛靈公：「子曰：無爲而治者，其舜也與。夫何爲哉，恭己正南面而已矣。」何晏集解：「言在官得其人，故無爲而治。」

九月九日登玄武山旅眺〔一〕

九月九日眺山川〔二〕，歸心歸望積風煙。他鄉共酌金花酒〔三〕，萬里同悲鴻鴈天。

〔一〕玄武山　見宿玄武二首其一注〔一〕。　詩題，唐佚名搜玉小集爲九日升高，張燮纂王子安集爲蜀中九日登玄武山旅眺，全唐詩作九月九日登玄武山。唐詩紀事卷八：「高宗時，王勃以檄鷄文被斥，出沛王府。既廢，客劍南，有遊玄武山賦詩。照鄰爲新都尉，大震其同時人也。」王勃詩云：「九月九日望鄉臺，他席他鄉送客杯。人今已厭南中苦，鴻鴈那從北地來。」邵大震詩云：「九月九日望遥空，秋水秋天生夕風。寒鴈一向南飛遠，遊人幾度菊花叢！」

考王勃行年，本詩當作於高宗總章二年（六六九）秋或咸亨元年（六七〇）秋。

〔二〕九月句　藝文類聚卷四歲時中引續齊諧記：「汝南桓景，隨費長房遊學累年，長房謂之曰：『九月九日，汝家當有災厄，急宜去，令家人各作絳囊，盛茱萸以繫臂，登高飲菊酒，此禍可消。』景如言，舉家登山，夕還家，見鷄狗牛羊，一時暴死。長房聞之曰：『代之矣。』今世人每至九日，登山飲菊酒，婦人帶茱萸囊是也。」

〔三〕金花　即菊花。左棻菊花頌：「春茂翠葉，秋耀金花。」西京雜記卷三：「九月九日，佩茱萸，食蓬餌，飲菊花酒，令人長壽。菊花舒時，并採莖葉，雜黍米釀之，至來年九月九日始熟，就飲焉，故謂之菊花酒。」

勞作詩〔一〕

城狐尾獨束〔二〕，山鬼面參覃〔三〕。

〔一〕是詩底本無，據唐釋皎然詩式跌宕格二品駭俗引補，題爲勞作詩，只此二句，當爲殘篇。舊題宋尤袤全唐詩話卷六轉引，題爲漫作。

〔二〕城狐　文選鮑照蕪城賦：「木魅山鬼，野鼠城狐。」李善注：「楚辭九歌有祭山鬼。……魏明帝長歌行曰：『久城育狐兔。』」獨束，同「獨倲」、「獨速」。玉篇：「獨倲，動頭貌。」此爲尾摇動貌。束，全唐詩話作「速」。

〔三〕參覃　同「驂驔」、「參潭」，衆多貌，見戰城南詩注〔七〕。

斷句二

漢朝金騕褭〔一〕，秦代玉氛氳。

〔一〕九家集注杜詩卷一一槐葉冷淘：「願隨金騕褭，走置錦屠蘇。」趙彥材注：「騕褭，神馬名。漢武帝鑄金作褭蹄、麟趾之狀。言馬曰『金騕褭』，珍稱之也。盧照鄰詩：『漢朝金騕褭，秦代玉氛氳。』」又宋黃鶴補注杜詩卷九春日戲題惱郝使君兄：「細馬時鳴金腰褭，佳人屢出董嬌嬈。」杜修可注引盧照鄰詩：「漢家金騕褭。」補注引黃希注：「馬謂之金騕褭，蓋因漢武帝鑄金爲麟趾、褭蹄，詩人遂用之。」

古城聊一望，荒棘幾千叢〔一〕。

〔一〕此兩句見宋潘自牧記纂淵海卷七四引。

樂歌

中和樂九章〔一〕

歌登封第一〔二〕

炎圖喪寶〔三〕，黃歷開璿〔四〕。祖武類帝，宗文配天〔五〕。玉鑾垂日〔六〕，翠華陵烟〔七〕。東雲干呂〔八〕，南風入絃〔九〕。山稱萬歲〔一〇〕，河慶千年〔一一〕。金繩永結〔一二〕，璧麗長懸〔一三〕。

〔一〕中和樂　禮記樂記：「樂者，天地之命，中和之紀。」又中庸：「喜怒哀樂之未發，謂之中；發而皆中節，謂之和。……致中和，天地位焉，萬物育焉。」此指政教中正和諧。漢書王褒傳：王襄嘗使王褒作中和樂職宣布詩。顏師古注：「中和者，言政治和平也。樂職者，言百官各得其職也。」按舊唐書王虔休傳，虔休嘗撰誕聖樂曲及譜以進，進表稱「長作中和之樂」云云，「今中和樂起此也。」（見玉海卷一〇五）王虔休爲大曆時人，則似唐初尚無此樂。蓋盧照鄰僅作其詞，而無其聲。　此組歌據作者對蜀父老問「今將授子以中和之樂」句，作年當與該文大致同時，即高宗總章二年（六六九）五月入蜀爲新都尉後不久。

〔二〕登封　指唐高宗乾封元年封禪泰山，見登封大酺歌四首之一注〔一〕。

〔三〕炎圖　指隋。隋自謂以火德王。隋書高祖紀上：開皇元年（五八一）六月癸未，「詔以初受天命，赤雀降祥，五德相生，赤爲火色。其郊及社廟，依服冕之儀，而朝會之服，旗幟犧牲，盡令尚赤」。圖，即璿圖，指國家受命之圖讖。　喪寶，即失去天命，謂隋亡。　舊唐書禮儀志載高宗乾封二年詔：「屬炎精墜駕，璿宮毀籥。」

〔四〕黃歷　指曆法。史記曆書：「黃帝考定星曆，建立五行。」故稱「黃歷」（全唐詩卷四一作「曆」，通，乃清人以諱改）。　開璿，謂唐重開正朔。　璿，即璿璣玉衡，見七日登樂遊故墓注

〔三〕。史記曆書：「王者易姓受命，必慎始初。改正朔，易服色，推本天元，順承厥意。」此言唐興。

〔五〕祖武兩句　禮記祭法：「周人禘嚳而郊稷，祖文王而宗武王。」鄭玄注：「禘、郊、祖、宗，謂祭祀以配食也。」此武、文爲唐高祖、唐太宗謚號，「祖武」、「宗文」即指唐高祖、唐太宗。類帝、配天，指封禪時以高祖、太宗配饗。舊唐書高宗紀下：「麟德三年（六六六）春正月戊辰朔，車駕至泰山頓。是日親祀昊天上帝於封祀壇，以高祖、太宗配饗。」

〔六〕玉鑾　皇帝儀仗。説文：「鑾，人君乘車，四馬四鑣，八鑾鈴，象鸞鳥之聲，聲龢則敬之。」垂日，指登臨泰山。垂，到。日出於東，泰山爲東嶽，故云。

〔七〕翠華　旗名，皇帝儀仗。文選司馬相如上林賦：「建翠華之旗。」郭璞注引張揖曰：「以翠羽爲葆也。」

〔八〕東雲干吕　即謂「東風入律、青雲干吕」。律指陽律，吕指陰律，統指樂律。初學記卷一引東方朔十洲記：「天漢三年（前九八），月氏國獻神香，使者曰：『國有常占，東風入律，百旬不休；青雲干吕，連月不散。意中國將有妙道君，故搜奇異而貢神香。』」

〔九〕南風句　見至望喜矚目言懷貽劍外知己注〔四〕。

〔一〇〕山稱句　史記封禪書：漢武帝「東幸緱氏，禮登中嶽太室，從官在山下，聞若有言『萬歲』云」。

〔一一〕河慶句　初學記卷六引王子年拾遺記：「黄河千年一清，皆至聖之君，以爲大瑞。又黄河清而聖人生。」

〔一二〕金繩句　白虎通封禪篇：「或曰封者金泥銀繩，或曰石泥金繩，封之以玉璽。」舊唐書禮儀志三：乾封元年（六六六）封泰山，造玉策三枚，皆以金繩連編玉簡爲之。又爲金匱二，以藏配帝之策，爲黄金繩纏之。又爲石礛以藏玉匱，爲金繩以纏石礛，各五周，徑三分。

〔一三〕璧麗句　麗，易離卦：「象曰：離，麗也。日月麗乎天……乃化成天下。」王弼注：「麗猶著也。」孔疏：「麗猶附著也。」漢書律曆志上：「日月如合璧。」按日月如懸璧，乃嘉瑞之象。藝文類聚卷一引易坤靈圖：「至德之明，日月若連璧。」

歌明堂第二〔一〕

穆穆聖皇〔二〕，雍雍明堂〔三〕。右平左墄〔四〕，上圓下方〔五〕。調均風雨，制度陰陽〔六〕。四窗八達，五室九房〔七〕。南通夏火，西瞰秋霜〔八〕。天子臨御，萬玉鏘鏘〔九〕。

〔一〕明堂　唐開國後，嘗多次議論明堂制度（詳見舊唐書禮儀志二）。資治通鑑卷二〇一：總章元年（六六八）：「朝廷議明堂制度略定，三月，庚寅，赦天下，改元（按改乾封爲總章）」。故盧照鄰次年有此歌。明堂之義及其制度，歷代衆説紛紜。藝文類聚卷三八引孝經援神契：

「明堂者，天子布政之宫。」又引尸子：「黄帝曰合宫，有虞曰總章，殷人曰陽館，周人曰明堂。」

〔二〕穆穆句　揚雄甘泉賦：「聖皇穆穆。」文選張衡東京賦：「穆穆焉，皇皇焉。」薛綜注引禮記：「天子穆穆，諸侯皇皇。……鄭玄曰：威儀容止之貌。」

〔三〕雍雍　禮記少儀：「鸞和之美，肅肅雍雍。」孔疏：「雍雍是和貌。」

〔四〕右平句　右平左城，原作「左平右城」，各本同。按文選班固西都賦：「於是左城右平，重軒三階。」李善注：「七略曰：『王者宫中，必左城而右平。』摯虞決疑要注曰：『……左城右平，平者，以文塼相亞次也；城者，爲陛級也，言階級勒城然。』」張衡西京賦，亦言「右平左城」。宋羅大經鶴林玉露丙編卷一西爲尊曰：「班孟堅西都賦曰『左城右平』，左，東也，東則爲城，若世所謂澀道，乃羣臣所由登降之階也；右，西也，西則爲平，而不爲城也。」則「左平右城」，當是左、右二字形近互訛，因改。

〔五〕上圓句　藝文類聚卷三八：「王者造明堂，上圓下方，以象天地。」文選張衡東京賦：「規天矩地。」李善補注：「大戴禮曰：明堂者，上圓下方。范子曰：天者，陽也，規也；地者，陰也，矩也。三輔黄圖曰：明堂，方象地，圓象天。」按舊唐書禮儀志二：總章二年（六六九）三月，又具明堂規制廣狹，下詔曰：「基之上爲一堂，其宇上圓。……按周禮：蒼璧禮天。鄭玄注：璧圓以象天。故爲宇上圓。」又曰：「其明堂院每面三百六十步。」爲方形，「上擬霄漢之儀，下則地辰之數。……上法圓清，下儀方載。」

〔六〕調均兩句　舊唐書禮儀志二總章二年（六六九）三月詔：「按易緯，有三十六節，故置三十六道，所以顯兹嘉節，契此貞辰，分六氣以爕陰陽，環四象而調風雨。」

〔七〕四窗兩句　明堂窗、室（房）數目，歷代異説甚多。文選張衡東京賦：「八達九房。」李善補注引大戴禮：「明堂九室而有八牖。然九室，則九房也；八牖，八達也。」藝文類聚卷三八引許慎五經異議，謂明堂「八窗四闥」；引三禮圖，謂明堂「周制五室」，「秦爲九室、十二室」。唐高宗總章元年（六六八）作九室樣，「室各方三筵，開四闥、八窗」。時又有五室之説，各執異議。總章二年（六六九）詔：爲一堂，堂每面九間，堂周回二十四窗。

〔八〕南通兩句　藝文類聚卷三八引三禮圖：「明堂者，周制五室，東爲木室，南火，西金，北水，土在其中。」按漢書五行志上：「火，南方。」又曰：「金，西方。」隋書天文志中：「（日）行東陸謂之春，行南陸謂之夏，行西陸謂之秋，行北陸謂之冬。」唐高宗總章二年詔：「按尚書，一期有四時，故四面各一所開門。……所以面別一門，應兹四序。」故云「夏火」、「秋霜」。

〔九〕萬玉句　禮記玉藻：「古之君子必佩玉……進則揖之，退則揚之，然後玉鏘鳴也。」句言皇帝於明堂朝見羣臣，布政施教。按舊唐書禮儀志二：總章二年（六六九）三月議建明堂，「詔下之後，猶羣議未決。終高宗之世，未能創立」。

歌東軍第三〔一〕

遐哉廟略，赫矣台臣〔二〕。横戈碣石〔三〕，倚劍浮津〔四〕。風丘拂𧬨〔五〕，日域清塵〔六〕。烏夷復祀〔七〕，龍伯來賓〔八〕。休兵寓縣〔九〕，獻馘天閫〔一〇〕。旆海凱入，耀輝震震〔一一〕。

〔一〕東軍　指東擊高麗之軍。唐自太宗以還，屢興東征之師。據資治通鑑，總章元年（六六八）二月，李勣拔平壤，高麗王藏遣泉男産帥首領九十八人降，泉男建亦戰敗，自刺不死，遂擒之。高麗悉平。

〔二〕矣　原作「以」。全唐詩卷四一、四庫本作「矣」。按上句爲「哉」，此當作「矣」，因改。

〔三〕碣石　見明月引注〔七〕。此泛指渤海海濱之山。

〔四〕浮津　即渡口。高宗征高麗曾浮海進軍，故云。

〔五〕風丘　「丘」原作「兵」。全唐詩、四庫本作「丘」。按「風兵」無義，「兵」蓋「丘」之形訛，下句爲「日域」，此當作「風丘」，因改。風丘，即風山，山有風穴。楚辭屈原九章悲回風：「依風穴以自息兮。」博物志卷九：「風山之首，方高三百里，風穴如電突，深三十里，春風（淮南子覽冥訓高誘注曰「北方寒風」）自此而出也。」按風山傳説在北方，此泛指徼外之地。　拂𧬨，喻其敗如風掃落葉。詩經蘀兮：「蘀兮蘀兮，風其吹女。」毛傳：「蘀，槁也。」鄭箋：「槁謂木葉也。木葉槁，待風乃落。」「蘀」原作「籜」，當訛，因改。

〔六〕日域　漢書揚雄傳長楊賦：「西厭月蜎，東震日域。」顏師古注：「日域，日初出之處也。」此指高麗。

〔七〕鳥夷　鳥，原作「皀」，全唐詩、四庫本作「島」。按漢書地理志上：「鳥夷皮服。」顏注：「此東北之夷，博取鳥獸，食其肉而衣其皮也。一説，居在海曲，被服容止皆象鳥也。」按「鳥夷」經傳或作「島夷」，如尚書禹貢（冀州）「島夷皮服」。十三經注疏校勘記曰：「羣經音辨鳥部云：『鳥，海曲也，當老切。』書『鳥夷』是，北宋孔傳尚作鳥字。」則「皀」字當誤，今改爲「鳥」。

〔八〕龍伯　山海經大荒東經：東海之外，大荒之中，「有波谷山者，有大人之國」。郭璞注：「按河圖玉版曰：『從崑崙以北九萬里，得龍伯國人，長三十丈，生萬八千歲而死。』」龍伯國事又見列子湯問。此與「鳥夷」對應，指遠方之國。　賓，爾雅釋詁：「服也。」

〔九〕寓縣　寓，同「宇」。宇縣猶言天下。史記秦始皇本紀：「宇縣之中，順承聖意。」集解：「宇，宇宙；縣，赤縣。」

〔一〇〕獻馘　詩經魯頌泮水：「矯矯虎臣，在泮獻馘。」毛傳：「馘，所格者之左耳。」又爾雅釋詁：「馘，獲也。」此指戰俘。按資治通鑑卷二〇一：總章元年（六六八）十月，「李勣將至，上（高宗）命先以高藏（藏爲高麗王）等獻於昭陵，具軍容，奏凱歌，獻於太廟。十二月，丁巳，上受俘於含元殿」。

〔二〕耀　英華卷三七六校：「一作翫。」誤。

歌南郊第四〔一〕

虔郊上帝〔二〕，肅事圓丘〔三〕。龍駕四牡〔四〕，鸞旗九斿〔五〕。鐘歌晚引〔六〕，紫煬高浮〔七〕。日麗蒼璧〔八〕，雲飛鳴球〔九〕。皇之慶矣，萬歲千秋。

〔一〕南郊　即祭天，因祭壇設在國都南郊，故亦稱南郊大祀。周禮春官大宗伯：「以禋祀祀昊天上帝。」鄭玄注：「冬至於圜丘，所祀天皇大帝。」舊唐書禮儀志一：「每歲冬至，祀昊天上帝於圓丘。……其壇在京城明德門外道東二里。」

〔二〕上帝　即昊天上帝。周禮春官大宗伯鄭玄注引鄭衆曰：「昊天，天也；上帝，玄天也。」

〔三〕圓丘　祭天的圓形高壇。周禮春官大司樂：凡樂，「冬日至，於地上之圓丘奏之」。孔疏：「土之高者曰丘。……圓者，象天圓。」

〔四〕龍駕句　皇帝乘車四馬，見歌登封注〔六〕。

〔五〕九斿　禮記樂記：「龍旂九旒，天子之旌也。」旒亦作斿、游。史記禮書：「龍旂九斿，所以養信也。」按斿爲旌旗之下垂飾物。周禮春官巾車：「建大常，十有二斿。」鄭玄注：「正幅爲縿，斿則屬焉。」

〔六〕鐘歌句　謂祭天時奏下神之樂。周禮春官大司樂：「凡樂，圜鐘爲宫，黄鐘爲角，大蔟爲徵，姑洗爲羽，靁鼓靁鼗，孤竹之管，雲和之琴瑟，雲門之舞，冬日至，於地上之圜丘奏之，若樂六變，則天神皆降，可得而禮矣。」鄭玄注：「圜鐘，夾鐘也。夾鐘生於房心之氣，房心爲大辰，天帝之明堂。」賈公彦疏：「凡祭祀，皆先作樂下神，乃薦獻；薦獻訖，乃合樂也。」按舊唐書禮儀志四：「舊儀：大祭祀，宫懸、軒懸奏於庭，登歌於堂上。」又資治通鑑卷二〇一：麟德二年（六六五）十月壬戌詔：「自今郊廟享宴，文舞用功成慶善之樂，武舞用神功破陣之樂。」

〔七〕紫煬句　言燔柴造煙的祭天儀式。周禮春官大宗伯：「以禋祀祀昊天上帝。」鄭玄注：「禋之言煙。周人尚臭，煙氣之臭聞者。」又禮記祭法：「燔柴於泰壇，祭天也。」孔疏：「燔柴於泰壇者，謂積薪於壇上，而取玉及牲置柴上燔之，使氣達於天也。」文選潘岳西征賦：「詩書煬而爲煙。」李善注引郭璞方言注：「今江東呼火熾猛爲煬。」

〔八〕蒼璧　周禮春官大宗伯：「以蒼璧禮天。」鄭玄注：「璧圜象天。」賈公彦疏：「天用玄者，蒼、玄皆是天色，故用蒼也。」新唐書禮樂志二：「冬至，祀昊天上帝以蒼璧。」

〔九〕鳴球　原作「外求」。全唐詩卷四一、四庫本作「鳴球」。説文：「球，玉磬也。」尚書益稷：「戛擊鳴球。」孔疏：「球，玉也。樂器惟磬用玉，故球爲玉磬。」「鳴球」與「蒼璧」正對，則「外求」當是「鳴球」之誤，因改。

歌中宮第五〔一〕

祥遊沙麓〔二〕，慶洽瑶衣〔三〕。黄雲晝聚〔四〕，白氣宵飛〔五〕。居中履正〔六〕，稟和體微〔七〕。儀刑赤縣〔八〕，演教椒闈〔九〕。陶鈞萬國，丹青四妃〔一〇〕。河洲在詠〔一一〕，風化攸歸〔一二〕。

〔一〕中宫　指皇后。周禮天官内宰：「以陰禮教六宫。」鄭玄注：「若今稱皇后爲中宫矣。」此歌頌美唐高宗皇后武則天。

〔二〕祥遊句　春秋僖十四年秋八月辛卯：「沙鹿崩。」杜預注：「沙鹿，山名，陽平元城縣東有沙鹿土山，在晉地。」漢書元后傳：「元城建公曰：『昔春秋沙鹿崩，晉史卜之，曰：「陰爲陽雄，土火相乘，故有沙鹿崩。後六百四十五年，宜有聖女興，其齊田乎？」今王翁孺徙，正直其地，日月當之。元城郭東有五鹿之虚，即沙鹿地也。後八十年，當有貴女興天下』云。」按元和郡縣志卷一六魏州元城縣：「沙鹿，在縣東十二里，即春秋經所書『沙鹿崩』，漢書以爲元后興之祥也。」鹿、麓通。句以漢元后喻武后。

〔三〕瑶衣　即玉衣。三國志魏文昭甄皇后傳裴注引魏書：甄后少時，「每寢寐，家中髣髴見如有人持玉衣覆其上者」。此以甄后喻武后。

〔四〕黄雲句　三國志魏武宣卞皇后傳裴注引魏書：「后以漢延熹三年（一六〇）十二月己巳生齊郡白亭，有黄氣滿室移日。父敬侯怪之，以問卜者王旦，旦曰：『此吉祥也。』」

〔五〕白氣句　宋書符瑞志上：「主癸之妃曰扶都，見白氣貫月，意感，以乙日生湯，號天乙。」此謂武后産貴子。

〔六〕居中句　指居皇后之位。易坤卦文言：「君子黄中通理，正位居體，美在其中。」孔穎達疏：「正位居體者，居中得正，是正位也；處上體之中，是居體也。」

〔七〕禀和　禮記中庸：「發而皆中節謂之和。」　體微，指體察深微之理。尚書大禹謨：「道心惟微。」

〔八〕儀刑　典範。詩經大雅文王：「儀刑文王，萬邦作孚。」毛傳：「刑，法。」　赤縣，指中國。史記孟軻傳附騶衍：「中國名曰赤縣神州。赤縣神州内自有九州，禹之序九州是也。」

〔九〕演教　推廣教化。　椒闈，指后宫。漢書車千秋傳：「轉至未央椒房。」顔注：「椒房，殿名，皇后所居也。以椒和泥塗壁，取其温而芳也。」成公綏中宫詩二首：「治國先家道，立教起閨房。」

〔一〇〕陶鈞兩句　萬國，各地，普天之下。　四妃，史記五帝本紀索隱：「黄帝立四妃，象后妃四星。」藝文類聚卷一一引帝王世紀：帝嚳高辛氏「納四妃，卜其子，皆有天下」。又禮記檀弓上：「舜葬於蒼梧之野，蓋三妃未之從也。」鄭玄注：「帝嚳而立四妃矣……帝堯因焉。至舜不告而娶，不立正妃，但三妃而已。」此泛指嬪妃。陶鈞、丹青皆用如動詞。陶鈞謂治理、造就；丹青謂飾美、表率。

〔二〕河洲句　詩經周南關雎：「關關雎鳩，在河之洲。」詩序曰：「關雎樂得淑女以配君子，憂在進賢，不淫其色。」

〔三〕風化　毛詩序：「關雎，后妃之德也，風之始也，所以風天下而正夫婦也。故用之鄉人焉，用之邦國焉。風，風也，教也。風以動之，教以化之。」

歌儲宮第六〔一〕

波澄少海〔二〕，景麗前星〔三〕。高禖誕聖〔四〕，甲觀昇靈〔五〕。承規翠所〔六〕，問寢瑤庭〔七〕。宗儒側席〔八〕，問道橫經〔九〕。山賓皎皎〔一〇〕，國冑青青〔一一〕。黄裳元吉〔一二〕，邦家以寧。

〔一〕儲宮　又稱儲君、儲嗣等，指太子。舊唐書孝敬皇帝弘傳：「弘爲武后子，「顯慶元年（六五六），立爲皇太子」。

〔二〕少海　喻太子。以皇帝比大海，故太子爲少海。山海經東山經：「至於無皋之山，南望幼海。」郭璞注：「即少海也；淮南子曰：『東方大渚曰少海。』」

〔三〕前星　指太子。漢書五行志下之下：「劉向以爲星傳曰：『心，大星，天王也。其前星，太子；後星，庶子也。』」

〔四〕高禖　媒神，帝王祀以求子。禮記月令仲春之月：「玄鳥至。至之日，以太牢祀於高禖，天子親往。」鄭玄注：「高辛氏之出，玄鳥遺卵，娀簡吞之而生契。後王以爲媒官嘉祥而立其祠焉。變媒言禖，神之也。」誕聖，謂誕生太子。

〔五〕甲觀　漢書成帝紀：「元帝在太子宫生甲觀畫堂，爲世嫡皇孫。」注引如淳曰：「甲觀，觀名。畫堂，堂名。三輔黄圖云太子宫有甲觀。」顔注：「甲者，甲乙丙丁之次也。」

〔六〕承規　承受法度。陸機皇太子宴玄圃宣猷堂有令賦詩：「體輝重光，承規景數。」翠所，及下句「瑶庭」，皆皇帝居所，此代指皇帝。

〔七〕問寢　禮記文王世子：「文王之爲世子，朝於王季日三。鷄初鳴而衣服，至於寢門外，問内竪之御者曰：『今日安否何如？』内竪曰：『安。』文王乃喜。及日中又至，亦如之。及莫又至，亦如之。其有不安節，則内竪以告文王，文王色憂，行不能正履。王季復膳，然後亦復初。」

〔八〕宗儒　謂師事儒臣。側席，劉向説苑尊賢：「楚有子玉得臣，（晉）文公爲之側席而坐。」後漢書章帝紀「側席異聞」李賢注：「側席謂不正坐，所以待賢良也。」按舊唐書孝敬皇帝弘傳，高宗嘗語侍臣曰：「弘仁孝，賓禮大臣。」

〔九〕橫經　北齊書儒林傳序：「故橫經受業之侶，遍於鄉邑。」按舊唐書本傳，李弘嘗從郭瑜受春秋左氏及禮。

〔一〇〕山賓　指商山四皓。史記留侯世家：高祖欲廢太子，張良設計，從商山請來四皓輔佐太子，四人「年皆八十有餘，鬚眉皓白，衣冠甚偉」，對高祖道：「竊聞太子爲人仁孝，恭敬愛士，天下莫不延頸欲爲太子死者，故臣等來耳。」高祖曰：「彼四人輔之，羽翼已成，難動矣。」句謂太子有德高望重的老臣輔佐。

〔一一〕國胄　國子，即王侯公卿之子。　青青，詩經鄭風子衿：「青青子衿，悠悠我心。」毛傳：「青衿，青領也，學子之所服。」

〔一二〕黄裳句　易坤卦：「六五，黄裳元吉。」象曰：「黄裳元吉，文在中也。」孔疏：「黄是中之色，裳是下之飾。坤爲臣道，五居君位，是臣之極貴者也。能以中和通於物理，居於臣職，故云黄裳元吉。元，大也，以其德能如此。故得大吉也。」又曰：「黄裳元吉之義，以其文德在中故也。……（文德在中）言不用威武也。」臣之極貴，此指皇太子。

歌諸王第七〔一〕

星陳帝子〔二〕，嶽列天孫〔三〕。義光帶礪〔四〕，象著乾坤。我有明德〔五〕，利建攸存〔六〕。苴以茅社〔七〕，錫以犧樽〔八〕。藩屏王室〔九〕，翼亮堯門〔一〇〕。八才兩獻〔一一〕，夫何足論！

〔一〕諸王　初學記卷一〇引蔡邕獨斷：「漢制：皇子封爲王，其實諸侯也。周末諸侯或稱王，而漢自以皇帝爲稱，故以王號加諸侯，總名諸侯王。」按舊唐書職官志一：王，正第一品；嗣王、郡王，從第一品。

〔二〕星陳句　史記天官書：「大星天王，前後星，子屬。」索隱引鴻範五行傳：「心之大星，天王也。前星，太子；後星，庶子。」庶子即諸王，故云「星陳」。見歌儲宫注〔三〕。

〔三〕嶽列句　博物志卷一：「太山，天帝孫也。」太（泰）山爲東嶽，故云「嶽列」。

〔四〕義光句　史記高祖功臣侯者年表：「封爵之誓曰：『使河如帶，泰山如厲。國以永寧，爰及苗裔。』」集解引應劭曰：「封爵之誓，國家欲使功臣傳祚無窮。帶，衣帶也；礪，砥石也。河當何時如衣帶，山當何時如厲石，言如帶厲，國乃絶耳。」

〔五〕明德　盛德、美德。尚書君陳：「明德惟馨。」

〔六〕利建句　易屯卦：「勿用有攸往，利建侯。」王弼注：「得王則定。」孔疏：「世道初創，其物未寧，故宜利建侯以寧之。」張華祖道趙王應詔詩：「崇選穆穆，利建明德。」

〔七〕苴以茅社　藝文類聚卷五一引漢雜事：「天子太社，以五色爲壇。封諸侯者，取其土，苴以白茅，授之，各以所封方之色，以立社於其國，故謂之受茅土。漢興，唯皇子封爲王者得茅土。」

〔八〕犧樽　禮器。禮記禮器：「犧尊疏布鼏樿杓。」孔疏：「犧尊者，先儒云刻尊爲犧牛之形，用以爲尊。鄭（玄）云畫尊作鳳羽婆娑然，故謂娑尊也。祭天既用陶匏，蓋以瓦爲尊，畫犧羽於上，或可用犧爲尊，是夏殷禮也，（周）用陶也。」古代封建王侯，皆以犧尊賜之。詩經魯頌閟宮：「乃命魯公，俾侯於東。……白牡騂剛，犧尊將將。」樽、尊同。

〔九〕藩屏句　尚書康王之誥：「乃命建侯樹屏，在我後人。」左傳定公四年：「昔武王克商，成王定之，選建明德，以藩屏周。」藩屏用如動詞。

〔一〇〕翼亮　三國志魏高堂隆傳：「鎮撫皇畿，翼亮帝室。」翼亮謂輔佐。　堯門，代指唐王朝。堯曾封於唐，故云。

〔一一〕八才　左傳文十八年：「高辛氏有才子八人：伯奮、仲堪、叔獻、季仲、伯虎、仲熊、叔豹、季貍。……天下之民，謂之八元。」杜預注：「元，善也。」又高陽氏亦有才子八人，稱「八愷」。　兩獻，猶兩賢。尚書益稷：「萬邦黎獻，共惟帝臣。」僞孔傳：「獻，賢也。」按「兩獻」指周公、召公。宋書臨川王道規傳：「遠猷侔於二南，英雄邁於兩獻。」

歌公卿第八〔一〕

蹇蹇三事〔二〕，師師百寮〔三〕。羣龍在職〔四〕，振鷺盈朝〔五〕。豐金耀首〔六〕，佩玉鳴腰〔七〕。青蒲翼翼〔八〕，丹地翹翹〔九〕。歌雲佐漢〔一〇〕，捧日匡堯〔一一〕。天工人代〔一二〕，邈邈昭昭〔一三〕。

〔一〕公卿　即三公九卿。禮記昏義：「天子立六官，三公，九卿，二十七大夫，八十一元士，以聽天下之外治。」按周以太師、太傅、太保爲三公，以少師、少傅、少保、冢宰、司徒、宗伯、司馬、司寇、司空爲九卿。舊唐書職官志一：「武德九年（六二六）定令：以太尉、司徒、司空爲三公……太常、光禄、衛尉、宗正、太僕、大理、鴻臚、司農、太府爲九寺。」九寺之卿，即九卿。此「公卿」泛指唐朝廷主要官僚。

〔二〕蹇蹇　忠直貌。易蹇卦：「王臣蹇蹇，匪躬之故。」漢書龔遂傳：「蹇蹇亡已。」顔注：「蹇蹇，不阿順之意。」　三事，即三公。詩經小雅雨無正：「三事大夫，莫肯夙夜。」孔疏：「三事大夫，唯三公耳。」

〔三〕師師句　尚書皋陶謨：「百僚師師，百工惟時。」孔疏：「百官各師其師，轉相教誨。」寮，通「僚」。

〔四〕羣龍　易乾卦：「用九，見羣龍無首，吉。」王弼注：「夫以剛健而居人之首，則物之所不與也。……故乾吉在無首。」此以羣龍喻羣臣。

〔五〕振鷺　詩經周頌振鷺：「振鷺于飛，于彼西雝。」毛傳：「振振，羣飛貌。鷺，白鳥也。」文選揚雄劇秦美新：「振鷺之聲充庭，鴻鸞之黨漸階。」李善注：「振鷺、鴻鸞，喻賢也。」

〔六〕豐金句　金,指冠飾金璫;豐,言其多。後漢書輿服下,武冠,「侍中、中常侍加黄金璫」。按舊唐書輿服志:「遠遊三梁冠……皆諸王服之,親王則加金附蟬。」流内九品以上皆服進賢冠,無金璫。此乃美言之。耀,英華作「輝」。

〔七〕佩玉　見歌明堂注〔九〕。按舊唐書輿服志:「諸珮,一品佩山玄玉,二品以下、五品以上,珮水蒼玉。」

〔八〕青蒲　漢書史丹傳:「丹以親密臣得侍視疾。候上間獨寢時,丹直入卧内,頓首伏青蒲上。」注引應劭曰:「以青規地曰青蒲,自非皇后不得至此。」按青蒲即青色蒲團。翼翼,詩經大雅大明:「維此文王,小心翼翼。」鄭箋:「小心翼翼,恭慎貌。」句謂深得皇帝信任。

〔九〕丹地　指丹墀。文選張衡西京賦:「青瑣丹墀。」李善注引漢官典職:「丹漆地,故稱丹墀。」翹翹,詩經周南漢廣:「翹翹錯薪,言刈其楚。」孔疏:「翹翹,高貌。」

〔一〇〕歌雲　雲,指大風歌。漢高祖劉邦大風歌:「大風起兮雲飛揚,威加海内兮歸故鄉,安得猛士兮守四方。」此取「守四方」義,謂盡其臣職。

〔一一〕捧日　三國志魏程昱傳裴注引魏書:「昱少時常夢上泰山,兩手捧日。昱私異之,以語荀彧。……於是彧以昱夢白太祖。太祖曰:『卿當終爲吾腹心。』昱本名立,太祖乃加其上『日』,更名昱也。」

〔一二〕天工句　尚書皋陶謨:「天工人其代之。」孔疏引王肅曰:「天不自下治之,故人代天居之,不可不得其人也。」

〔一三〕邈邈句　楚辭屈原離騷：「神高馳之邈邈。」王逸注：「高抗志行，邈邈而遠，莫能追及。」孟子盡心下：「賢者以其昭昭，使人昭昭。」趙岐注：「昭，明，明於道德。」

總歌第九

明明天子兮聖德揚，穆穆皇后兮陰化康〔一〕。登若木兮座明堂〔二〕，池濛汜兮家扶桑〔三〕。武化偃兮文化昌〔四〕，禮樂昭兮股肱良〔五〕。君臣已定兮君永無疆〔六〕，顔子更生兮徒皇皇〔七〕。若有人兮天一方〔八〕，忠爲衣兮信爲裳〔九〕。湌白玉兮飲瓊芳〔一〇〕，心思荃兮路阻長〔一一〕。

〔一〕陰化　禮記昏義：「天子理陽道，后治陰德。」鄭玄注：「陰德，謂主陰事，陰令也。」

〔二〕若木　傳説生於日入處。此以日喻皇帝。山海經大荒北經：「大荒之中，有衡石山、九陰山、洞野之山，上有赤樹，青葉，赤華，名曰若木。」淮南子地形：「若木在建木西，末有十日，其華照下地。」又東極亦有若木。

〔三〕池濛汜句　文選張衡西京賦：「日月於是乎出入，象扶桑與濛汜。」李善注：「淮南子曰：『日出暘谷，拂於扶桑。』楚辭曰：『出自湯谷，次於蒙汜。』」按楚辭天問洪興祖補注引爾雅：

「西至日所入，爲太蒙，即蒙汜也。」又山海經海外東經：「湯谷上有扶桑，十日所浴，在黑齒北。」此扶桑、濛汜，指日出、日入處，謂皇家版圖極其遼濶。

〔四〕武化句　尚書武成：「乃偃武修文。」僞孔傳：「行禮射，設庠序，修文教。」武化，指以武平定天下；文化，謂以文化成之。

〔五〕股肱　尚書益稷：「元首明哉，股肱良哉，庶事康哉。」左傳昭九年：「君之卿佐，是謂股肱。」

〔六〕君臣已定　禮記樂記：「天尊地卑，君臣定矣。」

〔七〕顔子　指顔回，孔子高徒。　皇皇，同「惶惶」，義同「栖栖」，忙碌不安貌。此以顔回代指孔子。論語憲問：「丘何爲是栖栖者與？」句謂時值盛世，即使孔子再生，亦將無所作爲。

〔八〕若有人　作者自謂。　楚辭屈原九歌山鬼：「若有人兮山之阿，被薜荔兮帶女蘿。」

〔九〕忠爲衣句　易乾卦：「子曰：君子進德修業。忠信，所以進德也。」

〔一〇〕湌白玉句　楚辭屈原九章涉江：「登崑崙兮食玉英。」又九歌東皇太一：「盍將把兮瓊芳。」

〔一一〕心思荃　楚辭屈原離騷：「荃不察余之中情兮。」王逸注：「荃，香草，以喻君也。」　路阻長，詩經秦風蒹葭：「所謂伊人，在水一方。遡洄從之，道阻且長。」孔疏：「道險阻且長遠，不可得至。」按作者時在蜀，官僅縣尉，其位其勢，皆與政治理想差距極大，故云。

盧照鄰集箋注卷四

騷

五悲〔一〕并序

自古爲文者，多以九、七爲題目，乃有九歌、九辨、九章，七發、七啓〔二〕，其流不一。余以爲天有五星〔三〕，地有五嶽〔四〕，人有五章〔五〕，禮有五禮〔六〕，樂有五聲〔七〕，五者，亦在天地之數。今造五悲，以申萬物之情，傳之好事耳。

〔一〕據文中「曝骸委骨龍門側」等語，知本篇作於卧病東龍門山期間，時在高宗儀鳳三年（六七八）前後。舊唐書本傳稱五悲爲「誦」，并謂作者「頗有騷人之風，甚爲文士所重」。英華卷三五四、全唐文卷一六六五悲下有「文」字；五十家爲「詩」字，無序，歸於「雜言騷體」。

〔二〕九歌、九章　屈原作。九辨，即九辯(楚辭九辯王逸注：「辯，一作辨」)，宋玉作。以上文選皆入「騷」體。文選卷三四、三五有「七」體，收録枚乘七發、曹植七啓等，實即賦體。楚辭九辯王逸注：「九者，陽之數，道之綱紀也。故天有九星，以正機衡；地有九州，以成萬邦；人有九竅，以通精明。」　七發之「七」，文心雕龍雜文篇謂「蓋七竅所發」；文選李善注：「七發者，説七事以起發太子也。」

〔三〕五星　周禮春官大宗伯：「以實柴祀日月星辰。」鄭玄注：「星謂五緯。」賈公彦疏：「五緯即五星：東方歲星，南方熒惑，西方大(太)白，北方辰星，中央鎮星(按：以上分别爲木、火、金、水、土星)。」史記天官書：「天有五星，地有五行。」

〔四〕五嶽　爾雅釋山：「泰山爲東嶽，華山爲西嶽，霍山爲南嶽，桓山爲北嶽，嵩高爲中嶽。」

〔五〕五章　指古代官服的五種顔色。尚書皋陶謨：「天命有德，五服成章哉。」僞孔傳：「五服，天子、諸侯、卿、大夫、士之服也。尊卑彩章各異，所以命有德。」章，底本校：「一作常。」五常，指仁、義、禮、智、信。

〔六〕五禮　周禮春官小宗伯：「掌五禮之禁令。」鄭玄注引鄭衆曰：「五禮：吉、凶、軍、賓、嘉。」

〔七〕五聲　左傳昭二十五年：「章爲五聲。」杜預注：「宫、商、角、徵、羽。」孔疏：「即以五聲爲五行之聲：土爲宫，金爲商，木爲角，火爲徵，水爲羽。」

悲才難〔一〕

一悲曰：恭聞古之君子兮，將遠適乎百蠻〔二〕。何故違父母之宗國〔三〕，從禽獸於末班〔四〕？將矯詞兮不往〔五〕，將背俗兮不還〔六〕？寧曲成而薄喪，不直敗以厚顏〔七〕。彼聖人兮猶若此，況不肖與中間〔八〕！古往今來，邈矣悠哉！嵇生玉折〔九〕，顏子蘭摧〔一〇〕。人兮代兮俱盡，代兮人兮共哀〔一一〕。至如左丘失明〔一二〕，冉耕有疾〔一三〕；兵法作而斷足〔一四〕，史記修而下室〔一五〕；高明者鬼瞰其門〔一六〕，正直者人怨其筆〔一七〕。雖爲鏡於前代〔一八〕，終抱痛於今日。別有漢陽計掾〔一九〕，邠國臺卿〔二〇〕，抗希代之奇節，負超時之令名，坎壈九死〔二一〕，離披再生〔二二〕。伊才智之爲患〔二三〕，故賢哲之所嬰。若乃賈長沙之數奇〔二四〕，崔亭伯之不偶〔二五〕，思欲削曾史之高行，鉗楊墨之辯口〔二六〕。爲書爲禮，驅季俗於三古之前〔二七〕；垂譽垂聲，正頹綱於百王之後〔二八〕。天子聞之而欲用，羣公畏之而莫取〔二九〕。徒窘蠢於泥沙〔三〇〕，竟龍鍾於塵垢。

異乎！稽之古人則如彼，考之今代又如此：近有魏郡王君曰方〔三一〕，華陰楊氏曰亨〔三二〕，咸能博達奇偉，覃思研精〔三三〕；徵孔門之禮樂〔三四〕，吞鬼谷之縱橫〔三五〕；岳秀泉澄〔三六〕，如川如陵〔三七〕；高談則龍騰豹變〔三八〕，下筆則煙飛霧凝。王則官終於郡吏，楊則官止於邑丞。何異乎操太阿以烹小鮮〔三九〕，飛夜光而彈伏翼〔四〇〕！灼金龜兮訪兆〔四一〕，邀玉騏兮騁力〔四二〕，雖勞形而竭思，吾固知其不得。

余之昆兮曰杲之，余之季兮曰昂之〔四三〕。杲也杲杲兮如三足之烏〔四四〕，昂也昂昂焉如千里之駒〔四五〕。杲之爲人也〔四六〕，風流儒雅〔四七〕，爲一代之和玉〔四八〕；昂之爲人也，文章卓犖，爲四海之隨珠〔四九〕。并蘭馨兮桂馥〔五〇〕，俱龍駒兮鳳雛〔五一〕。生於戰國，則管、樂之器〔五二〕；長於闕里〔五三〕，則游、夏之徒〔五四〕。以方圓異用〔五五〕，遭遇殊時，故才高而位下，咸默默以遲遲。青青子衿兮時向晚〔五六〕，黄黄我綬兮鬢如絲〔五七〕。昆兮何責？坐乾封兮老矣〔五八〕；季兮何負？横武陵而棄之〔五九〕。舉天下兮稱屈，何暗室之足欺〔六〇〕！爲小人之所笑，爲通賢之所悲〔六一〕。童子尚知其不可，矧衡鏡與蓍龜〔六二〕！

故曰：至道之精，窅窅冥冥；至道之極，昏昏默默〔六三〕。焚符破璽，而人朴鄙；剖斗折衡，而人不爭。捩工倕之指，而天下始巧；膠離婁之目，而天下始明〔六四〕。然後除其矯黠之患〔六五〕，安其性命之情〔六六〕。太平之代，萬物肫肫〔六七〕，凡聖脗合〔六八〕，賢愚滑昏〔六九〕。公卿不接友，長吏不迎尊〔七〇〕。當成康勿用，何暇談其兵甲〔七一〕？典謨既作〔七二〕，焉得耀其書論？雖有晏嬰〔七三〕、子産〔七四〕，將頓伏於閭巷〔七五〕；雖有冉求、季路〔七六〕，且耕牧於田園。彼尋常之才子〔七七〕，又焉可以勝言！命鸞鳳兮逐雀，驅龍驥兮捕鼠〔七八〕，使掌事者校其功兮，孰能與狸隼而齊舉？金爲舟兮瑇瑁檝，不可以涉丘陵些〔七九〕；珠爲衣兮翡翠裳，不可以混樵蒸些〔八〇〕。何器用之乖刺兮〔八一〕，悼斯人之勤奓〔八二〕。倚長巖以爲枕兮，吸流光以高卧。見城市以虚盈，若蚊虻之相過〔八三〕。當其時也，巢、繇滿野〔八四〕，不知稷、离之尊〔八五〕；周、召盈朝〔八六〕，莫救夷、齊之餓〔八七〕。若夫管仲不遇齊桓，則陽城之贅壻〔八八〕；太公不遇姬伯，亦棘津之漁夫〔八九〕。一仁一義，柴也來兮由也醢〔九〇〕；一忠一孝，微子去之箕子奴〔九一〕。聖人百慮而一致，君子同歸而殊途〔九二〕。推既焚兮胥既溺〔九三〕，桀亦放兮文亦拘〔九四〕。笙簧六籍〔九五〕，則秦谷有坑儒之痛〔九六〕；黼藻百行，則漢家有黨錮之誅〔九七〕。鄴都傾覆，飛禍纏於高鼻〔九八〕；洛陽板蕩，横死坐其無鬚〔九九〕。喔咿嘌嘶〔一〇〇〕，口含天憲〔一〇一〕；睚眦蠆介，屍僵路隅〔一〇二〕。變化與屈伸交逐，窮達與存亡并驅。因其所有而有之，則萬物無不有；就其所無而無之，則萬物無不無〔一〇三〕。有竅而生，寧惟混沌〔一〇四〕；無用而飽，何獨侏儒〔一〇五〕！是以蘧伯玉卷兮長卷〔一〇六〕，甯武子愚兮更愚〔一〇七〕。

庭有樹兮樹有荆〔一〇八〕，園有鳥兮鳥有鴒〔一〇九〕。鴒其鳴矣，思諸兄矣；荆其頽矣，思諸季矣。巖有芳桂〔一一〇〕，隰有棠棣〔一一一〕，枝蘢蓯兮相樛〔一一二〕，葉翩翩兮相翳。天之生我，胡寧不惠〔一一三〕？何始吉兮初征，悲終凶兮未濟〔一一四〕？

〔一〕才難　才士艱難。論語泰伯：「才難，不其然乎！」

〔二〕恭聞兩句　指周太伯、虞仲讓季歷事。史記周本紀：「古公有長子曰太伯，次曰虞仲。太姜生少子季歷，季歷娶太任，皆賢婦人，生昌（即姬昌，後爲西伯文王），有聖瑞。古公曰：『我世當有興者，其在昌乎？』長子太伯、虞仲知古公欲立季歷以傳昌，乃二人亡如荆蠻，文身斷髮，以讓季歷。」

〔三〕宗　原作「中」，英華、全唐文作「宗」，是，據改。宗國即本族之國，父母之國，猶今祖國。孟子萬章下：「遲遲吾行也，去父母國之道也。」

〔四〕禽獸　蔑稱荆蠻之人。史記周本紀集解引應劭曰：其人「常在水中，故斷其髮，文其身，以象龍子，故不見傷害」。

〔五〕矯詞　矯，改正，謂改變古公欲立季歷以傳昌的打算。

〔六〕背俗　謂背周俗而從百蠻之俗。史記吴太伯世家：「太伯、仲雍（虞仲）二人乃奔荆蠻，文身斷髮，示不可用，以避季歷。」

〔七〕寧曲成二句　曲成，指太伯、虞仲以奔吴來成全季歷。薄喪，謂使周減少損失。直敗、厚顔，指太伯若不離開，以長繼立而使周不興，故在「矯詞」、「背俗」中選擇後者。

〔八〕彼聖人兮二句　聖人，指太伯、虞仲。劉峻辯命論：「聖賢且猶若此，而況庸庸者乎？」

〔九〕嵇生　嵇康。晉書嵇康傳：「嵇康字叔夜，譙國銍人也。」值魏晉易代之際，因不投靠司馬氏而被殺。

〔一〇〕顔子　孔子弟子顔回。論語雍也：「有顔回者好學，不遷怒，不貳過。不幸短命死矣。」蘭摧，世説新語言語：「毛伯成既負其才氣，常稱寧爲蘭摧玉折，不作蕭敷艾榮。」

〔一一〕人兮二句　英華校：「一作人代代兮俱盡，代人人兮共哀。」

〔一二〕左丘　左丘明，傳爲左傳作者。司馬遷報任安書：「左丘失明，厥有國語。」

〔一三〕冉耕　字伯牛，孔子弟子。論語雍也：「伯牛有疾，子問之，自牖執其手。」

〔一四〕斷足　指孫臏。司馬遷報任安書：「孫子髕脚，兵法修列。」又曰：「及如左丘明無目，孫子斷足，終不可用，退論書策，以舒其憤，思垂空文以自見。」又史記孫子吴起列傳：「(孫)臏亦孫武之後世子孫也。孫臏嘗與龐涓俱學兵法。龐涓既事魏，得爲惠王將軍，而自以爲能不及孫臏，乃陰使召孫臏。臏至，龐涓恐其賢於己，疾之，則以法刑斷其兩足而黥之，欲隱勿見。」後孫臏如齊爲軍師，在馬陵大破龐涓軍，龐涓自殺。「孫臏以此名顯天下，世傳其兵法」。　斷足，英華、五十家作「猶臏」。

〔一五〕下室　指司馬遷遭李陵之禍而下蠶室。漢書司馬遷傳報任安書:「僕又茸以蠶室。」顔注:「蠶室,初腐刑所居温密之室也。」

〔一六〕高明句　漢書揚雄傳解嘲:「高明之家,鬼瞰其室。」李奇注:「鬼神害盈而福謙也。」顔注:「瞰,視也。」

〔一七〕正直句　左傳襄二十五年,齊大夫崔杼殺齊莊公後,「大(太)史書曰:『崔杼弒其君。』崔子殺之。其弟嗣書而死者二人,其弟又書,乃舍之。」又宣公二年:趙穿殺晉靈公,晉執政大臣趙盾逃亡在外,未出國境,聞訊而返。「大(太)史(董狐)書曰:『趙盾弒其君。』以示於朝。宣子(趙盾)曰:『不然!』對曰:『子爲正卿,亡不越境,反不討賊,非子而誰?』……孔子曰:『董狐,古之良史也,書法不隱。』」

〔一八〕爲鏡　後漢書馮勤傳:「覽照前世,以爲鏡誡。」

〔一九〕漢陽計掾　後漢書趙壹傳:「趙壹字元叔,漢陽西縣人也。」「光和元年(一七八),舉郡上計到京師。是時司徒袁逢受計,計吏數百人皆拜伏庭中,莫敢仰視,壹獨長揖而已。」

〔二〇〕邠國臺卿　後漢書趙岐傳:「趙岐字邠卿,京兆長陵人也。初名嘉,生於御史臺,因字臺卿。」

〔二一〕坎壈句　指趙壹,見窮魚賦注〔三〕。

〔二二〕離披句　指趙岐。後漢書趙岐傳:「年三十餘,有重疾,卧蓐七年,自慮奄忽,乃爲遺令勑兄子曰：『……天不我與，復何言哉！可立一員石於吾墓前，刻之曰：「漢有逸人，姓趙名嘉。有志無時，命也奈何！」』其後疾瘳。」

〔二三〕才智爲患　謂二趙因多才，反罹禍患。後漢書趙壹傳：「恃才倨傲，爲鄉黨所擯。」趙岐傳：「岐少明經，有才藝。」

〔二四〕賈長沙　即賈誼，文帝召以爲博士，愛其能，議以任公卿之位，遭到權貴反對，出爲長沙王太傅。事迹詳史記屈原賈生列傳。　數奇，漢書李廣傳：「以爲李廣數奇。」顔注：「言廣命隻不耦合也。」

〔二五〕崔亭伯　即崔駰，見雙槿樹賦注〔五四〕。後漢書崔駰傳載，竇憲爲車騎將軍，辟崔駰爲掾。憲擅權驕恣，駰數諫之，憲不能容，出爲長岑長。「駰自以遠去，不得意，遂不之官而歸。永元四年（九二），卒於家」。

〔二六〕思欲兩句　「曾史」，原作「魯史」。莊子胠篋：「削曾史之行，鉗楊墨之口。」成疏：「削，除也。鉗，閉也。曾參至孝，史魚忠直，楊朱墨翟，稟性私辯。」據此，「魯」乃「曾」之訛，據改。

〔二七〕爲書兩句　指賈誼爲漢定律令制度。史記賈生列傳：「賈生以爲漢興至孝文二十餘年，天下合洽，而固當改正朔，易服色，法制度，定官名，興禮樂，乃悉草具其事儀法……悉更秦之法。孝文帝初即位，謙讓未遑也。諸律令所更定，及列侯悉就國，其説皆自賈生發之。」三古，漢書藝文志：「易道深矣，人更三聖，世歷三古。」注引孟康曰：「易繫辭曰：易之興，其於中古乎?然則伏羲爲上古,文王爲中古,孔子爲下古。」

〔二八〕正頽綱句　與前兩句義同,指賈誼草具儀法等事。漢書武帝紀贊:「漢承百王之弊,高祖撥亂反正。」

〔二九〕天子兩句　史記賈生列傳:「天子(文帝)議以爲賈生任公卿之位。絳、灌、東陽侯、馮敬之屬盡害之,乃短賈生曰:『雒陽之人,年少初學,專欲擅權,紛亂諸事。』於是天子後亦疏之,不用其議。」

〔三〇〕窘蠢　與「窘蹙」義同,困厄不得志貌。

〔三一〕魏郡　即魏州。元和郡縣志卷一六:隋武陽郡,「武德四年(六二一)討平竇建德,改置魏州」。地在今河北大名縣北。王方,無考。

〔三二〕華陰　縣名,唐屬關内道華州,地即今陝西華陰縣。楊亨,無考。

〔三三〕覃思研精　研究精深。僞孔安國尚書序:「於是遂研精覃思,博考經籍。」

〔三四〕徵　英華、全唐文作「探」。

〔三五〕鬼谷　鬼谷子,傳説爲蘇秦、張儀師,楚人。隋書經籍志著録鬼谷子三卷。四庫簡明目録:「舊本題鬼谷子撰,唐志以爲蘇秦撰,莫能詳也。其書爲縱横家之祖。」

〔三六〕岳秀泉澄　泉,當作「淵」(避高祖諱)。謂人品秀美如山,清深如淵。抱朴子外篇卷二名實:「執己衡門,淵渟嶽立。」

〔三七〕如川句　與上句義近。詩經小雅天保：「如山如阜，如岡如陵，如川之方至，以莫之增。」

〔三八〕高談句　謂王方、楊亨立論高而多文彩。易乾卦：「飛龍在天。」又：「雲從龍。」易革卦：「君子豹變。」王弼注：「君子處之，能成其文。」

〔三九〕太阿　寶劍名。戰國策韓策一：「龍淵、太阿，皆陸斷馬牛，水擊鵠鴈。」小鮮，小魚。老子：「治大國若烹小鮮。」此句及下句，皆謂王方、楊亨大才而小用。

〔四〇〕夜光　珠名，即隋侯珠，見淮南子覽冥訓。搜神記卷二〇：「隋侯出行，見大蛇，被傷中斷，疑其靈異，使人以藥封之，蛇乃能走。……歲餘，蛇銜明珠以報之。珠盈徑寸，純白，而夜有光明，如月之照，可以燭室，故謂之『隋侯珠』。」莊子讓王：「今有人於此，以隨侯之珠彈千仞之雀，世必笑之。是何也？則其所用者重而所要者輕也。」伏翼，即蝙蝠。爾雅釋鳥作「服翼」。政和證類本草一九禽引别録：「伏翼，一名蝙蝠。生大山川谷及人家屋間。」又引唐本注：「伏翼，以其晝伏有翼耳。」

〔四一〕灼金龜句　謂卜吉凶。史記龜策列傳：「夫擢策定數，灼龜觀兆，變化無窮。」説文：「兆，灼龜坼也。」

〔四二〕玉騏　騏驥之美稱。莊子秋水：「騏驥驊騮，一日而馳千里。」

〔四三〕余之兩句　昆、季，謂兄、弟。詩經王風葛藟：「謂他人昆。」毛傳：「昆，兄也。」説文：「季，少稱也。」杲之，未詳是否即盧光乘之字（近年新出土之盧照己墓誌銘有盧照乘，疑即一人）。光乘武后長壽中嘗爲隴州刺史，見舊唐書盧照鄰傳。昂之（上引盧照己墓誌銘記其弟猶有盧照容，不詳是否一人）事迹未詳。

〔四四〕杲杲　日光明亮貌。詩經衛風伯兮：「其雨其雨，杲杲出日。」三足烏，日中神烏名，代指日。淮南子精神訓：「日中有踆烏。」高誘注：「踆，猶蹲也。謂三足烏。」烏，全唐文作「烏」。

〔四五〕昂也句　楚辭屈原卜居：「寧昂昂若千里之駒乎？」王逸注：「志行高也。」又：「才殊絶也。」洪興祖補注：「漢武帝謂劉德爲千里駒。顔師古云：言若駿馬可致千里也。」説文：「馬二歲曰駒。」

〔四六〕杲　英華作「果」，誤。

〔四七〕風流儒雅　庾信枯樹賦：「殷仲文風流儒雅，海内知名。」

〔四八〕和玉　即和氏璧。韓非子和氏篇：楚人卞和在山中得璞，先後獻給厲王、武王，皆以爲是石，遂被先後截去雙足。文王立，方剖璞得寶玉，因稱「和氏璧」。

〔四九〕隨珠　即隋侯珠，見注〔四〇〕。

〔五〇〕馥　英華、五十家、十二家、全唐文并作「郁」。

〔五一〕俱龍駒句　晉書陸雲傳：陸雲少與兄陸機齊名，號曰「二陸」。「幼時吴尚書廣陵閔鴻見而奇之，曰：『此兒若非龍駒，當是鳳雛。』」

〔五二〕管、樂　指管仲、樂毅。管仲爲齊桓公相，富國强兵，使齊成爲春秋五霸之首。史記有傳。

樂毅，戰國時燕將，曾聯合趙、楚、韓、魏伐齊，下七十餘城。史記有傳。

〔五三〕闕里　史記孔子世家：「孔子生魯昌平鄉陬邑。」正義引括地志：「兗州曲阜縣魯城西南三里有闕里，中有孔子宅，宅中有廟。」

〔五四〕游夏　子游，姓言名偃，字子游，吴人。卜商，字子夏，衛人。皆孔子弟子。論語先進：「文學：子游、子夏。」

〔五五〕方圓異用　楚辭宋玉九辯：「圜鑿而方枘兮，吾固知其鉏鋙而難入。」五臣注：「若鑿圜穴，斫方木内（納）之，而必參差不可入。」

〔五六〕青衿　周代學子服裝，此代指作者兄弟。詩經鄭風子衿：「青青子衿，悠悠我心。」

〔五七〕黄綬　黄色印綬，代指佐貳小官。漢書百官公卿表：凡吏秩，「比二百石以上，皆銅印黄綬」。

〔五八〕乾封　此當爲地名，與下句「武陵」對文。舊唐書地理志一：長安，隋縣，「乾封元年（六六六），分爲乾封縣，治懷直坊」。

〔五九〕武陵　郡名。通典卷一八三武陵郡：「大唐爲朗州，或爲武陵郡。」地即今湖南常德市。

〔六〇〕暗室足欺　列女傳卷三衛靈夫人：「衛靈夫人，衛靈公之夫人也。靈公與夫人夜坐，聞車聲轔轔，至闕而止，過闕，復有聲。公問夫人曰：『知此爲誰？』夫人曰：『此蘧伯玉也。』公曰：『何以知之？』夫人曰：『妾聞禮下公門，式路馬，所以廣敬也。夫忠臣與孝子，不爲昭昭變節，不爲冥冥惰行。蘧伯玉，衛之賢大夫也。仁而有智，敬於事上，此其人必不以暗昧廢禮，是以知之。』公使視之，果伯玉也。」後所謂「不欺暗室」出此。梁書簡文帝紀：「弗欺暗室，豈況三光。」此反用其句意，謂兄弟爲陰謀所算。

〔六一〕通賢　學問博洽貫通者。南史顧野王姚察傳論：「顧、姚栖託藝文，蹈履清直，文質彬彬，各踐通賢之域。」

〔六二〕衡鏡　衡以稱輕重，鏡以照美丑，因代指選曹。梁書徐勉傳：「常參掌衡石，甚得士心。」又陳書姚察傳：「藻鏡人倫，良所期寄。」　蓍龜，亦指選賢。史記龜策列傳：「夫摓策定數，灼龜觀兆，變化無窮，是以擇賢而用占焉，可謂聖人重事者乎！」

〔六三〕至道四句　莊子在宥：「至道之精，窈窈冥冥；至道之極，昏昏默默。」郭象注：「窈冥、昏默，皆了無也。」

〔六四〕焚符八句　莊子胠篋：「焚符破璽，而民朴鄙；掊斗折衡，而民不爭。……膠離朱之目，而天下始人含其明矣；毀絶鉤繩而棄規矩，攦工倕之指，而天下始人有其巧矣。」成疏：「符、璽者，表誠信也。斗、衡者，所以量多少、稱輕重也。工倕是堯工人，作規矩之法，亦云舜臣也。攦，折也，割也。」捩、攦義同。　離婁，英華作「離朱」。按孟子離婁上趙岐注：「離婁者，古之明目者，蓋以爲黄帝之時人也。黄帝亡其玄珠，使離朱索之，離朱即離婁也。能視於百步之外，見秋毫之末。」

〔六五〕矯　似當作「驕」。驕黠，驕縱狡猾。漢書西域傳上：「康居驕黠，訖不肯拜使者。」

〔六六〕安其句　莊子在宥：「無爲也而後安其性命之情。」郭象注：「直各任其自爲，則性命安矣。」情，原作「精」，據改。

〔六七〕肫肫　禮記中庸：「肫肫其仁。」鄭玄注：「肫肫，讀如『誨爾忳忳』之『忳忳』。忳，懇誠貌也。」

〔六八〕凡聖　凡人與聖人。　脗合，謂無分別，見下注。

〔六九〕滑昏　原作「淆昏」，據英華、五十家改。莊子齊物論：「爲其脗合，置其滑涽，以隸相尊。」成疏：「脗，無分別之貌也。置，任也。滑，亂也。涽，闇也。隸，皁僕之類也，蓋賤稱也。……以隸相尊，一於貴賤也。」

〔七〇〕公卿兩句　文選揚雄解嘲：「當今縣令不請士，郡守不迎師；羣卿不揖客，將相不俯眉。」李善注：「言世尚同而惡異。」

〔七一〕當成康兩句　謂成康盛世，天下太平，無需談兵。成康，即周成王、周康王。史記周本紀：「成康之際，天下安寧，刑錯四十餘年不用。」

〔七二〕典謨　尚書序：「典謨訓誥誓命之文，凡百篇。」孔疏：「典即堯典、舜典，謨即大禹謨、皋陶謨。」

〔七三〕晏嬰　史記管晏列傳：「晏平仲嬰者，萊之夷維人也。事齊靈公、莊公、景公，以節儉力行重於齊……以此三世顯名於諸侯。」

〔七四〕子産　鄭穆公之孫，子國之子，執國政於簡、定、獻、聲公數朝，在晉楚爭霸中，使鄭存而不敗。見史記鄭世家。

〔七五〕頓伏　困處。荀子仲尼：「頓窮則從之。」楊倞注：「頓，謂困躓也。」劉琨爲并州刺史到壺關上表：「頓伏艱危，辛苦備嘗。」

〔七六〕冉求　字子有，與季路皆孔子弟子，長於政事。論語先進：「政事：冉有、季路。」

〔七七〕彼　五十家作「得」，似誤。

〔七八〕驅龍驥句　莊子秋水：「騏驥驊騮，一日而馳千里，捕鼠不如狸狌，言殊技也；鴟鵂夜撮蚤，察毫末，晝出瞋目而不見丘山，言殊性也。」

〔七九〕金爲舟兩句　言雖貴而用非其所。莊子天運：「夫水行莫如用舟，而陸行莫如用車。以舟之可行於水也而求推之於陸，則没世不行尋常。」　瑇瑁，即玳瑁，産於海中，其甲可製飾品，甚珍貴。

〔八〇〕蒸　柴薪。詩經召南無羊：「以薪以蒸。」鄭箋：「粗爲薪，細爲蒸。」

〔八一〕乖剌　漢書劉向傳：「膠戾乖剌。」顔注：「言志意不和，各相違背。」

〔八二〕勤奓　勤苦過度。文選張衡西京賦：「心奓體忲。」李善補注引聲類：「奓，侈字也。」　奓，英華校：「一作些。」

〔八三〕蚊虻相過　莊子寓言：「彼視三釜三千鍾，如觀雀蚊虻相過乎前也。」郭象注：「視榮祿若蚊虻鳥雀之在前而過去耳，豈有哀樂於其間哉！」

〔八四〕巢、繇　即巢父、許由（繇、由通），相傳爲堯時隱士，堯以天下讓許由，許由不受。見莊子讓王、高士傳卷上等。

〔八五〕稷、卨　古代著名賢臣。稷，舜時農官。卨（同契），舜時司徒。

〔八六〕周、召　即周公旦、召公奭，周成王時賢臣，周公曾代成王攝國政。史記周本紀：「召公爲保，周公爲師……興正禮樂，度制於是改，而民和睦，頌聲興。」

〔八七〕夷、齊　即伯夷、叔齊。史記伯夷列傳：「伯夷、叔齊，孤竹君之二子也。父欲立叔齊，及父卒，叔齊讓伯夷。伯夷曰：『父命也。』遂逃去。叔齊亦不肯立而逃之。……（周）武王已平殷亂，天下宗周，而伯夷、叔齊恥之，義不食周粟。」遂餓死於首陽山。

〔八八〕若夫兩句　陽城，原作「城陽」。史記管晏列傳：「管仲夷吾者，潁上人也，少時常與鮑叔牙游。……已而鮑叔事齊公子小白，管仲事公子糾。及小白立，爲桓公，公子糾死，管仲囚焉。鮑叔遂進管仲。管仲既用，任政於齊，齊桓公以霸。」索隱：「地理志潁水出陽城。」據知「城陽」乃「陽城」之倒誤，今乙。　贅壻，史記滑稽列傳：「淳于髡者，齊之贅壻也。」索隱：「女之夫也，比於子，如人疣贅，是餘剩之物也。」

〔八九〕太公兩句　史記齊太公世家：「太公望呂尚者，東海上人。」周西伯獵，遇太公釣於渭之陽，

「載與俱歸，立爲師」。又韓詩外傳卷七：「吕望行年五十，賣食棘津，年七十屠於朝歌，九十乃爲天子師，則遇文王也。」元和郡縣志卷一七冀州棗强縣：「棘津故城，在縣東北二十七里。」

〔九〇〕一仁兩句　柴指高柴，字子羔；由指仲由，字子路，皆孔子弟子。論語先進：「柴也愚。」陽貨：「好仁不好學，其蔽也愚。」故以「仁」謂高柴。論語微子：「子路曰：『不仕無義。……君子之仕也，行其義也。』」先進：「政事：冉有、季路（仲由一字季路）。」故以「義」謂仲由。左傳哀十五年：衛蒯聵與孔悝作亂，子路聞而馳往，遇子羔出衛城門。子路欲燔臺，蒯聵聞之懼，「下石乞盂黶敵子路。以戈擊之，斷纓。子路曰：『君子死，冠不免。』結纓而死。孔子聞衛亂，曰：『柴也其來，由也死矣。』」

〔九一〕微子、箕子　殷紂王臣。箕子爲紂王諸父，微子乃其異母兄。論語微子：「微子去之，箕子爲之奴，比干諫而死。孔子曰：『殷有三仁焉。』」按史記殷本紀：「紂愈淫亂不止。微子數諫不聽，乃與大師、少師謀，遂去。比干……迺强諫紂。紂怒曰：『吾聞聖人心有七竅。』剖比干，觀其心。箕子懼，乃詳狂爲之奴，紂又囚之。」

〔九二〕聖人兩句　易繫辭下：「子曰：天下何思何慮？天下同歸而殊途，一致而百慮。」王弼注：「夫少則得，多則惑。塗雖殊，其歸則同；慮雖百，其致不二。苟識其要，不在博，求一以貫之，不慮而盡矣。」

〔九三〕推　即介之推。既焚，指之推被燒死於介山（在今山西介休縣）。莊子盜跖：「子推怒而去，抱木而燔死。」成疏：「晉文公重耳也，遭驪姬之難，出奔他國，在路困乏，推割股肉以飴之。公後還，三日，封於從者，遂亡子推。子推作龍蛇之歌，書其營門，怒而逃。公後慚謝，追子推於介山。子推隱避，公因放火燒山，庶其走出。火至，子推遂抱樹而焚死焉。」胥，即伍子胥。既溺，指投子胥尸於江。史記吳太伯世家：伍子胥數諫吳王夫差，吳王不聽，「使子胥於齊，子胥屬其子於齊鮑氏，還報吳王。吳王聞之，大怒，賜子胥屬鏤之劍以死」。索隱：「王（夫差）愠曰：『孤不使大夫得有見。』乃盛以鴟夷，投之江也。」

〔九四〕桀　即夏桀。史記夏本紀：「湯修德，諸侯皆歸湯，湯遂率兵以伐夏桀。桀走鳴條，遂放而死。」文，即周文王姬昌，殷紂時爲西伯。史記殷本紀：「九侯有好女，入之紂。九侯女不憙淫，紂怒，殺之，而醢九侯。鄂侯爭之彊，辨之疾，并脯鄂侯。西伯昌聞之，竊嘆。崇侯虎知之，以告紂，紂囚西伯羑里。」

〔九五〕笙簧　兩種樂器。此用如動詞，謂鼓吹詠歌。六籍，文選班固東都賦：「蓋六籍所不能談。」李善注：「六籍，六經也。」六經代指儒家。

〔九六〕則秦谷句　谷，原作「俗」，據英華、全唐文改。「谷」指土坑。句謂焚書坑儒事。史記秦始皇本紀：始皇三十五年（前二一二），侯生、盧生相與誹謗始皇并亡去，始皇大怒，「於是使御史悉案問諸生，諸生傳相告引，乃自除。犯禁者四百六十餘人，皆阬之咸陽。」

〔九七〕黼藻二句　黼藻，泛指花紋、色彩。此用如動詞，猶言裝點、美化。百行，各種品行、思想。後漢書黨錮列傳：漢桓帝延熹九年（一六六），李膺、范滂等二百餘人被指爲黨人，下獄治罪。其年，桓帝赦其歸家，禁錮終身。漢靈帝建寧二年（一六九），又大誅黨人，百餘人死獄中，禁錮六七百。此即「黨錮」之禍。以上四句，謂周、孔以降，雖儒家、儒術漸趨獨尊，但並非一帆風順。

〔九八〕鄴都兩句　晉書載紀七：石勒建後趙於襄國，其侄子石虎遷都鄴。石虎死，養子漢人冉閔滅後趙，大誅胡人，無貴賤男女少長皆斬之，「於時高鼻無鬚至有濫死者半」。

〔九九〕洛陽兩句　板蕩，謂政局動亂。詩經大雅有板、蕩二篇，刺周厲王無道，敗壞國家。按兩句言董卓誅宦官事。三國志魏董卓傳：「靈帝崩，少帝即位。大將軍何進與司隸校尉袁紹謀誅諸閹官，太后不從。進乃召卓使將兵詣京師。」卓未至，進敗。張鷟朝野僉載卷一：「冉閔殺胡，高鼻者橫死；董卓誅閹人，無鬚者枉戮。」

〔一〇〇〕喔咿句　楚辭屈原卜居：「將哫訾栗斯，喔咿儒兒，以事婦人乎？」　嘌嘶，同「栗斯」，王逸注：「承顏色也。」　喔咿，王逸注：「强笑噱也。」

〔一〇一〕口含天憲　謂其言語即王法。後漢書宦者列傳：宦官「手握王爵，口含天憲」。

〔一〇二〕睚眦兩句　蠆介，原作「蠆分」。文選張衡西京賦：「睚眦蠆芥，屍僵路隅。」薛綜注：「僵，仆也。」李善注引張揖子虛賦注：「蔕介，刺鯁也。蠆，與蔕同。」據此，「蠆分」之「分」，當是「介」之形訛，今改。

〔一〇三〕因其四句　莊子秋水：「以功觀之，因其所有而有之，則萬物莫不有；因其所無而無之，則萬物莫不無。」言無所謂有、無。

〔一〇四〕有竅兩句　莊子應帝王：「南海之帝爲儵，北海之帝爲忽，中央之帝爲渾沌。儵與忽時相與遇於渾沌之地，渾沌待之甚善。儵與忽謀報渾沌之德，曰：『人皆有七竅以視聽食息，此獨無有，嘗試鑿之。』日鑿一竅，七日而渾沌死。」

〔一〇五〕無用兩句　用東方朔事，見雙槿樹賦注〔六六〕。

〔一〇六〕是以句　蘧瑗，字伯玉，春秋衛人。論語衛靈公：子曰：「君子哉，蘧伯玉！邦有道，則仕；邦無道，則可卷而懷之。」

〔一〇七〕甯武子句　甯武子即甯俞，春秋時衛大夫。論語公冶長：「子曰：『甯武子邦有道則知，邦無道則愚。其知可及也，其愚不可及也。』」

〔一〇八〕庭有句　荆指荆樹，代指兄弟。吴均續齊諧記：田真兄弟三人分家産，堂前一株紫荆樹，共議欲破三片。明日就截之，其樹即枯死。兄弟因悲，不復解樹，樹應聲榮茂。

〔一〇九〕鴒　即鶺鴒，又作脊令，鳥名，亦喻兄弟。詩經小雅常棣：「脊令在原，兄弟急難。」毛傳：「脊令，雝渠也。飛則鳴，行則摇，不能自舍也。」鄭箋：「雝渠，水鳥，而今在原，失其常處。則『飛則鳴』，求其類，天性也，猶兄弟之於急難。」

〔一一〇〕芳桂　楚辭淮南小山招隱士：「桂樹叢生兮山之幽。」王逸注：「遠去朝廷而隱藏也。」

〔一一〕隰有句　詩經小雅常棣：「原隰裒矣，兄弟求矣。」鄭箋：「原也，隰也，以相與聚居之故，故能定高下之名，猶兄弟相求，故能立榮顯之名。」棠（同「常」）棣，木名，即鬱李。

〔一二〕枝蘢蓯句　楚辭淮南小山招隱士：「（桂樹）偃蹇連蜷兮枝相繚，山氣蘢蓯兮石嵯峨。」五臣注：「蘢蓯，雲氣貌。」樛，通「糾」，樹枝相纏結。

〔一三〕天之兩句　詩經小雅小弁：「天之生我，我辰安在？」又四月：「先祖匪人，胡寧忍予？」鄭箋：「寧，猶曾也。」惠，仁厚。

〔一四〕何始吉二句　易既濟：「初吉終亂。」未濟，易未濟：「六三，未濟征凶。」王弼注：「以陰之質失位居險，不能自濟者也。以不正之身，力不能自濟而求進焉，喪其身也，故曰征凶也。」兩句爲其兄弟及自身遭遇之不幸鳴不平。

悲窮通〔一〕

一悲曰：流淚公子，傷心久之。歷萬古以抽恨，横八荒而還悲〔二〕。有幽巖之卧客，兀中林而坐思〔三〕。形枯槁以崎嶬〔四〕，足聯踡以緇鼈〔五〕。悄悄兮忽愴〔六〕，眇眇兮惆悵〔七〕。迢遥兮獨蹇〔八〕，淹留兮空谷。天片片而雲愁，山幽幽而谷哭〔九〕。露垂泣於幽草，風含悲於拱木〔一〇〕。徒觀其頂集飛塵，尻埋積雪。骸骨半死，血氣中絶。

四支萎墮，五官欹缺。皮襞積而千皺〔一一〕，衣聯褰而百結〔一二〕。毛落鬢禿〔一三〕，無叔子之明眉〔一四〕；唇亡齒寒〔一五〕，有張儀之羞舌〔一六〕。仰而視睛，翳其若瞢〔一七〕；俯而動身，羸而欲折。神若存而若亡，心不生而不滅。其所居也不爨，其所狎也非人。古樹爲伴，朝霞作隣。下陰森以多晦，傍恍惚兮無垠。松門草合，石路苔新。

公子方撫其背而曳其裾〔一八〕，曰：子非有唐之文士與？燕地之高門與〔一九〕？昔也子之少，則玉樹金枝〔二〇〕；及其長，則龍章鳳姿〔二一〕。立身則淹中不足言其禮〔二二〕，揮翰則江左莫敢論其詩〔二三〕。每兢兢於暗室〔二四〕，恒詡詡於明時〔二五〕。常謂五府交辟〔二六〕，三臺共推〔二七〕，朝紓會稽之綬〔二八〕，夕獻長楊之詞〔二九〕。痛私門之禍速〔三〇〕，惜公車之詔遲〔三一〕。豈期晦明乖序，寒燠愆度〔三二〕，鱗傷羽折，筋攣肉蠹〔三三〕。離披於丹澗之隅〔三四〕，觳觫於藪山之路〔三五〕。已矣哉〔三六〕，已矣哉！崑山玉石忽摧頹〔三七〕；事去矣，事去矣！古今聖賢悲何已。

天道如何〔三八〕？自古相嗟。項羽帳中之飲〔三九〕，荆卿易水之歌〔四〇〕，何壯夫之懦抑〔四一〕，伊兒女之情多〔四二〕。借如蘇武生還〔四三〕，温序死節〔四四〕，王陵之母伏劍〔四五〕，杞梁之妻泣血〔四六〕，事蓋迫於功名，情有兼於貞烈。若關羽漢陰〔四七〕，田橫海島〔四八〕，孤城已迫，疲兵尚老；離離碣石之鴻〔四九〕，羃羃江潭之草〔五〇〕：回首永訣，吞聲何道〔五一〕。及夫獻帝偷生〔五二〕，懷王客死〔五三〕；哀西都之城闕〔五四〕，憶南荆之朝市〔五五〕；鳳凰樓上隴山雲〔五六〕，鸚鵡洲前吴江水〔五七〕：一離一别兮，漢家宫掖似神仙〔五八〕；獨坐獨愁兮〔五九〕，楚國容華競桃李〔六〇〕。别有士安多疾〔六一〕，顔畿不起〔六二〕；馬援困於壺頭〔六三〕，冉耕悲於牖裏〔六四〕。平生書劍〔六五〕，宿昔琴樽，研精殫於玉册〔六六〕，博思浹於銅渾〔六七〕：思欲爲龜爲鏡〔六八〕，立德立言〔六九〕，成天下之亹亹〔七〇〕，定古今之諄諄〔七一〕。一朝溘卧〔七二〕，萬事寧論！君徒見丘中之饒朽骨，豈知陌上之有遊魂。假使百年兮上壽〔七三〕，又何足以存存〔七四〕！

〔一〕窮通　莊子讓王：「孔子曰：君子通於道之謂通，窮於道之謂窮。」

〔二〕横八荒　漢書陳勝項籍列傳：「秦孝公……有席卷天下，包舉宇内，囊括四海，并吞八荒之心。」顔注：「八荒，八方荒忽極遠之地。」

〔三〕坐　詩詞曲語辭匯釋卷四：「猶自也。」

〔四〕枯槁　謂身體乾瘦如柴。老子：「萬物草木之生也柔脆，其死也枯槁。」崎巇，謂瘦骨高聳。文選王延壽魯靈光殿賦：「上崎巇而重注。」李善注：「崎巇，危險貌。」巇，英華作「峨」。

〔五〕聯蹉　字形又作「連卷」、「連蜷」，拳曲貌。　緇鼇　同「支離」，殘缺貌。

〔六〕悄悄　詩經鄘風柏舟：「憂心悄悄。」毛傳：「悄悄，憂貌。」

〔七〕眇眇　楚辭屈原九章悲回風：「路眇眇之默默。」王逸注「眇眇」爲「遼遠」。

〔八〕迢　英華、五十家作「超」。

〔九〕天片片二句　江總賦得攜手上河梁應詔詩：「雲愁數處黑，木落幾枝黄。」詩經小雅斯干：「幽幽南山。」毛傳：「幽幽，深遠也。」

〔一〇〕拱木　左傳僖三十二年：「中壽，爾墓之木拱矣。」杜預注：「合手曰拱。」

〔一一〕襞積　漢書司馬相如傳：「襞積褰縐。」顔注：「襞積，即今之裙襵。」此喻面皮多皺。

〔一二〕百結　北堂書鈔卷一二九引王隱晉書：董威輦「得殘碎繒，輒結以爲衣，號曰百結」。

〔一三〕鬢　英華、全唐文作「鬚」。

〔一四〕叔子　即羊祜。世説新語言語：王子敬語王孝伯曰：「羊叔子自復佳耳，然亦何與人事？」劉孝標注引晉諸公贊：「羊祜字叔子，太山平陽人也。……爲兒時，游汶濱，有行父止而觀焉，嘆息曰：『處士大好相，善爲之，未六十，當有重功於天下。』」晉書羊祜傳：「及長，博學能屬文，身長七尺三寸，美鬚眉，善談論。」

〔一五〕脣亡句　左傳僖五年：「諺所謂『輔車相依，脣亡齒寒』者，其虞虢之謂也。」又莊子胠篋：「故曰脣竭則齒寒。」此言脣、齒殘缺。

〔一六〕有張儀句　史記張儀列傳:張儀者,魏人也。「張儀已學而游説諸侯。嘗從楚相飲,已而楚相亡璧,門下意張儀。……共執張儀,掠笞數百,不服,醳之。其妻曰:『嘻!子毋讀書游説,安得此辱乎?』張儀謂其妻曰:『視吾舌尚在不?』其妻笑曰:『舌在也。』儀曰:『足矣。』」

〔一七〕曹　昏暗。五十家作「夢」,誤。

〔一八〕曳其裾　拖着衣襟。漢書鄒陽傳載上吴王書:「何王之門不可曳長裾乎?」

〔一九〕燕地　指作者故里范陽。范陽爲春秋燕國地,故稱。范陽盧氏爲北朝著名士族。

〔二〇〕玉樹　喻貌秀才優。世説新語容止:「魏明帝使后弟毛曾與夏侯玄共坐,時人謂蒹葭倚玉樹。」金枝,原指皇族子女,此謂貴族之後。樂府詩集卷一一唐享太廟樂章蕭倣懿宗舞:「金枝繁茂,玉葉延長。」

〔二一〕龍章鳳姿　喻神彩品貌非凡。世説新語容止:「嵇康身長七尺八寸。」劉孝標注引康别傳:「康長七尺八寸,偉容色,土木形骸,不自修厲,而龍章鳳姿,天質自然。」

〔二二〕立身句　謂其以禮爲立身之道,淹中之儒莫比。漢書藝文志:「漢興,魯高堂生傳士禮十七篇。訖孝宣世,后倉最明。戴德、戴聖、慶普皆其弟子,三家立於學官。禮古經者,出於魯淹中及孔氏。」淹中,蘇林曰:「里名也。」在曲阜。

〔二三〕揮翰句　謂其詩文高妙,時人不及。江左論詩,指南朝劉勰、鍾嶸等評詩。宋書謝靈運傳：「靈運少好學，博覽羣書；文章之美，江左莫逮。」此代指唐人論詩。

〔二四〕兢兢　謹慎貌。詩經小雅小旻：「戰戰兢兢，如臨深淵，如履薄冰。」毛傳：「兢兢，戒也。」

〔二五〕詡詡　同「栩栩」，樂和貌。易林睽之泰：「魴鱮詡詡，利來毋憂。」

〔二六〕五府　即五省。隋大業三年，以殿内、尚書、門下、内史、秘書爲五省（唐改殿内爲殿中、内侍兩省）。

〔二七〕三臺　文選陳琳爲袁紹檄豫州：「坐領三臺。」李善注引應劭漢官儀：「尚書爲中臺，御史爲憲臺，謁者爲外臺。」

〔二八〕朝紆句　漢書朱買臣傳：「上（漢武帝）拜買臣會稽太守。上謂買臣曰：『富貴不歸故鄉，如衣繡夜行。今子何如？』買臣頓首辭謝……懷其印綬，步歸郡邸。」

〔二九〕夕獻句　漢書揚雄傳下：「漢成帝命右扶風發民入南山，捕各類野獸，載以檻車，輸長楊射熊館。「雄從至射熊館，還，上長楊賦」。顔注：「長楊，宫名也，在盩厔縣。」

〔三〇〕私門　潘岳西征賦：「反初服於私門。」作者「私門之禍」未詳，或指其兄、弟仕途遭挫及喪父、卧疾等事。

〔三一〕公車之詔　朝廷徵召。史記東方朔列傳：「朔初入長安，至公車上書，凡用三千奏牘。」正義：「百官表云衛尉屬官有公車司馬。漢儀注云：『公車司馬掌殿司馬門，夜徼宫，天下上事及闕下，凡所徵召皆總領之。』」

〔三二〕豈期兩句　謂時序、寒暑失常。乖、愆，皆謂失常。禮記樂記：「天地之道，寒暑不時則疾。」此喻指世事變遷。

〔三三〕筋攣　素問皮部論：「寒多則筋攣骨痛。」　肉蠹，謂肌肉萎縮。

〔三四〕離披　楚辭宋玉九辯：「奄離披此梧楸。」洪興祖補注：「離披，分散貌。」此言六神無主貌。丹澗，指東龍門山之山谷。

〔三五〕觳觫　孟子梁惠王上：「吾不忍其（指牛）觳觫，若無罪而就死地。」趙岐注：「恐貌。」

〔三六〕已矣　楚辭屈原離騷：「已矣哉，國無人莫我知兮。」王逸注：「已矣，絶望之詞也。」

〔三七〕崑山句　尚書胤征：「火炎崑岡，玉石俱焚。」僞孔傳：「崑山出玉，言火逸而害玉。」此以玉毁喻病廢。

〔三八〕天道　江淹恨賦：「人生到此，天道寧論！」

〔三九〕項羽句　史記項羽本紀：項王被圍垓下，夜起帳飲，「有美人名虞，常幸從；駿馬名騅，常騎之。於是項王乃悲歌忼慨，自爲詩曰：『……騅不逝兮可奈何，虞兮虞兮奈若何！』歌數闋，美人和之。項王泣數行下，左右皆泣，莫能仰視」。

〔四〇〕荆卿句　史記刺客列傳：燕太子丹遣荆軻入秦刺秦王，「太子及賓客知其事者，皆白衣冠以送之。至易水之上，既祖，取道，高漸離擊筑，荆軻和而歌，爲變徵之聲，士皆垂淚涕泣。又前而爲歌曰：『風蕭蕭兮易水寒，壯士一去兮不復還！』」易水，水名，發源於今河北易縣。

〔四一〕壯夫　指荆軻。　懦抑，軟弱消沉，指其臨大事而悲歌。　抑，英華、五十家作「節」。

〔四二〕兒女情多　指項羽，謂其被圍將亡猶眷戀美人虞姬。

〔四三〕借如句　漢書蘇武傳：蘇武於漢武帝時以中郎將持節使匈奴，被拘十九年，於昭帝始元六年（前八一）生還，拜爲典屬國，秩中二千石。　借，五十家作「惜」，誤。

〔四四〕温序句　後漢書温序傳：「温序字次房，太原祁人也。……（光武帝）建武六年（三〇），拜謁者，遷護羌校尉。序行部至襄武，爲隗囂别將苟宇所拘劫。宇謂序曰：『子若與我并威同力，天下可圖矣。』序曰：『受國重任，分當效死，義不貪生，苟背恩德。』……因以節檛殺數人。賊衆爭欲殺之。宇止之曰：『此義士死節，可賜以劍。』序受劍……遂伏劍而死。」

〔四五〕王陵句　漢書王陵傳：「王陵，沛人也。始爲縣豪，高祖微時兄事陵。」後亦起兵，不肯從沛公。「及漢王之還擊項籍，陵乃以兵屬漢。項羽取陵母置軍中。陵使至，則東鄉坐陵母，欲以招陵。陵母既私送使者，泣曰：『願爲老妾語陵，善事漢王。漢王長者，毋以老妾故持二心。妾以死送使者。』遂伏劍而死」。

〔四六〕杞梁　春秋齊大夫。　孟子告子下：「華周、杞梁之妻，善哭其夫。」按烈女傳貞順，有杞梁妻哭城城崩之説。

〔四七〕關羽句　三國志蜀關羽傳：建安二十四年（二一九），「先主爲漢中王，拜羽爲前將軍，假節鉞。是歲，羽率衆攻曹仁於樊……而曹公遣徐晃救曹仁，羽不能克，引軍退還。（孫）權已據江陵，盡虜羽士衆妻子，羽軍遂散。權遣將逆擊羽，斬羽及子平於臨沮(今湖北遠安)」。漢陰，漢水之南，指臨沮。

〔四八〕田横句　史記田儋傳：「田儋者，狄人也，故齊王田氏族也。儋從弟田榮，榮弟田横，皆豪，宗彊，能得人。」漢王劉邦攻齊，齊王田廣死，田横自立爲齊王，抗拒漢軍。後歲餘，漢滅項籍，漢王立爲皇帝，「田横懼誅，而與其徒屬五百餘人入海，居島中」。漢高祖以爲田横「今在海中不收，後恐爲亂，乃使使赦田横罪而召之」。田横乃與其客二人乘傳詣雒陽。未至三十里，「遂自剄，令客奉其頭」。

〔四九〕離離　衆多貌。詩經王風黍離：「彼黍離離。」碣石，海邊山，見明月引注〔七〕。此代指田横所居之島。

〔五〇〕羃羃　草覆蓋貌。　江潭，指江陵，關羽駐守地。

〔五一〕回首兩句　以關羽、田横之死，説明人事盛衰變遷難料，主宰者即所謂「天道」。

〔五二〕獻帝偷生　三國志魏文帝紀：延康元年(二二〇)，漢獻帝禪位於曹丕，丕「以河内之山陽邑萬户奉漢帝爲山陽公，行漢正朔，以天子之禮郊祭，上書不稱臣」。

〔五三〕懷王句　史記楚世家：楚懷王三十年(前二九九)，秦昭王遺書楚王，欲與懷王盟於黄棘。子蘭勸懷王行。懷王至，秦則閉武關，遂與西至咸陽，要以割巫、黔中之地。懷王不復許秦，秦因留之：「頃襄王三年(前二九六)，懷王卒於秦，秦歸其喪於楚。」

〔五四〕西都　即長安。董卓立獻帝，焚洛陽，遷都長安。見詠史四首其三注〔七〕。

〔五五〕南荆　指楚。國語晉語六：「鄢陵之役，晉伐鄭，荆救之。」韋昭注：「荆，楚也。」　朝市，指楚都郢（地在今湖北江陵縣）。古代都城前爲朝廷，後爲市。周禮考工記：「匠人營國，左祖右社，面朝後市。」句言懷王。

〔五六〕鳳凰樓　秦繆公女弄玉所居之樓，見和王奭秋夜有所思注〔五〕。此代指長安，謂獻帝也。隴山，六盤山南段，泛指關西之山。

〔五七〕鸚鵡洲　在江夏（今漢陽）。東漢末，黄祖爲江夏太守，其子射大會賓客，有人獻鸚鵡，禰衡作鸚鵡賦，因以名洲。元和郡縣志卷二七鄂州江夏縣：「鸚鵡洲，在縣西南二里。」　吴江，即嘉吴江，流經漢陽一帶的長江支流。水經注卷三五江水三：「江水又東，湖水自北南注，謂之嘉吴江。」李白鸚鵡洲詩「鸚鵡來過吴江水」，可參讀。此代指楚，謂懷王也。

〔五八〕宫掖　即掖廷，嬪妃居所，此代指獻帝嬪妃。

〔五九〕獨坐句　言楚懷王被拘於秦的愁苦。愁，英華作「悲」，校：「一作獨愁獨怨。」

〔六〇〕楚國句　謂懷王宫人容貌極妍。曹植雜詩：「南國有佳人，容華若桃李。」　容，英華作「英」。競，英華作「兢」，似誤。

〔六一〕别有句　晉書皇甫謐傳：「皇甫謐字士安，幼名静，安定朝那人，漢太尉嵩之曾孫也。」謐沈静寡欲，以著述爲務，「後得風痹疾，猶手不輟卷」。其上武帝疏曰：「久嬰篤疾，軀半不仁，右脚偏小，十有九載。」

〔六二〕顔䄅句　䄅，原作「奇」。晉書顔含傳：「兄䄅，咸寧中得疾，就醫自療，遂死於醫家。」家人迎喪，引喪者顛仆，稱䄅言曰：「我壽命未死，但服藥太多，傷我五藏耳。今當復活，慎無葬耳。」父母從之，乃共發棺，「然氣息甚微，存亡不分矣」。含躬親侍養十三年，而「䄅竟不起」。據此，則「奇」乃「䄅」之音訛，今改。

〔六三〕馬援句　後漢書馬援傳：馬援征五溪，「進營壺頭。賊乘高守隘，水疾，船不得上。會暑甚，士卒多疫死，援亦中病，遂困」。馬援後病卒於壺頭。李賢注：「壺頭，山名也，在今辰州沅陵東。武陵記曰：『此山頭與東海方壺山相似，神仙多所游集，因名壺頭山』也。」

〔六四〕冉耕　字伯牛，孔子弟子。論語雍也：「伯牛有疾，子問之，自牖執其手，曰：『亡之，命矣夫！』」

〔六五〕書劍　指文武。史記項羽本紀：「項籍少時，學書不成，去；學劍，又不成。」陳子昂送别出塞詩：「平生聞高義，書劍百夫雄。」

〔六六〕玉册　玉製簡册，即玉版，此泛指古代典籍。史記太史公自序：「秦撥去古文，焚滅詩書，故明堂石室金匱玉版，圖籍散亂。」集解引如淳曰：「刻玉版以爲文字。」

〔六七〕銅渾　即渾天儀，此代指天文。浹，通。渾，英華作「軍」，形訛。

〔六八〕爲龜爲鏡　爲世人之法則、標準。隋書魏澹傳：「此即前代之茂實，後人之龜鏡也。」

〔六九〕立德句　左傳襄二十四年：「太上有立德，其次有立功，其次有立言，雖久不廢，此之謂不朽。」

〔七〇〕成天下句　易繫辭上：「探賾索隱，鈎深致遠，以定天下之吉凶，成天下之亹亹者，莫大乎著龜。」孔疏：「亹亹，勉也。」句謂成爲勉勵天下之榜樣。此就立德論。

〔七一〕定古今句　謂考定古今是非以垂教。詩經大雅抑：「誨爾諄諄。」諄，説文：「告曉之孰（熟）也。」此就立言論。

〔七二〕溘卧　忽然病倒。楚辭屈原離騷：「寧溘死以流亡兮。」王逸注：「溘，猶奄也。」洪興祖補注：「溘，奄忽也。」

〔七三〕上壽　莊子盜跖：「人上壽百歲。」兮，英華校：「一作之。」

〔七四〕存存　謂生存於世。易繫辭上：「成性存存，道義之門。」爾雅釋訓：「存存，萌萌，在也。」

悲昔遊〔一〕

三悲曰：奇峯合沓半隱天〔二〕，緑蘿蒙籠水潺湲。因嵌巖以爲室〔三〕，就芬芳以列筵。川谷縈回兮迷徑路，山障重複兮無人煙。當谽谺之洞壑〔四〕，臨泱咽之奔泉。中有幽憂之子，長寂寞以思禪〔五〕。暮色蹭蹬〔六〕，朝思綿綿〔七〕。形半生而半死，氣一絶而一連。

自言少年遊宦，來從北燕。淮南芳桂之嶺〔八〕，峴北明珠之川〔九〕，東魯則過仲尼之故宅〔一〇〕，西蜀則耕武侯之薄田〔一一〕。舊鄉舊國白雲邊〔一二〕，飛雪飛蓬暗遠天。暫辭薊北千萬里〔一三〕，少別昭丘三十年〔一四〕。昔時人物都應謝，聞道城隍復可憐〔一五〕。忽憶揚州揚子津〔一六〕，遥思蜀道蜀橋人。鴛鴦渚兮羅綺月〔一七〕，茱萸灣兮楊柳春〔一八〕。煙波淼淼帶平沙，閣棧連延狹復斜〔一九〕。山頭交讓之木〔二〇〕，浦口同心之花〔二一〕。嚴君平之卜肆〔二二〕，戴安道之貧家〔二三〕。月犯少微，弔吴中之隱士〔二四〕；星干織女，乘海上之仙槎〔二五〕。長安綺城十二重〔二六〕，金作鳳凰銅作龍〔二七〕。蕩蕩千門如錦繡〔二八〕，巖巖雙闕似芙蓉〔二九〕。題字於扶風之柱〔三〇〕，繫馬於驪山之松〔三一〕。灞池則金人列岸〔三二〕，太華則玉女臨峯〔三三〕。平明共戲東陵陌〔三四〕，薄暮遥聞北闕鐘〔三五〕。洛陽大道何紛紛〔三六〕，榮光休氣曉氛氲〔三七〕。交衢近接東西署〔三八〕，複道遥通南北軍〔三九〕。漢帝能拜嵩丘石〔四〇〕，陳王巧賦洛川雲〔四一〕。河水河橋木蘭楫〔四二〕，金閨金谷石榴裙〔四三〕。曾入西城看歌舞，也出東郊送使君〔四四〕。

一朝憔悴無氣力，曝骸委骨龍門側〔四五〕。當時相重若鴻鐘，今日相輕比蟬翼。代情兮共此〔四六〕，余何哀之能得！使我孤猿哀怨，獨鶴驚鳴〔四七〕，蘿月寡色，風泉罷聲。嗟昊天之不弔〔四八〕，悲后土之無情。松架森沉兮户内掩〔四九〕，石樓摧折兮柱將傾。竊不敢當雨露之恩惠，長痛恨於此生！

〔一〕遊　此指遊宦。曹丕與吳質書：「追思昔遊，猶在心目。」五十家無「遊」字，蓋脱誤。

〔二〕合沓　重疊貌。文選謝朓敬亭山詩：「茲山横百里，合沓與雲齊。」

〔三〕嵌巖　同「嶔巖」。漢書揚雄傳：「深溝嶔巖而爲谷。」顔注：「嶔巖，深險貌。嶔，音口銜反。」

〔四〕谽谺　文選司馬相如上林賦作「谽呀」，李善注引司馬彪曰：「大貌。」英華作「䶑頷」，五十家作「谺呀」。

〔五〕中有二句　幽憂之子，作者自號，謂其患有幽憂之疾。朝野僉載卷六謂盧照鄰「著幽憂子以釋憤焉」。禪，梵文「禪那」之省稱，義謂静思。

〔六〕暮色蹐蹐　英華作「容色踳踳」。似當作「踳踳」，踳，即踳駁。玉篇：「色雜不同。」

〔七〕朝思　英華作「形神」。綿綿，五十家作「綿線」，「線」字形訛。

〔八〕淮南　此當指壽州。壽州，漢爲淮南國（見漢書地理志上），隋爲淮南郡（見隋書地理志下），唐爲壽州，即今安徽壽縣。芳桂之嶺，指淮南之地，亦代指壽州。楚辭淮南小山招隱士：

「桂樹叢生兮山之幽。」　句謂弱冠拜鄧王府典籤（鄧王元裕嘗爲壽州刺史）。鄧王刺壽州，在高宗永徽間，見附録年譜。

〔九〕峴北　指襄陽。元和郡縣志卷二一襄陽縣：「峴山，在縣東南九里。山東臨漢水。」　明珠之川，指漢水，用鄭交甫在漢皋臺下遇佩珠神女事，見酬張少府柬之詩注〔三〕。　按作者宦遊襄陽，當在高宗顯慶三年（六五八）後鄧王元裕爲襄州刺史時。

〔一〇〕東魯　指曲阜，古爲魯都，有孔子故宅。作者過曲阜事未詳。按釋疾文粤若謂早年遊學時嘗「得遺書於東魯」，疑即指其事。

〔一一〕西蜀句　作者曾多次入蜀，故云。諸葛亮曾封蜀漢武鄉侯，故稱「武侯」。三國志蜀諸葛亮傳：亮自表後主曰：「成都有桑八百株，薄田十五頃，子弟衣食，自有餘饒。」

〔一二〕舊鄉句　見送幽州陳參軍赴任寄呈鄉曲父老詩注〔七〕。

〔一三〕薊北　指薊縣，幽州治所。

〔一四〕昭丘　指燕昭王墓，此代指故鄉。

〔一五〕城隍　猶言「城復於隍」，謂城已崩壞。易泰卦：「城復於隍，勿用師。」孔疏：「子夏傳云：隍是城下池也。城之爲體，由基土陪扶乃得爲城，今下不陪扶，城則隕壞。」句泛指離鄉年久，故里變遷甚巨。

〔一六〕揚子津　古津渡名。清一統志卷九七揚州府二：「揚子津，在江都縣南十五里，有揚子橋，自古爲江濱津要。」據盧照己墓誌銘，其父仁勗曾任江都尉，故盧照鄰少時曾有江都生活經歷。

〔一七〕鴛鴦渚　據前後文意，當在蜀。華陽國志卷九：桓温伐蜀，苻堅「引兵自江（指岷江）北鴛鴦碕渡向犍爲」。鴛鴦碕在今四川彭山一帶，未詳是否即作者所指。

〔一八〕茱萸灣　繆荃孫校輯元和郡縣志闕卷逸文卷二揚州江陽縣：「茱萸灣，在縣東北九里。……其側有茱萸村，因以爲名。」江陽縣，隋末已廢，併入江都縣。

〔一九〕閣棧　即棧道，古蜀道多有之。戰國策秦策三：「棧道千里於蜀漢。」又三國志蜀魏延傳：「所過燒絶閣道。」閣棧，英華作「門棧」，校：「一作閣道。」按：作「門棧」誤。

〔二〇〕山頭句　文選左思蜀都賦：「交讓所植，蹲鴟所伏。」劉淵林注：「兩樹對生，一樹枯則一樹生，如是歲更，終不俱生俱枯也。出岷山，在安都縣。」

〔二一〕同心花　指同心蓮，又稱合歡蓮。江總新寵美人詩：「常作照日同心花。」按「忽憶」句至此，乃思念昔日在揚州及蜀時的戀人。作者在蜀曾與郭氏女結婚，見駱賓王豔情代郭氏答盧照鄰詩。餘未詳。

〔二二〕嚴君平　名遵，漢蜀郡人。漢書王吉傳序：「君平卜筮於成都市，「裁日閲數人，得百錢足自養，則閉肆下簾而授老子」。此代指成都。

〔二三〕戴安道　即戴逵。世説新語雅量劉孝標注引晉安帝紀：「戴逵字安道，譙國人。少有清操，恬和通任。」貧家，謂戴逵安貧隱居。同書棲逸篇：「戴安道即厲操東山，而其兄欲建式遏之功。謝太傅曰：『卿兄弟事業何其太殊？』戴曰：『下官不堪其憂，家弟不改其樂。』」劉孝標注引續晉陽秋：「逵不樂當世，以琴書自娱，隱會稽剡山。」此代指吴越之地。

〔二四〕月犯兩句　少微，星名。史記天官書：「廷藩西有隋星五，曰少微，士大夫。」索隱：「春秋合誠圖云『少微，處士位』。又天官占云『少微，一名處士星』也。」晉書謝敷傳：「初，月犯少微，少微一名處士星，占者以隱士當之。譙國戴逵有美才，人或憂之。」按兩句上承「戴安道」句而言。

〔二五〕星干兩句　博物志卷一〇：有人乘浮槎自海至天河（詳見七夕泛舟二首之一注〔三〕），見織婦和牽牛人，「牽牛人乃驚問曰：『何由至此？』此人具説來意，并問此是何處，答曰：『君還至蜀郡訪嚴君平則知之。』」此人後至蜀，嚴君平曰：「某年月日有客星犯牽牛宿。」計年月，正是此人到天河時。按兩句上承「嚴君平」句而言。

〔二六〕十二重　指長安四面共十二座城門。文選班固西都賦：「立十二之通門。」李善注引鄭玄曰：「天子十二門，通十二子也。」十二門名，詳見三輔黄圖卷一。

〔二七〕金作鳳凰　文選班固西都賦：「設璧門之鳳闕，上觚稜而棲金爵。」李善注引三輔故事：「建章宫闕上有銅鳳凰，然金爵則銅鳳也。」銅作龍，西京雜記卷一：「趙飛燕女弟居昭陽殿，中庭彤朱……上設九金龍，皆銜九子金鈴。」又三輔黄圖卷一：直城門「亦曰故龍樓門，門上有銅龍」。

〔二八〕千門　文選班固西都賦：「張千門而立萬户。」李善注引漢書（見郊祀志下）：「建章宫度爲千門萬户。」

〔二九〕巖巖　高峻貌。雙闕似芙蓉，庾信陪駕幸終南山和宇文内史詩：「長虹雙瀑布，圓闕兩芙蓉。」

〔三〇〕扶風　漢郡名，在今陜西長安縣西。扶風之柱，按京兆、右扶風（或謂馮翊，誤）間舊嘗立石柱爲界標，見病梨樹賦注〔五九〕。

〔三一〕驪山　在今陜西臨潼。

〔三二〕灞池　在漢文帝陵上，見送幽州陳參軍赴任寄呈鄉曲父老注〔一四〕。金人，指銅製承露仙人。漢書郊祀志上：「其後又作柏梁、銅柱、承露仙人掌之屬矣。」注引蘇林曰：「仙人以手掌擎盤承甘露。」三國志魏明帝紀裴注引魏略：「是歲（指明帝景初元年，二三七）徙長安諸鐘簴、駱駝、銅人、承露盤。盤折，銅人重不可致，留於霸城。」

〔三三〕太華　即華山。山海經西山經郭璞注：太華之山，「上有明星玉女，持玉漿，得上服之，即成仙。道險僻不通。詩含神霧云」。

〔三四〕東陵陌　長安霸城門外道路。三輔黄圖卷一都城十二門霸城門：「長安城東出南頭第一門曰霸城門，民見門色青，名曰青城門，或曰青門。門外舊出佳瓜。廣陵人邵平，爲秦東陵侯，秦破，爲布衣，種瓜青門外，瓜美，故時人謂之東陵瓜。」

〔三五〕北闕　漢書高帝紀：「蕭何治未央宮，立東闕、北闕。」顔注：「未央宮雖南嚮，而上書奏事謁見之徒皆詣北闕，公車司馬亦在北焉。」

〔三六〕洛陽句　太平御覽卷七五七引陸機洛陽記：洛陽「宫門及城中大道皆分作三，中央御道兩邊築土牆，高四尺餘，外分之。……凡人皆行左右，左入右出，夾道種榆槐樹，此三道四通五達也」。按作者染疾後似曾寓洛，早年何時遊洛陽，未詳。

〔三七〕榮光休氣　彩色雲氣，古以爲吉祥之兆。初學記六引尚書中侯：「榮光出河，休氣四塞。休，美也。榮光五彩。」

〔三八〕東西署　當指門下省、中書省。雍録卷八及徐松唐兩京城坊考卷一，謂唐長安宣政殿前有兩廡，各有門，東曰日華，西曰月華，日華門外爲門下省，月華門外爲中書省。又唐兩京城坊考卷五載洛陽「乾元門外有横街，街東日華門，西月華門」。洛陽官署制度多仿長安。門下、中書二省因分置東西，故又稱東、西省或東、西署。

〔三九〕複道　樓閣間架空的通道，見長安古意注〔一〇〕。南北軍，史記孝文本紀：「乃夜拜宋昌爲衛將軍，鎮撫南北軍。」文獻通考卷一五一：「唐所謂天子禁軍者，南北衙兵也。南衙，諸衛兵是也；北衙者，禁軍也。」

〔四〇〕漢帝句　漢書武帝紀：元封元年（前一一〇）春正月，武帝行幸緱氏，詔曰：「朕用事華山，至於中嶽，獲駁麃，見夏后啓母石。」顔注：「啓，夏禹子也。其母塗山氏女也。禹治鴻水，通轘轅山，化爲熊，謂塗山氏曰：『欲餉，聞鼓聲乃來。』禹跳石，誤中鼓。塗山氏往，見禹方作熊，慚而去，至嵩高山下化爲石，方生啓。禹曰：『歸我子。』石破北面而啓生，事見淮南子。」

〔四一〕陳王　指曹植，曾封陳王。洛川雲，曹植洛神賦序：「黄初三年（二二二），余朝京師，還濟洛川。古人有言：斯水之神，名曰宓妃。感宋玉對楚王神女之事，遂作斯賦。」賦謂宓妃「髣髴兮若輕雲之蔽月」，故云。

〔四二〕河橋　當指洛水橋。據元和郡縣志卷五，洛水上有天津橋，隋煬帝大業元年（六〇五）初建；又有中橋，唐高宗咸亨三年（六七二）造，如天津橋之制。木蘭楫，楚辭九歌湘君：「桂櫂兮蘭枻。」玉篇：「（楫）與枻同，檝也。」

〔四三〕金谷　太平御覽卷九一九引石崇金谷詩序：「吾有廬在河南金谷中，去城十里，有田十頃，羊二百口。」石榴裙，紅裙，此指歌妓。世説新語汰侈：石崇婢子「皆麗服藻飾」。

〔四四〕使君　漢時稱刺史，漢以後尊稱州郡長官。亦指奉命出使者。

〔四五〕曝骸句　謂其卧病棄身於東龍門山。庾信小園賦：「不暴骨於龍門，終低頭於馬坂。」鮑照蕪城賦：「莫不埋魂幽石，委骨窮塵。」按新唐書本傳：盧照鄰「疾益甚，客東龍門山」。初學記卷五地部上嵩高山引雜道書：嵩高山「自岳神廟東北二十里至一山，名曰東龍門」。

〔四六〕代情　即世情（避太宗諱）。英華、全唐文「代」上有「驅」字。

〔四七〕獨鶴驚鳴　文選鮑照舞鶴賦李善注引相鶴經，謂鶴「晝夜十二鳴」。曹植白鶴賦：「恨離羣而獨處……獨哀鳴而戢羽。」

〔四八〕昊天　即天。詩經小雅節南山：「不弔昊天。」毛傳：「弔，至。」鄭箋：「至，猶善也。」

〔四九〕內　英華校：「一作何。」按下句爲「將」，此似當作「何」。

悲今日

四悲曰：傾蓋若舊，白頭如新〔一〕。嘗謂談過其實〔二〕，辨而非真〔三〕。自高枕箕潁〔四〕，長揖交親〔五〕，以蕙蘭爲九族〔六〕，以風煙爲四鄰。朝朝獨坐，唯見羣峯合沓；年年孤卧，常對古樹輪囷〔七〕。相弔相哭，則有饑鼯啼夜〔八〕；相慶相賀，則有好鳥歌春。林麌麌兮多鹿〔九〕，山蒼蒼兮少人。時向南溪汲水〔一〇〕，或就東巖負薪。百年之中，皆爲白骨〔一一〕；千里之外，時見黄塵〔一二〕。

平生連袂，宿昔銜杯〔一三〕。談風雲於城闕〔一四〕，弄花鳥於池臺〔一五〕。皆是西園上客〔一六〕，東觀高才〔一七〕。超班匹賈〔一八〕，含鄒吐枚〔一九〕。一琴一書，校奇蹤於既往〔二〇〕；一歌一詠，垂妙製於將來。絃將調而雪舞，筆屢走而雲回〔二一〕。自謂蘭交永合〔二二〕，松契長并〔二三〕，通宵扼腕〔二四〕，終日盱衡〔二五〕。罵蕭、朱爲賈豎〔二六〕，目張、陳爲老兵〔二七〕。悲蒼黄兮驟變〔二八〕，恨消長之相傾〔二九〕。貴而不驕，人皆共推晏平仲〔三〇〕；死且不朽，吾每獨稱范巨卿〔三一〕。及其蹇産摧聯〔三二〕，支離括撮〔三三〕，已濡首兮將死〔三四〕，尚摇尾兮求活。莊西貸而魚窮〔三五〕，姬東徂而狼跋〔三六〕。今皆慶弔都斷，存亡永闊。憑駟馬而不追〔三七〕，寄雙魚而莫達〔三八〕。向時之清談尚在〔三九〕，今日之相知已末〔四〇〕。

則有河濱漂母〔四一〕，隴上樵夫，盤餐帶粟〔四二〕，粥麵兼麩。藜羹一簋〔四三〕，濁酒一壺。夫負妻帶〔四四〕，男歡女娱。攀重巒之岧嶢〔四五〕，歷飛澗之崎嶇。哀王孫而進饋〔四六〕，問公子之所須。因謂余曰：可憐可憐〔四七〕！聖人之過久矣〔四八〕，君子之罪多焉。詩書禮樂，適足哀人之神用〔四九〕；宗族朋友，不足駐人之頽年。削跡伐樹〔五〇〕，孔席繇來不暖〔五一〕；摩頂至足，墨突何時有煙〔五二〕！一朝至此，萬事徒然。自昔相逢，把臂談玄〔五三〕，横雕龍於翠札〔五四〕，飛縞鳳於瓊筵〔五五〕。各自雲騰羽化〔五六〕，谷變鶯遷〔五七〕。傳語鳴香車於闕下〔五八〕，曳珠履於君前〔五九〕。豈憶荒山之幽絶，寧知枯骨之可憐〔六〇〕。千秋萬古〔六一〕，寄言白日黄泉：雖有羣書萬卷，不及囊中一錢〔六二〕！

〔一〕傾蓋兩句　文選鄒陽獄中上書：「語曰：白頭如新，傾蓋如故。」李善注引漢書音義：「或初不相識相知，至白頭不相知。」又引文穎曰：「傾蓋猶交蓋，駐車也。」

〔二〕謂　英華作「爲」，校：「疑作謂。」五十家作「爲」。

〔三〕非　五十家作「悲」，誤。

〔四〕箕潁　箕山、潁水。潁，原作「穎」，據四庫本改。後文同，不再出校。史記伯夷列傳：「余登箕山，其上蓋有許由冢云。」正義：「在洛州陽城縣南十三里。」説文：「潁，潁水，在潁川陽城乾山。」按箕山在今河南登封縣東南，潁水源出登封縣西南，皆鄰近東龍門山。

〔五〕長揖　漢書高帝紀：「酈生不拜，長揖。」顏注：「長揖者，手自上而極下。」此謂告别。

〔六〕蕙蘭　香草名。楚辭屈原離騷：「余既滋蘭之九畹兮，又樹蕙之百畝。」九族，尚書堯典：「以親九族。」釋文：「九族，上自高祖，下至玄孫，凡九族。」句謂卧病之地冷僻，唯與香草相親。

〔七〕輪囷　史記鄒陽列傳：「蟠木根柢，輪囷離詭。」集解引張晏曰：「輪囷離詭，謂委曲槃戾也。」囷，英華作「困」，誤。

〔八〕饑鼯啼夜　馬融長笛賦：「猨蜼晝吟，鼯鼠夜叫。」

〔九〕麌麌　詩經小雅吉日：「獸之所同，麀鹿麌麌。」毛傳：「麌麌，衆多也。」

〔一〇〕南　英華、全唐文作「西」。　汲，全唐文作「吸」。

〔一一〕百年兩句　文選古詩十九首：「生年不滿百。」李善注引孫卿子：「人生無百歲之壽。」

〔一二〕千里兩句　指東海揚塵，用麻姑事，見于時春也慨然有江湖之思寄此贈柳九隴注〔一七〕。

〔一三〕平生兩句　謂舊友。連袂，衣袖相連，喻指關係密切。抱朴子外篇卷二疾謬：「攜手連袂，以遨以集。」宿昔，舊時。銜杯，飲酒。

〔一四〕風雲　易乾卦：「雲從龍，風從虎，聖人作而萬物覩。」後喻時勢際遇。

〔一五〕烏　英華、全唐文作「竹」。

〔一六〕西園上客　文選曹植公讌詩：「清夜遊西園。」沈約應王中丞思遠詠月詩：「西園游上才。」呂向注：「西園，謂魏氏鄴都之西園也。文帝每以月夜集文人才子，共遊於西園。」上客，猶言貴賓。

〔一七〕東觀句　後漢書孝安帝紀：永初四年（一一〇）二月，「詔謁者劉珍及五經博士，校定東觀五經、諸子、傳記、百家藝術，整齊脱誤，是正文字」。李賢注引洛陽宫殿名：「南宫有東觀。」明帝時，班固等於東觀撰東觀漢紀。

〔一八〕班、賈　指班固、賈誼。

〔一九〕鄒、枚　指鄒陽、枚乘。　含、吐，謂包而有之，鄙而去之。張衡西京賦謂長安「抱杜含鄠，欱灃吐鎬」，句式相同。

〔二〇〕奇蹤　指古人行事。句謂其在秘書省校理圖籍事。

〔二一〕絃將調兩句　雪舞，琴曲有白雪（見哭明堂裴簿詩注〔一二〕），因聯想琴聲飄蕩如雪。曹植洛神賦：「飄颻兮若流風之回雪。」　絃調、筆走，謂歌詩唱和；雪舞、雲回，喻其歌詠高妙，即上句所言「妙製」。

〔二三〕蘭交　謂交誼極好。易繫辭上：「二人同心，其利斷金；同心之言，其臭如蘭。」

〔二四〕松契　謂情誼牢固久長。論語子罕：「歲寒然後知松柏之後彫也。」

〔二五〕扼腕　握腕以表達贊許或憤慨。左思蜀都賦：「劇談戲論，扼腕抵掌。」

〔二六〕盱衡　漢書王莽傳：「盱衡厲色，振揚武怒。」注引孟康曰：「眉上曰衡。盱衡，舉眉揚目也。」劉孝標廣絶交論：「見一善則盱衡扼腕，遇一才則揚眉抵掌。」

〔二六〕蕭、朱　指蕭育、朱博，西漢人，詳下注。　賈豎，對商人之鄙稱。

〔二七〕張、陳　指張耳、陳餘。後漢書王丹傳：「交道之難，未易言也。世稱管、鮑，次則王、貢。張、陳凶其終，蕭、朱隙其末，故知全之者鮮矣。」李賢注：「張耳、陳餘初爲刎頸交，後構隙。耳後爲漢將兵，殺陳餘於泜水之上。蕭育字次君，朱博字子元，二人爲友，著聞當代，後有隙不終，故時以交爲難。并見前書（按：指漢書）。」　老兵，鄙視武人語。三國志蜀費詩傳：關羽怒曰：「大丈夫終不能與老兵同列！」

〔二八〕悲蒼黄句　墨子所染：墨子見染絲者而嘆曰：「染於蒼則蒼，染於黄則黄；所入者變，其色亦變。」

〔二九〕消長　易泰卦：「君子道長，小人道消也。」　相傾，老子：「高下相傾。」鼂錯論貴粟疏：「以利相傾。」　句謂恨其既爲朋友，一旦勢利變化則相互傾軋。

〔三〇〕晏平仲　即晏嬰，字平仲（一説謚平仲）。史記管晏列傳：晏嬰相齊景公，「以節儉力行重於齊。既相齊，食不重肉，妾不衣帛」。嘗解左驂贖越石父，延爲上客。

〔三一〕范巨卿　即范式。後漢書范式傳：「范式字巨卿，山陽金鄉人也。」與張劭爲友，劭謂其爲「死友」。陳平子「與式未相見，而平子被病將亡，謂其妻曰：『吾聞山陽范巨卿，烈士也，可以託死。吾没後，但以屍埋巨卿户前。』」時范式出行適還，向墳揖哭，以爲死友。范，英華、五十家作「楊」，英華校：「疑相范。」（按「相」當是「作」之誤）

〔三二〕蹇産　楚辭屈原九章哀郢：「思蹇産而不釋。」王逸注：「蹇産，詰曲也。」此指染疾。摧聯，同「摧勒」，摧折。後漢書酷吏傳序：「揣挫彊勢，摧勒公卿。」

〔三三〕支離　形體不全貌。莊子人間世：「支離疏者，頤隱於臍。」成疏：「四支離拆，百體寬疏……故以支離名之。」　括撮，同「會撮」。莊子人間世：支離疏者，「會撮指天」。會，釋文引徐邈音：「古活反。」司馬彪曰：「會撮，髻也。」成疏：「會撮，高豎貌。」又莊子寓言：「向也括撮而今也被髮。」此指病體畸形如支離疏。

〔三四〕濡首　易既濟：「上六，濡其首，厲。」王弼注：「過惟不已，則遇於難，故濡其首也。將没不久，危莫先焉。」象曰：「濡其首，厲，何可久也。」故稱「將死」。

〔三五〕西貸　用莊子外物「莊周家貧，故往貸粟於監河侯」事。　魚窮，用莊子事，見窮魚賦注

〔一五〕。

〔三六〕姬　指周公姬旦。　東徂,指周公爲避流言而東居洛陽。詩經豳風狼跋:「狼跋其胡,載疐其尾。」鄭箋:「喻周公進則躐其胡,猶始欲攝政,四國流言,辟(避)之而居東都也。」

〔三七〕憑驅馬句　鄧析子轉辭:「一聲而非,駟馬勿追;一言而急,駟馬不及。」

〔三八〕雙魚　樂府詩集卷三八飲馬長城窟行古辭:「客從遠方來,遺我雙鯉魚。呼兒烹鯉魚,中有尺素書。」

〔三九〕清談　清雅不務實之談。劉楨贈五官中郎將詩:「清談同日夕,情盼叙殷勤。」

〔四〇〕末　英華、全唐文作「没」。

〔四一〕漂母　史記淮陰侯列傳:「韓信爲布衣時,釣於淮陰城下,「諸母漂,有一母見信饑,飯信,竟漂數十日。信喜,謂漂母曰:『吾必有以重報母。』」韓信後爲楚王,召漂母,賜千金。集解引韋昭曰:「以水擊絮爲漂。」此泛指老婦。

〔四二〕餐　英華、五十家作「食」,英華校:「一作飧。」

〔四三〕藜羹　莊子讓王:「孔子窮於陳蔡之間,七日不火食,藜羹不糝,顔色甚憊。」成疏「藜羹」爲「藜菜之羹」。此泛指劣質菜食。

〔四四〕帶　英華、五十家、全唐文作「戴」。

〔四五〕岸𡼴　高峻貌。左思吴都賦:「雖有石林之岸𡼴,請攘臂而靡之。」

〔四六〕哀王孫句　史記淮陰侯列傳：「吾哀王孫而進食，豈望報乎！」

〔四七〕可憐句　英華、全唐文作「哀哉可憐」。

〔四八〕聖人句　莊子馬蹄謂儒家先聖王破壞自然素朴，代以禮樂仁義，乃是「聖人之過」。

〔四九〕詩書兩句　史記太史公自序：「六藝經傳以千萬數，累世不能通其學，當年不能究其禮，故曰『博而寡要，勞而少功。』」

〔五〇〕削跡句　莊子讓王：「夫子（指孔子）再逐於魯，削跡於衛，伐樹於宋，窮於商周，困於陳蔡。」成疏：「游於衛而削跡，講於宋樹下，而司馬桓魋欲殺夫子，憎其坐處，遂伐其樹。」按「削跡」，謂除去車轍痕跡。

〔五一〕孔席句　文選班固答賓戲：「是以聖哲之治，棲棲遑遑，孔席不暖，墨突不黔。」李善注引韋昭曰：「暖，温也。言坐不暖席也。」文子曰：「墨子無黔突，孔子無暖席，非以貪禄慕位，欲起天下之利，除萬民之害也。」

〔五二〕摩頂兩句　孟子盡心上：「墨子兼愛，摩頂放踵，利天下爲之。」墨子四處奔波，故其突（煙囱）無煙。

〔五三〕自昔兩句　把臂，握臂。世説新語賞譽：「謝公道豫章（謝鯤）：『若遇七賢，必自把臂入林。』」談玄，泛指討論高深的哲理。兩句英華校：「六字（相逢把臂談玄）一作相逢把臂，相見談玄。」

〔五四〕雕龍　喻文辭華美。史記孟子荀卿列傳：齊人頌曰：「談天衍，雕龍奭。」集解引劉向別録：「騶奭修衍之文，飾若雕鏤龍文，故曰『雕龍』。」札，原作「尾」，英華作「札」，是，據改。五十家、全唐文作「瓦」，誤。翠札，紙之美稱。

〔五五〕縞鳳　縞之美稱，代指禮品。左傳襄二十九年：吴公子季札「聘於鄭，見子産，如舊相識，與之縞帶，子産獻紵衣焉」。後以縞、紵喻友誼深厚。北周宇文逌庾開府集序：「余與子山風期欵密，情均縞紵，契比金蘭。」

〔五六〕羽化　謂由鯤化鵬，見窮魚賦注〔一六〕。雲騰、羽化，謂舊友高遷朝班。

〔五七〕谷變　詩經小雅十月之交：「高岸爲谷，深谷爲陵。」鶯遷，詩經小雅伐木：「伐木丁丁，鳥鳴嚶嚶，出自幽谷，遷於喬木。」義與上句同。

〔五八〕香車　以香料塗飾之車，貴官所乘。曹操與楊彪書：今贈足下「四望通幰七香車二乘」。闕下，指朝廷。莊子讓王：「身在江海之上，心居乎魏闕之下。」

〔五九〕珠履　以珍珠鑲嵌之鞋，言其貴。史記春申君列傳：「春申君客三千餘人，其上客皆躡珠履以見趙使，趙使大慚。」

〔六〇〕枯骨　自謂病廢無能。三國志蜀先主傳：「袁公路（術）豈憂國忘家者邪？冢中枯骨，何足介意！」

〔六一〕語　原作「與」。英華作「語」，是，與下句「言」相對，據改。

〔六二〕雖有兩句　趙壹刺世疾邪賦：「文籍雖滿腹，不如一囊錢。」

悲人生

五悲曰：禮樂既作〔一〕，仁義不倊〔二〕。死生有命，富貴在天〔三〕。一變一化〔四〕，一虧一全〔五〕，去其外物〔六〕，歸於内篇〔七〕。儒與道兮，方計於前，其書萬卷，其學千年。鐘鼓玉帛〔八〕，蹩躠蹁躚〔九〕；金木水火，混合推遷〔一〇〕。六合之内〔一一〕，慕其風兮如市；百代之後，隨其流兮若川。三界九地〔一二〕，往返周旋；四生六道〔一三〕，出没牽聯〔一四〕。硠硠磕磕〔一五〕，蠢蠢翾翾〔一六〕，受苦受樂，可悲可憐。

有超然之大聖〔一七〕，歷曠劫以爲期〔一八〕。戒定慧解非因人〔一九〕，慈悲喜捨非見思〔二〇〕。聞儒道之高論，乃撞鐘而應之，曰：止止善男子〔二一〕，觀向時之華説，乃天下之辯士〔二二〕。請弄宜僚之丸〔二三〕，以合兩家之美。若夫正君臣，定名色〔二四〕，威儀俎豆〔二五〕，郊廟社稷〔二六〕，適足誇耀時俗，奔競功名，使六藝相亂，四海相爭〔二七〕。我者遺其無我〔二八〕，生者哀其無生〔二九〕。孰與乎身肉手足〔三〇〕，濟生人之塗炭〔三一〕；國城府庫，恤貧者之經營？捨其有愛以至於無愛，捨其有行以至於無行〔三二〕。若夫呼吸吐納，全身養精〔三三〕，反於太素〔三四〕、飛騰上清〔三五〕，與乾坤合其壽〔三六〕，與日月齊其明〔三七〕：適足增長諸見，未能永證無生〔三八〕。孰與乎離常離斷〔三九〕，不始不終〔四〇〕，恒在三昧〔四一〕，常遊六通〔四二〕？不生不住無所處〔四三〕，不去不滅無所窮〔四四〕。放毫光而普照〔四五〕，盡法界與虚空〔四六〕。苦者代其勞苦，蒙者導其愚蒙〔四七〕。施語行事〔四八〕，未嘗稱倦；根力覺道〔四九〕，不以爲功。

所言未畢，儒道二客離席，再拜稽首而稱曰：大聖哉！丘晚聞道〔五〇〕，聃今已老〔五一〕，徒知其一〔五二〕，未究其術。何異夫戴盆望天〔五三〕，倚杖逐日〔五四〕，蒼蒼之氣未辨〔五五〕，昭昭之光已失〔五六〕。嗚呼！優優羣品〔五七〕，遑遑衆人，雖鑿其竅〔五八〕，未知其身。來從何道，去止何津〔五九〕？誰爲其業〔六〇〕，誰作其因〔六一〕？一翻一覆兮如掌〔六二〕，一生一死兮若輪〔六三〕。不有大聖，誰起大悲。請北面而趨伏〔六四〕，願終身而教之！

〔一〕禮樂句　史記樂書：「傳曰：『治定功成，禮樂乃興。』」

〔二〕僁　廣韻：「俗愆字。」愆，過失。左傳昭四年：「詩曰：『禮義不愆，何恤於人言？』」

〔三〕死生兩句。見論語顔淵。

〔四〕一變句　易乾卦：「乾道變化。」孔疏：變，謂後來改前，以漸移改；化，謂一有一無，忽然而改。

〔五〕一虧句　虧、全，指損益、存亡。如莊子山木所謂「木以不材得終其天年」，而雁以不能鳴而見殺。故莊子稱其「將處乎材與不材之間」；又謂此仍「未免乎累」，而主張「乘道德而浮遊」，因爲有材、能鳴皆有爲，而「有爲則虧」，故道家主張「無爲」。

〔六〕外物　莊子外物：「外物不可必。」成疏：「人間事物。」

〔七〕内篇　此指道。莊子内篇釋文：「内者，對外立名。」成玄英莊子序：「内篇明於理本。」此句，英華校：「一作歸其自然。」

〔八〕鐘鼓句　指儒家禮樂制度。論語陽貨：「禮云禮云，玉帛云乎哉？樂云樂云，鐘鼓云乎哉？」

〔九〕蹩躠句　謂儒家講仁義。蹩躠，莊子馬蹄：「蹩躠爲仁，踶跂爲義。」釋文：「蹩躠、踶跂，皆用心爲仁義之貌。」　蹁躚，類篇：「蹁，或作蹮。」廣韻：「蹁蹮，旋行貌。」文選張衡南都賦：「蹴蹡蹁躚。」張銑注：「皆舞之容狀。」　蹮，英華作「邊」，校：「一作蹁。」全唐文作「蹁」。

〔一〇〕金木兩句　尚書洪範：「五行：一曰水，二曰火，三曰木，四曰金，五曰土。」兩句言道家，謂道家黄老學派鼓吹五德始終之説。史記三代世表：「稽其曆譜諜終始五德之傳」，索隱曰：「謂帝王更王，以金木水火土之五德傳次相承，終而復始，故云終始五德之傳也。」五德説稱五行之德輪流相轉，故謂「推遷」。

〔一一〕六合　文選張衡東京賦：「六合殷昌。」薛綜注：「六合，天、地、四方也。」

〔一二〕三界　佛教將生死流轉的人世間分爲欲、色、無色三界，詳見法苑珠林卷二三界會名。　九地，又名九有，以欲界爲一地，色、無色二界各分四地。　其名爲：欲界五趣地、離生喜樂地、定生喜樂地、離喜妙樂地、捨念清静地、空無邊處地、識無邊處地、無所有處地、非想非非想處地。見大毘婆沙論卷三一、俱舍論卷二八。

〔一三〕四生　泛指所有生物。法苑珠林卷七二四生會名：「故有四生。依殼而生曰卵，含藏而生曰胎，假潤而興曰濕，欻然而現曰化。」　六道，佛教以地獄、餓鬼、畜生、修羅、人、天爲「六道」，見楞嚴經卷八、九。

〔一四〕牽聯　同「牽連」，相關聯，指因果輪回。　以上言儒、道影響深廣。

〔一五〕硠硠磕磕　象聲詞。文選司馬相如子虛賦：「礧石相擊，硠硠礚礚，若雷霆之聲。」「磕」乃「礚」之省。

〔一六〕蠢蠢　左傳昭二十四年：「今王室實蠢蠢焉。」杜預注：「蠢蠢，動貌。」　翾翾，文選潘岳笙賦：「如鳥斯企，翾翾岐岐。」李善注：「翾翾，初起也。」　以上兩句謂世人皆按儒、道所教行動，嚷嚷趨赴，而處於輪回與因果苦海之中。

〔一七〕大聖　佛家對佛或菩薩之稱。無量壽經上：「一切大聖，神通已達。」

〔一八〕曠劫　極言歷時長久。劫，梵語「劫波」之略。梁釋慧皎高僧傳卷六釋慧遠：「遠藉慧解放前因，發勝心於曠劫，故能神明英越，機鑒遐遠。」「劫」之時數，詳法苑珠林卷一劫量篇。

〔一九〕戒定慧句　楞嚴經卷六：「所謂攝心爲戒，因戒生定，因定發慧，是則名爲三無漏學。」按：佛家以防非止惡曰戒，息慮静緣曰定，破惑證真曰慧。　因人，英華作「陰入」，誤。

〔二〇〕慈悲　佛家稱慈愛、悲憫爲慈悲。大智度論卷二七釋初品大慈大悲義：「大慈與一切衆生樂，大悲拔一切衆生苦。」

〔二一〕止止　制止語。法華經方便品：「止止不須説，我法妙難思。」善男子，信佛男子。鳩摩羅什譯金剛經善現啓請分：「合掌恭敬，而白佛言：『希有世尊……善男子，善女人，發阿耨多羅三藐三菩提心。』」

〔二二〕子觀兩句　子，疑當作「予」。　天下，英華、五十家作「天子」。　辯，原作「辨」，據英華改。莊子徐無鬼：「辯士無談説之序則不樂。」

〔二三〕宜僚之丸　莊子徐無鬼：「市南宜僚弄丸，而兩家之難解。」成疏：「姓熊，字宜僚，楚之賢人，亦是勇士沈默者也。居於市南，因號曰市南子焉。楚白公勝欲因作亂，將殺令尹子西。司馬子綦言熊宜勇士也，若得，敵五百人，遂遣使屈之。宜僚正上下弄丸而戲，不與使者言。使因以劍乘之，宜僚曾不驚懼，既不從命，亦不言佗。白公不得宜僚，反事不成，故曰兩家難解。」

〔二四〕定名色　即正名分。論語子路：「名不正則言不順，言不順則事不成，事不成則禮樂不興。」荀子有正名篇，謂「名定而實辨」，「制名以指實」。古代又以不同顔色區别名位等差，合稱

「名色」。

〔二五〕威儀　禮記中庸：「禮儀三百，威儀三千。」　俎豆，論語衛靈公：「俎豆之事，則嘗聞之矣。」何晏集解：「俎豆，禮器。」按置肉之几爲俎，盛乾肉之器爲豆。

〔二六〕郊廟社稷　皆王者祭祀禮儀。郊爲祭天之地，廟爲祭祖之所，社爲土神，稷爲穀神。

〔二七〕使六藝兩句　藝，原作「義」，英華作「藝」，是，據改。六藝即六經。六藝相亂，謂儒家學說乃亂世之源。老子三十八章：「失道而後德，失德而後仁，失仁而後義，失義而後禮。夫禮者，忠信之薄，而亂之首。」又莊子駢拇：聖人「屈折禮樂以匡天下之形，縣跂仁義以慰天下之心，則民乃始踶跂好知，爭歸於利，不可止也」。

〔二八〕我者句　謂有者饋遺其無者。周禮地官遺人：「遺人掌邦之委積，以待施惠。鄉里之委積，以恤民之艱厄……縣都之委積，以待凶荒。」此句及下句，英華校：「二句一作有者遺其無，死者哀其生。」於義較明晰。

〔二九〕生者句　謂生者哀痛死者。禮記檀弓下：「墟墓之間，未施哀於民而民哀。」鄭玄注：「言民見悲哀之處則悲哀。」

〔三〇〕孰與句　「孰與」乃選擇詞，謂儒家不如佛家。　身肉手足，及下文「國城府軍」，言佛家不吝施舍。妙法蓮華經提婆達多品第十二：「佛告諸菩薩及天人四衆：『……爲欲滿足六波羅蜜，勤於布施，心無吝惜。象馬七珍，國城妻子，奴婢僕從，頭目髓腦，身肉手足，不惜軀命。』」

〔三一〕塗炭　喻災難。尚書仲虺之誥：「有夏昏德，民墜塗炭。」佛教自謂能救衆生於苦海，故云。

〔三二〕捨其兩句　佛教謂愛、行皆世俗所爲，故主張「行滅」、「愛滅」，以求永遠安樂。妙法蓮華經化城喻品：「爾時大通智勝如來，廣説十二因緣法：無明緣行，行緣識，識緣名色，名色緣六入，六入緣觸，觸緣受，受緣愛，愛緣取，取緣有，有緣生，生緣老死憂悲苦惱。無明滅則行滅，行滅則識滅……受滅則愛滅，愛滅則取滅，取滅則有滅，有滅則生滅，生滅則憂悲苦惱滅。」

〔三三〕若夫兩句　指道家導引之法。莊子在宥：「吹呴呼吸，吐故納新，熊經鳥申，爲壽而已矣；此道引之士，養形之人，彭祖壽考者之所好也。」嵇康養生論：「呼吸吐納，服食養身，使形神相親，表裏俱濟也。」

〔三四〕太素　白虎通卷下天地：「天始起先有太初，後有太始，形兆既成，名曰太素。……故乾鑿度曰：『……太素者，質之始也。』」淮南子精神訓：「棄聰明而反太素。」

〔三五〕飛騰句　抱朴子内篇卷一論仙：「仙經云：上士舉行升虚，謂之天仙。」上清，道家謂有玉清、太清、上清三天，此泛指天。

〔三六〕與乾坤句　乾坤，即天地。抱朴子内篇卷一金丹：「服神丹令人壽無窮已，與天地相畢，乘雲駕龍，上下太清。」

〔三七〕與日月句　莊子在宥：「吾與日月參光，吾與天地爲常。」成疏：「參，同也。與三景齊明，將二儀同久。」

〔三八〕適足兩句　諸見，佛教以錯誤見解爲「見」，有二見、四見、五見、六十二見等之説。證，謂證果，佛教指精修悟道所得。無生，即無生無滅，佛教謂爲萬物之實體。

〔三九〕離常離斷　常、斷，指常見、斷見。句謂去常、斷二見。大智度論卷七：「見有二種，一者常，二者斷。常見者，見五衆常心忍樂；斷見者，見五衆滅心忍樂。一切衆生多墮此二見中。」

〔四〇〕不始不終　謂不生不死、無生無滅，超越生死。

〔四一〕三昧　梵文音譯，又作「三摩提」、「三摩帝」，意爲「定」、「正定」。大智度論卷七：「善心一處不動，是名三昧。」

〔四二〕六通　亦稱六神通，佛家指六種神通力，即神境、天眼、天耳、他心、宿住、漏盡，見俱舍論卷二七分别智品七之二。

〔四三〕不住　指不住相。佛經中有不住相、常住相，不住相謂内心虚静，没有執着。

〔四四〕不去　謂不來不去。入楞伽經卷八：「如來藏世間，不生不死，不來不去，常恒清凉不變。」滅，即滅度，指死。大般涅槃經卷二九師子吼菩薩品：「滅生死故，名爲滅度。」

〔四五〕放毫光句　妙法蓮華經序品：「佛放眉間白毫相光，照於東方萬八千世界。」

〔四六〕盡法界句　謂佛光遍照宇宙。法界，佛教指整個宇宙現象界。大般涅槃經壽命品：「爾時世尊於晨朝時，從其面門，放種種光，遍照此三千大千佛之世界，乃至十方，亦復如是。」虚空，包容色法的空間。俱舍論卷一：「虚空但以無礙爲性。由無礙故，色於中行。」

〔四七〕導其愚蒙　佛教自謂能開導衆生愚昧之心。高僧傳唱導篇總論：「唱導者，蓋以宣唱法理、開導衆心也。」

〔四八〕施語行事　指佛家言行。

〔四九〕根力　即根業，佛家語。根指根性，業指業力。根力即由根性造作所生的果報作用。佛家謂衆生因根不同，修行證果亦不同。根有五種。俱舍論卷一：「五根者，所謂眼、耳、鼻、舌、身根。」智度論卷一九：「五根增長，不爲煩惱所壞，是名爲力。」又魏書釋老志：「初階聖者，有三種人，其根業各差，謂之三乘，聲聞乘、緣覺乘、大乘。」覺道，指領悟佛教真諦。

〔五〇〕丘　孔子名，儒家宗師，此代指儒。

〔五一〕聃　老子名，道家祖師，此代指道。

〔五二〕徒知句　莊子天地：「識其一，不知其二。」

〔五三〕戴盆望天　文選司馬遷報任少卿書：「僕以爲戴盆何以望天。」李善注：「言人戴盆，則不得望天，望天則不得戴盆，事不可兼施。」

〔五四〕倚杖句　用夸父事，謂自不量力，見病梨樹賦注〔六〇〕。

〔五五〕蒼蒼　指天。莊子逍遥遊：「天之蒼蒼，其正色邪？」句謂未能辨天。

〔五六〕昭昭之光　史記天官書：「昭昭有光。」此指日光。
〔五七〕優優　謂衆多。禮記中庸：「優優大哉。」孔疏：「優優，寬裕之貌。」
〔五八〕鑿竅　用渾沌事，謂徒有人形，見悲才難注〔一〇四〕。
〔五九〕來從兩句　謂衆生不知何來何去。津，渡口，喻人生止泊處。
〔六〇〕業　即梵語「羯磨」。佛教謂六道生死輪回，皆由「業」決定。四十二章經卷二：「心不繫道，亦不結業。」
〔六一〕因　即梵語「尼陀那」。翻譯名義集卷四釋十二支：「尼陀那，此云因緣。……（僧）肇曰：『前緣相生，因也；現相助成，緣也。』」
〔六二〕翻覆如掌　謂極易變化。史記陸賈列傳：「（漢）使一偏將將十萬衆臨越，則越殺王降漢，如反覆手耳。」佛教謂世間萬物皆因緣所生，刹那生滅，故云。
〔六三〕輪　即輪回。佛教謂衆生皆生死輾轉於六道之中，回旋如車輪。妙法蓮華經方便品：「以諸欲因緣，墜墮三惡道，輪回六趣中，備受諸苦毒。」
〔六四〕北面　謂拜佛家爲師。漢書于定國傳：「定國乃迎師學春秋，身執經，北面備弟子禮。」

獄中學騷體〔一〕

夫何秋夜之無情兮，皎晶悠悠而太長〔二〕。圓户杳其幽邃兮〔三〕，愁人披此嚴霜〔四〕。見河漢之西落〔五〕，聞鴻鴈之南翔〔六〕。山有桂兮桂有芳〔七〕，心思君兮君不將〔八〕。憂與憂兮相積，歡與歡兮兩忘。風嫋嫋兮木紛紛〔九〕，凋落葉兮吹白雲。寸步千里兮不相聞，思公子兮日將曛〔一〇〕。林已暮兮鳥羣飛〔一一〕，重門掩兮人徑稀。萬族皆有所托兮〔一二〕，蹇獨淹留而不歸〔一三〕！

〔一〕本篇作於獄中。作者入獄原委、時間不詳，約在顯慶末、龍朔初。　騷體，指以屈原離騷爲代表的楚辭體。

〔二〕皎晶　指明月。詩經陳風月出：「月出皎兮。」　太長，古詩十九首：「愁多知夜長。」曹丕雜詩：「漫漫秋夜長。」

〔三〕圓户　又稱圜土、圓門，即監獄。文選江淹詣建平王上書：「下官抱痛圓門，含憤獄户。」李善注：「周禮曰：『以圜土教罷民。』鄭司農曰：『圜土，獄城也。』」

〔四〕愁人句　楚辭宋玉九辯：「秋既先戒以白露兮，冬又申之以嚴霜。」王逸注：「刑罰刻峻而重深也。」

〔五〕河漢西落　曹植雜詩：「仰看明月光，天漢回西流。」鮑照翫月城西門廨中詩：「夜移衡漢落。」

〔六〕聞鴻鴈句　楚辭宋玉九辯：「鴈廱廱而南遊兮。」曹植雜詩：「孤鴈飛南翔，過庭長哀鳴。」

〔七〕山有桂句　楚辭淮南小山招隱士：「桂樹叢生兮山之幽。」王逸注：「桂樹芬香，以興屈原之忠貞也。」

〔八〕君　及下文「公子」，指其友人。楚辭宋玉九辯：「專思君兮不可化，君不知兮可奈何！」將，救援。詩經周南樛木：「樂只君子，福履將之。」毛傳：「將，猶扶助也。」

〔九〕風嫋嫋句　楚辭屈原九歌湘夫人：「嫋嫋兮秋風，洞庭波兮木葉下。」王逸注：「嫋嫋，秋風搖木貌。」

〔一〇〕思公子句　楚辭屈原九歌山鬼：「思公子兮徒離憂。」　曛，黄昏。

〔一一〕林暮句　陶淵明飲酒詩：「日入羣動息，歸鳥趨林鳴。」

〔一二〕萬族句　陶淵明詠貧士：「萬族皆有托，孤雲獨無依。」

〔一三〕蹇獨句　楚辭宋玉九辯：「蹇淹留而無成。」五臣注：「蹇，語詞也。」

盧照鄰集箋注卷五

騷

釋疾文 并序〔一〕

余羸臥不起，行已十年。宛轉匡床〔二〕，婆娑小室〔三〕。未攀偃蹇桂，一臂連踡〔四〕；不學邯鄲步，兩足匍匐〔五〕。寸步千里，咫尺山河。每至冬謝春歸，暑闌秋至，雲壑改色，烟郊變容，輒輿出户庭，悠然一望。覆幬雖廣〔六〕，嗟不容乎此生；亭育雖繁〔七〕，恩已絶乎斯代。賦命如此，幾何可憑！今爲釋疾文三篇，以貽諸好事。蓋作易者其有憂患乎？删書者其有栖遑乎？國語之作，非瞽叟之事乎？騷文之興，非懷沙之痛乎〔八〕？吾非斯人之徒歟，安可默而無述。故作頌曰：

〔一〕釋疾文　説文：「釋，解也。」曹植曾作釋愁文。作者是時病篤，所謂「釋疾」，意在以死了之，故此文乃其絶筆，當作於武后長壽之後。舊唐書本傳稱五悲與是篇「頗有騷人之風，甚爲文士所重」。

〔二〕匡床　莊子齊物論：「與王同筐床。」筐，亦作「匡」。司馬彪曰：「筐床，安床也。」崔譔曰：「筐，方也。一云正床也。」

〔三〕婆娑　文選宋玉神女賦：「又婆娑乎人間。」李善注：「婆娑，猶盤姍也。」

〔四〕未攀兩句　楚辭淮南小山招隱士：「桂樹叢生兮山之幽，偃蹇連蜷兮枝相繚。……攀援桂枝兮聊淹留。」偃蹇、連蜷，皆曲屈狀。文選張衡南都賦：「蛾眉連卷。」李善注：「連卷，曲貌。」

〔五〕不學兩句　莊子秋水：「且子獨不聞乎壽陵餘子之學行於邯鄲與？未得國能，又失其故行矣，直匍匐而歸耳。」成疏：「趙都之地，其俗能行，故燕國少年，遠來學步。既乖本性，未得趙國之能……是以用手據地，匍匐而還也。」此謂兩足殘廢。新唐書盧照鄰傳：「疾甚，足攣，一手又廢，乃去具茨山下。」

〔六〕覆幬　即覆蓋。古謂天如蓋，天所覆蓋者爲大地。左傳襄二十九年：「如天之無不幬也。」杜預注：「幬，覆也。」幬，英華卷三五五、全唐文卷一六七作「燾」。按經傳通作「幬」，後亦有作「燾」者，如史記吴世家：「如天之無不燾也。」

〔七〕亭育　養育。老子：「長之育之，亭之毒之。」王弼注：「亭謂品其行，毒謂成其質。」釋文：

「毒，今作育。」

〔八〕蓋作易者六句　指周文王、孔子、左丘明、屈原。周易繫辭下：「易之興也，其於中古乎；作易者其有憂患乎？」司馬遷報任少卿書：「蓋西伯（即周文王）拘而演周易，仲尼厄而作春秋，左丘失明，厥有國語。」又史記屈原列傳：屈原乃作懷沙之賦，「於是懷石，遂自投汨羅以死」。

粵若

粵若稽古〔一〕：帝列仙兮〔二〕，遠矣大矣；臣太嶽矣〔三〕，欽哉良哉。有太公兮卷舒龍豹〔四〕，奄經營乎四履〔五〕；有先生兮乘騎日月，期汗漫乎九垓〔六〕。尚書抗節兮〔七〕，屬炎靈之道喪〔八〕；中郎含章兮〔九〕，遇金行之綱頽〔一〇〕。彼聖賢之相續，信古往而今來。人何代而不貴，代何人而不才〔一一〕！鬱律崛岉兮〔一二〕，似崑陵之玉石〔一三〕；泮渙粲爛兮〔一四〕，象星漢之昭回〔一五〕。爾其爲廣也，碧海雲蒸而地合；爾其爲峻也，赤城霞起而天開〔一六〕。暨中朝之顛覆〔一七〕，家不墜乎良箕〔一八〕。昭金柯而玉秀，穆蘭馨而菊滋〔一九〕。

彌九葉而逮余兮〔二〇〕，代增麗以光熙〔二一〕。清風振乎終古，妙譽薰乎當時。皇考慶余以弄璋兮〔二二〕，肇錫予以嘉詞〔二三〕：名余以照鄰〔二四〕，字余以昇之〔二五〕。余幼服此殊惠兮，遂閱禮而聞詩〔二六〕。於是裹糧尋師〔二七〕，褰裳訪古〔二八〕，探舊篆於南越〔二九〕，得遺書於東魯〔三〇〕。意有缺而必刊，簡無文而咸補〔三一〕。入陳適衛〔三二〕，百舍不厭其栖遑〔三三〕；累蠒重胝〔三四〕，千里不辭於勞苦。既而屠龍適就〔三五〕，刻鵠初成〔三六〕，下筆則煙飛雲動，落紙則鸞回鳳驚〔三七〕。通李膺而竊價〔三八〕，造張華而假成〔三九〕。郭林宗聞而心服〔四〇〕，王夷甫見而神傾〔四一〕。俯仰談笑，顧盼縱横。自謂明主以令僕相待〔四二〕，朝廷以黄散爲輕〔四三〕。及觀國之光，利用賓王〔四四〕，謁龍旂於武帳〔四五〕，揮鳳藻於文昌〔四六〕。先朝好吏，予方學於孔、墨；今上好法，予晚受乎老、莊〔四七〕。彼圓鑿而方枘，吾知齟齬而無當〔四八〕。是時也，天子按劍，方有事於八荒〔四九〕，駕風輪而梁弱水〔五〇〕，飛日馭而苑扶桑〔五一〕。戈船萬計兮連屬〔五二〕，鐵騎千羣兮啓行。文臣鼠竄，猛士鷹揚〔五三〕。故吾甘栖栖以赴蜀，分默默以從梁〔五四〕。其後雄圖甫畢〔五五〕，登封禮日〔五六〕，方欲訪高議於雲臺〔五七〕，考奇文於石室〔五八〕，銷兵車兮爲農器〔五九〕，休牛馬兮崇儒術〔六〇〕，屢下蒲帛之書〔六一〕，值余有幽憂之疾。蓋有才無時，亦命也；有時無命，亦命也〔六二〕。

時也命也，自前代而痛諸〔六三〕。道之乖也，則賢人君子伏斧鑽而不暇〔六四〕；時之來也，則屠夫餓隸作王侯而有餘〔六五〕。三人猖狂兮爲奴爲戮〔六六〕，八子狼狽兮爲醢爲葅〔六七〕。長劍以撟，尚想華亭之鶴〔六八〕；孤舟欲近，遥憶閶門之魚〔六九〕。史遷下於蠶室〔七〇〕，鄧艾徵於檻車〔七一〕。康既幽而媿孫登〔七二〕，宣屢困而慚甯蘧〔七三〕。故有閉門少事〔七四〕，蹈滄海而辭組〔七五〕；開卷獨得〔七六〕，歸茂陵而著書〔七七〕。起清流之浩漫，長怨嗟乎靈胥〔七八〕！

重曰〔七九〕：積怨兮累息〔八〇〕，茹恨兮吞悲。怨復怨兮，坎壈乎今之代；愁莫愁兮，佗傺乎斯之時。皇穹何親兮，誕而生之；后土何私兮，鞠而育之〔八一〕。何故邀余以好學？何故假余以多辭？何余慶之不終兮〔八二〕，當中路而廢之？彼有初而鮮克兮〔八三〕，賢者其猶不欺〔八四〕。況陶鈞之匠物〔八五〕，胡不貞而諒之〔八六〕？豈其始終爽德〔八七〕，蒼黄變色〔八八〕，無心意乎簪履，有悲哀乎楊墨〔八九〕。已矣哉！天蓋高兮不可問〔九〇〕，地蓋廣兮不容人〔九一〕。鐘鼓玉帛兮非吾事〔九二〕，池臺花鳥兮非我春。寂兮寞，歲歲年年長少樂；慌兮惚，朝朝暮暮生白髮。愴怳懭悢兮無所見〔九三〕，宛轉聯蹉兮獨向隅。狀若重陛圓扉之受絏〔九四〕，又似乾池涸井之相濡〔九五〕。鸞鳳之翮已鎩兮〔九六〕，徒奮迅於籠檻；騏驥之足已蹇兮，空悵望於廷衢。龍門之桐半死〔九七〕，鄧林之木全枯〔九八〕。苟含情而稟氣兮，孰能不傷心而疾首乎〔九九〕？

歌曰：歲將晏兮歡不再，時已晚兮憂來多。東郊絶此麒麟筆〔一〇〇〕，西山秘此鳳凰柯〔一〇一〕。死去死去今如此，生兮生兮奈汝何！

〔一〕粵　助詞，義同「曰」。尚書堯典：「曰若稽古。」僞孔傳：「若，順；稽，考也。」　古，謂古時傳説。

〔二〕帝　此指共工。淮南子天文訓有「共工與顓頊爭帝，怒而觸不周之山」的故事。國語周語下：禹治洪水，「共(工)之從孫四嶽佐之」。賈逵注：「共工，諸侯，炎帝之後，姜姓也。」盧氏出於姜姓，故云。詳後注。　仙，英華校：「一作山。」全唐文即作「山」。按作「山」誤。

〔三〕臣太嶽　左傳莊二十二年：周史有以周易見陳侯者，陳侯使筮之，曰：「若在異國，必姜姓也。姜，大嶽之後也。」杜預注：「姜姓之先，爲堯四嶽。」孔疏引賈逵曰：「以其主嶽之祀，尊之，故稱大也。」大、太通。

〔四〕有太公句　史記齊太公世家：「太公望吕尚者，東海上人。其先祖嘗爲四嶽，佐禹平水甚有功。……姓姜氏。」　卷舒，指仕途進退。論語衛靈公：「邦有道則仕，邦無道，則可卷而懷之。」　龍豹，即龍飛豹隱，亦指進退。史記齊太公世家：「吕尚蓋嘗窮困，年老矣，以漁釣奸周西伯。西伯將出獵，卜之，曰：『所獲非龍非彲，非虎非羆，所獲霸王之輔。』於是周西伯獵，果遇太公於渭之陽，與語大悦……號之曰『太公望』，載與俱歸，立爲師。」按唐林寶元和姓纂卷三：「盧，姜姓，齊太公之後，至文公子高，高孫傒食采邑於盧，因姓盧氏。秦有博士盧敖，漢有燕王綰，沛人。」

〔五〕四履　指征伐四方之權。左傳僖四年：「昔召康公命我先君太公曰：『五侯九伯，汝實征之，以夾輔周室。』賜我先君履：東至於海，西至於河，南至於穆陵，北至於無棣。」

〔六〕有先生兩句　指盧敖。淮南子道應訓：盧敖遊乎北海，經乎太陰，入乎玄闕，至於蒙穀之上，見一士焉，軒軒然方迎風而舞。盧敖語之曰：「子殆可與敖爲友乎？」若士者齤然而笑曰：「……然子處矣，吾與汗漫期於九垓之外，吾不可以久駐。」若士舉臂而竦身，遂入雲中。高誘注：「盧敖，燕人，秦始皇召以爲博士，使求神仙，亡而不反也。」又曰：「汗漫，不可知之也；九垓，九天之外。」

〔七〕尚書句　指盧植。後漢書盧植傳：盧植字子幹，涿郡涿人。皇甫嵩討平黄巾，「以其年復（盧植）爲尚書。（靈）帝崩……（董卓）乃大會百官於朝堂，議欲廢立。羣僚無敢言，植獨抗議不同」。盧照已墓誌銘：「漢侍中府君植之十六代孫。」元和姓纂卷三：「范陽涿郡，後漢尚書植，（盧）敖之後。」

〔八〕炎靈　猶炎精，指漢朝。漢自謂以火德王，故云。後漢書馮衍傳：「繼高祖之休烈……炎精更輝。」道喪，指漢衰微將亡。

〔九〕中郎　指盧諶。盧諶字子諒，西晉末洛陽淪陷後，北依劉琨，任司空主簿，轉從事中郎，見晉書盧欽傳附。　含章，含美於内。易坤卦：「含章可貞。」盧諶奮力抗敵，又善爲詩，故稱。

〔一〇〕金行　指西晉，謂其以金德王。晉書輿服志：「晉氏金行。」又文選陸機皇太子宴玄圃宣猷堂有令賦詩一首：「素靈承祐。」李善注引程猗説石圖：「金者，晉之行也。」　綱頽，指西晉末年八王之亂，以至政權傾覆，晉室南渡。

〔一一〕人何代兩句　贊美盧氏祖先代有人才，可參元和姓纂及新唐書宰相世系表。

〔一二〕鬱律崛岉　言其祖先德望崇高。漢書司馬相如傳大人賦：「徑入雷室之砰磷鬱律兮。」顔注：「砰磷、鬱律，深峻貌。」　崛岉，文選王延壽魯靈光殿賦：「隆崛岉乎青雲。」劉良注：「隆崛岉，極高貌。」

〔一三〕崑陵　即崑崙山。説文：「陵，大阜也。」　玉石，喻質美。尚書胤征：「火炎崑岡，玉石俱焚。」僞孔傳：「崑山出玉。」

〔一四〕泮涣　同「泮奂」。詩經大雅卷阿：「泮奂爾游矣。」毛傳：「泮奂，廣大有文章也。」

〔一五〕象星漢句　詩經大雅雲漢：「倬彼雲漢，昭回於天。」毛傳：「回，轉也。」鄭箋：「雲漢，謂天河也。昭，光也。」

〔一六〕赤城句　文選孫綽游天台山賦：「赤城霞起而建標。」李善注引孔靈符會稽記：「赤城山石色皆赤，猶似雲霞。」又引天台山圖：「赤城山，天台之南門也。」元和郡縣志卷二六台州唐興縣：「赤城山，在縣北六里。」按山在今浙江天台縣北六里，屬丹霞地貌。

〔一七〕中朝　指西晉。江左稱西晉爲中朝，世説新語及劉孝標注中屢見，如傷逝篇劉注引竹林七賢論：「中朝所不聞，江左忽有此論。」

〔一八〕不墜良箕　謂能繼承父業家風。禮記學記：「良冶之子，必學爲裘；良弓之子，必學爲箕。」孔疏：「箕，柳箕也。言善爲弓之家，使幹角撓屈調和成其弓，故其子弟亦覩其父兄世業，仍學取柳和軟撓之成箕也。」

〔一九〕昭金柯兩句　昭，原作「紹」。按：昭、穆，乃古代宗廟或墓地之輩次排列，太祖居中。二、四、六世位左稱「昭」，三、五、七世位右稱「穆」，餘類推。後亦泛指家族輩份。周禮春官小宗伯：「辨廟祧之昭穆。」「紹」蓋形訛，今改。　金、玉、蘭、菊，喻世代人才輩出，美其先祖之辭。按此蓋指盧氏「北祖」盧偃及以後數代，詳參元和姓纂。

〔二〇〕彌九葉句　自「北祖」盧偃而下九代，則作者當與高宗時宰相盧承慶同輩。

〔二一〕光熙　猶言光耀。爾雅釋詁下：「熙，光也。」張衡周天大象賦：「俟臣光熙而燮理。」

〔二二〕皇考　亡父之稱。禮記曲禮下：「祭……父曰皇考。」　弄璋，詩經小雅斯干：「乃生男子……載弄之璋。」毛傳：「半珪曰璋，裳下之飾也。璋，臣之職也。」孔疏引王肅云：「羣臣之從王行禮者奉璋。」後以生男曰「弄璋」。

〔二三〕肇錫句　楚辭屈原離騷：「皇覽揆余初度兮，肇賜余以嘉名：名余曰正則兮，字余曰靈均。」

王逸注：「肇，始也。錫，賜也。嘉，善也。」

〔二四〕照鄰　謂光照鄰邦。易明夷：「初登於天，照四國也。」　此句末，全唐文有「兮」字。

〔二五〕昇之　説文：「昇，日上也。」名、字義同。　按宋趙明城金石録卷二四跋尾，謂據黎尊師碑（即益州至真觀主黎君碑），盧照鄰當名子昇字照鄰，并疑唐史記載作者名照鄰字昇之有誤。核此自述，並參近年出土之盧照己墓誌銘，其説不實。

〔二六〕余幼服二句　服，受；殊惠，指父親所賜好名字。　閲禮聞詩，論語季氏：「嘗獨立。鯉趨而過庭。曰：『學詩乎？』對曰：『未也。』『不學詩無以言。』鯉退而學詩。他日，又獨立，鯉趨而過庭，曰：『學禮乎？』對曰：『未也。』『不學禮無以立。』鯉退而學禮。」鯉，何晏集解引馬（融）曰：「以爲伯魚，孔子之子。」

〔二七〕裹糧尋師　謂遠行求學。　舊唐書本傳：「年十餘歲，就曹憲、王義方授蒼、雅及經史。」

〔二八〕褰裳　詩經鄭風褰裳：「褰裳涉溱。」鄭箋：「揭衣渡溱水。」

〔二九〕舊篆　指禹穴之書。　南越，指會稽山。　史記太史公自序：「二十而南游江、淮，上會稽，探禹穴。」正義引括地志：「吴越春秋云：『禹案黄帝中經九山，東南天柱，號曰宛委（會稽之一峯），赤帝左闕之填，承以文玉，覆以盤石，其書金簡青玉爲字，編以白銀，皆瑑其文。禹乃登山……夢見繡衣男子，自稱玄夷倉水使者，却倚覆釜之山，東顧謂禹曰：「欲得我山神書者……三月季庚，登山發石。」禹乃登宛委之山，發石，乃得金簡玉字，以水泉之脉。山中又有一穴，深不見底，謂之禹穴。』」後謂禹穴爲禹藏書處。

〔三〇〕遺書　指孔子所留之書。東魯，指孔子故居曲阜。史記孔子世家：「孔子葬魯城北泗上……故所居堂、弟子内，後世因廟，藏孔子衣冠琴車書。」又漢書景十三王傳：「恭王初好治宫室，壞孔子舊宅以廣其宫，聞鐘磬琴瑟之聲，遂不敢復壞，於其壁中得古文經傳。」以上兩句指嘗遊覽會稽、曲阜，事由及時間皆不詳。

〔三一〕意有兩句　刊，玉篇：「削也，定也，除也。」此謂改定。簡，竹簡，此泛指書籍。無文，指文字闕脱。兩句謂校讀古書。

〔三二〕入陳句　史記孔子世家：孔子去魯，遂適衛。後又去衛，過曹適宋，遂至陳。此喻四處奔波求學。

〔三三〕百舍　戰國策楚策：「公輸般爲楚設機，將以攻宋。墨子聞之，百舍重繭往見。」高誘注：「百舍，百里一舍也。」

〔三四〕累繭　謂足上繭厚，猶言重繭。

〔三五〕屠龍　莊子列禦寇：「朱泙漫學屠龍於支離益，單千金之家，三年技成，而無所用其巧。」後以「屠龍」喻高超的技藝。

〔三六〕刻鵠　亦指高技藝。後漢書馬援傳：「效伯高不得，猶爲謹敕之士，所謂刻鵠不成尚類鶩者也。」鵠，天鵝。

〔三七〕下筆兩句　謂其文章氣勢飛動，美妙感人。

〔三八〕通李膺句　後漢書郭太傳：「郭太字林宗，就成皋屈伯彦學，三年業畢，博通墳典，乃游於洛陽。始見河南尹李膺，膺大奇之，遂相友善，於是名震京師。」又世説新語德行：「李元禮（李膺字元禮）風格秀整……後進之士，有升其堂者，皆以爲登龍門。」

〔三九〕造張華句　三國志吴陸遜傳裴松之注引機雲别傳：陸機、陸雲，「晉太康末，俱入洛陽，造司空張華。華一見而奇之，曰：『伐吴之役，利在獲二俊。』」遂爲之延譽，薦之諸公。　假成，謂借以成名。成，全唐文作「名」。

〔四〇〕郭林宗句　三國志魏董卓傳裴松之注引張璠漢記：「（王）允字子師，太原祁人也。少有大節。郭泰（字林宗）見而奇之，曰：『王生一日千里，王佐之才也。』泰雖先達，遂與定交。」

〔四一〕王夷甫句　世説新語文學：「諸葛厷年少不肯學問。始與王夷甫（按王衍字夷甫）談，便已超詣。王嘆曰：『卿天才卓出，若復小加研尋，一無所愧。』」

〔四二〕令僕　指尚書令、僕射，皆清貴之職。世説新語賞譽：「桓公（温）語嘉賓（郗超）：『阿源（殷浩字淵源）有德有言，向使作令僕，足以儀刑百揆。』」

〔四三〕黄散　指黄門侍郎、散騎常侍。晉書陳壽傳：「杜預將之鎮，復薦之於帝，宜補黄散，由是授御史治書。」王敦傳：「乃以黄散爲參軍，晉魏以來未有此比。」又陳書察凝傳：「黄散之職，故須人門兼美。」　輕，原作「經」，據英華、全唐文、四庫本改。

〔四四〕及觀兩句　易觀卦：「觀國之光，利用賓於王。」王弼注：「居觀之時，最近至尊，觀國之光者也；居近得位，明習國儀者也，故曰利用賓於王也。」按舊唐書本傳稱盧照鄰「初授鄧王府典籤」，此當指其事。

〔四五〕謁龍旂句　龍旂，周禮春官司常：「交龍爲旂。」又曰：「王建太常，諸侯建旂。」釋文：「交龍爲旂。旂，倚也，畫作兩龍相依倚也。通以一赤色爲之，無文采，諸侯所建也。」此代指鄧王元裕。　武帳，漢書汲黯傳：「上（武帝）嘗坐武帳。」注引應劭曰：「武帳，織成帳爲武士像也。」

〔四六〕揮鳳藻句　鳳藻，謂文章華麗。　文昌，史記天官書：「斗魁戴匡六星曰文昌宫。」索隱：「文耀鉤曰：『文昌宫爲天府。』孝經援神契云：『文者精所聚，昌者揚天紀。』輔拂并居，以成天象，故曰文昌。」後因以爲宫殿名。　文選左思魏都賦：「造文昌之廣殿。」劉淵林注：「文昌，正殿名也。」此當指其供職秘書省，參後附年譜。　沈約八詠詩：「晝武帳兮夕文昌。」

〔四七〕先朝四句　先朝，指高宗朝。　今上，指武后。　武后於天授元年（六九〇）稱帝，此前已專權多年。　孔、墨，偏指「孔」，即儒家。　老、莊，指道家。

〔四八〕彼圓鑿兩句　楚辭宋玉九辯：「圓鑿而方柄兮，吾固知其鉏鋙而難入。」五臣注：「若鑿圓穴，斫方木内（納）之，而必參差不可入。」又曰：「鉏鋙，相距貌。」按「齟齬」同「鉏鋙」，説文：「齒不相值曰齟齬。」

〔四九〕方有事句　八荒,八方荒遠之地,見五悲悲窮通注〔一一〕。

〔五〇〕風輪　風神之車,謂快疾。　弱水,漢書揚雄傳甘泉賦:「梁弱水之濎濴兮。」服虔曰:「崑崙之東有弱水。」

〔五一〕日馭　日神之車。楚辭屈原離騷:「吾令羲和弭節兮。」王逸注。「羲和,日御也。」　扶桑,梁書諸夷傳:「扶桑國者,齊永元元年(四九九),其國有沙門慧深來至荆州,説云:『扶桑在大漢國東二萬餘里,地在中國之東,其土多扶桑木,故以爲名。』」此指高麗。　馭,英華校:「一作羽」,誤。　以上數句指高宗龍朔初用兵西北及高麗事,詳見新、舊唐書高宗紀。

〔五二〕戈船　西京雜記卷六:「昆明池中有戈船……戈船上建戈矛。」或謂於船下置戈。漢書武帝紀顔注:「蓋船下安戈戟以禦蛟鼉水蟲之害。」此泛指戰船。

〔五三〕鷹揚　詩經大雅大明:「時維鷹揚。」毛傳:「鷹揚,如鷹之飛揚也。」

〔五四〕從梁　「梁」當指汴州,即今河南開封。其地漢代爲大梁,東魏置梁州,北周改爲汴州。隋廢州,唐復置汴州。詳元和郡縣志卷七。作者「從梁」在「入蜀」之後,事因不可考。

〔五五〕甫　才、剛。英華作「無」,誤。

〔五六〕登封句　指唐高宗乾封元年(六六六)登封泰山,見登封大酺歌之一注〔一〕。

〔五七〕雲臺　漢宮臺名。後漢書賈逵傳:肅宗「詔逵入講北宫白虎觀、南宫雲臺」。此代指文士。江淹詣建平王上書:「結綬金馬之庭,高議雲臺之上。」

〔五八〕石室　漢國家藏書處，見雙槿樹賦注〔二八〕。

〔五九〕銷兵車句　劉向說苑指武：「鍛劍戟以爲農器，使天下千歲無戰鬬之患。」

〔六〇〕休牛馬　史記周本紀：「武王既滅殷，「縱馬於華山之陽，放牛於桃林之虚；偃干戈，振兵釋旅：示天下不復用也」。

〔六一〕蒲帛之書　漢書武帝紀：「遣使者安車蒲輪，束帛加璧，徵魯申公。」顏注：「以蒲裹輪，取其安也。」

〔六二〕有才數句　莊子秋水：孔子曰：「我諱窮久矣，而不能免，命也；求通久矣，而不能得，時也。」又韓詩外傳卷七：「賢不肖者材也，遇不遇者時也。今無有時，賢安所用哉！」皆謂時命不濟。

〔六三〕時也兩句　太平御覽卷六〇二引葛洪抱朴子：「吾門生有在陸（機）軍中，常在左右，説陸君臨亡曰：『窮通，時也；遭遇，命也。』」

〔六四〕道之乖兩句　韓詩外傳卷七：「桀殺關龍逢，紂殺王子比干，當此之時，豈關龍逢無知，而王子比干不慧乎哉？此皆不遇時也。」　斧鑕，公羊傳昭二十五年：「君不忍加之以鈇鑕。」何休注：「鈇鑕，要斬之罪。」

〔六五〕屠夫　指吕望；餓隸，指伊尹。韓詩外傳卷七：「伊尹，故有莘氏僮也，負鼎操俎調五味，而立爲相，其遇湯也。吕望行年五十，賣食棘津，年七十屠於朝歌，九十乃爲天子師，則遇文王也。」

〔六六〕三人　指殷紂王臣微子、箕子、比干。論語微子：「微子去之，箕子爲之奴，比干諫而死。孔子曰：『殷有三仁焉。』」　猖狂，此言三人堅持己見，肆意而行。

〔六七〕八子句　古稱「八子」、「八元」者甚多，此具體所指未詳。然前既言「賢人君子」，或指東漢末名士「八俊」、「八顧」、「八及」、「八厨」者流，多死於黨錮之禍，詳後漢書黨錮列傳。　醢、葅，文選屈原離騷：「后辛之葅醢兮。」王逸注：「藏菜曰葅。肉醬曰醢。」五臣注：「葅醢，肉醬也。」

〔六八〕長劍兩句　世説新語尤悔：「陸平原（機）河橋敗，爲盧志所讒，被誅，臨刑嘆曰：『欲聞華亭鶴唳，可復得乎？』」　撝，通「揮」。　華亭，上引尤悔劉孝標注引八王故事：「華亭，吴由拳縣郊外墅也。有清泉茂林。吴平後，陸機兄弟共遊於此十餘年。」地在今浙江嘉興縣。

〔六九〕遥憶句　閶門，姑蘇（今蘇州，古吴都）門名，此代指吴。　閶門之魚，指專諸進王僚之魚。史記吴太伯世家：伍子胥由楚奔吴，知公子光有它志，乃求勇士專諸，見之光，光喜，乃客伍子胥。其後光謁王僚飲，「使專諸置匕首於炙魚之中以進食」，遂弒王僚、公子光代立爲王，伍子胥被舉爲行人而與謀國事。

〔七〇〕史遷句　見五悲悲才難注〔一五〕。

〔七一〕鄧艾句　三國志魏鄧艾傳：鄧艾平蜀，并作攻吴準備，鍾會等「皆白艾所作悖逆，變衅以結。

詔書檻車征艾」。裴松之注引魏氏春秋曰：「艾仰天嘆曰：『艾忠臣也，一至此乎？白起之酷，復見於今日矣！』」

〔七二〕康既幽句　康，指嵇康。世説新語棲逸劉孝標注引文士傳：「嘉平中，汲縣民共入山中，見一人，所居懸崖百仞，叢林鬱茂，而神明甚察。自云『孫姓，登名，字公和』。康聞，乃從遊三年。……將別，謂曰：『先生竟無言乎？』登乃曰：『……今子才多識寡，難乎免於今之世矣！子無多求！』康不能用。及遭呂安事，在獄爲詩自責云：『昔慚下惠，今愧孫登。』」

〔七三〕宣　指孔子。新唐書禮樂志五：太宗貞觀十一年（六三七），「詔尊孔子爲宣父」。甯蘧，即甯武子、蘧伯玉，見五悲悲才難注〔一〇六〕、〔一〇七〕。

〔七四〕有　全唐文作「其」。

〔七五〕蹈滄海　戰國策趙策：秦圍趙都邯鄲，魏安釐王使將軍晉鄙救趙，畏秦，止於蕩陰不進。魏王使客將軍辛垣衍間入邯鄲，因平原君説趙王尊秦昭王爲帝，秦必喜，罷兵去。此時魯仲連適遊趙，説辛垣衍曰：秦若爲帝，「則連有赴（史記作「蹈」）東海而死耳，吾不忍爲之民也！」辭組，「組」爲古代佩印之絲帶，此代指官爵。同上書：魯仲連説辛垣衍不帝秦，秦軍引去，「於是平原君欲封魯仲連。魯仲連辭讓者三，終不肯受」。

〔七六〕開卷句　陶淵明與子儼等疏：「開卷有得，便欣然忘食。」

〔七七〕歸茂陵句　史記司馬相如列傳：「相如既病免，家居茂陵。天子曰：『司馬相如病甚，可往家悉取其書,若不然,後失之矣。』使所忠往,而相如已死,家無書。問其妻,對曰:『……長卿未死時,爲一卷書,曰有使者來求書,奏之,無他書。』其遺札書言封禪事,奏所忠。」

〔七八〕起清流兩句　文選左思吴都賦:「習御長風,狎翫靈胥。」劉逵注:「靈胥,伍子胥神也。昔吴王殺子胥於江,沉其尸於江,後爲神。」李善補注:「越絶書曰:子胥死,王使捐於大江口,乃發憤馳騰,氣若奔馬,乃歸神大海。蓋子胥,水仙也。」怨嗟,原作「願嗟」。按越絶書外傳本事:一説越絶乃子胥所作,人情「窮則怨恨,怨恨則作,猶詩人失職,怨恨憂嗟作詩也」。則「願嗟」之「願」字當爲音訛,今改。

〔七九〕重　楚辭屈原離騷「亂曰」洪興祖補注:「離騷有『亂』有『重』,『亂』者,總理一賦之終;『重』者,情志未申,更作賦也。」

〔八〇〕累息　漢書班倢伃傳:「每寤寐而累息兮,申佩離以自思。」顔注:「累息,言懼而喘息也。」此謂嘆息不已。

〔八一〕皇穹四句　皇穹、后土,指天、地。此又以天地喻父母,對其生養自己而不能善始善終表達不滿。詩經小雅蓼莪:「父兮生我,母兮鞠我,拊我畜我,長我育我。」毛傳:「鞠,養。育,覆育也。」

〔八二〕余慶　余,通「餘」。易坤卦:「積善之家,必有餘慶。」

〔八三〕彼有初句　詩經大雅蕩:「靡不有初,鮮克有終。」鄭箋:「鮮,寡;克,能也。」

〔八四〕賢者句　韓詩外傳卷九：「孟子少時，東家殺豚。孟子問其母曰：『東家殺豚何爲？』母曰：『欲啖汝。』其母自悔失言……乃買東家豚肉以食之，明不欺也。詩曰：『宜爾子孫承承兮。』言賢母使子賢也。」

〔八五〕陶鈞　漢書鄒陽傳：「是以聖王制世御俗，獨化於陶鈞之上。」顏注：「陶家名轉者爲鈞，蓋取周回調鈞耳。」陶，英華作「鎔」，校：「一作陶。」

〔八六〕貞　易乾卦：「元亨利貞。」孔疏：「貞，正也。」　諒，玉篇：「助也。」　句謂天地當使其病體康復。

〔八七〕爽德　尚書盤庚中：「故有爽德，自上其罰汝。」蔡沈集傳訓「爽」曰「失也」。句謂前後殊遇，中年病廢。

〔八八〕蒼黄句　見五悲悲今日注〔二八〕。

〔八九〕有悲哀句　淮南子説林訓：「楊子（朱）見岐路而哭之，爲其可以南，可以北；墨子見練絲而泣之，爲其可以黄，可以黑。」

〔九〇〕天蓋高句　楚辭屈原天問王逸注：「何不言問天？天尊不可問，故曰天問也。」

〔九一〕地蓋廣句　詩經小雅正月：「謂天蓋高，不敢不局；謂地蓋厚，不敢不蹐。」

〔九二〕鐘鼓玉帛　指禮樂，見五悲悲人生注〔八〕。

〔九三〕愴怳懭悢　文選宋玉九辯：「愴怳懭悢兮。」五臣注：「愴怳、懭悢，皆悲傷也。」　悢，原誤作

「恨」，英華同，據此及全唐文改。　見，英華校：「一作述。」

〔九四〕圓扉　即圓門，指監獄，見獄中學騷體注〔三〕。

〔九五〕又似句　見窮魚賦注〔二一〕。

〔九六〕鸞鳳句　文選左思蜀都賦：「鳥鎩翮。」劉逵注：「鎩翮，不能飛。」李善補注：「淮南子曰：飛鳥鎩羽。……許慎曰：鎩，殘也。」

〔九七〕龍門之桐　見病梨樹賦注〔五二〕。

〔九八〕鄧林　見病梨樹賦注〔六〇〕。

〔九九〕傷心而疾首　左傳成十三年：「諸侯備聞此言，斯是用痛心疾首，暱就寡人。」杜預注：「疾亦痛也。」

〔一〇〇〕東郊　指具茨山。按具茨山在陽翟縣，陽翟在洛陽之東，爲畿縣（見元和郡縣志卷六、新唐書地理志二），故稱。　絶此麒麟筆，春秋左傳：「哀十有四年春，西狩獲麟。」杜預注：「仲尼傷周道之不興，感嘉瑞之無應，故因魯春秋而修中興之教，絶筆於獲麟之一句。所感而作，固所以爲終也。」

〔一〇一〕西山　史記伯夷列傳：伯夷、叔齊隱於首陽山，餓且死，作歌曰：「登彼西山兮，采其薇矣。」此指具茨山。　鳳凰柯，指梧桐枝。莊子秋水稱鵷鶵「非梧桐不止，非練食不食」。鵷鶵即鳳類。

悲夫

悲夫，事有不可得而已矣！是以古之聽天命者，飲淚含聲而就死。推不言兮焚於介山〔一〕，妃不偶兮跂於凝水〔二〕。仰天而嘆，員憤骨於吳江〔三〕；下淚交頤，卿悲歌於燕市〔四〕。天無雷兮，聞蟻聚於床下〔五〕；家非牧兮，見牂生於奥裏〔六〕。支離疏之五官已敗〔七〕，哀駘駞之六骸不美〔八〕。求時夜兮求鴞炙〔九〕，何逼迫之如此；爲鼠肝兮爲蟲臂〔一〇〕，何鍛錬之如彼〔一一〕！

鬱拂沕滑兮中瞀亂〔一二〕，蟠薄煩冤兮長憤惋〔一三〕。出户庭兮遊息，千萬里兮無極。杳兮靄〔一四〕，川綿曠兮水如帶〔一五〕；嚠兮籟〔一六〕，山嵔㠥兮雲似蓋〔一七〕。萋兮緑〔一八〕，春草生兮長河曲，試一望兮心斷續。晚兮晼〔一九〕，夕鳥没兮平郊遠，試一望兮魂不返。蘼蕪葉兮紫蘭香，欲往從之川無梁，日云暮兮涕沾裳〔二〇〕。松有蘿兮桂有枝，有美一人兮君不知，氣欲絶而何爲！孟夏兮恢台〔二一〕，楊柳散兮芙蓉開。葉初成兮蠶宛轉，花落盡兮燕徘徊。望夫君兮不來〔二二〕，形枯槁兮意摧頽。天何爲兮愁苦？麥將秀兮多風〔二三〕，梅將黄兮屢雨〔二四〕。日色旰爛兮，流金而爍石；地氣燠煜兮，滿室而充户〔二五〕。神翳翳兮似灰〔二六〕，命綿綿兮若縷。一伸一屈兮，比艱難乎尺蠖〔二七〕；九生九死兮，同變化乎盤古〔二八〕。萬物繁茂兮此時，余獨何爲兮腸遭回而屢腐〔二九〕？圍棋廢兮，時不可乎再來；鳴琴停兮，人何時以重撫？秋風起兮野蒼蒼，蒹葭變兮露爲霜〔三〇〕。蟬悲翳兮聲斷〔三一〕，鴈迷雲兮路長。摧折蕭條兮林寡色，顑頷芸黄兮草不芳〔三二〕。停劍兮懷舊友，天外兮思故鄉，願一見兮終不得，側身長望兮淚浪浪〔三三〕。遥兮遠，山谷縈回兮屢轉，狀若登薊門兮望胡苑〔三四〕。斷兮連，井邑丘墟兮知幾年，又似登隴首兮見秦川〔三五〕。木葉落兮長年悲〔三六〕，紅顏謝兮鬢如絲，王孫來兮何遲遲，思公子兮涕漣洏〔三七〕。風嫋嫋兮雨淒淒〔三八〕，螢火飛兮烏夜啼，牽牛西北兮星已轉，織女縱横兮河欲低〔三九〕。秋夜迢迢兮秋未極，愁人耿耿兮愁不息〔四〇〕。有所思兮在天漢，欲往從之兮無羽翼。鬱金栧兮木蘭舟〔四一〕，青莎裳兮白羽裘，戲緑波兮坐芳洲。歡不停兮人不留，悵容與兮徒離憂。玄冬慘兮陰氣凝〔四二〕，沸泉結兮炎州冰。郊野昏兮寒沙漲，河海暗兮繁雲興〔四三〕。嚴風急兮密雪下，墐户閉兮無留者〔四四〕。盼城郭兮，瓊爲樹兮玉爲樓；瞻通路兮，駕素車兮乘白馬〔四五〕。時眇眇兮歲冥冥，晝杳杳兮夜丁丁〔四六〕。庭有霜兮月華白，室有人兮燈影青。披重衾兮魂悄悄，卧空床兮目熒熒。御熛鑪兮長不暖，對巵酒兮憂恒滿。悲繚繞兮從中來〔四七〕，愁纏綿兮何時斷！

重曰：四時兮代謝，萬物兮遷化。聽春歌於春朝，聞秋蟲於秋夜。花覆地兮無待〔四八〕，河傾天兮不借。無靈草兮駐朽質乎千年〔四九〕，無雕戈兮回踆烏乎三舍〔五〇〕。夏日長兮繩繩〔五一〕，炎風暑雨兮相蒸。草木扶疏兮如此，余獨蘭驛兮不自勝〔五二〕。玄月兮祈寒，窮急景兮摧殘〔五三〕。霰雪雰雰兮長委積〔五四〕，人事寥寥兮悵漫漫。春秋冬夏兮四序，寒暑榮悴兮萬端〔五五〕。春也萬物熙熙焉，感其生而悼其死〔五六〕；夏也百草榛榛焉〔五七〕，見其盛而知其闌。秋也嚴霜降兮，殷憂者爲之不樂；冬也陰氣積兮，愁顔者爲之鮮歡〔五八〕。聖人知性情之紛糾，故嘆之曰：「余欲無言〔五九〕。」吾將焉往而適耳？箕有峯兮潁有瀾〔六〇〕！

歌曰：歲去憂來兮東流水，地久天長兮人共死。明鏡羞窺兮向十年，駿馬停驅兮幾千里。麟兮鳳兮〔六一〕，自古吞恨無已！

〔一〕推　指介之推，其焚死事見五悲悲才難注〔九三〕。

〔二〕妃　原作「地」，全唐文作「妃」，是，今據改。「妃」指堯之二女娥皇、女英，爲舜妃。不偶，謂與舜分離。楚辭屈原九歌湘夫人：「帝子降兮北渚。」王逸注：「言堯二女娥皇、女英，隨舜不反，没於湘水之渚，因爲湘夫人。」嶷，即九嶷山，舜葬處。山海經海内經：「南方蒼梧之邱，蒼梧之淵，其中有九嶷山，舜之所葬。在長沙零陵界中。」郭璞注：「其山九溪皆相似，故云九疑。」按舜葬九嶷山，二妃没於湘水，葬洞庭君山。此挽合舜與二妃故事，故稱湘水爲「嶷水」，以與上句「介山」對應。　跂，英華校：「一作岐」，誤。跂，踮起脚跟，謂跂望也。嶷，英華校：「一作疑。」同。

〔三〕員　伍子胥之名。　憤骨吴江，見粤若注〔七八〕。

〔四〕卿　指荆卿，即荆軻。史記刺客列傳：「荆軻既至燕，愛燕之狗屠及善擊筑者高漸離。荆軻嗜酒，日與狗屠及高漸離飲於燕市，酒酣以往，高漸離擊筑，荆軻和而歌於市中，相樂也，已而相泣，旁若無人者。」

〔五〕天無雷兩句　謂聞蟻動如雷鳴。晉書殷仲堪傳：「仲堪父嘗患耳聰，聞床下蟻動，謂之牛鬬。」

〔六〕家非牧兩句　莊子徐無鬼：子綦曰：「吾未嘗爲牧而牂生於奧。」成疏：「牂，羊也。奧，西南隅未地，羊位也。」按「牂」乃「牂」之俗體。牂，母羊也。

〔七〕支離疏句　莊子人間世：「支離疏者，頤隱於臍，肩高於頂，會撮指天，五管在上，兩髀爲脇。」司馬彪注：「形體支離不全貌。疏，其名也（引者按：乃虚擬人名）。」成疏：「五管，五臟腧也。五臟之腧，并在人背。」

〔八〕哀駘駝句　莊子德充符：「衛有惡人焉，曰哀駘它。丈夫與之處者，思而不能去也。」郭象

注：「惡，醜也。」釋文引李頤集解：「哀駘，醜貌，它，其名。」按駘，同駝；它，古讀駝。六骸，指身首四肢。

〔九〕求時夜句　莊子大宗師：「浸假而化予之左臂以爲鷄，予因以求時夜；浸假而化予之右臂以爲彈，予因以求鴞炙。」成疏：「假令陰陽二氣，漸而化我左右兩臂爲鷄爲彈，彈則求於鴞鳥，鷄則夜候天時。」

〔一〇〕爲鼠肝句　莊子大宗師：「偉哉造化！又將奚以汝爲，將奚以汝適？以汝爲鼠肝乎，以汝爲蟲臂乎？」成疏：「嘆彼大造，弘普無私，偶爾爲人，忽然返化。不知方外適往何道，變作何物。將汝五藏爲鼠之肝？或化四支爲蟲之臂？」

〔一一〕鍛鍊　陷人於罪。漢書路温舒傳：「上奏畏却，則鍛鍊而周納之。」「天無雷」句至此，皆自哀肢體殘廢畸形。

〔一二〕鬱拂　亦作「沸鬱」、「拂鬱」，愁苦貌。楚辭屈原九歌王逸章句序：「懷憂苦毒，愁思沸鬱。」又易林比之咸：「杜口結舌。心中拂鬱。」　沕滑，同「沕穆」。史記賈誼列傳鵩鳥賦：「沕穆無窮兮，胡可勝言。」索隱：「沕穆，深微之貌。」　中瞀亂：心中煩亂。楚辭宋玉九辯：「中瞀亂兮迷惑。」王逸注：「思念煩惑，忘南北也。」

〔一三〕蟠薄　同「磐礴」。文選郭璞江賦：「荆門闕竦而磐礴。」李善注：「磐礴，廣大貌。」

〔一四〕杳兮靄　同「窈靄」。文選江淹雜詩：「窈靄瀟湘空。」李善注：「窈靄，深遠之貌。」

〔一五〕水如帶　漢書高惠高后文功臣表：「使黄河如帶，泰山若厲。」應劭曰：「帶，衣帶也。」

〔一六〕嘯兮籟　同「聊賴」，此指山相依重複貌。

〔一七〕峊嵔　同「嵬壘」。文選左思魏都賦：「或嵬壘而複陸。」張載注：「嵬壘，不平之貌。」

〔一八〕萋兮緑　文選淮南小山招隱士：「春草生兮萋萋。」五臣注：「萋萋，草色。」

〔一九〕晩兮晼　楚辭宋玉九辯：「白日晼晚其將入兮。」洪興祖補注：「晼，音宛，景昳也。」

〔二〇〕欲往兩句　張衡四愁詩：「我所思兮在桂林，欲往從之湘水深，側身南望涕沾襟。」

〔二一〕孟夏句　楚辭宋玉九辯：「收恢台之孟夏兮。」洪興祖補注：「（文選傅毅）舞賦云：『舒恢炱之廣度。』（李善）注云：「恢炱，廣大貌。……炱與台古字通。』」

〔二二〕望夫君句　楚辭屈原九歌湘君：「望夫君兮未來，吹參差兮誰思？」

〔二三〕麥將秀句　穀類作物抽穗開花叫「秀」。漢崔寔農家諺：「稻秀雨澆，麥秀風摇。」

〔二四〕梅將黄句　初學記卷二雨引梁元帝纂要：「梅熟而雨曰梅雨。」注：「江東呼爲黄梅雨。」

〔二五〕日色四句　旰爛，陽光照灼貌。流金，楚辭宋玉招魂：「十日代出，流金鑠石些。」王逸注：「其熱酷烈，金石堅剛，皆爲銷釋也。」燠煜，炎熱。張九齡荔支賦：「時當燠煜，客或煩憒。」可參讀。

〔二六〕似灰　莊子知北遊：「心若死灰。」成疏：「心類死灰之土。」

〔二七〕一伸兩句　謂行動如尺蠖般艱難。尺蠖，蟲名，見酬張少府柬之詩注〔一一〕。

〔二八〕九生九死兩句　謂病情轉換無常，有如盤古多變。太平御覽卷二引三五歷記：「天地開闢，陽清爲天，陰濁爲地，盤古在其中，一日九變。」

〔二九〕邅回　轉動。　腸腐，枚乘七發：「甘脆肥膿，命曰腐腸之藥。」此指腸病。

〔三〇〕蒹葭句　詩經秦風蒹葭：「蒹葭蒼蒼，白露爲霜。」

〔三一〕翳　詩經大雅皇矣：「作之屏之，其菑其翳。」毛傳：「自斃爲翳。」孔疏。「自斃者，生禾自倒。枝葉覆地爲蔭翳，故曰翳也。」

〔三二〕芸黄　詩經小雅苕之華：「苕之華，芸其黄矣。」孔疏：「芸爲極黄之貌。」

〔三三〕側身句　張衡四愁詩：「側身東望涕霑翰。」　浪浪，楚辭屈原離騷：「霑余襟之浪浪。」王逸注：「浪浪，流貌也。」

〔三四〕薊門　薊縣城門。　胡苑，泛指北部少數民族地域。庾信出自薊北門行：「薊門還北望，役盡傷情。」

〔三五〕隴首、秦川　見隴頭水詩注〔三〕。

〔三六〕木葉落句　楚辭屈原九歌湘夫人：「洞庭波兮木葉下。」洪興祖補注引淮南子：「見一葉落，而知歲之將暮。又曰：桑葉落而長年悲。」

〔三七〕思公子句　楚辭屈原九歌湘夫人：「思公子兮未敢言。」　漣洏，淚流不止貌。王粲贈蔡子篤詩：「中心孔悼。涕淚漣洏。」

〔三八〕風嫋嫋　楚辭屈原九歌湘夫人：「嫋嫋兮秋風。」王逸注：「嫋嫋，秋風摇木貌。」　雨淒淒，詩經鄭風風雨：「風雨淒淒。」

〔三九〕牽牛兩句　謂夜已深。文選曹植雜詩：「天漢回西流，三五正縱横。」李善注：「河圖括地象曰：『河精，上爲天漢。』毛詩曰：『嘒彼小星，三五在東。』毛萇曰：『三星五噣，四時更見也。』」按詩經唐風綢繆：「三星在户。」「三星」當指河鼓三星；河鼓即牽牛，見史記天官書及索隱。沈約夜夜曲：「河漢縱且横，北斗横復直。」

〔四〇〕愁人句　楚辭宋玉遠遊：「夜耿耿而不寐兮。」王逸注：「耿耿，猶儆儆，不寐貌也。」詩云：耿耿不寐。」

〔四一〕鬱金棟　鬱金木所製之棟。釋應玄一切經音義卷一三：「鬱金，此是樹名，出罽賓國。其花黄色，取花安置一處，待爛，壓取汁，以物和之爲香。」　木蘭舟，任昉述異記：「木蘭川在潯陽江中，多木蘭樹，昔吴王闔閭植木蘭於此。用構宫殿也。七里洲中，有魯班刻木蘭舟。詩家云木蘭舟，出於此。」

〔四二〕玄冬　即冬季。漢書揚雄傳校獵賦：「於是玄冬季月。」顏注：「北方色黑，故曰玄冬。」　陰氣凝，指霜。易坤卦：「履霜堅冰，陰始凝也。」孔疏：「言陰氣始凝，結而爲霜也。」

〔四三〕繁雲　濃雲。王充論衡説日篇：「初出爲雲，雲繁爲雨。」

〔四四〕墐户　用泥塗門禦寒。詩經豳風七月：「塞向墐户。」毛傳：「墐，塗也。」

〔四五〕素車、白馬　此指車馬因雪而變白。枚乘七發：「浩浩溰溰，如素車白馬。」

〔四六〕丁丁　本爲伐木聲。詩經小雅伐木：「伐木丁丁。」此指夜漏、雨聲。王涯秋夜曲「丁丁漏水夜何長」，可參讀。

〔四七〕悲繚繞句　曹操短歌行：「憂從中來，不可斷絶。」

〔四八〕待　英華作「代」，校：「一作待。」

〔四九〕靈草　文選班固西都賦：「靈草冬榮，神木叢生。」李善注：「神木，靈草，謂不死藥也。」

〔五〇〕無雕戈句　雕戈，見上之回注〔六〕。踆烏，指日，見病梨樹賦注〔四〇〕。句謂無法使白晝延長，見行路難注〔一四〕。

〔五一〕繩繩　老子：「繩繩不可名。」釋文引簡文注：「繩繩，無涯際之貌。」

〔五二〕蘭驒　同「闌殫」、「闌單」，疲乏力竭貌。束皙餅賦：「駑蘭單之疲牛。」　蘭驒，英華注：「二字疑。」全唐文作「蘭單」，同。

〔五三〕玄月二句　初學記卷三秋引梁元帝纂要：「九月季秋……亦曰玄月。」此指玄冬。　祈寒，尚書君牙：「冬祈寒。」僞孔注：「冬大寒。」急景，白晝短促。鮑照舞鶴賦：「窮陰殺節，急景凋年。」

〔五四〕霰雪句　楚辭屈原九章涉江：「霰雪紛其無垠兮。」霰，雨雪相雜也。詩經小雅信南山：「雨雪雰雰。」毛傳：「雰雰，雪貌。」

〔五五〕寒暑句　顔延之秋胡詩:「孰知寒暑積,僶俛見榮枯。」

〔五六〕春也二句　熙熙,興盛貌。一作歡樂貌,老子:「衆人熙熙,如享太牢,如春登臺。」悼其死,原無「其」字。全唐文、四庫本有「其」字。按下句作「知其闌」,則此當爲「悼其死」,因補。

〔五七〕榛榛　漢書司馬相如傳哀二世賦:「覽竹木之榛榛。」顔注:「榛榛,盛貌。」

〔五八〕鮮　原作「解」。英華、全唐文作「鮮」,是,據改。

〔五九〕余欲句　論語陽貨:「子曰:『予欲無言。』子貢曰:『子如不言。則小子何述焉?』子曰:『天何言哉?四時行焉,百物生焉。天何言哉!』」

〔六〇〕箕有峯　箕,即元和郡縣志卷五陽城縣之許由山,在縣南十三里。潁水,源出少室山。箕山、潁水傳説爲許由隱居地。據兩唐書本傳,作者先後卧病東龍門山、具茨山,與箕、潁臨近,故云。

〔六一〕麟兮句　用孔子見麟絶筆事,見粤若注〔一〇〇〕。鳳,論語子罕:「子曰:『鳳鳥不至,河不出圖,吾已矣夫!』」

命　曰

命曰:昊天不傭兮,降此鞠凶。昊天不惠兮,降此大戾〔一〕。不先不後兮,爲瘥爲瘵〔二〕。痛之撫兮，孰知其厲〔三〕。木之柔兮，緡之絲之〔四〕；人之温兮，黼之藻之〔五〕。自天佑之兮無不利，一者之來兮云何二〔六〕？野有鹿兮，其角兟兟〔七〕；林有鳥兮，其羽習習〔八〕。余獨何爲兮，悲攢欒兮憂戢孴〔九〕？南山巃嵸兮樹輪囷〔一〇〕，北津清泚兮石嶙嶙，天之生我兮，胡寧不辰〔一一〕？少克己而復禮〔一二〕，無終食兮違仁〔一三〕。既好之以正直兮〔一四〕，諒無負於神明。何彼天之不吊兮〔一五〕，哀此命之長勤〔一六〕？百罹兮六極〔一七〕，横集兮我身：長攣圈以偃蹇〔一八〕，永伊鬱以呻嚬〔一九〕。

天道何從？自古多邛〔二〇〕。爲臧兮匪祐，匪仁兮覆庸〔二一〕。蹻狠戾兮南氾〔二二〕，跖叛涣兮東峯〔二三〕，并强大兮熏赫〔二四〕，咸壽考以從容〔二五〕。勛則天兮朱已矣〔二六〕，韶盡美矣均忽焉〔二七〕。公侯之系兮必復，堯舜之後兮何㥶？干執諫兮辛載〔二八〕，蕃抗議兮靈年〔二九〕，忠與貞兮何仇〔三〇〕，俱不得其死焉？牛一變而爲虎〔三一〕，鱉三化而作鵑〔三二〕，觸民居蝸而爭地〔三三〕，龍伯釣鼇而訴天〔三四〕：何變化之殊族〔三五〕，而大小之相懸〔三六〕？長無述焉，將不死而爲賊〔三七〕；賢哉回也，今不幸而蚤亡〔三八〕。明夷何辜兮羑里〔三九〕，洪範何恃兮佯狂〔四〇〕？我視於天兮，亦孔之痒〔四一〕。丘與溺兮殊貫〔四二〕，單與張兮相詭〔四三〕。紛紜總總兮若兹〔四四〕，羌未得其玄已〔四五〕。盛之孝矣，妣何感而遂開〔四六〕？含之恭兮，昆何嫌兮不起〔四七〕？聖人不議〔四八〕，姬旦憤於鴟鴞〔四九〕；君子無憂〔五〇〕，周南歌於芣苡〔五一〕。五鹿云折，退守平陵之田〔五二〕；三都已成，歸入宜春之里〔五三〕。乾不穆兮，一爲戌一爲辰〔五四〕；坤不恒兮，三成田三成水〔五五〕。何斯柱之危脆，一夫觸之而云折，東南眇其既傾，西北豁其中裂〔五六〕？有杞者國，竟未掬其烏蟾〔五七〕；有歷其都，奄以成其魚鱉〔五八〕。共何壯兮而損其盈〔五九〕，媧何神歟而補其闕〔六〇〕？天且不能自固，地且不能自持，安得而有萬物〔六一〕？安能而運四時？彼山川與象緯〔六二〕，其孰爲之主司？生也既無其主，死也云其告誰〔六三〕？何必拘拘而跼跼〔六四〕，可浩然而順之。吾知惡之不能爲惡，故去之曰羣生之所蠹；吾知善之不能爲善，故就之曰有生之大路〔六五〕。雖粉骨而糜軀，終不改乎此度〔六六〕！

重曰：予既昧此杳冥兮，迷之不知其所屆。將寄命於六師〔六七〕，訪真訣乎遐外〔六八〕。建流星以爲旗〔六九〕，邀白雲而爲蓋〔七〇〕。玉虬紛其旖旎，青鸞儼其容裔〔七一〕。霓爲裳兮羽爲旗〔七二〕，雷爲車兮電爲旆〔七三〕。嚀嚀兮上馳〔七四〕，遥遥兮横厲〔七五〕。忽若夢兮有覺，與巫陽兮相會〔七六〕。巫陽爲予兮挈龜〔七七〕，龜告予以雙支〔七八〕：朱雀摇而金躍〔七九〕，青龍發而火馳〔八〇〕。蛇登栖兮鷄入穴〔八一〕，雲北走兮水西垂〔八二〕。巫陽曰：「反兮覆，兆不告〔八三〕！」靈蔡誠不能知造化之心數〔八四〕，朽骨焉足以定古今之倚伏〔八五〕？請導列缺之前旌〔八六〕，部豐隆之後轂〔八七〕。披上帝之玄鍵〔八八〕。考中皇之秘籙〔八九〕。於是排雲旌兮叫諸闕，登紫翠兮伏瑶壇。靈烏果其將駕〔九〇〕，東皇鼇其既觀〔九一〕。余敷衽而未決兮〔九二〕，東皇頷而不言。玉女申之以瓊蘂〔九三〕，靈妃貺之以琅玕〔九四〕。悵容與而不駐〔九五〕，肅雲軿於南軒。窈窕徘個，邈矣悠哉！下臨兮星雨〔九六〕，上絶兮氛埃〔九七〕。彷徨兮三清之館〔九八〕，縹緲兮八風之臺〔九九〕。俯觀兮故國〔一〇〇〕，洞峥嶸兮無極。長懷兮故人，涕潺湲兮霑軾。横天苑〔一〇一〕，歷北辰〔一〇二〕，經瑶臺兮一息〔一〇三〕，停余車之轔轔。涉明河之清淺〔一〇四〕，過織女而問津〔一〇五〕。巫陽曰：「左招摇兮右天駟〔一〇六〕，太乙之居兮無不利〔一〇七〕。其道也，楓爲天兮棗爲地〔一〇八〕，盍往從之兮導君意？」太乙方握髯低眉，右手拄頤〔一〇九〕，或以日臨命，以歲加時〔一一〇〕，再轉兮再考，三命兮三推〔一一一〕。華蓋微明兮君子居貞之位〔一一二〕，太陽陰主兮天人厄運之期〔一一三〕。若夫一氣鴻濛〔一一四〕，萬化緇鼇〔一一五〕，此星精與木局〔一一六〕，又何足以知之！巫陽曰：「太上有老君焉〔一一七〕，其名曰伯陽〔一一八〕。遊閬風之瓊圃〔一一九〕，處倒景之琳堂〔一二〇〕。披拂日月，咀嚼烟霜〔一二一〕。撫千載兮爲朝爲暮〔一二二〕，濟萬物兮若存若亡。古之聰明博達而不死者，將與君子造崑崙之大荒〔一二三〕。」迨而容與〔一二四〕，弭節翺翔〔一二五〕。俄參元而下降〔一二六〕，濟弱水之湯湯〔一二七〕。躡軒臺而右轉〔一二八〕。對玉檻之鏘鏘〔一二九〕。伯陽欣然見余曰：「昇之來何遲！何故疲憊之如是？何故枯槁之若茲？吾適與爾小別，今將千二百期〔一三〇〕。昔者爾爲翟〔一三一〕，吾固知爾潔，潔焉無益；其後爾爲舟〔一三二〕，吾欲告爾休〔一三三〕，休焉不留。名已登乎仙格〔一三四〕，爾身常蹇乎中州〔一三五〕。噫哉甚可痛，甚可哭：多智也命之斧斤〔一三六〕，多才也身之桎梏。爾形骸之在地也，每矍矍然求媒〔一三七〕；精魂之於天也，又遑遑焉訪卜〔一三八〕。何異儀丹鳳於膠柱〔一三九〕，飼玄魚於森木〔一四〇〕。何晚晤之逶迤〔一四一〕，何早計之觳觫〔一四二〕。嗚呼！何異喪其親也揭竿而求諸海〔一四三〕，失其子也擊鼓而訪諸道〔一四四〕。途之遠矣，曷其云蘇；與影捕逐，可不謂悲乎〔一四五〕？夫道之動也豩豩獟獟〔一四六〕，静也若喪若失〔一四七〕，曭兮不以死生爲二〔一四八〕，塊兮若以天地爲一〔一四九〕。生於萬物之後不爲緩，死於太古之前不爲疾〔一五〇〕。弊萬類也不謂之凶，利四海也不謂之吉〔一五一〕。夫如是，則巨浸稽天而不溺，鴻災冶地而不然〔一五二〕；生死不能爲其壽夭〔一五三〕，變化適足寄其騰遷〔一五四〕。化而爲魚也，則躍龍門而橫碣石〔一五五〕；化而爲鳥也，則陪羊角而負青天〔一五六〕。爲社也，則長無斤斧之患〔一五七〕；爲瓠也，則泛乎泱漭之川〔一五八〕。物無可而不可〔一五九〕，何必守固以拳拳〔一六〇〕！」余於是乎嗒然而喪其偶〔一六一〕，倏爾而失其知。思故池之緑水，憶中園之桂枝。栩栩然若有得〔一六二〕，茫茫然若有亡。嘆彷彿兮覺悟，魂已歸乎北鄉〔一六三〕。其往也人皆爲之避席〔一六四〕，其返也鳥不爲之亂行〔一六五〕。

歌曰：茨山有薇兮〔一六六〕，潁水有漪。儒爲柏兮秋有實〔一六七〕，叔爲柳兮春雨飛〔一六八〕。倏爾而笑，泛滄浪兮不歸〔一六九〕。

〔一〕昊天四句　詩經小雅節南山：「昊天不傭，降此鞠訩。昊天不惠，降此大戾。」毛傳：「傭，均。鞠，盈。訩，訟也。」鄭箋：「盈猶多也。戾，乖也。」朱熹詩集傳訓「訩」爲「亂」，曰：「言昊天不均，而降此窮極之亂；昊天不順，而降此乖戾之變。」

〔二〕不先二句　詩經小雅正月：「父母生我，胡俾我瘉？不自我先，不自我後。」鄭箋：「不出我之前、居我之後。」　瘥、瘵，詩經小雅節南山：「天方薦瘥。」毛傳：「瘥，病。」又大雅瞻卬：「邦靡有定，士民其瘵」毛傳：「瘵，病。」

〔三〕痛之二句　「撫」下似奪「之」字。厲，此指劇痛。

〔四〕木之柔二句　詩經大雅抑：「荏染柔木，言緡之絲。」毛傳：「緡，被也。」鄭箋：「柔忍之木荏染然，人則被之弦以爲弓。」

〔五〕人之温二句　詩經大雅抑：「温温恭人，維德之基。」毛傳：「温温，寬柔也。」黼、藻，使有文彩，用如動詞。説文：「黼，白與黑相次文。」文選陸機文賦序：「以述先王之盛藻。」李善注引孔安國尚書傳：「藻，水草之有文者，故以喻文焉。」

〔六〕一者句　一，指道，與上句「天」同義。老子：「萬物得一以生。」又曰：「道生一。」二，指遭遇判然兩别。

〔七〕野有鹿兩句　詩經大雅桑柔：「瞻彼中林，甡甡其鹿。」毛傳：「甡甡，衆多也。」甡，孔疏：「即詵字。詵詵，羣衆之貌。」玉篇：「㚁㚁，衆多貌。」

〔八〕習習　頻飛貌。楚辭九辯：「驂白霓之習習兮。」

〔九〕悲攢欒句　攢欒，同「攢羅」。文選王延壽魯靈光殿賦：「芝栭攢羅以戢孴。」李善注引蒼頡篇：「攢，聚也。戢孴，衆貌。」

〔一〇〕巃嵸　玉篇山部：「巃嵸，山高貌。又山峻貌、山孤貌。」輪囷，屈曲、高大貌。參見五悲悲今日注〔七〕。

〔一一〕胡寧句　詩經大雅雲漢：「胡寧忍予。」毛傳訓「胡寧」爲「何爲」。又詩經小弁：「天之生我，我辰安在？」毛傳：「辰，時也。」不辰，不值好時辰。

〔一二〕克己復禮　論語顔淵：「克己復禮爲仁。一日克己復禮，天下歸仁焉。」

〔一三〕無終食句　論語里仁：「君子無終食之間違仁。」食，全唐文作「日」，誤。

〔一四〕既好句　詩經小雅小明：「好是正直。」

〔一五〕彼天之不吊　詩經小雅節南山：「不弔昊天。」鄭箋：「不善乎昊天。」此謂天不善於己。

〔一六〕哀此命句　楚辭宋玉遠遊：「哀人生之長勤。」王逸注：「傷己命禄，多憂患也。」

〔一七〕百罹　詩經王風兔爰：「我生之後，逢此百罹。」毛傳：「罹，憂。」　六極，尚書洪範：「六極：一曰凶短折，二曰疾，三曰憂，四曰貧，五曰惡，六曰弱。」

〔一八〕攣圈　同「攣卷」，不申舒貌。　偃蹇，高貌，盛貌，此言病甚貌。

〔一九〕永伊鬱　文選斑彪北征賦：「永伊鬱其誰愬」張銑注：「伊鬱，憂怨也。」　呻嚬，呻吟，義同「嚬呻」。韓愈許國公（韓弘）神道碑銘：「察其嚬呻，與其睨眴。」

〔二〇〕多邛　詩經小雅小旻：「亦孔之邛。」毛傳：「邛，病。」此言乖謬。

〔二一〕爲臧兩句　詩經小雅小旻：「謀臧不從，不臧覆用。」鄭箋：「臧，善也。謀之善者不從，其不善者反用之。」　庸，用也。

〔二二〕蹻　即莊蹻。　南汜，指楚。文選班固幽通賦：「芈强大於南汜。」李善注：「楚强大於南汜也。……毛詩曰：江有汜。曹大家曰：芈，楚姓。汜，涯也。」據史記西南夷列傳，莊蹻爲楚威王時將軍，後爲滇王。漢書賈誼傳吊屈原賦：「謂隨夷溷兮，謂跖蹻廉。」注引李奇曰：「楚之大盜爲莊蹻。」故謂其「狠戾」。

〔二三〕跖　莊子駢拇：「盜跖死利於東陵之上。」成疏：「盜跖者，柳下惠之從弟，名跖。從卒九千，常爲巨盜，故以『盜』爲名。東陵者，山名，又云即太山也。」叛涣，同「畔换」。漢書叙傳：「項氏畔换，黜我巴漢。」顔注：「畔换，强恣之貌，猶言跋扈也。詩大雅皇矣篇曰：『無然畔换。』」東峯，原作「東風」，全唐文作「東峯」，是，東峯即東陵，因改。

〔二四〕并强大句　史記西南夷列傳：「始秦威王時，使將軍莊蹻將兵循江上，略巴、黔中以西。」又莊子盜跖：「盜跖從卒九千人，横行天下，侵暴諸侯。」熏赫，勢盛貌。夏侯湛雷賦：「暑爌赫以盛興。」

〔二五〕壽考　禮記曲禮下：「壽考曰卒。」孔疏：「壽考，老也。」史記伯夷傳稱盜跖日殺不辜，「竟以壽終」。

〔二六〕勛　即堯。史記五帝本紀：「帝堯者，放勳。其仁如天。」索隱：「堯，謚也。放勳，名。」勛，古勳字。則天，以天爲法。論語泰伯：「巍巍乎唯天爲大，唯堯則之。」朱，即丹朱，堯子。已矣，此謂堯不用丹朱。史記五帝本紀：「放齊曰：『嗣子丹朱開明。』堯曰：『吁，頑凶，不用。』」集解引汲冢紀年：「后稷放帝子丹朱。」

〔二七〕韶　舜樂名，此代指舜。論語八佾：「子謂韶盡美矣，又盡善也。」均忽焉，謂舜子商均亦不被用。史記五帝本紀：「舜子商均亦不肖，舜乃豫薦禹於天。」

〔二八〕干　比干，紂臣。辛，即殷紂王。辛載，紂王在位時。史記殷本紀：「帝乙崩，子辛立，是爲帝辛，天下謂之紂。」紂淫亂不止，比干「乃强諫紂。紂怒曰：『吾聞聖人心有七竅。』剖比干，觀其心」。

〔二九〕蓄　指陳蓄。陳蓄字仲舉，汝南平輿人，因與竇武謀誅宦官，被害死獄中。　抗議，直言反對意見。　靈，指東漢靈帝劉弘。　後漢書陳蓄傳：「桓、靈之世，若陳蓄之徒，咸能樹立風聲，抗論惽俗。」

〔三〇〕忠指比干，貞指陳蓄。　與，英華作「於」，校：「一作與。」　仇，英華作「復」。

〔三一〕牛一變句　牛，指牛公哀。淮南子俶真訓：「昔牛公哀轉病也，七日化爲虎。其兄掩户而入覘之，則虎搏而殺之。是故文章成獸，爪牙移易，志與心變，神與形化。方其爲虎也，不知其嘗爲人也；方其爲人也，不知其且爲虎也。」

〔三二〕鱉　指鱉（同鼈）令。文選張衡思玄賦：「鼈令殪而尸亡兮，取蜀禪而引世。」李善注引蜀王本紀：「望帝治汶山下，邑曰郫，積百餘歲。荆地有一死人，名鼈令，其尸亡，隨江水上至郫，與望帝相見。望帝以鼈令爲相，以德薄不及鼈令，乃委國授之而去。」又華陽國志蜀志：「望帝杜宇「遂禪位於開明（按鼈令受禪後號開明帝），帝升西山隱焉。時適二月，子鵑鳥鳴，故蜀人悲子鵑鳥鳴也」。成都記：「杜宇死，其魂化爲鳥，名杜鵑。」按「三化」指鱉令由死尸爲相，再爲帝，而望帝則爲鵑。

〔三三〕觸氏句　莊子則陽：「有國於蝸之左角者，曰觸氏；有國於蝸之右角者，曰蠻氏。時相與爭地而戰，伏尸數萬，逐北旬有五日而後反。」

〔三四〕龍伯句　列子湯問：「龍伯之國有大人，舉足不盈數步而暨五山之所，一釣而連六鰲……於是岱輿、員嶠二山流於北極，沉於大海，仙聖之播遷者巨億計。帝憑怒，侵減龍伯之國。」

〔三五〕殊族　不同類，指牛哀變虎、望帝化鵑。　族，全唐文作「俗」。

〔三六〕大小相懸　謂龍伯國人特大，觸民極小，兩者相去懸絶。

〔三七〕長無述兩句　論語憲問：「原壤夷俟。子曰：『幼而不遜弟，長而無述焉，老而不死，是爲賊。』以杖叩其脛。」

〔三八〕賢哉回兩句　論語雍也：「子曰：『賢哉，回也！一簞食，一瓢飲，在陋巷，人不堪其憂，回也不改其樂。賢哉，回也！』」又同篇：「哀公問：『弟子孰爲好學？』孔子對曰：『有顔回者好學，不遷怒，不貳過，不幸短命死矣。』」

〔三九〕明夷　易卦名，此代指周文王。易明夷彖辭曰：「明入地中。明夷，内文明而外柔順，以蒙大難，文王以之。」孔疏：「内懷文明之德，撫教六州；外執柔順之能，三分事紂，以此蒙犯大難，身得保全，惟文王能用之，故云文王以之。」　羑里，紂囚文王處。史記殷本紀：西伯昌（即文王）爲紂三公，紂醢九侯，脯鄂侯，「西伯昌聞之，竊嘆。崇侯虎知之，以告紂，紂囚西伯羑里」。集解引地理志：「河内湯陰（按：今河南湯陰縣）有羑里城，西伯所拘處。」

〔四〇〕洪範　尚書篇名，此代指箕子。　恃，説文：「賴也。」　佯狂，同「詳狂」，故作瘋顛。尚書洪範：「以箕子歸，作洪範。」孔疏：「武王伐殷，既勝，殺受，立其子武庚爲殷后。以箕子歸鎬京，訪以天道。箕子……作洪範。」又史記殷本紀：「（紂）剖比干，觀其心。箕子懼，乃詳狂爲奴。」

〔四一〕孔　甚也。痒，詩經大雅桑柔：「稼穡卒痒。」鄭箋：「痒，病也。」此謂乖謬。痒，全唐文作「將」。

〔四二〕丘　指孔丘。溺，指桀溺。殊貫，謂不同道。論語微子：子路問津於桀溺，桀溺曰：「滔滔者天下皆是也，而誰以易之？且而與其從辟人之士也，豈若從辟世之士哉！」按孔子入世，桀溺避世，故云。丘，全唐文作「孔」。

〔四三〕單　指單豹。張，指張毅。相詭，相反。事見病梨樹賦注〔六五〕。

〔四四〕紛紜總總　此爲紛雜、衆多貌。楚辭屈原離騷：「紛總總其離合兮。」王逸注「紛總總」爲「相聚」。

〔四五〕羌　發語詞。玄，深奥的道理。老子：「玄之又玄，衆妙之門。」

〔四六〕盛之孝兩句　盛，指盛彦。妣，原作「姚」。晉書盛彦傳：「盛彦字翁子，廣陵人也。……母王氏因疾失明，彦每言及，未嘗不流涕。於是不應召辟，躬自侍養，母食必自哺之。母既疾久，至于婢使數見捶撻。婢忿恨，伺彦暫行，取蠐螬炙飴之。母食以爲美，然疑是異物，密藏以示彦。彦見之，抱母慟哭，絶而復蘇。母目豁然即開，從此遂愈。」（事又見搜神記卷一一）據此，「姚」當是「妣」之訛，因改。「妣」字古義爲母，見爾雅釋親，後代方專指亡母。

〔四七〕含之恭兩句　含，原作「合」，形訛。含指顔含。昆何嫌不起，指其兄顔畿。事見五悲悲窮通注〔六二〕，因改。

〔四八〕聖人句　莊子齊物論：「六合之内，聖人論而不議。」成疏：「聖人隨其機感，陳而應之。」

〔四九〕姬旦　即周公。　鴟鴞，詩經豳風篇名。　毛詩序：「鴟鴞，周公救亂也。成王未知周公之志，公乃爲詩以遺王，名之曰鴟鴞焉。」

〔五〇〕君子句　論語顔淵：「司馬牛問君子。子曰：『君子不憂不懼。』」

〔五一〕周南句　詩經周南芣苡序：「芣苡，后妃之美也。和平則婦人樂有子矣。」

〔五二〕五鹿兩句　五鹿云折，指朱雲論辯折五鹿充宗之角，見咏史四首之四注〔八〕。　退守平陵，指居平陵不復仕，見同詩注〔一〕、〔五〕。

〔五三〕三都兩句　晉書左思傳：左思撰齊都賦，一年乃成。復欲賦三都，遂構思十年，及賦成，時人未之重。安定皇甫謐有高譽。思造而示之。謐稱善，爲其賦作序，於是競相傳寫，洛陽爲之紙貴。「秘書監賈謐請講漢書。謐誅，（左思）退居宜春里，專意典籍」。

〔五四〕乾不穆兩句　乾，指天。易説卦：「乾，天也。」　穆，静也。　戌、辰，十二時辰名，戌時將暮，辰時將曉。

〔五五〕坤　指地。三成田三成水，謂地有滄海桑田之變。見前送幽州陳參軍赴任寄呈鄉曲父老詩注〔一〇〕。

〔五六〕何斯柱四句　楚辭屈原天問：「康回馮怒，墜何故以東南傾？」王逸注：「康回，共工名也。

淮南子言共工與顓頊爭爲帝，怒而觸不周之山，天維絶，地柱折，故東南傾也。」參見于時春也慨然有江湖之思寄此贈柳九隴詩注〔九〕。

〔五七〕有杞兩句　列子天瑞：「杞國有人，憂天地崩墜，身亡所寄，廢寢食者。」又有人以爲天乃積氣，無須憂其崩墜。其人曰：「天果積氣，日月星宿不當墜邪？」烏蟾，指日月。

〔五八〕有歷兩句　繆荃孫校輯元和郡縣圖志闕卷逸文卷二和州：「歷陽湖，在縣西三十里。昔有書生遇一姥，姥待之甚厚，生謂姥曰：『此縣前石龜眼赤血出，地當陷爲湖。』姥每往視之，門吏問姥，姥具以對。吏因以朱點龜眼，姥見遂走上西山，顧城已陷。今湖中有明府魚、婢魚、奴魚之名。」注謂輿地紀勝和州引淮南子（見俶真訓）云「歷陽之都，一夕爲湖」。事又見搜神記卷二〇。歷陽在今安徽和縣境内。

〔五九〕共　指共工。損其盈，言共工觸不周山而折天柱。

〔六〇〕媧　即女媧。補其闕，淮南子覽冥訓：「往古之時，四極廢，九州裂，天不兼覆，地不周載……於是女媧鍊五色石以補蒼天，斷鼇足以立四極。」

〔六一〕有　全唐文作「育」。

〔六二〕山川與象緯　易繫辭上：「在天成象，在地成形，變化見矣。」韓康伯注：「象謂日月星辰，形況山川草木也。懸象運行，以成昏明；山澤通氣，而雲行雨施，故變化見矣。」緯又專指行星。史記天官書：「水、火、金、木、填星，此五星者，天之五佐，爲緯。」

〔六三〕生也兩句　莊子達生:「天地者,萬物之父母也,合則成體,散則成始。」此反用其義。

〔六四〕拘拘　莊子大宗師:「偉哉夫造物者,將以予爲此拘拘也。」成疏:「拘拘,攣縮不申之貌也。」　踼踼,玉篇:「踼,跢踼不申也。」

〔六五〕吾知四句　謂雖明白爲惡未必遭譴,爲善未必得報,但仍去惡就善,認爲爲惡乃民衆之蠹,爲善才是做人的正途。劉向説苑卷一七:「孔子困於陳蔡之間……讀書習禮樂不休,子路進諫曰:『凡人爲善者天報以福,爲不善者天報以禍。今先生積德行爲善久矣,意者尚有遺行乎,奚居隱也?』」孔子答曰「君子積學修身端行以須其時也」。

〔六六〕終不改句　楚辭屈原九章思美人:「知前轍之不遂兮,未改此度。」王逸注:「執心不回,志彌固也。」

〔六七〕六師　此指所御諸神,即下文所言流星、白雲、玉虬、青鸞、霓、雷等。

〔六八〕真訣　原本之法。説文:「訣,一曰法也。」　遐外,天地之外,此指神仙界。

〔六九〕建流星句　楚辭宋玉遠遊:「擥彗星以爲旍兮,舉斗柄以爲麾。」王逸注:「旍,一作旗。」建,原作「見」。此句全唐文卷一六六作「建流星以爲期」。「建」字是,據改;「期」與下句「蓋」不對,誤。

〔七〇〕白雲爲蓋　曹丕雜詩:「西北有浮雲,亭亭如車蓋。」

〔七一〕玉虬、青鸞　指龍、鳳。　儼,説文:「昂頭也,一曰好貌。」　容裔,文選張衡東京賦:「紛焱悠以容裔。」薛綜注：「容裔，高低之貌。」

〔七二〕霓爲裳　楚辭屈原九歌東君：「青雲衣兮白霓裳。」王逸注：「白霓爲下裳也。」

〔七三〕雷爲車　楚辭屈原九歌東君：「駕龍舟兮乘雷。」洪興祖補注：「淮南曰：雷以爲車輪。注云：雷，轉氣也。」　電爲旆：以電爲旗幟。陸雲南征賦：「振凌霄之電旆。」

〔七四〕噂噂　猶言紛紛，衆聲嘈雜貌。易林卷一乾之困：「噂噂所言，莫知我垣。」

〔七五〕横厲　漢書司馬相如傳大人賦：「横厲飛泉以正東。」顔注：「厲，渡也。」

〔七六〕巫陽　楚辭宋玉招魂：「帝告巫陽。」王逸注：「女曰巫，陽，其名也。」

〔七七〕挈龜　詩經大雅緜：「爰契我龜。」鄭箋：「契灼我龜而卜之。」釋文：「契，本又作挈。」　挈，英華校：「一作潔。」全唐文作「潔」，誤。挈、契，指占卜時在龜甲上鑽孔。

〔七八〕雙支　指灼龜所現裂紋，據下文爲凶兆。

〔七九〕朱雀　即朱鳥，星座名。史記天官書：「南宫朱鳥，權、衡。」索隱引文耀鉤：「南宫赤帝，其精爲朱鳥。」朱雀揺，指權四星動揺芒角。天官書集解引孟康：「軒轅爲權，太微爲衡。」正義：「權四星在軒轅尾西，主烽火，備警急。占以明爲安静；不明，則警急；動揺芒角亦如之。」　金躍，謂芒角動揺如金之踴躍。莊子大宗師：「今之大冶鑄金，金踴躍曰：『我且必爲鏌鋣。』大冶必以爲不詳之金。」成疏「踴躍」爲「跳躑」。

〔八〇〕青龍　即東宫蒼龍座。史記天官書索隱引詩含神霧：蒼帝坐，「神名靈威仰，精爲青龍之類是也」。按蒼帝即歲星。「青龍發」，指歲星動。天官書正義引天官〔占〕云：「歲星者，東方木之精，蒼帝之象也。……夫歲星欲春不動，動則農廢。」　火馳，莊子天地：「方且尊知而火馳。」成疏：「馳驟奔逐，其速如火也。」　以上兩句皆言不吉之兆。

〔八一〕蛇登栖　指玄武宿在歲星之上。左傳襄二十八年：「蛇乘龍。」杜預注：「蛇，玄武之宿，虛、危之星。龍，歲星，歲星木也，木爲青龍。」孔穎達疏：「龍行疾而失次，出於虛、危宿下。龍在下而蛇在上，是龍爲蛇所乘也。歲星，天之貴神，福德之星，今被乘勢屈，是不能佑其本國之象。」　鷄入穴，指箕星亡。太平御覽卷五引易是類謀：「五星合，狼張，晝視無日光，虹蜺煌煌，太山失金鷄，西岳亡玉羊。太山失金鷄者，箕星亡也。箕者風也，風動鷄鳴；今箕候亡，故鷄亦亡也。……鷄失羊亡，臣縱恣，萬人愁，不祥。」

〔八二〕雲北走　雲指畢宿，爲雲師，乃西方七宿之一，其「北走」則失次。　水西垂，「水」指辰星，爲北方水。史記天官書謂辰星「與太白俱出東方，皆赤而角，外國大敗，中國勝；其與太白俱出西方，皆赤而角，外國利。五星分天之中：積於東方，中國利；積於西方，外國用〔兵〕者利」。故「水西垂」爲凶兆。

〔八三〕兆　説文：「灼龜坼也。」　告，疑當作「吉」，韻協義明。

〔八四〕靈蔡　即靈龜。論語公治長：「臧文仲居蔡。」集解引包咸曰：「蔡，國君之守龜，出蔡地，因以爲名。」張協七命：「兆發於靈蔡。」

〔八五〕朽骨　指占卜之龜甲。句謂所占不可信。太平御覽卷三二八引六韜：周公伐紂，卜筮不吉，太公謂「枯草朽骨安可知乎」？遂滅紂。　倚伏，老子：「禍兮福所倚，福兮禍所伏。」

〔八六〕列缺　即閃電。史記司馬相如列傳大人賦：「貫列缺之倒景兮。」集解引漢書音義：「列缺，天閃也。」

〔八七〕豐隆　楚辭屈原離騷：「吾令豐隆乘雲兮。」王逸注：「豐隆，雲師，一曰雷師。」

〔八八〕玄鍵　玄關之鍵。文選王簡棲頭陀寺碑文：「於是玄關幽揵，感而遂通。」李善注引字林：「揵，門距。」按「鍵」同「揵」。此謂天門。　披，開也。

〔八九〕中皇　神名。太平御覽卷六六〇引真誥：「中皇君者，天帝君之弟子也。生知長生之要，天仙之法，夙會玄感，於是太上受以帝君九真之經，八道秘言之章。道成授書，爲太極真人。」

〔九〇〕靈烏　指日中踆烏，即三足烏。

〔九一〕東皇　神名。楚辭屈原九歌東皇太一洪興祖補注引漢書郊祭志云：「太一，星名，天之尊神。」又引説者曰：「太一，天之尊神，曜魄寶也。」餘見下注〔一〇七〕。

〔九二〕敷衽　楚辭屈原離騷：「跪敷衽以陳辭兮。」王逸注：「敷，布也。衽，衣前也。」

〔九三〕瓊蘂　漢書司馬相如傳大人賦：「咀噍芝英兮嘰瓊華。」注引張揖曰：「瓊樹……高萬仞。華，蘂也，食之長生。」張衡西京賦：「屑瓊蘂以朝飧，必性命之可度。」

〔九四〕靈妃　文選郭璞遊仙詩：「靈妃顧我笑。」李善注：「靈妃，宓妃也。」此泛指天女。　琅玕，爾雅釋地：「西北之美者，有崑崙虛之璆琳、琅玕焉。」郭璞注：「琅玕，狀似珠。」山海經曰：「崑崙山有琅玕樹。」

〔九五〕此句英華無「而」字。

〔九六〕星雨　楚辭王褒九懷：「流星墜兮成雨。」

〔九七〕氛埃　楚辭宋玉遠遊：「絶氛埃而淑尤兮。」洪興祖補注：「氛，妖氣。左傳曰：楚氛惡。」

〔九八〕三清之館　神仙居所。靈寶太乙經：「四人天外曰三清境：玉清、太清、上清，亦名三天。」

〔九九〕八風之臺　指箕星。隋書天文志中：「箕四星……主八風，凡日月宿在箕、東壁、翼、軫者，風起。」庾信道士步虚詞：「中天九龍館，倒景八風臺。」

〔一〇〇〕俯觀句　楚辭宋玉遠遊：「涉青雲以泛濫游兮，忽臨睨夫舊鄉。」

〔一〇一〕天苑　星座名。史記天官書：「其（參）西有句曲九星，三處羅：一曰天旗，二曰天苑，三曰九游。」正義：「天苑十六星，如環狀，在畢南，天子養禽獸所。」

〔一〇二〕北辰　即北極星。爾雅釋天：「北極謂之北辰。」史記天官書索隱引春秋合誠圖：「北辰，其星五，在紫微中。」

〔一〇三〕瑤　英華作「市」。

〔一〇四〕明河　指河漢。文選古詩十九首：「河漢清且淺。」李善注引毛萇曰：「河漢，天河也。」

〔一〇五〕織女　星名。史記天官書：「婺女，其北織女。織女，天女孫也。」津，指漢津。隋書天文志中：「天漢，起東方，經尾箕之間，謂之漢津。」

〔一〇六〕招摇、天駟　星座名。史記天官書：「北斗七星……杓端有兩星：一内爲矛，招摇。」集解引孟康曰：「近北斗者招摇，招摇爲天矛。」又引晉灼曰：「更河三星，天矛、鋒、招摇，一星耳。」又天官書：「漢中四星，曰天駟。」

〔一〇七〕太乙之居　居，原作「車」，英華、全唐文作「居」，是，據改。史記天官書：「中宫天極星，其一明者，太一常居也。」又封禪書：「天神貴者太一。」「太乙」同「太一」。按上注〔九一〕以太一即東皇，此則以太一爲另一神。皆無稽之言，勿庸深究。

〔一〇八〕楓爲天句　晉嵇含南方草木狀卷中楓人：「五嶺之間多楓木，歲久則生瘤癭，一夕遇暴雷驟雨，其樹贅暗長三五尺，謂之楓人。越巫取之作術，有通神之驗；取之不以法，則能化去。」明陳耀文天中記卷五一引唐張鷟朝野僉載（按今本無）：「江東、江西山中多有楓木人，於楓樹下生，似人形，長三四尺。夜雷雨即長，與樹齊，見人即縮依舊。曾有人失笠，於明日看笠子掛在樹頭上。旱時欲雨，以竹束其頭，禊之即雨。人取以爲式盤，極神驗，楓天棗地是也。」所謂「式盤」，乃占卜器具，俗稱星盤，常以楓木爲蓋，棗木爲底盤，故稱。張鷟龍筋鳳髓判卷四：「楓天棗地，觀倚伏於無形。」

〔一〇九〕拄　英華校：「一作揞。」

〔一一〇〕或以日兩句　言以干支占吉凶。謂或以日之干支，或以歲星運行位置加十二辰（時），測算命運禍福。

〔一一〕再轉兩句　謂太乙反復考較推算。

〔一二〕華蓋　星座名。晉書天文志上：「鉤陳口中一星曰天皇大帝……大帝上九星曰華蓋，所以覆蔽大帝之坐也。」居貞，即居正。易乾卦：「元亨利貞。」孔疏：「貞，正也。」居正謂遵循正道。公羊傳隱三年：「故君子大居正。」何休解詁：「明修法守正，最計之要者。」

〔一三〕太陽陰主　謂陰行陽政，乃國之大忌，故謂「天人厄運」。隋書五行志下木金水火沴土：「東魏武定二年（五四四）十一月，西河地陷而且然。京房易妖占曰：『地自陷，其君亡。』祖暅曰：『火，陽精也。地者，陰主也。地燃，越陰之道，行陽之政，臣下擅恣，終以自害。』時後齊神武作宰，而侯景專擅河南。後二歲，神武果崩，景遂作亂，而自取敗亡之應。」

〔一四〕鴻濛　莊子在宥：「過扶搖之枝而適遭鴻蒙。」成疏：「鴻蒙，元氣也。」「濛」與「蒙」同。

〔一五〕緇鼈　同「緇黧」，幽暗貌，謂變化之理極深微。

〔一六〕星精　指太乙。木局，指太乙用以推考之具，即前所謂楓天棗地之類。

〔一七〕太上句　道教奉老子爲「太上老君」。

〔一八〕其名句　史記老子列傳正義引朱韜玉札及神仙傳：老子「姓李，名耳，字伯陽」。

〔一九〕閬風　傳説中神山名，在崑崙山。楚辭屈原離騷：「夕余至乎縣圃。」王逸注：「縣圃，神山，在崑崙之上。」洪興祖補注引水經：「崑崙説曰：崑崙之山三級：下曰樊桐，一名板松；二曰玄圃，一名閬風。……東方朔十洲記曰：『崑崙山有三角，一角正北，上干北辰星之耀，名閬風巔；其一角正西，名曰玄圃臺。』」瓊圃即玄圃。

〔二〇〕倒景　漢書郊祀志：「登遐倒景。」注引如淳曰：「在日月之上，反從下照，故其景（即影）倒。」又王嘉拾遺記卷三：「老聃在周之末，居反影日室之山。」　琳堂，即道觀。初學記卷二三仙引空洞靈章經：「衆聖集琳宫。」

〔二一〕咀嚼烟霜　莊子逍遥遊：「（神人）不食五穀，吸風飲露。」

〔二二〕撫千載句　極言老子壽高。莊子在宥：「我（廣成子，即老子）守其一以處其和，故我修身千二百歲矣，吾形未常衰。」

〔二三〕大荒　山名。山海經大荒西經：「大荒之中，有山名曰大荒之山。」

〔二四〕迨　爾雅釋訓：「迨，及也。」

〔二五〕弭節　弭，原作「珥」，據英華、全唐文改。楚辭屈原離騷：「吾令羲和弭節兮。」王逸注：「弭，按也。按節，徐步也。」

〔二六〕參元　謂乘御元氣。

〔二七〕弱水　山海經大荒西經：「西海之南，流沙之濱，赤水之後，黑水之前，有大山，名曰崑崙之丘。……其下有弱水之淵環之。」郭璞注：「其水不勝鴻毛。」

〔二八〕矙　楚辭王褒九懷：「進矙盼兮上丘墟。」洪興祖補注：「矙，視貌。」

〔二九〕玉檻　山海經大荒西經謂崑崙虚乃帝之下都，「面有九井，以玉爲檻」。

〔三〇〕期　一週歲。千二百歲，老子自謂其修身時間。

〔三一〕爲翟　古今注卷上：「周公治致太平，越裳氏重譯來貢白雉一，黑雉二。」雉即翟，爲貢物。此似以之喻仕進。

〔三二〕爲舟　莊子大宗師：「夫藏舟於壑，藏山於澤，謂之固矣。」此似以「舟」喻隱居。

〔三三〕休　指死。莊子刻意：「其生若浮，其死若休。」成疏：「其死也若疲勞休息，曾無繫戀也。」

〔三四〕仙格　成仙條件。舊唐書王遠知傳：「遠知謂弟子潘師正曰：『吾見仙格，以吾小時誤損一童子吻，不得白日昇天。』」

〔三五〕中州　漢書司馬相如傳大人賦：「世有大人兮，在乎中州。」顔注：「中州，中國也。」

〔三六〕多智句　謂才智如斧，能戕伐性命。枚乘七發：「皓齒蛾眉，命曰伐性之斧。」

〔三七〕矍矍　左右驚顧貌。　求媒，指求人援引。

〔三八〕訪卜　指前述求巫陽挈龜，訪東皇、太乙諸事。

〔三九〕儀丹鳳　尚書益稷：「簫韶九成，鳳凰來儀。」僞孔傳：「儀，有容儀。」孔疏：「以致鳳皇來而有容儀也。」　膠柱，史記廉頗藺相如列傳：「王以名使（趙）括，若膠柱而鼓瑟耳。」此謂塗膠之柱，鳳不能棲。

〔四〇〕飼玄魚句　孟子梁惠王上：「猶緣木而求魚也。」趙岐注：「其不可得如緣喬木而求生魚也。」此言在樹上養魚，謂絶不可得。

〔四一〕晤　説文：「晤，明也。」全唐文作「悟」，亦通。

〔四二〕早計　莊子齊物論：「且汝亦大早計。」　觳觫，恐貌，見五悲悲窮通注〔四一〕。此及上句，謂其奔競甚早，而悟道甚晚。

〔四三〕何異喪其親句　莊子庚桑楚：「若規規然若喪父母，揭竿而求諸海也。」成疏：「如童稚小兒，喪失父母也。似儋揭竿木，尋求大海，欲測深底，其可得乎？」

〔四四〕失其子句　莊子天道：老聃曰：「夫子亦放德而行，循道而趨，已矣哉；又何偈偈乎揭仁義，若擊鼓而求亡子焉？」成疏：「亡子不獲，罪在鳴鼓；真性不明，過由仁義。」

〔四五〕與影句　莊子漁父：「人有畏影惡迹而去之走者，舉足愈數而迹愈多，走愈疾而影不離身，自以爲尚遲，疾走不休，絶力而死。不知處陰以休影，處静以息迹，愚亦甚矣！」

〔四六〕道　原作「途」，據英華、全唐文改。　翂翂翐翐，莊子山木：「東海有鳥焉，其名曰意怠。其爲鳥也，翂翂翐翐，而似無能。」成疏：「翂翂翐翐，是舒遲不能高飛之貌也。」

〔四七〕若喪若失　莊子天道：「聖人之静也，非曰静也善，故静也；萬物無足以鐃心者，故静也。……夫虚静恬淡寂寞無爲者，萬物之本也。」

〔四八〕曭　玉篇：「不明也。」此謂混同不分。　不以生死爲二，謂生死同貫。莊子德充符：「老聃曰：『胡不直使彼以死生爲一條，以可不可爲一貫者？』」

〔四九〕塊　一體貌。以天地爲一，莊子齊物論：「天地與我并生，而萬物與我爲一。」成疏：此明「無夭無壽耳」。

〔五〇〕生於兩句　莊子大宗師：「先天地生而不爲久，長於上古而不爲先。」

〔五一〕弊萬類兩句　莊子天道：「韲萬物而不爲戾，澤及萬世而不爲仁。」成疏：「言我所師大道，亭毒生靈，假令韲萬物，亦無心暴怒。」「言大道開闔天地，造化蒼生，慈澤無窮而不偏愛，故不爲仁。」

〔五二〕則巨浸兩句　莊子逍遥遊：「之人也，物莫之傷，大浸稽天而不溺，大旱金石流、土山焦而不熱。」成疏：「稽，至也。」　然，通「燃」。

〔五三〕生死句　莊子天地：「不樂壽，不哀夭……萬物一府，生死同狀。」夭，英華作「妖」，誤。

〔五四〕變化　此亦指生死。　騰遷，指大轉化。　莊子天道：「知天樂者，其生也天行，其死也物化。」成疏：「既知天樂非哀樂，即知生死無生死。故其生也同天道之四時，其死而混萬物之變化也。」又莊子天下：「寂寞無形，變化無常，生與？死與？天地并與？」

〔五五〕化而爲魚兩句　藝文類聚卷九六鱗介部上引辛氏三秦記：「河津一名龍門，大魚集龍門下數千，上者爲龍。」文選宋玉對楚王問：「鯤魚朝發崑崙之墟，暴鬐於碣石，暮宿於孟諸。」

〔五六〕化而爲鳥兩句　指鵬飛，見送梓州高參軍還京詩注〔五〕。　陪，英華校：「莊子作培（按指逍遥遊『而今乃後培風』句）。」全唐文作「培」。　按兩字同音，通。

〔一五七〕爲社也兩句　莊子人間世：「匠石之齊，至於曲轅，見櫟社樹，其大蔽數千牛，絜之百圍。」匠伯不顧，遂行不輟，曰：「是不材之木也，無所可用，故能若是之壽。」

〔一五八〕爲瓠也兩句　莊子逍遥遊：「惠子謂莊子曰：『魏王貽我大瓠之種，我樹之成而實五石。……非不呺然大也，吾爲其無用而掊之。』莊子曰：『夫子固拙於用大矣。……今子有五石之瓠，何不慮以爲大樽而浮乎江海，而憂其瓠落無所容？』」　泱漭，廣大貌。司馬相如上林賦：「過乎泱漭之野。」

〔一五九〕物無可句　莊子齊物論：「方可方不可，方不可方可。」成疏：「無可無不可。」

〔一六〇〕拳拳　忠謹貌。司馬遷報任少卿書：「拳拳之忠。」

〔一六一〕嗒然而喪其偶　莊子齊物論：「南郭子綦隱机而坐，仰天而嘘，嗒焉似喪其耦。」成疏：「嗒焉，解釋貌。耦，匹也，爲身與神爲匹，物與我耦也。」郭慶藩注引俞樾曰：「耦當讀爲寓。寓，寄也。」可備一説。句謂其訪「真訣」無所得而極爲失望。

〔一六二〕栩栩　莊子齊物論：「昔者莊周夢爲胡蝶，栩栩然胡蝶也。」成疏：「栩栩，忻暢貌也。」

〔一六三〕北鄉　即上文「故池」、「中園」，指其故鄉范陽。

〔一六四〕其往句　莊子寓言：「老子曰：『而（陽子居）睢睢盱盱，而誰與居？大白若辱，盛德若不足。』陽子居蹵然變容，曰：『敬聞命矣。』其往也，舍者將迎，其家公執席，妻執巾櫛，舍者避席，煬者避竈。其反也，舍者與之争席矣。』」郭象注「其往」爲「尊形自異，故憚而避之也」，

「其反」爲「去其誇矜故也」。

〔一六五〕其返句　莊子山木：「入獸不亂羣，入鳥不亂行。」郭象注：「若草木之無心，故爲鳥獸所不畏也。」

〔一六六〕茨山　即具茨山。莊子徐無鬼：「黄帝將見大隗乎具茨之山。」成疏：「具茨，山名也，在滎陽密縣界。」新唐書地理志二，河南道許州潁川郡陽翟縣「有具茨山」。　薇，史記伯夷列傳：「隱於首陽山，採薇而食之。」正義引陸璣毛詩草木疏：「薇，山菜也，莖葉皆似小豆。……可作羹，亦可生食也。」

〔一六七〕儒爲柏句　莊子列禦寇：「鄭人緩也呻吟裘氏之地。祇三年而緩爲儒……使其弟墨。儒墨相與辯，其父助翟。十年而緩自殺。其父夢之曰：『使而子爲墨者，予也。闔胡嘗視其良，既爲秋柏之實矣。』」成疏：「化爲異物，秋柏子實生於墓上。」良，釋文：「良或作埌，音浪，冢也。」　儒，原作「夷」。英華作「儒」，校：「一作夷。」按當作「儒」，代指鄭人緩，并以自喻，言其將死；作「夷」義礙，今據改。

〔一六八〕叔　指緩之弟。句謂造化偏及其弟。　雨，英華校：「一作向。」

〔一六九〕泛滄浪　據兩唐書本傳，盧照鄰終以疾甚，不堪其苦，自投潁水而死。此即示其投潁之意已決。　此句末英華有「焉」字，校：「一作此字。」作「此」誤。